KB048248

상사뱀
메소드

안전가옥
오리지널
22

정이담
장편
소설

상사뱀
메소드

차례

S#01

인트로덕션 Introduction

광막한 광야를 달리는 인생아

너의 가는 곳 그 어데이냐

— 윤심덕, 〈사의 찬미〉에서

우리는 틈새에서 태어난다. 하지만 근원을 잊기 위해 무수한 시도를 하며 산다. 근원을 기억하는 일은 끔찍한 아름다움을 동반하니까. 사람에게는 다듬어진 껍질만 보려는 습관이 있다. 진정한 아름다움은 두려워하면서. 미학은 신이 부여한 원칙을 어기고 선악과를 깨물던 이브의 순간에만 존재한다. 우리의 본능은 아름다움에 이끌린다. 그러나 진실을 속삭이는 뱀의 목소리를 듣지 않는 한, 영혼은 굶주린 채 평생을 산다. 아름다움을 성취하는 건 영혼이 불멸하는 일과 같다. 불멸의 키워드는 단순하다. 우리의 태생이 세상의 언저리, 은밀한 지하임을 인정하고 매번 허물을 벗기. 끝없이 사는 뱀처럼 매 순간의 사인(死因)을 찬양하기.

　나는 빛 한 점 들어오지 않는 어둠 속에 갇혔다. 이곳은 지상보다 온도가 낮고, 벽과 바닥의 경계가 흐리다. 두꺼운 문 밑 계단 틈에 주저앉아 호흡을 고른다. 방금까지 악을 쓰고 소리를 친 바람에 목구멍이 얼얼하다. 숨을 내쉬면 몸이 떨린다. 두려움이나 공포에 따른 경련이 아니다. 분노, 통제할 수 없는 강렬한 분노가 심장으로부터 팔뚝, 어깨를 타고 일어 발생하는 증세다. 나는 자주 손발이 돌처럼 굳어 움직이기 어려워지곤 한다. 마비가 발생하려는 조짐이 느껴질 때는, 최대한 호흡을 길게 내뿜는다. 의사는 내게 히스테리성 장애가 있다고 진단했다. 적절한 것들을 찾아 카타르시스를 해소해야 한다고 말했다. 나는 최선을 다했다. 하지만 나의 남편은 내가 찾은 방법들을 금지했다. 그는 오직 자신의 법칙만을 종용했다. 그건 아무런 도움이 되지 않았다. 정말로……. 결국 우린 계속 충돌했다. 목구멍에서 흙냄새가 풍긴다. 내 존재와 그의 룰은 불화했다. 최후의 수단으로 그는 날 이 어두컴컴한 지하실에 버렸다. 이곳은 그가 놓은 덫이다. 눈이 어둠에 익숙해질수록 희끄무레한 몸뚱이들이 보인다. 벽을 더듬어 조명 스위치를 찾는다. 그걸 누르면 작은 천장 조명 여러 개가 켜진다. 방 안을 전부 비출 만큼 충분한 빛은 아니지만, 어슴푸레한 윤곽들을 드러내 준다. 유령 같은 몸들 사이에서 난 내 팔다리가 온전한지 확인한다. 굳어 가는 창백한 몸……. 사지를 잃기 전에 탈출해야 한다.

이 몸뚱이들이 익숙하다.

이것들은 얼굴이 없다. 석고로 된 반질거리는 피부뿐이다. 가슴이 큰 것도 있고 작은 것도 있다. 표피는 실재하는 사람처럼 세밀하다. 핏줄과 점, 뼈의 돌출부와 살갗의 상처까지…… 모든 게 강박적으로 묘사되어 진짜 사람 같다. 진짜, 사람? 진짜 사람이란 무엇이었더라. 아니, 이것들은 오히려 배로 기어다니는 짐승처럼 보인다. 허물을 갓 벗은 뱀처럼 말이다. 난 이들의 얼굴을 영원히 알 수 없다. 영원히. 본래 얼굴이 있을 곳엔 공허한 벽만 남았다.

남편은 내가 반성할 때까지 꺼내 주지 않을 것이다. 가정에 충실하고, 헛된 바람을 버려야만 지상으로 돌아오도록 허락할 테지. 나는 꿈틀거리는 몸을 붙잡는다. 이들은 마치 모든 부위가 각각의 의지를 가진 것처럼 반응한다. 여러 마리 뱀이 달라붙어 한 몸이 된 듯하다. 때로 이 몸은 불수의적으로 작동한다. 나 대신 감정을 느끼는 것처럼. 팔다리를 잃은, 얼굴 없는 조각상들 사이에 꿇어 앉아 멋대로 움직이는 몸을 가지고 이 암굴 같은 지하에서 무엇을 할 수 있을까. 어디선가 습한 흙의 향기가 불어온다. 입술이 갈라져 호흡할 때마다 휫휫거리는 소리가 샌다. 혀끝이 가렵다. 그 부근이 반으로 쪼개지는 착각이 든다. 어금니에 지독한 맛이 감돈다.

이곳에서 전 연인을 밀회한 적 있다. 그것도 아주 여러 번. 남편은 그걸 알아챘을까? 그래서 저토록 질투하며 날 꼼짝할 수 없도록 만들었나? 여기서 울부짖어도 남편은 안색 하나 변하지 않았다. 어두운 창고에서 굶어 죽지 않으려면, 자살하지 않으려면, 살해당하지 않으려면…… 다른 방법이 필요하다. 나는 잔뜩 웅크린 채 오래도록 방법을 궁리한다.

§

남편과 나는 신인 영화감독의 시사회 애프터 파티에서 만났다. 나는 이제 막 16부작 드라마 촬영을 마친 참이었다. 기대보다 저조한 시청률에 다음 시즌이 제작될는지 알 수 없었다. 한동안 특별한 스케줄은 없었다. 한때 국민 배우로 불리며 한 시대를 풍미했지만 시장의 반응은 냉담해져 갔다. 풋풋한 학생 역할로 데뷔해 히트작을 찍은 후, 온갖 영화계에서 러브콜을 받았다. 청순한 얼굴에 그렇지 않은 몸매, 앳된 얼굴 속에 숨겨진 치명적인 매력 등이 나를 수식해 온 문장들이다. 나이가 찬 후로는 팜 파탈 역할을 맡아 주가를 올렸다. 그러나 작품들은 나오는 족족 졸작이라는 평을 받았다. 하루도 쉴 틈 없이 꽉 차 있던 스케줄이 비어 갔다. 회사는 더욱 자극적인 영화들에 출연을 권했다. 영화에 소모적인 노출이 많다는 말은 작품성에 자신이 없다는 말이었다. 그런 생활이 몇 년씩 반복되자 모든 게 진절머리 나도록 싫었다. 결국 매니저 몰래 휴대폰을 끄고 일주일간 잠적했다. 결국 3개월간 휴가를 얻었고, 이번 작품은 휴식 후 간만에 복귀한 작품이었다.

"이곳이 얼마나 호락호락하지 않은 곳인지 잘 알잖아. 한

창 일해야 할 때 너무 안일했어. 대중들은 널 기다리지 않아. 새 얼굴은 매년 탄생해. 스포트라이트를 빼앗기고 한물갔단 소릴 듣는 건 시간문제라고."

회사는 이렇게 으박질렀다. 그 후 시사회 애프터 파티 초대장을 건네받았다. 그곳엔 처음 보는 남자의 이름이 써 있었다. 아무리 이번 성적이 저조했어도 그렇지, 이름 한번 듣지 못한 새내기 감독에게 아양이나 떨라고? 불쾌한 표정으로 사장을 쳐다보자 그는 초대장 하단에 적힌 회사명을 가리켰다.

"잘 봐. 입봉작도 없는 감독에게 100억도 넘는 돈이 들어갔어. 이 기업이 투자자의 90퍼센트를 넘는 지분을 가졌거든. 이게 무슨 뜻이게?"

"연줄이죠, 뭐. 어디 재벌집 자식이 예술이나 하겠답시고 나섰나 보죠?"

"국내에서 내로라하는 계열사들이 한데 모인 그룹이야. 그 집 자식이면 인맥을 쌓아서 나쁠 건 없지. 이미 증권가에 소문이 쫙 퍼졌어. 건너편 회사 아티스트들도 총출동한다더라. 국내뿐 아니라 해외 큰손들도 온다니깐 어떻게든 참석해야 해."

사장은 얼굴에 열을 올리며 토로했다. 나는 성의 없는 말투로 대답했다. 내심 공백기 동안 팬들이 떠나갔나 불안하긴 했지만, 막상 쇼 비즈니스 세계의 관행에 맞춰 알랑방귀를 뀔 생각을 하니 피로감이 몰려왔다. 대충 주억거리는 내 태도를 본 사장은 침까지 튀겨 가며 스폰서를 제대로 물어 오라고 소리쳤다. 이 바닥에서 나를 먹여 살린 게 누구인지 잊지 말라는 말도 빼놓지 않았다. 죄다 지겨웠다. 하지만 탈출할 방도는 없었다. 아버지도 없고, 어머니도 오래전 가출하여 할머니 손에서 큰 나에게는 이렇다 할 연고도 없었다. 온갖 광고와 영화를 찍으며 몸값은 꽤 올랐지만 계약금 대부분을 회사가 가져갔다. 수중에 남은 돈은 적었다. 애초에 금전 관리는 매니저와 회사가 다 했으니 통장에 어떤 액수가 들어오고 빠져나가는지 잘 알지도 못했다. 수명이 다할 때까지 단물을 빨리다 헌신짝처럼 버려지는 배우들이 수두룩했다. 나는 언제쯤 다 때려치우고 자유로워질까? 일상을 누린 적이 언제였는지 까마득했다.

유일하게 대사를 읊는 순간만은 다른 인생으로 들어가 족쇄 같은 굴레에서 탈출하는 기분을 느꼈더랬다. 하지만 그마저도 매번 비슷비슷한 역할이 맡겨지는 바람에 질렸다. 내가 원하는 배역은커녕, 적당한 눈요깃거리만 잔뜩 주다 끝나는 역할들이 태반이었다. 내 속엔 100가지도 넘는 목소리들이 있었지만 어느샌가 나는 같은 분위기, 같은 대사, 같은 옷을 입고 공산품 같은 연기를 반복했다. 사람들은 그걸 나의 자아라고 착각했다. 인정한다. 나도 나 자신을 역할과 헷갈릴 정도였으니. 저들은 나의 내면에서 영혼이 고갈되기 시작했다는 걸 모른다. 어린 시절 열정과 영감으로 가득 찼던 영혼은 없다.

대사를 뱉고 인물의 몸짓 하나하나를 구현할 때 전율하던 신경의 감각이 그리웠다. 악인부터 사기꾼, 신, 나이 든 여자와 노숙자, 살인마를 모두 연습했었다. 그러나 10년이 넘는 연기 생활 동안 내가 맡은 건 허공을 아련하게 보면서 의미 모를 소리나 지껄이다가 적당히 남자와 몸을 섞은 후 오랜 시간이 지나 다시 그의 향수를 자극하는 역할뿐이었다. 그런 배역조차 나이가 차면서 줄어들었다. 어쨌든 당장 회사가 원하는 건 허세만 가득 찬 신참 감독 앞에서 입에 발린 칭찬을 하고, 애프터 파티에서 돈 냄새 짙은 사람을 찾아 술이나 따르며 눈도장을 찍는 일이다. 머리를 비운다면 못 할 건 없다. 직장인들이라면 다들 이렇게 살 테니까.

나는 말끔하게 다듬어진 손등을 내려다본다. 아주 오래전, 이런 도시적인 손보단 흙투성이에 비린내 풍기는 손이 익숙했다. 부모님과 살던 시절의 기억은 산과 들로 둘러싸인 시골에 남아 있다. 10대 시절 우연히 출연한 다큐멘터리에서 주목을 받지 않았더라면, 지금 이곳에 있지도 않았을 텐데……. 연예계에 발을 담근 후 먹고 살 길이 열려 다행이었지만…… 때로 나는 손톱 아래에 그득했던 흙의 감각이 그리웠다.

"자. 어서. 네 매력은 내가 잘 알잖아. 제대로 한번 후리고 오라고."

사장은 그렇게 말하며 등을 떠밀었다. 나는 란제리가 드러나는 시스루 소재의 드레스나 구해 달라고 말했다. 적어도 파

파라치들이 "파격적인 뒤태", "아찔한 볼륨감"이란 기사 제목을
쓸 테니까.

§

시사회는 예상대로 지루했다. 100억 넘는 예산이 들었다
고 위세를 떤 것치고는 조악한 영화였다. 보기 좋은 레퍼런스
들을 여기저기 꿰어 붙인 티가 났다. 있어 보이지만 어디서 수
백 번은 본 진부한 대사들이 수두룩했다. 내용이 없는데 있는
척을 하려니 빈티가 났다. 감독 자신의 판타지를 욱여넣은 게
분명한 남자 주인공은 스스로를 굉장히 비극적인 인물이라 상
상하며 괴로워하고, 연민하고, 합리화한다. 차라리 지질한 걸
지질하다 인정했으면 보기라도 편했을 것을, 영화는 별 볼 일
없는 고통을 영웅이나 악당이 되는 길목에 던져진 존재의 멋
진 고난이라 말하고 있었다. 그걸 근거로 타인들에게 자행하
는 폭력을 합리화했다. 정말 투명한 영화였다. 영화의 메시지
는 결국 이것이었다.

'나는 그럴 만했다.'

더 눈 뜨고 볼 수 없는 건 여성 인물들이었다. 그들의 다리
와 가슴이 클로즈업되며 현란한 광선이 비춰지는 연출은 우스
웠다. 여성 인물들을 비극에 빠트리는 장치는 한 가지뿐이었
다. 강간. 심지어 그 인물이 당한 폭력에 대하여 남자 인물들
은 제 여자의 손상이 곧 자신의 불행이라는 논리에서만 슬퍼

한다. 저 여자가 무엇을 경험할지, 어떤 분열을 겪을지에 대해
선 상상하려고도 않는다. 도대체 여성에게서 읽을 줄 아는 게
무엇인지. **신인**이되 새롭지 않은 그 영화감독은 자신 내면의
진부함만을 증명하며 강박적인 자기 위안만 장편 영화에 담
았다. 이런 졸작에 막대한 예산이 들어간 게 아까웠다. 성숙은
자신의 결점을 솔직하게 인정하는 일로부터 시작하는데, 여
자들이 아무리 완벽해도 스스로 결점이 있다고 학습하며 평
생을 사는 반면, 남자들은 과잉된 자아도취에 빠져 일생을 산
다. 마침 스크린에서 남자 배우가 하의를 벗고 성기를 노출했
다. 나는 불필요하게 삐져나온 살덩이를 왜 보아야 하는지 의
문하며 의자에 몸을 파묻었다. 가까스로 하품은 참았다. 그나
마 조명감독이 표현한 보랏빛 연출만은 봐 줄 만했는데 그 또
한 아이돌 뮤직비디오에 더 어울렸을 것이다. 한 시간 남짓 감
독의 자위 쇼를 구경하니 가슴속 깊은 곳에선 다른 게 그리웠
다. 나는 이딴 영화보다 완벽한 채로 살아 온 한 여성을 알았
다. 그 사람이 보고 싶었다.

영화가 끝나자 사람들이 박수를 쳤다. 나는 졸다가 30분
정도를 보지 못했지만, 대충 말을 지어내자 통했다. 그만큼 뻔
한 영화였으니까. 어쨌든 적당한 찬사의 말을 골라 지껄였다.
감독은 이 영화가 대형 극장 수백 곳에서 동시 상영 된다고 자
랑했다. 제 치부를 전국적으로 알리는 패기에 감탄하며, 나는
어서 다음 일정이 오길 바랐다. 파티 장소는 압구정 중심부의

'클럽 메두사'였다. 모든 프로그램이 끝나자 매니저가 나를 데리러 왔다. 도망갈 수도 없었다. 우린 차를 타고 목적지로 이동했다.

통째로 빌린 메인 스테이지에서 DJ가 시끄럽게 음악을 틀었다. 감독은 투자자들을 차례로 소개했다. 누군가 감독과 투자자가 사촌 관계라고 속삭였다. 그마저도 진부했다. 그러니 저렇게 부끄러운 줄 모르지. 첫 데뷔작은 자신의 가장 취약한 점들을 드러내기 마련이다. 그걸 모든 사람이 알게 된다는 건 결코 자랑이 아니다. 아니나 다를까, 오늘 시사회에서 그의 영화를 처음 보았을 투자자의 표정이 별로 좋지 않았다. 그에게도 최소한의 미감은 있었다. 나는 난간에 기대어 샴페인을 홀짝였다. 이윽고 노래의 볼륨이 커지며 흥을 돋우었다. 사람들은 미친 듯이 춤을 추면서 인맥을 쌓을 대상을 훑었다. 나도 천천히 홀을 거닐며 안면이 있던 영화사 사장들과 인사를 나누었다. 그들은 내게 자리 하나를 내주었다. 나는 예전처럼 입담을 발휘해 분위기를 띄웠다. 하지만 그들의 호응은 예전만 못했다. 분명 이번 드라마의 성적이 부진해서였다. 이 판은 겉보기로 사람을 판단하는 걸 당연시 여기니까. 나를 퇴물이라 생각하는 게 분명했다. 불쾌해진 나는 등받이에 몸을 파묻고 연거푸 술을 들이켰다. 번쩍거리는 조명이 쉴 새 없이 무대를 비추었고, 그 가운데 머리와 몸을 흔드는 사람들의 얼굴은 죄다 엇비슷했다.

지겨웠다. 쉴 새 없이 말초적 감각만 자극하는 파티에 들어가는 돈이나, 내용도 없는 영화에 쓰인 거액의 예산이 아까웠다. 귀를 먹먹하게 만드는 스피커의 울림 사이에서 입술이나 부비고 명함이나 찔러 넣는 뻔한 행위들도 지겨웠다. 인간들은 왜 같은 패턴을 벗어나지 못할까. 하지만 문 앞에서 매니저가 지켜보고 있어 섣불리 탈출할 수도 없었다. 결국 난 평생 주어진 역할을 강요받았다. 대본에 "신비로운 미소를 지으며 웃는다.", "오묘한 눈빛을 던진다." 같은 지문만 즐비했듯.

'자정까지만 이 짓을 버티자.'

이렇게 다짐하며 나는 오늘 밤의 연기에 집중했다. 10년 가까이 이 일로 먹고살았으니 하루쯤 넘기는 건 식은 죽 먹기였다. 하품이 나오려는 걸 애써 참으며 술을 들이켰다.

시간이 얼마나 지났을까. 좌중의 반은 얼큰히 술에 취했다. 이즈음이면 연예계에서 떠도는 온갖 가십이 흘러나왔다. 어떤 이들이 사람들의 입에 오르내리는지를 파악하면 엔터테인먼트 산업의 동향을 알 수 있었다. 적절히 제 이야기를 흘려 누군가의 귀에 들어가도록 수작을 부릴 수도 있었다. 단 술자리에서 흠을 보이면 다음 날 삽시간에 온갖 기자들이 알게 되는 경우도 파다했다. 신인이라면 행동 하나하나를 얽어매는 긴장감에 손끝 하나라도 조심스러울 테다. 하지만 이 바닥에서 지금까지 살아남은 나는 서로를 하이에나처럼 노리는 분위기쯤은 익숙했다. 태연하게 눈을 내리깔고 연기하면 그만이었다.

한창 주가를 올리는 소식들이 무엇인지 귀 기울였다. 대부분 이미 알고 있거나, 거짓이거나, 별 볼 일 없는 소식들이었다. 이러면 시간이 아까운데. 그나마 내 호기심을 자극한 건 두 사람의 소문이었다. 강남의 유명 피부과 원장인 철중의 이혼 소식과 해외로 진출한 여성 감독 영현의 수상 소식이었다. 한 명은 모르는 사람이었다. 그리고 한 명은 내가 잘 아는 사람이었다.

"거기 주사가 효과도 뛰어나요, 원장님이 이브 그룹 이사랑 가족 관계인 거 아시죠? VIP들에게만 납품하는 화장품이 있는데 촬영 전 필수라니까요. 아무에게나 팔지도 않아요. 추천장을 받아야 하죠. 그런데 한번 시술받으면 도통 그만둘 수가 없어요. 효과는 확실하더라니까요. 다만…… 실력이랑 사생활은 정반대잖아요? 부인들하고 그렇게 된 걸 들으니 괜히 찜찜한데…… 그래도 제품은 포기 못 하겠단 말이에요."

"상품만 좋으면 됐지. 무슨 상관이야."

사람들은 한참 철중에 대한 이야기를 떠들었다. 얼핏 들으니 철중은 대대로 기업을 운영하는 재력가 집안의 의사로서 그의 아버지는 회사를 몇 개씩이나 소유하고 있었다. 그의 여동생도 이브라는 유명 뷰티 계열사를 운영했다. 연줄도 연줄이지만 그의 병원 또한 압구정에서 제일 큰 피부과였다. 나는 기억을 떠올렸다. 오래전 내게도 해당 병원에서 협찬이 들어온 적 있었다. 그땐 다른 스케줄이 겹쳐 거절했었다. 그 후에도 몇 번 컨택이 왔는데, 직접적으로 병원장을 만난 적은 없다. 난 그의 모습을 떠올리려 했으나 안경을 쓴 나이 든 남자의 윤곽 외엔 생각나지 않았다. 물론 지금 회자되는 이야기가 좋은 소식들만은 아니었다. 그 때문에 깊이 알고 싶지 않았다. 그는 세 번이나 이혼 경력이 있었다. 한 번도 아니고 세 번이라니. 돈 많고 머리만 좋지 속은 변변찮은 남자임이 분명했다. 그보다 나는 정신이 다른 데 쏠려 있었다. 나와 상관도 없는 이혼남 이야기보다 더 알고 싶은 게 있었다. 이미 전속 피부과도 따로 있는 상황에서 굳이 병원을 옮길 필요는 없었으니까. 오히려 내가 알고 싶어 안달이 난 사람은……

영현.

그 여자였다.

영현의 소식을 오랜만에 들었다.

나의 끔찍한 첫사랑. 데뷔한 지 3년째 되던 해 나는 가장 주목받는 신인 배우로 이름을 날렸다. 매일 차기작으로 검토해 달라는 대본들이 수십 개씩 쏟아졌다. 행복한 비명을 지르는 사이 만났던 사람이 영현이었다. 차기작은 보통 사장이나 직원들이 대본을 먼저 읽고 후보작을 뽑아 내게 통보했다. 하지만 영현의 대본은 달랐다. 나는 그 작품을 직접 발굴했다. 수많은 종이 뭉치 속에서 유독 볼품없는 표지의 작품이 눈에 들어왔다. 제목은 "사의 찬미"였다. "어린 딸을 두고 떠나야만 하는 여성의 로드무비"라는 간략한 설명구가 명조체로 하단에 적혔다. 종이 더미 사이에서 몰래 그 대본을 챙겨 집으로 가져갔다.

밤새도록 영현의 글에 빠져들었다. 그 영화는 일인극이나 다름없었고 저예산으로 충분히 만들 수 있었다. 세파에 지친 나이 든 여자는 〈사의 찬미〉를 부르며 딸과 멀어진다. 땡볕과 세찬 비바람, 흙먼지를 제치며 계속 황야를 건너 도착한 땅끝엔 뱀 한 마리가 있다. 여자는 뱀을 맨손으로 감싼다. 뱀은 여자의 딸로 변해 목을 끌어안는다. 딸이 어머니의 빈 목덜미를 깨문다. 상사뱀처럼. 딸은 어머니의 허물을 벗긴다. 어머니는 탈피하여 다시 딸로 변한다. 극은 초라하고 담담하지만 아름다운 구석이 있는 이야기였다. 나는 매니저에게 허락도 구하지 않고 영현의 전화번호를 알아내어 연락했다. 그건 내가 연예계에서 처음으로 깬 금기였다. 고작 신인에 불과한 내가 회사의 명령을 따르지 않고 신인에 불과한 감독에게 연락을 한 셈이었다. 무언가에 씌인 듯 난 영현의 영화에 출연시켜 달라고 졸랐다. 영현은 배우에게 개인적으로 컨택이 온 건 처음이라며 놀란 눈치였다. 일단 따로 사석에서 만나 작품에 대한 이야기를 자세히 나누자고 했다. 우린 대학로의 후미진 포차에서 만났다.

마스크와 모자를 눌러써도 나를 알아보는 사람들이 꽤 있었다. 일부러 인적 드문 골목길을 이리저리 에둘러 가며 도착한 술집엔 영현이 먼저 와 있었다. 그는 테가 둥근 안경을 썼고 검은 점퍼를 걸친 채 빨간 플라스틱 의자에 멀거니 앉아 있었다. 바닥에 반 정도 빈 소주병이 있었다. 빈속에 먼저 잔을 비운 모양이었다. 그는 긴장한 얼굴로 담배를 씹어 댔다. 내가 영현의 앞으로 다가서자 놀라며 바닥에 비벼 껐다. 그는 조용하고 신중한 인상이었다. 하지만 눈빛은 독했다. 나는 마스크를 벗고 정체를 드러냈다. 영현은 곰장어와 두부 김치를 시켰다. 음식이 나오는 동안 우리 사이엔 정적이 흘렀다. 영현은 말수가 적은 타입이었다. 우린 어떤 친분도 없었고, 내가 먼저 그에게 연락하긴 했지만 스스로도 왜 그런 시도를 했는지 알지 못했다. 그저 이 시나리오를 쓴 영현이란 사람을 직접 만나 보면 알 것 같았다. 소주 한 병이 나왔다. 영현은 내 잔을 먼저 채웠다. 서로 첫 잔을 깨끗이 비운 후, 영현이 먼저 운을 뗐다.

"어떤 점이 마음에 들었어요?"

그제서야 영현의 얼굴을 자세히 관찰했다. 안경 너머로 푹 꺼진 눈가가 보였다. 얼굴 근육이 미세하게 떨릴 정도로 긴장한 티가 역력했다. 하지만 새어나오는 이지적인 눈빛은 내 의중을 꿰뚫겠다는 듯 날카로웠다. 나는 어떤 말로 감상을 표현할지 고민했다. 뜸을 들이는 동안 영현은 술 한 잔을 더 넘겼다. 나는 불판 위에서 타기 시작한 고기를 바라보다 웃으며 대답했다.

"전부 다 읽어 버리고 싶었어요. 당신의 인물로 살고 싶어요."

영현이 짧은 한숨을 뱉었다. 그는 홀로 한 잔을 더 삼킨

후 나를 바라보았다. 난 영현을 더욱 자세히 관찰했다. 그제서야 깨달았다. 영현은 날 닮았다. 아니, 더 정확히 말하면…… 내 어머니의 눈동자를 닮았다. 그의 조곤거리는 말투나 눈을 내리깔다가도 한 번씩 의식적으로 치뜨는 행동, 젓가락 끝을 신경질적으로 내리꽂는 동작, 눈을 맞추지 못하고 나의 입술 부근을 바라보다가 점점 삐딱하게 기우는 목덜미까지…… 모든 것에서 기시감을 느꼈다. 우린 같은 종류의 사람이다. 난 영현의 시나리오에 나오는 뱀이 되고 싶다고 청했다. 하지만 주인공 여자가 되어도 좋았다. 영현은 아랫입술을 뜯었다.

"너무 좋은 기회죠. 미옥 씨가 출연해 준다면…… 저도 일말의 기대를 가지고 대본을 보냈던 거니까요. 하지만 저흰 소속사가 원하는 만큼 출연료를 드릴 수 없을 겁니다……."

나는 어떻게든 사장에게 말해 보겠다고 했다. 영현은 여전히 내가 왜 그토록 자신의 이야기에 집착하는지 영문을 모르겠다는 눈빛이었다. 이번엔 내가 영현의 잔에 술을 따랐다. 잔을 부딪혔다. 하지만 영현이 곧바로 마시지 않자, 나는 영현의 잔까지 빼앗아 입 속으로 털어 넣었다.

그날 나는 집으로 돌아가지 않았다. 영현에게 재워 달라고 속삭였다. 뱀처럼, 그의 목에 얼굴을 기댔다. 하관에 콧등을 스치면 그의 체취가 느껴졌다. 영현은 전전긍긍하면서도 날 집으로 데려갔다. 그곳은 먹던 라면 국물이 남겨진, 초라한 단칸방이었다. 구석에 싸구려 시트가 덮인 매트리스와 벽을 따라 즐비한 영화 관련 서적이 있었다. 반절은 모서리가 닳아 반들거리는 중고책이었다. 종이는 누렇게 바랬다. 낡은 책에서 풍기는 축축한 분위기가 가득했다. 영현이 나를 구석에 눕혔다. 그가 찬물을 떠오는 동안 몸을 뒤척이다가 먼지 쌓인 책끝을 손으로 훑으며 낄낄거렸다. 대본 외의 책은 별로 읽어 본 적 없다. 학교는 중퇴했고 일찍 배우 일을 시작했으니. 영현의 방은 서향이었지만 빛이 거의 들지 않아 반지하나 다름없었다. 벽지마다 퀴퀴한 곰팡이 냄새와 담배 향이 섞여 빠지지 않았다. 나는 부러 벽 구석에 코를 박았다. 숨을 뱉으면 영현의 흔적이 느껴졌다. 그 사람은 어딘지 차갑고 비린 파충류의 향을 가졌다. 그리고 팔다리가 아주 길었다. 그가 날 껴안으면 따뜻하진 않아도 구속당한 느낌이 들 터였다. 나는 그의 마르고 가느다란 뼈와 내 쇄골이 부딪히는 순간을 그렸다. 영현이 내게 물그릇을 들이밀었다. 나는 맥주 한 잔을 더 하자고 졸랐다. 영현은 난감한 얼굴로 만류했다. 오늘 처음 본 배우가 제 집에 드러누워 뭉그적거리고 있으니 당황할 만했다. 하지만 나는 치기 어린 젊은 배우였고, 전혀 부끄럽지 않았다. 나는 주변을 둘러보았다.

"무슨 감독네 집이 카메라 하나도 없어요?"

내가 핀잔하자 영현은 혀를 차다가 세탁실 베란다와 연결된 뒷방으로 사라졌다. 그러더니 묵직한 장비를 들고 나왔다. ARRI(아리)라는 로고가 적힌 필름 카메라였다. 몸체는 가방처럼 네모나고 윗부분이 뱀처럼 둥글었다. 세 개의 렌즈가 내 쪽으로 향하자 꼭 입 벌린 해골과 마주한 기분이었다. 부모 시대에나 있을 법한 오래된 디자인이었다. 렌즈는 아코디언처럼 굴곡진 사각형 커버로 덮였다. 나는 주름 사이에 손가락을 집어넣었다. 영현은 커버를 열고 필름을 넣는 법을 보여 주었다. 16밀리미터의 검은 필름을 홀더에 꽂고 당기면 길게 풀렸다. 영현은 필름의 끝을 잡아 뺀 후 반대편으로 다시 집어넣었다. 롤러를 부드럽게 돌리자 무한대 모양으로 감긴 필름이 기계 안으로 들어갔다. 그 속으로 손을 집어넣고 싶었다.

"이 장비의 색감을 사랑해요. 모든 게 적당히 창백하고…… 숨죽여 유혹하는 장면처럼 변하거든요."

영현은 중얼거렸다. 아마 그도 적당히 취한 것이리라. 영현이 내게 카메라를 건넸다. 나는 반쯤 누운 자세로 그걸 들여다보았다. 양팔에 묵직한 무게감이 느껴졌다. 그걸로 영현의 방을 이리저리 살폈다.

"조심해요. 빌린 것이니까."

나는 고개를 끄덕였다. 하지만 이미 눈 속에 담기는 풍경에 매료되었다. 렌즈 앞에 선 적은 있어도 카메라를 들여다보는 건 처음이었다. 방 천장에 묻은 얼룩과 벽지에 난 흠집, 몇 번이고 쓰고 지운 흔적이 가득한 종이 더미들을 관찰했다. 모든 곳에서 이 사람 삶의 방식을 알아차렸다. 곧이어 시야에 영현의 얼굴이 비쳤다. 나는 손을 멈추었다. 그의 이마를, 눈동자를, 입술을 찍었다. 그도 날 바라보았다. 숨이 멎을 것만 같은 기분. 화면 한가득 그의 얼굴을 담았다. 렌즈를 사이에 두고 우린 키스를 나누었다. 나는 카메라를 다룰 줄 몰랐다. 이렇게 오래된 기억의 흔적을 담는 물건 따윈 익숙하지 않았다. 이미 내 손과 감각은 장비보다도 자세하게 영현을 각인했다. 렌즈는 천천히 내려가 영현의 목덜미로 향했다. 영현의 말대로였다. 그의 목덜미에 새겨진 뱀 그림이 화면 속에서 푸르게 빛났다. 창백한 인디고 색이었다. 오래도록 그 부분을 쳐다보았다. 밤으로 물든 색이었고, 죽은 혓바닥에 고인 버려진 피들의 색이었고, 간교한 유혹의 얼굴이었다.

나는 손을 뻗어 그의 셔츠 깃을 내렸다. 영현은 제지하지 않았다. 카메라를 내려놓고 영현의 옷을 잡아당겼다. 뱀은 그의 척추까지 연결되어 있었다. 어깨를 타고 오른 자주색 뱀이 나와 눈을 마주했다. 영현의 손을 잡아당겨 내 목덜미도 만지게 했다. 그곳엔 어린 시절 발진을 앓고 푸르게 변한 자국이 있었다. 영현이 이걸 만져 주길 바랐다. 내가 먼저 영현의 목에 입술을 댔다. 그의 체온은 예상대로 서늘했다. 뱀을 힘껏 빨아들이곤 이빨로 깨물었다. 허물을 벗기려는 것처럼. 영현이 나의 뒷머리를 잡았다. 우린 입을 맞추었다. 입천장에 영현의 살이 차오르는 걸 느끼며 날이 새도록 독사들처럼 움직였다. 그와 나는 동류가 맞았다.

결과적으로 내가 영현의 영화에 출연하진 못했다. 이미 소속사가 정한 스케줄이 가득해 일정을 쉽게 뺄 수 없었다. 더욱이 영현이 작업하는 독립 영화는 수지 타산이 맞지 않았다. 대신 우린 연인이 되었다. 일이 끝나면 자연스럽게 영현의 방을 찾았다. 그곳은 화려하지도 넓지도 않았지만 서로를 끌어안고 시간을 보내기엔 안성맞춤이었다. 내게 영현은 연예계에 들어와 사귄 첫 애인이었다. 학교를 다닐 때 제법 고백을 받았지만 그 시절은 생계를 유지하고 배역 연습을 하느라 연애할 틈이 없었다. 성인이 되어서는 쏟아지는 일감에 오직 카메라 앞에서만 사랑을 연기했다. 그랬던 내가 영현의 앞에서는 처음으로 모든 역할과 껍질을 벗어던지고 애정의 불길을 있는 그대로 내보였다. 진정한 삶이었다. 영현의 차분한 성질은 하나에 빠지면 매섭게 들끓는 날 중화했고 우린 더없이 어울리는 한 쌍이었다. 언제나 한 몸처럼 서로에게 몰두했다. 난 영현의 목덜미를 관찰하길 좋아했다. 척추뼈 마디마다 그려진 뱀의 굴곡을 쓸어 올릴 때 일렁이는 얼굴을 사랑했다. 촬영 중인 작품이 끝나면 언젠가 나도 뱀을 새기고 싶었다. 연애의 모든 첫 순간을 그와 함께했다. 대다수 생명에게 **처음**은 강렬한 인상으로 의식에 남는다. 나의 처음들은 영현으로 뒤덮여 있다. 영현이 날 쓰다듬으면 그의 팔에 얼굴을 묻고 당신의 작품으로 만들어 달라고 속삭였다. 그러면 영현은 묵묵히 내 손끝에 입을 맞추었다. 처음엔 가벼운 키스로 나중엔 손을 전부 삼켜 버릴 것처럼 진득하게.

"당신은 이미 최고의 작품이야."

그렇게 중얼거리는 너와 함께라면 지금 당장 죽어도 좋다고 생각하던 때가 있었다.

소원은 결국 이루어지지 못했다.

가장 처음의 것들엔 왜 언제나 배신당할까.

조심해요, 빌린 것이니까.

어느 날, 영현이 내게 했던 말을 나는 똑같이 그의 곁에 선 다른 누군가에게 말했다. 여느 연인들처럼 우리 사이에 사소한 문제가 생기면 영현이 종종 상담을 청하던 여자가 있었다. 영화제 스태프로 만난 사이였고, 영현이 작업할 때 종종 도우러 왔던 사람이었다. 단발머리에 수수하고 볼품없는 여자였다. 그래서 난 영현과 그가 단둘이 만난다고 해도 별로 개의치 않았다. 여자는 자주 영현의 카메라 장비를 빌리러 왔다. 그날은 나도 영현의 집에 있었다. 영현이 다른 곳에서 빌린 아리 카메라를 이번엔 내가 그 여자 손에 넘겨주었다. 그러면서 경고했다.

조심해요, 빌린 것이니까.

여자는 경고를 무시했다. 영현과 나는 1년 후 헤어졌다. 그들이 날 먼저 배신했다. 영현은 다른 사람을 사랑하게 되었다고 고백했다. 상대는 그 여자였다. 이후는 진흙탕이었다. 진실을 알고 영현에게 매달린 건 내 쪽이었다. 끝까지 나를 내친 건 영현이었다. 그 후로도 몇 년간, 우리의 사랑이 깊었던 만큼 상처가 컸다. 매일 밤 영현 때문에 분개하며 우는 나날이 이어졌다. 배은망덕한, 끔찍한 인간. 어둡고 초라한 단칸방이나 어울리던 당신을 알아본 건 나였는데. 당신의 자질, 당신의 영혼, 당신의 미학을 알아본 건 나였는데. 그깟 눈에 띄지도 않는 여자가 아니라. 그 여자는 내게서 영현을 잠시 빌렸을 뿐이다. 그런데 돌려주질 않았으니 절도범이나 다름없는 년이었다.

3년 후, 영현은 해외로 떠났다. 그곳에서 커리어를 쌓는다는 소식을 간간이 들었다.

난 미친 듯이 일에 몰두했다. 내 이름을 모든 사람들이 호명하고 칭송해 영현의 귀에까지 들어가도록 만들고 싶었다. 그래서 영현이 나와의 흔적을 평생 지울 수 없길 바랐다. 바다 너머로, 땅끝으로 도망가도 영원히 벗어날 수 없도록. 그게 내 삶의 동기였다. 내 곁으로 돌아와. 내게서 앗아간 걸 돌려줘. 도둑년들, 도둑년들……. 시간이 지나고 난 원하는 대로 유명한 배우가 되었지만 영현은 귀국하지 않았다. 그 사실을 깨달은 날부터 내 평판은 하락세를 탔다. 쓰레기 같은 영화들이 줄줄이 늘어선 것도 영현의 탓이었다. 내가 여기까지 몰락한 데에는 영현의 지분이 컸다. 영현은 뱀보다도 간교하고 악랄했다.

……이제 그것도 다 지난 기억이다. 우린 이제 나이가 들었고, 언제까지나 옛 고통에 매여 있을 수는 없었다. 그래도 오랜만에 접한 영현의 소식에는 궁금증이 일었다. 휴대폰으로

영현의 이름을 검색하자 양복을 빼입고 트로피를 든 모습이 나타났다. 이전보다 눈가에 주름이 패고 어깨가 굽었으며 여전히 수줍지만 작품에 대한 신념으로 가득 찬 모습이었다. 셔츠 깃 사이 뱀 문신은 그대로였다. 영현의 옆엔 허리가 가느다란 외국인 여자 한 명이 서 있었다. 예전의 그 수수한 여자는 보이지 않았다. 사진 아래 영현의 인터뷰 전문이 있었다. 그걸 읽으려 스크롤을 내리던 참이었다.

"미, 미, 미옥 배우님 되시죠. 여기서 뵙게 될 줄은 몰랐습니다."

누군가가 날 촌스럽게 불렀다. 눈살을 찌푸리며 고개를 들자 남색 줄무늬 칼라 티에 안경을 걸친 마른 남자가 보였다. 옷도 촌스러웠다. 이런 사람이 날 부를 리는 없는데. 주변을 둘러보자 내가 상념에 빠진 동안 다른 사람들은 이미 무대로 나간 모양이었다. 테이블이 휑했다. 자리엔 나뿐이었다. 그는 내게 말을 건 것이 분명했다. 남자는 옆자리에 앉고 싶어 몸을 움찔거렸다. 나는 자리를 내주지 않은 채 먼저 물었다.

"누구시죠?"

"아, 소개를 잊었습니다. 여기, 며, 명함입니다. 이브 피부과 원장 처, 철중이라고 합니다."

아. 사람들이 언급하던 그 남자였다. 철중. 피부 관리에 끝내주는 제품을 팔지만 세 차례 이혼한 남자. 머리도 좋고 돈도 많은데도 부인들이 견디지 못해 떠나간 남자. 포악하거나 변태

같은 성벽을 숨겼을지 모르는 남자. 그러나 눈앞의 남자는 소문과는 다르게 왜소했다. 이 사람은 거슬리게 왜 자꾸 말을 더듬는 걸까. 벌건 귀로 손을 덜덜 떠는 모습은 소심해 보이기까지 했다. 고작 이런 사람이 표독스러운 비밀을 가진 남자라고? 어수룩한 말투는 바보 같지만 위협적이진 않았다. 그는 흉악하기보단 예민해 보였다.

"앉으세요."

나는 옆자리를 내주었다. 클럽 노랫소리에는 질린 지 오래라 춤추는 데 관심이 없었다. 시간도 때울 겸 이 남자와 노닥대다 집으로 돌아갈 심산이었다. 철중은 곁으로 와 앉더니 갑자기 고개를 떨구고 숨을 몰아쉬었다.

"어디 아프세요?"

"아, 아뇨. 그게, 저…… 이런 말 드리면 부담스러우시겠지만…… 제가, 미, 미옥 씨의…… 오랜 팬이라서요……."

"그러셨어요?"

어라, 나는 이 남자가 던진 말에 새삼 관심이 갔다. 글쎄, 이곳에는 팬이라는 입에 발린 말로 환심을 사려는 이들은 수두룩했다. 하지만 철중의 반응은 꽤나 진심이었다. 난 찬찬히 그를 살폈다. 관리가 되긴 했지만 숨길 수 없는 머리숱과 손가락 주름은 거진 나보다 스무 살은 많아 보였다. 결혼을 세 번이나 했으니 그럴 만도 했다. 반면 내 앞에서 그가 보인 반응은 20대 청년 같았다. 그는 내게 술을 건네려다 두 번이나 엎

지르고, 내가 준 과일 조각을 받아 쥐면서도 손을 떨었다. 수전증이라도 있나 싶을 정도였다. 하지만 레이저 시술을 하는 의사가 그럴 리는 없었다. 그의 신체 반응은 진짜였다. 내 앞에서 긴장하고 부끄러움으로 몸을 떠는 건 진정한 관심의 표현이었다.

나는 손깍지 위에 턱을 괴고 철중을 지그시 응시했다. 그는 나와 눈도 못 마주쳤다. 고작 이런 남자가 소문의 주인공이라고? 역시 가십은 믿을 만한 게 못 된다. 어린 청년처럼 서툴게 구는 이런 남자가 무시무시한 푸른 수염 백작이라니. 물론 이렇게 덜떨어졌으니 아내들에게 미운 털이 박혔는지도 모른다. 원숙한 중년들에게 여성을 챙길 줄도 모르고 쭈뼛거리는 마마보이 같은 남자란 징그러우니깐. 그도 비슷한 이유로 버림받지 않았을까. 아, 나는 이미 이 남자를 **버림받았다**고 여겼다. 왜였을까. 나 또한 부모로부터 버려진 거나 다름없이 컸으니, 그에게서 비슷한 점을 보았을지도 모른다. 아니면 어린 청춘처럼 구는 이 남자에게서 어렴풋이 일찍 죽은 아버지의 그림자가 느껴진 것도 같았다. 어쨌든 철중은 한 명의 측은하고 쓸쓸한 홀아비였다. 약간의 연민은 자연스러웠다. 그가 날 어떤 식으로 연모했을지 상상했다. 서로에게 건조하고 냉정해져 누구보다 멀어진 아내들에 비해 한창 피어나는 시기의 여인인 나를 이상향으로 그렸을 테지. 누구도 자신을 원하지 않는 나이에 접어들고, 함께 있어도 지루하고 외로운 시간 속 한 줄기 기쁨으로나마 나를 탐했겠지. 때론 아무리 나이가 들어도 영혼을 찢고 들어오는 존재 하나가 생의 감각을 뒤바꾸는 법이다. 이 순간 나와의 조우는 그에게 얼마나 천국 같은 경험일까? 나는 일부러 철중과 오래 시선을 맞추며 눈꺼풀을 느리게 깜박였다. 어쨌든 상냥하게 굴어 주는 편이 좋겠지. 남자들은 언제나 내게 기대하는 역할이 있었다. 난 최소한 그걸 이용할 줄 아는 여자였다.

"직접 만난 소감이 어떤가요?"

"화면보다 훨씬 더 아름다우시고…… 몇 배는 더 미인이십니다."

"빈말은. 의사면 병원에서 예쁜 환자들 많이 보시지 않아요?"

"미옥 씨에게 비할 바는 못 되지요. 인공적인 아름다움은 따라갈 수 없는 천연의 미가 배우님에게는 있으십니다. 의사라서 잘 압니다."

"어머, 저도 관리 정도는 받아요."

"그걸 미옥 님만큼 소화하는 사람은 없을 겁니다. 본바탕이 되지 않으면 아무리 좋은 가면을 덮어씌워 봤자 의미가 없죠."

이 사람은 나에게 단단히 빠져 있었다. 화면 속 환상의 실체를 접하면 이상화가 깨지기 마련인데도 그는 계속 찬사를 이어 갔다. 난 그의 즐거움을 망치고 싶지 않았다. 오히려 그가 꿈꾼 것보다 좋은 걸 주고 싶었다. 내가 이마와 콧날을 좀 만졌다는 사실은 입 다물었다. 대신 일부러 그에게 잔을 건네는 척하며 손목을 슬쩍 건드렸다.

"이번 드라마는 보셨어요?"

"당연하죠. 보다마다요. 세 번이나 봤답니다."

"정말로 절 좋아하시는군요……. 이번 작품은 그리 흥행하지 못했잖아요. 일부러 찾아보셨겠네요. 제 작품 중 제일 좋아하는 게 뭐죠?"

철중이 처음으로 나의 눈을 바라보았다. 그의 시선은 묘하게 들떴다. 팬으로서 좋아하는 작품을 말할 기회를 얻어 감격한 얼굴이었다. 사람은 나이를 먹어도 비슷했다. 철중은 기쁜 얼굴로 입을 열었다.

"다 나열하자면 밤을 새도 모자랄 겁니다. 하지만…… 초기작 중 하나인 〈상사뱀〉이라는 작품…… 거기서 미옥 씨의 열연을 봤을 때의 충격은 잊을 수 없어요."

"그 작품을 아직 기억하는 사람이 있을 줄이야."

"기억하다마다요! 신비로운 눈빛, 제스처, 사랑하는 남자에게 목덜미를 내주고 뱀 문신을 새기던 대담함은…… 어떤 남자라도 빠져들었을 겁니다. 저도 그렇게 사로잡힌 멍청이 중하나지요. 하하하."

그가 언급한 작품이 무엇인지는 똑똑히 알았다. 신인 배우로 단시간에 주목받은 후 얼마 지나지 않아 들어온 역할이었다. 회사는 연기 스펙트럼을 넓히려면 이런 역할도 다양하게 맡아야 한다고 설득했다. 나는 첫사랑의 이미지로 마케팅하기에는 눈에 색정적인 분위기가 흐르니 도발적인 팜 파탈의 이미지를 추구해 보자고 했다. 나중에 알았지만 비슷한 시기에 데뷔한 대형 기획사의 신인과 이미지가 겹치자 노선을 우회한 것이었다. 당시 고작해야 갓 스물이었던 난 팜 파탈이라는 단어가 정확히 무슨 의미인지도 몰랐다. 막연하게 유혹적인 대상이 되는 일에 대한 환상을 품은 채 매니저가 준 대본에 충실했다. 그 결과 내가 찍은 역할은 극 전반부 내내 입꼬리만 올리며 모호한 대사 몇 마디를 던지다 목덜미를 드러내며 격렬한 정사를 펼치는 요부였다. 솔직히 극본의 대사들을 거진 이해하지 못했다. 왜냐하면 내 역할은 주인공의 서사에 존재해도 그만, 아니어도 그만인 캐릭터였기 때문이다. 오로지 눈요깃거리에 불과한 역할이었다. 대사를 분석하고 캐릭터를 창조할 필요도 없었다. 홍보 문구엔 "국민 여배우의 파격적 일탈", "치명적인 정사 신" 같은 말들이 붙었다. 그 뒤로 감독들의 러브콜은 계속 쏟아졌으나 **연기 스펙트럼을 넓히려** 했다는 스튜디오의 계획과 달리 줄줄이 비슷비슷한 역할만 따랐다. 신비롭게 웃다가 주인공을 유혹하고 만족시킨 다음 희생되는 껍데기뿐인 역할들. 이게 내 커리어의 근간이었다. 남성 관객들은 내 역할에 열광했다. 독사와 살로메처럼 강렬한 매력이라고 일컬어지는 껍질들을.

그러나 나이가 들고 눈가에 주름이 하나둘 늘자 날 버리려 했다. 그들에게 뱀이란 매끈하고 유연하며 언제나 번들거리는 모습으로 상대에게 감겨들어야 하니까. 미끈거리는 살갗으로 그들의 육체를 만족시켜야 하니까. 멍청이들, 나는 진심으로 그렇게 생각했다. 진짜 뱀들은 그렇게 태어나지 않는다. 뱀은 자신을 찢고 나온다. 매번 새로운 존재로 거듭난다. 언제든 독니를 드러내어 상대를 통째로 삼킨다. 사탄은 뱀 여자의 모습으로 인류에게 와 혓바닥을 휘둘렀다. 그 대가로 인간들은 끝없는 노예가 되지 않았는가. 살로메는 주저 없이 목표물을 죽였다. 어머니의 말을 따라. 아버지가 가장 총애하는 선지자의 목을 단번에 벴다. 그러니 살로메의 춤은 아버지를 위한 것이 아니었다. 사람들은 이걸 모른다. 난 언제나 관객들을 비웃었다. 나라는 여자는 섹스보다 죽음에 더 가까운 존재임에도 사람들은 내 육체만을 보았고 육체로만 소비했다.

〈상사뱀〉. 그 작품은 내가 제일 싫어하는 영화였다.

철중에게 그 사실은 알리지 않았다. 늙은 남자의 환상을 깨는 짓은 가혹하니까.

목덜미가 시큰했다. 철중의 손가락이 눈에 들어왔다. 그는 의사답게 희고 가는 손가락을 가졌다. 시술을 집도하는 사람답게 섬세했다. 그에게선 어딘지 내 아버지와 비슷한 느낌이 풍겼다. 우리 아버지는 뱀 장사를 했다. 맨손으로 독사들을 죽이고 이빨을 뽑고 배를 갈라 거죽을 벗겼다. 그런 손과 이 남

자의 손이 닮을 리 없는데도……. 운명의 신호였을까? 거칠고
마초적인 땅꾼이었음에도 내게만은 다정했던 아버지가 갑자
기 이 자리에 찾아온 듯했다. 아니다. 그는 내 아버지를 닮지
않았다. 난 부인했다. 그는 나의 혈육을 닮지 않아야 한다. 그
래야 관심을 둘 수 있다. 그를 더 알고 싶어도 죄가 되지 않으
리라. 결핍만 남기고 간 부모의 역사를 되풀이하고 싶진 않
았다. 그게 인생의 유일한 소망이었다. 어쩌면…… 난 운명의
계시를 알아차렸다. 오늘 영현의 소식이 들렸고 뒤이어 이 남
자를 만난 건 필연이었다. 그래서 난 이 남자를 시험에 들도
록 했다.

"그 뱀, 상사뱀 말이에요, 보여 줄까요?"

철중의 얼굴에 당혹감이 스쳤다. 그가 곁눈질로 나의 목
을 훑었다. 철중은 "보, 보여 주신다고요?"라고 반문했다. 나
는 "네." 하고 대답한 후 씩 웃으며 어깻죽지를 깠다. 시스루 소
재의 어깨 끈이 내려갔다. 철중이 헛숨을 들이켰다. 나는 길게
붙인 속눈썹을 깜박였다.

"거짓말이에요. 알레르기가 있어서 그 장면만은 대역을
썼거든요. 문신은 없어요. 봐요, 깨끗하죠?"

철중은 "아." 하고 탄식하더니 목덜미에서 눈을 떼지 못했
다. 난 그가 실망할 줄 알았다. 그토록 도발적인 문신은 가짜
였고 내 목덜미에는 어린 시절 생긴 푸른 반점뿐이니까. 하지
만 철중은 도리어 날 뚫어져라 보면서 생각에 잠겼다. 내가 무

안해질 정도로. 그러더니 갑자기 기다란 손을 내밀어 내 어깨를 감싸곤 반점에 엄지를 가져다 댔다. 갑작스러운 접촉에 놀란 쪽은 나였다. 결혼을 세 번이나 한 남자니 숙맥은 아니었나. 그의 손바닥은 더운 편이었다. 여자 같던 손가락과 달리 손바닥은 굳은살로 거칠었다. 수술을 자주 집도했기 때문일까. 난 일부러 다시 물었다.

"실망하셨나요?"

"그럴 리가요. 오히려…… 미옥 씨의 본모습은 이토록 깨끗하다는 게…… 마음 설렙니다."

"어릴 때 발진으로 심하게 앓은 적이 있어요. 그 때문인지 지금도 금방 두드러기가 돋아요. 문신 장면이 제 대표작 중 하나인데 허위라니 우습죠."

"그렇지 않습니다. 정복자 없는 불모지일수록 사람들을 자극하는 법이죠. 이런저런 분장을 하는 일도 많으실 텐데……. 민감성 피부라니 불편한 점이 많으셨겠어요. 괜찮다면 저희 병원에 한번 들러 주시겠습니까? 이런 문제는 전문이거든요. 제 입으로 자랑하긴 부끄럽지만, 피부 관련해서는 이 지역에서 제일가는 실력이라고 자부합니다. 방문해 주신다면…… 정말 영광일 겁니다."

"이렇게 만난 것도 인연인데. 좋아요. 선생님께 맡길게요. 무슨 뱀 크림이 유명하다는 말이 돌던데, 진짜인가요?"

철중은 목소리를 낮추더니 내게 속삭였다.

"그건 저희 병원의 VVIP들에게만 처방하는 특수 제작 의약품입니다. 정확히 말하면 앰플이죠. 소량만 제작하여 비밀리에 추천제로만 풀리는 제품이라 아무에게나 드릴 순 없지만…… 미옥 씨라면 얼마든지요. 병원을 홍보하려는 의도는 아닙니다. 팬으로서의 호의라는 걸 알아주세요."

아, 이제 그는 좀 더 대범해져 내 목덜미를 진득하게 만지기 시작했다. 그 제안을 듣고 문득 생각했다. 이 사람은 다정할까. 날 배신하지 않고, 떠나지 않고, 아버지처럼 날 아낄 준비가 되었을까. 그를 더 알아 봐야겠다. 어린 시절 날 제 무릎에 앉히고 쓰다듬던 아버지가 기억났다. 어쩌면 그는 세 번의 실패를 넘어 비로소 만난 나를 운명으로 여기지 않을까. 본래 처음은 실패하지만 마지막 대상에겐 헌신하는 법이다. 사람은 누구나 실수를 하니 과정은 눈감아 줄 수 있다. 게다가 그는 재벌가의 장남이지 않은가. 이제 국민 첫사랑, 팜 파탈 따위의 식상한 호칭은 떼어 버리고 재벌가 며느리라는 타이틀은 어떨까 하는 생각이 스쳤다. 꽤 구미가 당겼다. 게다가 그는 처음, 그러니까 새것은 아니었다. 하자 있는 중고품을 다루는 건 쉬울지도 모른다. 세상을 다시 내게 주목시킬 방법이 떠올랐다. 이 남자는 그 열쇠를 지녔다. 난 철중의 손등에 뺨을 기울였다. 의도적으로.

"그렇게 하죠, 어쩌면 의사 선생님께는…… 제 본모습을, 모든 밑바닥을 보여 드려도 괜찮을 것만 같아요. 이상한 예감이죠. 그런데 제 감은 틀린 적이 없어요. 선생님, 이게 여자에게 어떤 의미인지 아시나요."

§

우리는 데이트를 했다.

먼저 내게 병원 주소를 보낸 건 철중이었다. 나는 메시지에 사흘 정도 답장하지 않았다. 그동안 영현의 해외 인터뷰 자료들을 샅샅이 읽었다. 영상 속 영현은 새치가 늘었고, 여전히 과묵했고, 한결 해쓱했다. 이지적이고 날카로운 눈빛만은 그대로였다. 영현은 비영리 재단에서 여는 강연회에 연사로 활동했다. 여성과 여성 간의 관계에 대한 예술적 해석을 발표했다. 그는 영어로 말했고 한글 자막은 올라오지 않았다. 그래서 모든 말을 알아들을 수는 없었다. 하지만 난 그의 표정, 몸짓, 모든 것을 주시했다. 감색 정장과 검은 안경테를 착용한 영현이 슬라이드를 넘기려 돌아설 때마다 목덜미의 뱀 문신이 보였다. 한때 그 뱀의 숨통을 물었었는데. 잇자국은 다 아물었을까. 그런 것들이 궁금했다. 아, 갑자기 난 영현과 눈이 마주쳤다. 정확히 말하면 영현이 카메라를 응시했다. 우린 마치 서로를 바라보는 듯했다. 난 잠시 화면을 멈추었다. 영현의 두 눈동자가 클로즈업되었다. 유난히 검은 동공과 엄숙히 다물린 입. 그 속에 열정과 광기가 도사렸다. 내가 아는 눈빛이다. 번뜩이는 통찰이 완벽한 이미지가 될 때까지 물고 늘어지는 영현의 습성이 담긴 눈이다. 이미 난 그의 수많은 영역들을 알았다. 그것들을 흡수하여 지금의 내가 있었다. 영현도 분명 그걸 알 텐데. 심지어 그는 다른 여자들과 연애 경험이 있었지만 나처럼 구는 사람은 처음이었다고 말했다. 나 또한 영현에게 처음이었다. 유일무이하고 특별한 처음. 그런데 우리가 왜 서로를 영영 잃어야 했는지 아직도 이해되지 않는다. 처음은 지독하다. 지독한 처음은 모든 **다음**들을 결정짓는다. 그러므로 우린 가장 고결한 시작과 끝으로 남도록 서로를 온 힘으로 붙들어야 했다. 영현, 당신은 너무도 쉽게 나를 놓쳤다. 그것도 모자라 겁을 집어먹고 도망쳤다. 우리 사이에 피어날 수 있던 수많은 미학을 놔두고. 모니터 속 영현을 바라보며 저주를 퍼부었다.

당신만은 내 어디가 아름다운지 정확히 알았잖아. 그 죄를 짊어져야 해. 나도 당신의 아름다운 구석을 유일하게 아는 사람이었으니까. 내가 없는 곳에서 영원히 추악해야 해, 때로 날 생각하지? 아니, 내가 당신을 생각하는 만큼 당신도 날 떠올릴 거야. 우린 진실을 깨물고 함께 죽기로 한 뱀, 우릴 관음하는 신의 시선도 거부하고 모든 걸 해치기로 한 존재들. 지금쯤 내가 보고 싶겠지. 그렇다고 말해. 당신을 위해서라면 흙도 먹을 수 있어. 발꿈치도 내줄 수 있어. 널 채울 건 나뿐이야. 돌아오고 싶다고 해. 마지막 기회야. 나도 많이 달라졌어. 지금 당신이 날 원한다면, 모든 걸 용서할게. 날 갈망해, 그렇다는 증거를 보여 줘. 날 원한다는 증명. 당신의 삶이 나로 망쳐졌다는 증명. 내가 없는 곳에서 입 다물어. 다른 사람들 따윈 내버려 둬. 타인을 보면서 연기하지 마. 우린 서로의 앞에서만 진짜로 살 수 있었어.

영현의 눈동자에 내가 비쳤다. 난 그 방향으로 몸을 기울였다. 그러다 다시 스페이스 바를 눌렀다. 영상이 재생되었다. 화면은 붉은 바탕에 짙푸른 보랏빛으로 점철된 거대 뱀 그림으로 바뀌었다. 그걸 보자 호흡이 멎었다. 이건 영현의 메시지였다. 널 그만 생각하려고 했어. 버리려고 했어. 영현. 그런데…… 뼛속까지 전율이 흘렀다.

아는 그림이었다.

정말로 잘 아는 그림이었다. 포르투갈 출신의 여성 작가가 그린 그림이었다. 가난과 폭력을 딛고 원시적 상징들을 재해석하여 강렬한 색감과 기하학적 도형들로 표현한 추상화…… 그중 뱀을 주신으로 모시는 부족들의 의식을 주제로 한 연작이 대표작이었다. 세세한 설명까지 다 기억난다. 영현에게 그대로 들었으니까. 선악에 대한 딜레마를 주제로 한, 멀리서 보면 선악과 나무처럼 보이고 가까이 다가가면 엉긴 독사 무리들을 볼 수 있는 작품이었다. 반쯤 허물이 벗겨진 뱀은 속이 훤히 들여다보였다. 모든 게 똑똑히 기억났다. 어떻게 잊을 수 있을까. 그건 영현이 내게 직접 보여 주고 감상하게 한 그림이었다.

우리가 사귀던 시절 영현은 나를 저 작가의 전시회에 데려갔다. 〈사의 찬미〉의 주 정서를 이해하려면 이 전시를 꼭 보라고 말했다. 그날 처음 신경을 미칠 듯이 깨우는 감각을 접했다. 예술이란 이런 것이로구나. 일일이 분석하지 않고 틀에 욱여넣지 않아도 직관적으로 이해되는 것. 그런 밀도를 지닌 것. 이런 것이로구나. 영현은 진실을 찾는 여성들은 속에서 끊임없이 피를 흘리지만 결국 저 뱀처럼 허물을 벗고 새 존재로 거듭난다고 말했다. 그래서 서로의 껍질을 벗길 대상을 영원히 찾아다닌다고. 영현, 당신의 설명을 전부 기억한다. 난 정말 훌륭한 학생이었다. 지금까지도 당신의 가르침을 통해 사니까. 그러니 당신은 날 버리지 말아야 했는데. 아니. 머릿속에 어떤 생각이 번뜩 스쳤다. 어쩌면 사실 당신도 아직 날 놓지 못한 걸까? 말할 수 없는 이유로 날 밀어냈지만 지금까지도 내게 신호를 보내는 걸 보면. 오히려 날 붙잡는 건 당신이다. 영상 속 영현은 알 수 없는 언어를 읊는다. 그 입술, 표정, 손짓 모두가…… 날 향한 즉흥극일지도. 당신도 날 생각한다는 암시일지도. 심장이 쿵쾅거렸다. 왜 몰랐을까. 왜 이걸 지금까지 몰랐을까.

영현을 생각하자 온몸이 차가웠다. 목을 쥐인 냉혈 동물처럼. 모든 피가 심장 밖으로 빠져나가는 기분이었다. 목덜미의 반점이 욱신거렸다. 고온의 불은 오히려 푸르고 서늘한 법이다. 영현은 그만큼 뜨거운 사랑이었다. 그래서 우린 서로에게 열렬히 끌렸다. 지금 이 욕망은 **여배우**에게는 어울리지 않는다. 당연하다. 이 집착은 **예술가**의 열망이었으니까. 난 그와 함께 예술로 승화되고 싶었다. 당신을 벗기던 순간이야말로 진정한 작품이었다. 영현의 살을 깨물고 싶다. 이를 박고 보랏빛 뱀이 요동치도록 독을 주입하고 싶다. 당신의 혈관이 오직 나만을 부르짖도록. 세상이 우리만의 무대이도록. 그가 날 떠난 바람에 모든 시절을 잃었다. 하지만 영현이 돌아온다면 단절된 시공간이 움직일 것이다. 영현, 당신은 내게 빚을 졌지만 난 용서할 준비가 되었다. 네가 날 기억하는 한, 여전히 사랑하는 한 난 널 받아들일 거다. 부디 내 앞에 무릎을 꿇고 다시 사랑을 고백하며 키스해 주길.

아니야. 깨질 듯한 두통이 찾아왔다. 아니다, 아니다. 이건 덫이다. 그만두어야 한다. 영현을 생각하는 일을 멈추자. 이건 날 좀먹는 올가미다. 오랜 시간 그가 남긴 상처 때문에 고통받았다. 지금도 그는 날 조종하려 든다. 어딘가에 우리만 알 수 있는 암호와 신호를 숨겨 오해시킨다. 더는 그에게 휘둘리지 않겠다. 인생의 클라이맥스에 다다르려면 장애물을 뛰어넘어야 한다. 그는 날 휘감을 수 없다. 네가 날 뒤돌아보지도 않고 버렸듯, 이번엔 내가 당신을 절단하리라. 내 삶엔 나은 안식처가 필요했다. 가난하지도, 핍박받지도, 금기시되지도 않는 둥지가 필요했다. "혼인 신고를 하고 아기를 낳고 단란하게 오래오래 살았습니다."라고 말할 수 있는 생활이 필요했다. 마음이 불안하니 작은 자극으로도 이토록 흔들리는 거다. 영현은 계속 큰 스크린에 보랏빛 뱀을 송출한다. 난 저 덫에 걸리지 않으리라. 끝없이 널 생각하도록 하려는 수작에 얽매이지 않으리라. 더는 영현에게 당하면 안 된다. 내겐 인생의 다음 장이 필요하다. 가장 좋은 복수는 망각이다. 당신을 내 속에서 완전히 버리고, 짓밟아야 한다. 신데렐라의 왕관을 쓰고 너 따위는 잊었다고 비웃자. 그걸 위해서는 최상의 거짓말이 필요하다. 아버지의 죽은 얼굴이 떠올랐다. 그는 죽었고, 나는 살아남았지. 그의 결혼 생활이 행복했다면 일찍 돌아가시진 않았을 텐데. 난 우리 부모처럼 되고 싶지 않았다. 절대로……. 비로소 내가 갈 길을 알아차렸다. 영현에게 매달리는 건 인생의 과오를 반복하는 짓이다. 손끝이 냉랭했다. 난 이 손가락으로 뱀 그림 작가의 이름을 검색했다. 놀랍게도 서울에서 그의 특별전이 열리는 중이었다. 그래, 신은 내가 탈출하길 바란다. 난 전시 입장권을 두 장 구매했다. 그리고 철중에게 전화를 걸었다.

"안녕, 보고 싶어요. 데이트하실래요?"

그가 수락했다. 전화를 끊은 난 무심코 옷깃을 내려 목덜미를 매만졌다. 침을 삼킬 때마다 손바닥 아래 요동치는 맥박이 느껴졌다. 다음 시퀀스로 넘어가야 해. 그러지 않으면 영현은 자신이 상처 입힌 여성을 조각내 작품에 집어넣겠지. 난 재료가 되고 싶지 않다. 그의 좌절이 될지언정 먹이는 되지 않겠다. 우린 비이성적인 뮤즈 관계로 얽혀 있다. 이번에 먼저 상대를 버리는 건 나다. 영현은 날 버릴 수 없다. 그를 거절하는 건 내 쪽이다.

§

철중의 병원은 엘리베이터가 두 대나 있는 5층 건물이었다. 주말이라 진료가 일찍 끝났다. 퇴근 시각에 맞춰 그를 데리러 가겠다고 말했다. 철중은 여자가 자신을 데리러 오겠다고 하자 놀라는 눈치였다. 여전히 촌스러운 사람이었다. 그와 나는 열 살도 더 차이가 나니까. 그는 어떤 여자를 좋아할까. 최고의 작품으로 상사뱀을 꼽은 걸 보면 의사라고 다 정숙한 스타일을 좋아하는 건 아니다. 오히려 가방 끈 긴 엘리트들이 어딘가 뒤틀려 있는 법. 나는 야한 버건디 드레스에 검은 숄을 걸쳤다. 이거라면 피부가 더욱 돋보이겠지. 입술은 최대한 붉게 칠했다. 의사와는 어울리지 않는 화려한 모습이었다. 하지만 그가 좋아하리라 확신했다.

병원 대기실로 들어서자 그곳의 모든 사람들이 나를 쳐다봤다. 이곳은 연예인도 많이 다니는 병원이니 새삼스러울 건 없는데도. 나는 당당하게 고개를 쳐들고 걸었다. 이름을 말하자 직원이 날 별실로 안내했다. 달콤한 주스가 준비되어 있었다. 그걸 마시며 철중을 기다렸다. 방에선 은은한 아로마 향이 풍겼다. 한쪽 벽엔 병원에서 파는 의료용 화장품들이 전시되어 있었다. 주력 상품은 자줏빛 통에 담긴 앰플이었다. 특수 제작한 상품이라 가격도 나와 있지 않았다. 정보가 담긴 브로슈어를 읽고 있자 철중이 올 시각이 됐다. 난 일부러 숄을 느슨하게 걸쳤다. 바깥에서 노크 소리가 들리더니 체크무늬 머플러를 걸친 철중이 들어왔다. 그는 코트 단추를 끝까지 잠그고 머리카락을 빗어 넘겼다. 꽤 좋은 브랜드를 입었지만 그에게는 영 어울리지 않았다. 철중은 지난번보다는 한결 부드러운 미소로 나를 맞았다.

"많이 기다리셨죠. 오는 길은 괜찮으셨습니까."

"그럼요. 화장품들을 구경하고 있었어요. 이게 소문의 제품들인가 봐요. 아무나 가질 수 없다는."

"어지간한 기업 사모님들도 구할 수 없답니다. 오직 제가 필요하다 진단한 고객에게만 비밀리에 판매하고 있습니다. 극소량만 한정판으로 제작하기 때문이지요."

"그 얘길 들으니 꽤 탐나요."

"제가 하나 선물해 드려도 되겠습니까? 미옥 씨가 제품을 사용해 주신다면 영광입니다."

나는 고개를 끄덕였다. 이윽고 그는 품속에서 잘 포장된 상자 하나를 꺼냈다. 미리 내게 선물로 준비한 모양이었다. 흰 박스에 묶인 연보라색 리본이 고급스러웠다.

"감사해요. 이게 말로만 듣던 앰플이군요."

"살모사의 독을 정제하여 만든 천연 의약품입니다. 이번 신작이지요. 아직 국내에서는 아무도 써 보지 못한…… 특별 품입니다. 손수 극소량의 독을 추출해 만드는 제품인 데다 기존 제조법과는 다른 공정을 거쳤죠. 하루 세 번씩 사용하고 마사지를 해 주십시오."

"이런 걸 받아도 되나요. 기분 좋네요. 살모사의 독이라, 민감한 피부에도 문제는 없나요?"

"그럼요. 사실 이 앰플은 할리우드에서 먼저 유명해졌답니다. 항히스타민제를 사용하는 기존 치료는 부작용이 많아요. 하지만 이건 자연에서 추출한 리프팅제죠. 일주일만 사용하면 금세 효과를 느끼실 겁니다. 클레오파트라도 뱀독을 희석해 아름다움을 유지했다잖아요. 뱀이 괜히 의술의 상징이 아닙니다."

상당한 자부심이 묻어나는 목소리였다. 나는 상자를 풀어도 될지 물었다. 그가 승낙했고, 나는 조심스레 리본을 풀었다. 영롱한 자색 유리병이 나왔다. 그걸 손등에 한 방울 떨어트리자 약간의 누린내가 먼저 풍겼다. 다행히도 이내 말린 꽃향이 이어졌다. 가향한 모양이었다. 나는 액체를 손등에 펴 바르며 철중을 똑바로 바라보았다.

"살모사(殺母蛇)는 어미를 죽이는 뱀이라는 뜻이잖아요. 이 뱀은 난태생이라 알이 아닌 새끼를 직접 낳아요. 벌겋게 피 맺힌 막을 찢고 어미 곁에 우글거리는 모습이 꼭 모친을 잡아먹는 것 같아 붙은 이름이죠……. 그런데 사실 새끼들은 어미가 남긴 난황을 받아먹으려 곁을 떠나지 않을 뿐인 걸 아세요?"

"전혀 몰랐습니다. 뱀을 관찰한 적은 있지만…… 미옥 씨는 박식하시군요."

"〈상사뱀〉 찍을 때 공부 좀 했죠. 이 정도면 프로페셔널하죠?"

철중이 어떤 얼굴로 날 보았더라. 구체적으로 기억나진 않는다. 그가 날 얼굴만 반반한 연예인이기보다 지성미도 갖춘 매혹적인 여성으로 생각했을 걸 확신했다. 미옥 씨는 다른 여자들과 다르다, 그런 말을 연거푸 했던 듯도 싶다. 동시에 이혼남인 제 처지와 나이를 비교하며 얼마간의 자격지심도 느꼈겠지. 그런 복잡한 감정은 앞으로의 진행에 방해가 된다. 그래서 철중에게 앰플을 쥐여 주며 직접 내 뺨에 문질러 달라고 청했다.

"선생님의 작품, 어떻게 사용하는지 알려 주세요."

그는 섣불리 시도하지 않았다. 자신의 손등에 앰플을 두어 방울 떨어트려 질감을 확인하더니 그걸 다시 내 피부에 옮겨 괜찮은지 확인했다. 안심하라는 의미로 내가 웃자 그는 앰플을 나의 이마와 볼에 떨어트렸다. 엄지로 그 위를 조심스레 펴 발랐다. 역시 여자처럼 가는 손가락이었다. 그에게선 오직 손가락만 볼만했다. 많은 수술을 집도한 의사답게 움직임은 섬세했다. 난 푸른 반점이 어린 목덜미도 가리켰다. 그곳에 앰플이 떨어졌다. 차갑고 비릿한 향이 풍겼다. 화장품은 그의 의도대로 향긋하지만은 않았다. 난 첨가된 성분에 가려진 진짜 향을 알아차렸다. 뱀독이 무엇인진 누구보다 잘 안다. 다만 눈을 감고 기분 좋은 척 미소 지었다.

"이걸 바를 때마다 선생님을 생각할게요. 향이…… 참 좋네요."

그의 손등에 내 손을 덮었다. 적당한 수작, 하지만 가벼워 보이지 않는 선에서. 그가 날 가지고 싶도록 만들어야 한다. 전문인인 척하는 가면을 흔들고 천박함과 우아함이 공존하는 혼란을 침투시켜서. 엘리트인 척하는 사람들일수록 자신이 허락한 경계를 흔드는 일에 취약하다. 물론 조심스러워야 한다. 그의 권위를 존중하면서도 절대로 그에게 잡히지 않을 듯이, 침대에서만 일부러 잡혀 줄 것 같은 여성을 연출해야 한다. 그들이 원하는 건 이런 여자다. 구식이라 생각하는가? 하지만 이성애자들의 유혹은 본래 진부하다. 그들에겐 아직도 이런 짓이 유효하다. 고루한 건 내가 아니라 그들이다. 앰플이 미끄럽게 나의 관자놀이를 덮자 몽롱한 기분이 들었다.

그 후 우린 전시장으로 갔다. 붉고 노란 원색의 바탕을 검푸른 보라색 뱀들이 가르는 그림들 사이를 거닐었다. 철중은 내가 왜 이 전시를 골랐는지 의아했을 텐데도 군말 없이 따라왔다. 가끔 그림 옆에 붙은 설명을 보고 아는 척 몇 마디를 지껄이긴 했다. 반대로 난 말수가 줄었다. 오랜만에 그림 앞에 서니 압도적인 감각이 덮쳤다. 아무것도 모르던 어린 시절의 감상과는 또 달랐다. 뱀들은 태양이 빛나는 낙원 사이를 베어 버린 틈 같았다. 그 사이에서 자꾸만 영현의 얼굴이 떠올랐다. 난 그 눈동자에 잡아먹히지 않기 위해 애를 써야 했다. 마지막 전시장을 돌 때쯤 철중은 내 허리를 감쌌다. 난 개의치 않고 그대로 두었다. 우린 이미 창백한 뱀들에 포위당했다. 그것들은 자신의 배 속으로 날 삼키려 들었다. 난 어지럼증을 호소했다. 차라리 빨리 철중이 날 여기서 데리고 나가 주길 바랐다. 그러나 철중은 자신 또한 예술에 관한 조예가 깊다는 걸 보여주려 그림 감상에 몰두하는 척하느라 내 상태를 알아차리지 못했다. 기껏해야 강렬하다, 무섭다, 구도가 좋다 등의 얄팍한 독해뿐이었으면서. 그는 저 뱀들이 〈사의 찬미〉를 부른 가수가 빠져 죽은 바다의 물결을 닮았다는 사실이나 낙원의 틈새를 찢고 올라오는 악마의 입을 연상시킨다는 것이나 정치적이고 사회적인 외상이 개인의 영혼에 남긴 끝없는 독을 의미한다는 바나, 그래서 평생을 다른 삶을 거듭하며 사는 오브제로 선택되었다는 것 따윈…… 읽지 못한다. 난 그걸 영현과 나만의 비밀로 간직하기로 한다. 그래서 배가 고프다는 핑계로 전시장을 빠져나왔다.

난 너와 결혼하진 않아, 영현은 종종 내게 말했었다. 널 가장 사랑한다고, 자신에게 내가 최고의 작품이라고 말했으면서 같은 입으로 언제나 그런 말을 덧붙였다. 이유를 물으면 영현은 설명했다.

결혼은 고루해. 이성애자들의 작품이잖아. 이 시대에 그걸 선택하는 건 유동적인 정체성에 대한 죄악이야. 우리가 그것에 편입될 필요도, 서류로 묶여 업을 반복할 필요도 없어. 미옥, 더 자유롭고 싶지 않아? 진짜 삶을 추구하고 싶지 않아? 웃기잖아. 사돈이 되고 부부가 되면 그 집의 조상들이 몰려와 자손들의 목덜미에 밧줄을 거는 거. 그렇다면 여자와 여자가 결혼해도 그놈의 전통은 이어지는 거야? 미옥. 결혼 따위를 입에 올리지 마. 널 떠난 부모들, 조상들…… 알 수 없는 악의로 찬 괴팍한 것들이 널 괴롭힐 거야. 세상은 어차피 혼자 사는 거야. 동반자가 필요하단 환상 따위 버려. 난 지금 너와 나의 관계로도 충분해. 우린 결혼할 수 없어. 그런 이야기를 하기엔 서로 적합한 사람이 아니란 걸 알잖아?

네가 이렇게 말하면 나는 더 반박하지 못했다. 제도와 성을 초월한 영현과 나의 숭고한 사랑 앞에서 한낱 범인들이 만든 결혼을 언급하는 건 불손한 행위였다. 나는 혈연으로, 제도로 묶였어도 떠나간 나의 부모들을 떠올렸다. 영현의 앞에서 다신 결혼 이야기를 꺼내지 않기로 했다. 대신 집으로 돌아오면 술을 마셨다. 이상했다. 영현의 말대로 결혼은 나의 마음을 채워 줄 순 없다. 하지만 희한하게도 영현과 헤어진 후엔 끝없이 외롭고 고독한 느낌이었다. 나에겐 증표가 필요했다. 영현과 내가 숙명으로 엮였다는 증표. 밧줄처럼 우릴 묶어 줄 증거들. 그렇다면 우린 어떻게 해야 하지? 난 더더욱 영현을 찾았다. 그와 한시라도 떨어져 있으면 불안했고, 그가 연락을 받지 않으면 비관적인 상상이 머릿속에서 피어올랐다. 뱀처럼 그에게 얽혀 송곳니를 목에 박고 떨어지지 않는 한 이 불안감은 해결되지 않을 것 같았다. 이 작품들을 마주하자 그날의 고통이, 고독이 날카롭게 되살아났다.

그랬던 우리가 결국 이별하여 너는 타국에, 나는 이곳에 결혼을 세 번이나 한 늙은 남자와 있다. 삶은 설명할 수 없는 일들로 가득하다.

데이트가 진행되며 흥분해서인지 철중은 이전보다 훨씬 많은 말을 쏟았다. 그림 앞에서 내가 얼마나 붉고 아름다웠는지 추켜세웠다. 음식을 먹는 중간에는 이전에 자신이 얼마나 상처 입으며 살았고, 가여운 남자였는지를 호소했다. 이건 나이 든 홀아비들의 레퍼토리였다. 여자들의 동정심이 자신을 향하길 바라는 걸까? 철중처럼 외로운 처지를 사랑해 달라고 애원하는 남자들은 해마다 수두룩했다. 그것도 열 살은 더 어린 여자에게 이런 요청을 한다. 글쎄, 이젠 젊은 시절처럼 치기 어린 자랑거리가 없으니 반대로 자신의 치부를 미끼로 삼는 걸까? 한참 어린 대상에게서 그 공허가 채워질까. 나는 아니었다. 내 안의 공백은 오직 영현으로만 채울 수 있었다. 오늘 본 전시 이야기를 더 하고 싶었지만 철중과 대화했다간 특별한 감상을 망칠 것 같았다. 그래서 난 그가 열 마디 할 때 잠자코 들어 주다 가끔씩만 적당한 질문을 던졌다. 그럼 철중은 다시 제 신세 한탄을 스무 마디쯤 늘어놓곤 내가 정말 다른 여자들과 다르다는 칭송을 덧붙였다. 내게 그런 태도를 취하는 남자가 철중만은 아니었다. 그래서 별로 새롭지는 않았다. 찬사의 레퍼토리도 뻔했다. 다양하고 창의적인 칭찬이었다면 듣는 재미라도 있었을 텐데. 왜 남자들은 이토록 자기 연민에 찌들어 살까. 그걸 연유로 사랑받길 바랄까. 진부한 서사가 식사 자리를 채웠다. 한 시간 반이 넘는 대화 동안 철중이 내게 질문한 건 딱 두 번이었다. 그가 오랜 시간 대화를 할 수 있었던 건 내가 센스 있는 질문들을 던져서 그 자신의 화술이 뛰어나서는 아니었다. 그는 내가 왜 이토록 수많은 질문을 생각할 줄 아는지 모른다. 질문을 통해 당신을 파악해야 안전하고, 기분을 맞춰야 원하는 걸 얻는다는 걸 몰랐다. 영현을 잊고자 이 남자를 만났는데, 지금 난 와인을 들이켜는 내내 영현이 그리웠다. 영현의 상상력, 감수성, 창의력, 로맨틱함과 아름다움, 나를 꿰뚫는 통찰이 죄다 그리웠다. 하지만 오늘은 뚜렷한 목표가 있다. 집중해야 한다. 철중에게 동조하는 게 우선이었다. 이제 철중은 반쯤 울먹이며 자책하는 시늉을 했다. 물론 속뜻은 절 떠난 아내들을 비하함으로써 자신을 찾아온 날 특별한 여성으로 삼으려는 의도였다. 순진한 어린애들은 종종 동정심에 흔들리니까. 그의 핑계가 지겨웠다. 발이나 씻고 잘 시간이다. 얼른 이 저녁을 끝내야지. 그래서 나는 한껏 위로하는 어투로 말했다.

"사람은 누구나 실수를 하는 법이잖아요."

"당신이 그런 말을 할 때마다 얼마나 귀여운지 몰라요."

"오늘 이 식당도 참 마음에 들어요. 오빠라고 불러도 되죠?"

그가 내 얼굴을 뚫어져라 쳐다보았다. 속으로 헛구역질이 났지만 가까스로 참았다. 이 남자는 생각보다 뻔한 사람이다. 관계에서 위치를 가늠하려는 이들은 결국 자신이 권력을 쥐고 싶어 한다. 그게 연애에서 많은 남자들이 저지르는 죄악이니, 그에 맞춰 주면 될 일이었다. 철중이 숨길 수 없는 웃음을 띠었다. 아, 어떤 착각을 하는지도 죄다 보였다. 아직도 이런 게 통하는구나. 이제 그는 자신은 죽지 않았으며 저 어린 여자가 빠질 만큼 원숙한 매력이 있다 착각하겠지. 남자들은 내가 결핍에 찰수록, 부족하고 서툴수록, 당신이란 남자가 있어야만 완성된다고 어필할수록 좋아한다. 그들이 대체 무엇을 좋아하는지 도통 알고 싶지 않다. 그건 어차피 내가 아니다. 하지만 지금은 의식 속에서 영현을 지우고 싶었다. 그래서 지금 이 게임에 집중했다. 난 철중에게 와인을 따랐다. 그의 얼굴에도 취기가 돌았다. 그는 이제 자신을 합리화하고 싶은 나머지 이렇게 지껄였다.

"**그것**들이 그런 식으로 날 떠난 건…… 당신을 만나기 위해서였나 봅니다."

아, 이제 당신의 아내들은 사람도 아니다. 물건에나 붙이는 호칭을 붙이다니. 하지만 지금은 **상사뱀**으로 살 수밖에. 난 빙긋이 웃으며 그에게 잔을 부딪혔다. 그래. 철중에겐 결혼이 참 쉬웠다. 이혼은 결혼이란 권력을 누린 자들만 가능한 일이다. 그에게 사랑이란 응당 결혼으로 귀결되었고, 세 번이나 잃었어도 다시 꿈꿀 수 있는 것이었다. 난 철중을 지그시 바라보며 속삭였다.

"그래요? 그럼 내가 당신의 마지막 사랑이 되어 줄게요."

철중은 갑자기 손을 뻗어 동의도 구하지 않고 내 손등을 쓰다듬었다. 나는 가만있었다. 그가 내 손등의 부풀어 오른 핏줄을 만지고, 누르고, 끈적하게 문지를수록 다른 생각을 했다. 누군가를 유혹하고 싶다면 상대에 대한 생각을 지워야 한다. 감정을 잠재우고 완전히 태연하고 평온해졌을 때에서야 반대로 상대가 끌려온다. 언제나 관심 없는 이들은 날 쫓아오고 내가 좋아하는 사람은 도망가는 것도 비슷한 이치다. 인간은 정서적 에너지의 균형을 맞추려는 습성이 있으니. 즉 나의 내면이 고요할수록…… 영현은 날 생각할 것이다. 잠깐만. 난 철중이라고 말하려 했는데. 왜 여기서 지금 그 여자가 다시 떠오르는 걸까. 빨리 해방될 준비를 해야 하는데. 영현, 네 말은 틀렸다. 우린 결혼할 수 있다. 아니, 너는 불가능하겠지만 나는 할 수 있다. 너에게 다시는 돌아가지 못하도록 날 못 박을 것이다. 화려한 웨딩드레스나 청첩장 같은 것들이 날 지킬 거다. 네 공백을 실체 없는 불안으로 채우는 짓은 그만하리라. 자유로워지고 싶다. 지독한 너에게서 벗어나고 싶다. 복수하고 싶다. 네가 말한 자유는 처음부터 우리에게 없었다. 난 지상의 방식에 편입됨으로써 자유를 얻을 것이다. 당신의 지하가 아니라. 조금이라도 마음에 드는 구석을 찾기 위해 철중을 찬찬히 살폈

다. 눈가에 어린 주름, 늘어진 눈꺼풀, 염색으로도 숨겨지지 않
는 흰머리, 옹졸한 입술⋯⋯ 왜 이 모든 게 영현과 다른 걸까?
나이가 들어도 원숙미가 흐르는 영현과 달리 이 남자의 노화
는 징그러웠다. 티 내면 안 된다. 유일하게 살결은 피부과 의사
답게 말끔했지만, 나이에 맞지 않는 유아의 민둥머리 같아 더
싫었다. 순간순간 영현의 목덜미에 새겨진 주름이 얼마나 그
의 인상에 깊이를 더했는지 떠올랐다. 그때마다 소스라치게
놀라며 철중에게 매달렸다. 난 노력했다. 정말로 애썼다. 자본
주의 시대에 노력으로 성공을 거두는 건 좋은 전략이다. 드레
스의 앞섶을 슬쩍 내려 가슴골이 보이도록 한 나는 철중의 머
리를 끌어당겼다. 얼마 없는 그의 머리카락을 쓰다듬었다.

"선생님, 우린 취했어요. 그렇죠. 이건 술기운에 그만 본
심을 고백하는 거예요. 처음 봤을 때부터⋯⋯ 당신에게 끌렸
어요. 절 사랑하는 걸 두려워하지 말아요. 오히려 겁이 나는
건 저예요. 당신이 파티에서 오랜 팬이었다고 고백했을 때부
터⋯⋯ 환상을 깨고 싶지 않았어요. 배우는 겉보기엔 화려하
지만 속은 그렇지 않잖아요."

"저는 미옥 씨를 믿습니다."

"부끄럽지만, 이 바닥은 연애도 변변찮아요. 결혼이라도
해 회사를 나가려면 사측에서 온갖 소문을 퍼트리겠죠. 위약
금을 더 뜯으려고요. 전 부모의 사랑도 제대로 받은 적이 없어
요. 그런 제가⋯⋯ 당신하고 있으면 너무 들떠요. 어린아이처

럼…… 왜 이러는 걸까요."

"꿈인지 생시인지 모르겠습니다. 미옥 씨가, 저에게, 어떻게…… 제 돈을 보고 접근하는 건 아니죠?"

"제가 뭐가 아쉬워서요? 빚도 없고 명예도 있어요. 오직…… 인생의 동반자만을 원해요. 운명 같은 사람 말이에요. 평생을 함께해도 행복할, 날 끝까지 지켜 줄 사람을요."

나는 내게 주어진 업의 굴레를 벗어나기 위해 모든 재능을 활용했다. 돌을 던질 사람은 없다. 인생을 제대로 살기 위해서는 재테크는 필수이고, 연고 없는 바닥에서 살아남은 내 무기는 연기뿐이다. 이게 나의 생존 방식이다. 어머니, 아버지. 당신들이 지금의 나를 본다면 참 흡족하실 텐데. 나는 훌륭한 생존자로 자랐다.

"당신은 꼭 키다리 아저씨처럼 찾아왔잖아요. 선물처럼 먼저 날 발견했죠."

"미옥 씨는 박한 대접을 받아서는 안 됩니다. 당신은 겨우 그 정도의 가치를 지닌 사람이 아니에요. 제가…… 제가 당신을 삶의 구렁텅이에서 꺼내 주고 싶습니다. 구해 주고 싶어요. 당신의 상처를 저도 보듬겠습니다. 전 오직 한 여자만 봅니다."

"절 이 정도까지 아껴 주신 분은 처음이에요. 선생님, 저 설레기 시작했어요."

상처, 그가 상상하는 나의 상처란 무엇일까. 물어볼 필요도 없었다. 미지로 남는 영역이야말로 가장 강력한 힘을 가진다. 그는 엘리트 중의 엘리트였으니 자신이 **안다**고 확신하기 시작하면 고집을 굽히지 않는다. 그래서 난 당신이 날 **안다**고 여기도록 만들었다. 당신은 날 잘 알 것이다. 나에 대한 진실이라고 스스로 생각한 그 명제를…… 부디 깊이, 더 깊이 믿기를. 확신의 덫으로 사로잡아야 한다. 그 덫은 내가 만들지 않았다. 철중 스스로 만들었다.

난 눈물을 떨구며 그의 손을 내 가슴 위로 끌어당긴 후 그 입술에 키스했다.

S#02

더블 캐스팅 Double Casting

쓸쓸한 세상 험악한 고해에

너는 무엇을 찾으려 가느냐

— 윤심덕, 〈사의 찬미〉에서

뱀은 뼈가 부러져도 질긴 가죽 덕택에 살아남는다. 끈질긴 낯을 가지고 살아가는 나처럼. 내게는 수많은 얼굴이 있다. 뱀은 얼었다가 녹아도 살아난다. 그들이 가진 자생력처럼 내게도 끈질긴 생명력이 있다.

뱀을 잡는 법을 되새긴다. 아버지는 뱀을 사냥하는 법을 알려 주었고 어머니는 죽여서 손질하는 법을 알려 주셨다. 뱀을 포획할 땐 절대 앞에서 노리면 안 된다. 숨죽이고 다가가 뒤통수를 노려야 한다. 독사가 뒤돌기 전 머리를 누르면 그것들은 숙명을 받아들인 양 고개를 숙인다. 그때 대번에 경추를 누르고 집어 올려야 한다. 잡은 뱀은 이빨을 치고 독선을 갈아 모든 힘을 뺀다. 그러지 않으면 인간이 역습당한다. 내장은 한 번에 제거한다. 아버지가 뱀을 잡고 어머니가 그걸 손질할 때

내장을 빼내는 건 나의 몫이었다. 살이 타들어 가는 땡볕 속에서 비린내 나는 물컹거리는 것들을 한순간에 뽑아내던 감각이 생생하다.

죽은 뱀은 허투루 버릴 게 없다. 쓸개는 말려 약재로 쓰고, 가죽은 벗겨 가방 공장으로 보낸다. 살은 다져서 보양탕을 만들거나 통째로 병에 담아 술을 만든다. 우리 집은 흙에서 태어난 동물, 뱀들의 사체에 생계를 신세졌다. 종종 어떤 뱀들은 허물만 남기고 자취를 감추었다. 그럼 우린 다시 다른 새끼들을 잡아다가 우리에서 키웠다.

토굴처럼 컴컴한 지하실에 주저앉아 생각한다. 그랬지, 예전엔 내가 살육자였지. 하지만 지금은 내가 땅굴 속에 갇힌 뱀 신세다. 이곳에서 어떻게 나가야 할까. 지금까지 철중과 내가 어떻게 만났는지 구구절절 설명한 건 지금의 이 사태를 어떻게든 합리화하려는 시도였다. 이 글을 읽는 이들에게 고할 것이 있다.

이곳은 철중이 날 잡기 위해 놓은 덫이다. 그가 관리하는 특수한 카드키로만 문이 열린다. 그는 내게 열쇠를 금지했다. 주변을 둘러봐도 탈출로는 보이지 않는다. 흰 몸통들을 비추는 조명 외에 외부에서 들어오는 빛은 한 점도 없다. 숨을 몰아쉬면 머리가 아프다. 이곳의 어둠은 섬뜩한 기운이 도사린다. 명계에서 떠도는 원혼들이 가득할 것만 같은 서늘함이 풍긴다. 머리를 식히고 싶다. 진정하자. 나는 살아남을 것이다. 어디선가 쉿쉿대는 소리가 들린다. 난 그게 뱀들이 내는 소리라는 걸 알아챈다. 이건 또 하나의 계시다. 내가 뱀으로부터 생을 받았다면, 그것들처럼 끝까지 거듭나리라…….

목덜미의 푸른 반점을 매만진다. 내 생명력의 증표다. 맥박이 신호하는 소리를 잃지 말자. 독한 운명으로부터 매번 살아남았다는 표식을 기억하자. 이 흔적이 찍힌 이들은 쉽게 죽지 않는다. 눈물로 얼룩진 뺨을 닦으며 반점 아래를 도는 피를 느낀다. 뱀들이 내는 소리가 커진다. 귀가 아플 정도로 시끄럽다. 알아, 나는 끝까지 살 거야, 어떤 수를 써서라도. 바닥을 더듬는다. 손에 서늘한 무언가가 닿는다.

영현의 몸이다.

아. 빌려준 것이 돌아왔었지.

그러나 이미 차게 식은 몸이다. 영현은 꼼짝하지 않는다. 그 얼굴을 볼 수 없다. 내겐 허락되지 않았다. 울분이 치미는 걸 누른다. 그는 모든 피가 죄다 빠져나간 것처럼 새하얗다. 영현의 몸을 더듬는다. 손끝이 시리다. 아니, 식은 쪽은 영현이다. 그는 나와 상호 작용 하지 않는다. 내가 애타게 영현의 이름을 불러도, 그를 쓰다듬어도, 키스해도 움직이지 않는다. 당신을 보고 싶다. 당신을 보고 있어도 영원히 보고 싶다. 그토록 애달픈 마음이 곁을 맴도는데도, 당신은 날 돌아보지 않는다. 아, 난 뱀의 혓바닥이 검은색이라는 걸 상기한다. 독을 품은 혀일수록 새까맣다. 난 영현의 혀를 찾는다. 무엇도 잡히지 않는다. 영현에게서 손을 떼고 내 혓바닥을 살핀다. 검게 갈라진 혓바닥이다. 죽은 것들이 갈 방향을 가리키는 이정표처럼 두 갈래로 나뉜 혀다. 심장이 속삭인다.

널 가질 수 없다면 모든 천국도 내겐 지옥이야.

숨 쉬지 않는 너…… 영현의 거죽 위로 손을 더듬어 뼈의 흔적을 찾는다. 그 몸은 네 뼈를 죄다 드러냈지만 부드러운 살은 잡히지 않는다. 이젠 당신의 표피조차 얼어붙었다. 영현을 불러도 돌아오는 대답이 없다. 다시 한참 주저앉아 허공만 바라본다. 지하는 춥다. 너무도. 철중이 돌아오기까지는 한 시간 남짓 여유가 있다. 그 전에…… 내가 저지른 짓을 숨겨야만 이곳을 탈출할 수 있다. 지상의 에덴으로 나가야 한다. 아늑하고 아름다울…… 무덤 같은 공간으로 가자. 뱀들의 비린내가 몰려온다. 잘 아는 냄새다. 뱀들의 소리가 요란하다. 난 영현의 발목을 쥐고 소리가 나는 쪽으로 향한다. 영현을 계속 그쪽으로 끌어당긴다. 영현은 반항하지 못했다. 말하지 않는 몸뚱이는 무겁다. 저항 없이 끌려오는 당신. 제거당한 당신. 영원히 그리울 당신. 영현을 끌고 도착한 곳엔 독사들이 우글거린다. 태초부터 세상을 갈망했던 존재들이다. 그것들을 배불리 먹여야 한다. 이곳에서 나가는 방법은 단 하나. 잠시, 내가 정말 나가고 싶었는지 반문한다. 지상의 아둔한 사람들은 누구도 알아채지 못했던 에덴의 그림자, 오직 영현만을 조우했던 장소. 안녕, 사랑했던 유일한 당신. 난 그렇게 읊조리며 결심을 실행

한다. 바깥에선 이런 짓은 처벌받겠지. 하지만 우리의 극 속에선 신도 날 비난할 수 없으리라. 난 영현을 우리 안으로 집어넣는다.

그것들이 몰려든다……. 나와 당신을 닮은 동물들이…… 손발을 잃었지만 가장 낮은 곳에서 끊임없이 간교한 혓바닥을 놀리며 지금까지 살아온…… 저 차가운 생물들이. 쩌억 입을 벌려 영현을 먹어치운다. 그것들은 멈출 줄 모른다. 그것들은 영원히 탐하고, 영원히 삼킬 것이다. 욕망이 저 창백한 배 속으로 사라진다.

§

철중을 계속 만났다. 영현을 원할 때마다 철중을 만났다. 비싼 레스토랑에 다녔고, 프라이빗 룸에서 술을 마셨다. 함께 백화점을 구경하고 향수를 골랐다. 철중은 비싼 겨울 코트를 선물하는 일에 주저함이 없었다. 나는 그에게 뮤지컬 티켓을 주었다. 그는 대극장에서 열연하는 여자 배우 중 한 명이 나와 사귀었다는 사실은 몰랐지만, 만족스럽게 공연을 즐겼다. 배우들의 노래와 연기를 극찬한 후, 예전에 총감독과 나의 스캔들을 조심스레 물었다. 나는 정직하게 말해 주었다. 그런 일은 없었다고. 전부 루머라고. 그러자 그는 더욱 만족했다. 난 진실만 말했다. 내가 사귀었던 건 여자 미술 감독이었지 남자 총감독이 아니었으니까.

철중은 결혼에 세 번 실패한 만큼 신중을 기했다. 성급하게 굴지 않으면서도 욕망을 가감 없이 드러냈다. 난 영현의 이야기를 빼고는 전부 솔직하게 말했다. 전 부인들과 그가 이런 데이트를 했는지는 묻지 않았다. 그건 식상한 질문이다. 대신 그의 집에 들러 철중이 아직 처분하지 못한 여성들의 옷을 발견했다. 대부분 고가의 브랜드들이었다. 그중 내 몸에 맞는 옷들을 추렸다. 제일 마음에 든 건 화장대 속에 있던 다이아몬드 목걸이였다. 테두리의 끝이 뱀처럼 살짝 휘어 매력적인 모델이었다. 속이 들여다보일 만큼 투명했지만 커팅이 깔끔하진 않았다. 내가 그걸 언급하자 철중은 자신도 완벽하지 않다는 걸 알고 있었다고 답했다. 하지만 전 부인이 디자인을 마음에 들어 해 어쩔 수 없이 구매했다고. 목걸이를 구경하는 날 보고 철중이 물었다.

"가지고 싶어?"

나는 고개를 젓고 철중을 빤히 바라보았다.

"내가 가지고 싶은 건 다른 거예요. 당신의 전 부인들로부터 빼앗고 싶은 것 말이에요."

철중은 내 목덜미에 깊게 입을 맞추었다.

3개월 후 그는 내게 구혼했다. 프러포즈를 받은 날은 영현이 유명한 아트 비엔날레에서 기획전을 연다는 소식이 들린 날이었다. 미디어와 사회적 관계의 영향에 대한 대담회와, 그가 직접 큐레이션한 작품들의 상영회가 예정되어 있었다. 기획전을 홍보하는 광고판이 시내 한복판에 걸렸다. 그날 나는 철중과 미쉐린 가이드가 극찬한 음식점에서 식사를 마친 참이었다. 우린 야경을 보려 옥상으로 올라갔다. 현란한 밤의 불빛들 사이로 영현의 작품이 보였다. 푸른 뱀들이 너울대는 영상들이 번뜩였다. 영현의 작품에서 반사된 빛이 밤을 채우자 세상은 거대하게 부풀기 시작한 염증 같았다. 오래 취하면 고름이 흐를 것만 같은 심연의 색…… 그에 한참 홀려 있는데, 철중이 품속에서 5부짜리 다이아 목걸이를 꺼냈다. 전 부인의 것보다 큰 보석이었다. 영현의 작품이 화면을 스칠 때마다 나온 빛이 보석에 비쳐 영롱했다. 목걸이는 반짝이는 족쇄처럼 보였다.

그는 자신과 결혼해 주겠는지 물었고 나는 승낙했다. 고개를 끄덕이면서 이상한 그리움에 휩싸였다. 실체를 알 수 없는 결핍, 무엇을 염원했는지조차 부질없어지는…… 공허하고 끈질긴 감각. 결혼식을 올리고 나면 이 덧없는 고통도 끝날 테지. 내가 철중에게 바란 건 오직 이것이었다. 영현이 내게 절대로 줄 수 없는 걸 이 남자가 줄 것이다. 그래서 난 결혼을 하겠다고 대답했다. 영현에게 말하고 싶었다. 봐. 영현. 난 프러포즈를 받았어. 이 남자와 결혼할 거야. 남자의 아내가 될 거야. 우린 혼인 신고서를 쓰고, 주민 등록 등본에 이름을 올릴 거야. 이제 철중의 이름 옆에 언제나 내 이름이 적힐 거야. 영현, 동반자를 얻은 건 나고 실패한 건 너야. 나는 달라지지 않았지만, 당신의 말대로도 되지 않았어. 넌 내 주인이 아냐.

§

철중과 나는 에덴 앞에 당도했다. 뱀의 유혹으로부터 날 보호해 줄 에덴에. 수많은 동화가 "둘은 결혼하여 오래오래 행복하게 살았습니다."로 끝을 내듯이 나도 행복한 결말을 맞이하고 싶었다. 그러나 완벽한 성사를 위해 넘어야 할 몇 가지 난관이 있었다. 우선 회사에 은퇴 계획을 발표해야 했다. 전에도 말했듯이 회사는 쉽게 계약을 해지하지 않을 것이었다. 따로 사장에게 뒷돈을 찌르거나 다른 이득을 약속하지 않는다면 회사는 반대로 루머를 퍼뜨려 평판을 박살낼 것이다. 그래야 회사의 명예를 실추했다는 명목 아래 책임을 물어 위약금을 뜯을 수 있으니까. 내가 이 고민을 얘기하자 철중은 자신이 아는 인맥들을 총동원해 날 보호하겠다고 했다. 개중에는 사장에게 돈을 대어 회유할 금융계 큰손도 있었고, 회사를 적절히 협박할 조직 폭력배도 있었다. 나는 만족했다. 생각보다 회사를 탈출하는 건 쉬웠다. 내겐 든든한 보호자도 생겼다. 민간인으로 돌아간 후에는 푹 쉬어야지. 그럼 어떤 소문이 돌더라도 곧 잠잠해질 것이었다.

오히려 큰 난관은 다른 데에 있었다. 바로 상견례였다. 세 번이나 결혼을 한 철중이 상견례 이야기를 할 줄은 예상하지 못했다. 나이도 찰 만큼 찼고, 결혼이 새삼스러울 리 없는 사람이 가족에게 허락을 받는다니. 의례상 필요한 절차라도 생략하거나 소규모로 진행할 줄로만 알았다. 그러나 철중은 상견례가 결혼보다도 중한 행사라고 설명했다. 재벌들은 새로운 구성원을 들일 때에도 유난이었다. 그들에게 결혼은 개인 간의 것이 아니었다. 자신들의 재산을 훔칠 도둑놈과 아닌 인물을 검증하는 절차가 필요하단 뜻이었다.

철중은 분명 내 배경을 알았다. 부모님 중 누구도 오실 수 없었다. 철중은 걱정하지 말라고 날 위로했다. 내 부모는 중요하지 않다고, 자신의 부모를 만나기만 하면 된다고 했다. 이건 이 가문에 들어오려는 사람이면 누구도 예외일 수 없는 엄중한 법도라 자신도 어쩔 수 없다고 설득했다. 수긍하면서도 한편으론 찝찝했다. 철중은 자식도 없이 늙은 만큼 그와 재혼하려는 여자도 없었다. 그래서 네 번째 결혼은 수월하리라 생각했는데. 그의 집안이 인색한 나머지 결혼이 성사되지 않을까 봐 불안했다. 철중은 계속 날 안심시켰다. 집안에 빨대 꽂을 사돈이 있는 것보단 무연고자가 낫다면서. 어쨌든 날 놓치면 가장 아쉬울 건 그였으니까. 철중은 상견례가 그의 아버지에게 눈도장을 찍는 과정이며 그 외엔 크게 신경 쓰지 않아도 된다고 달랬다.

하지만 상견례 당일, 나보다 더 긴장한 쪽은 철중이었다.

그는 처음 결혼하는 청년처럼 식은땀까지 흘렸다. 우린 약속된 레스토랑 근처의 찻집에서 먼저 만났다. 난 철중의 부친에게 드릴 뱀술을 손수 담갔다. 국내에서 쉽게 구할 수 없는 종으로 담근 술이었다. 희소가치가 있는 만큼 시아버지에게 점수를 따리라 기대했다. 60도 넘는 독주에 깨끗하게 데쳐 담근 뱀의 향기가 바깥까지 풍겼다. 국내 제일의 명장이 빚었다는 술잔과 함께 포장한 병을 들고 음식점으로 향했다. 그런데 철중에게 문제가 생겼다. 그는 정문 앞에서 문도 열지 못하고 갑자기 벌벌 떨기 시작했다. 속이 답답하고 메슥거린다며 잠시 돌아가자고 했다. 아직 시간은 여유가 있어 우린 차로 돌아왔다.

"왜 그래요. 당신만 믿으라면서요."

"아버지의 심기가 불편하단 소리를 들었어. 아직도 내가 못마땅하신 거지. 어디서 세상 물정 모르는 새파란 어린 여자를 데려와서 결혼하겠다고 설치니…… 아버지는 그럴 바엔 내가 평생 홀로 늙어 죽길 바라시는지도 몰라."

"하지만 아버님도 지금 사시는 어머님이랑 스무 살 차이가 난다면서요. 당신이 안 될 건 뭐예요. 후사도 원하신다지 않았어요?"

그랬다. 철중은 집안에서 그리 환영받는 자식이 아니었다. 철중에겐 배 다른 여동생이 하나 있는데 사업 수완이 훨씬 뛰어났다. 따지자면 철중보다 아버지의 성향을 물려받은 자녀였다. 시아버지는 자식들이 모두 기업가가 되길 바랐는데, 철중은 그걸 거부하고 의사의 길을 걸었다. 처음엔 예술가가 되겠다 했다가 대판 혼난 후 의사로 방향을 돌렸다. 일반적으론 그도 대단한 업적을 성취했으나 철중의 아버지가 가진 기대엔 한

72

참 못 미쳤다. 그건 철중을 평생 따라다닌 열등감이었다. 아버지는 모든 면에서 딸을 더 총애했다. 딸이 손자가 아닌 손녀를 낳았다는 점만 빼고. 그러나 철중에게는 아예 자손이 없었으니 비할 바가 못 되었다. 그래서 이렇게 아버지에게 평가받는 자리에서마다 철중은 일종의 공황을 겪었다. 심장이 위축되고 말을 잘하지 못했다.

난 이 나이를 먹고서도 아버지에게서 벗어나지 못하는 철중이 한심했다. 심지어 난 초혼이고 그는 네 번째 결혼인데도 이토록 볼썽사납게 떨다니. 아마 자신이 마지막 사랑이랍시고 선택한 여자가 재벌가 혼맥과는 관계도 없는, 소위 말하는 근본 없는 예술가라 자격지심이 더욱 큰 모양이었다. 이래서 남자들이란, 나는 속으로 혀를 찼다. 그의 아버지가 철중을 한심스럽게 여기는 데도 일리가 있었다. 중대사 앞에서 이리도 꼴불견이니. 내가 어떻게든 철중이 기세를 펴도록 만들어야 했다. 그가 계속 헤맨다면 내 계획도 실패로 돌아갈 터였다.

난 시아버지에게 선물로 드리려던 술병의 끈을 풀었다. 그리고 밀봉했던 마개를 열고 잔뜩 움츠러든 철중의 코앞에 내밀었다. 철중이 의아한 눈으로 날 바라보았다. 난 망설이지 않고 술병을 그의 입에 댔다.

"까짓거, 훔쳐요. 이 집의 주인은 이제 당신이에요."

"……"

"날 구해 주겠다면서요. 지켜 주겠다면서요. 가지고 싶다면서요. 배신하지 말아요. 변절보단 죽음이 나아요. 그러니 독주라도 마시고 정신 차려요. 내 사랑을 믿고. 당신은 내가 선택한 남자예요. 할 수 있어요."

아버지의 술을 빼앗으라는 지시였다. 그가 이대로 발걸음을 돌리도록 둘 순 없었다. 이 잔은 철중이 아버지의 권위에 대항하는 혁명의 길로 이끌 도화선이었다. 그래서 난 죽은 술을, 그러니까 죽은 뱀이 담긴 술을 철중에게 나눠 주었다. 철중은 잠시 내 손을 내려다보다가 떨리는 손으로 술을 받아 마셨다. 매캐한 향이 차 안에 퍼졌다. 그의 손 떨림이 멈추었다. 이제 철중의 얼굴은 다른 색으로 빛났다. 주인이 되어야 한다는 말이 철중에게 용기를 주었다. 우린 술병의 뚜껑을 닫고 그걸 감쪽같이 재포장했다. 철중은 아버지에게 갔어야 할 술을 가로챘다는 사실에 흥분했다. 우린 술 냄새 나는 키스를 나눈 후 차에서 내렸다. 이제 철중은 떨지 않고 상견례장에 들어섰다.

주문 내용을 확인하며 기다리자, 한복을 차려입은 철중의 부모와 시누이가 들어왔다. 시아버지의 실물을 본 나는 깜짝 놀랐다. 그는 언론에서 보았던 것보다도 풍채가 크고 선이 굵었다. 섬세하고 왜소한 남자인 철중과는 정반대 인상이었다. 가끔 철중이 몰두할 때 보이는 날카로운 눈빛 정도만 비슷했다. 목소리 하나부터 모든 동작이 크고 거친 편이었다. 이러니 철중이 위압감을 느낄 만도 했다. 뒤이어 그를 쏙 빼닮은 시누이가 보였다. 그는 유명한 코스메틱 회사를 운영했다. 아무리 철중이 성공한 병원장이라 해도 그 회사의 규모엔 비할 바가 못 되었다. 그러니 철중은 아버지 앞에서 기세가 눌릴 수밖에 없었다. 동생보다도 못한 장남이었을 테니까. 철중은 오히려 아버지보단 친어머니를 닮았으리라.

철중의 어머니도 그가 어릴 적 돌아가셨다. 철중은 그의 어머니가 목을 매는 장면을 목격했다고 한다. 그 결핍을 보면 철중과 나는 운명이었는지도. 나도 어머니와 아버지가 곁에 없고, 그도 친어머니가 없었다. 철중은 어머니의 자살 장면을 본 이후 트라우마에 시달렸다. 하지만 엄격한 아버지 앞에서 티라도 내면 호되게 혼이 났다. 철중은 내심 어머니를 죽인 게 아버지가 아닌가 생각했다. 그러니 아버지는 그의 내면에서 걷잡을 수 없이 어마어마한 권력을 가진 괴물이었다. 철중은 그속에서 자신을 버티게 한 게 예술이었다고 말했다. 그에게는 영화를 보고 얻은 영감을 몰래 조각하여 새기거나 스케치하는 취미가 있었다. 학창 시절 그의 책상엔 송곳으로 긁은 흔적이 수두룩했다. 철중은 그 덕분에 날 만나게 해 준 〈상사뱀〉에도 매료되었으며, 나아가 레이저 시술을 할 때에도 능숙해졌다고 농담했다.

어쨌든 지금 이 자리에 있는 나머지 한 사람. 그는 철중의 친어머니가 아니었다. 안쪽 두 번째 상석에 앉은, 눈에 띄게 우아한 여성 말이다. 그는 나이가 지긋했지만 철중의 아버지보다 훨씬 젊었다. 연분홍색 한복과 고운 레이스 장갑 차림이었다. 그는 상견례가 진행되는 동안 단 한 마디도 하지 않았다. 오직 부드러운 미소를 띠우다 음식을 두어 번 먹는 게 전부였다. 나온 음식들을 입에 많이 담지도 않았다. 음미하는 정도로만 입에 댄 후 조용히 우리의 대화를 경청했다. 철중은 그분을 거의 쳐다보지 않았다. 그는 아직 시아버지와 재혼한 사람이 아니었다. 함께 동거한 지는 7년째였지만 혼인 신고를 하지 않았다. 즉 사실혼 관계였다. 상견례가 시작되자 힘의 역학 관계가 드러났다. 모든 과정을 주도하는 건 시아버지와 시누이였다.

"오빠가 결혼하고 싶으면 하는 거지. 그런데 결혼 비용도, 혼수도 다 우리 집안에서 대야 하는 거잖아? 요즘처럼 반반하는 세상에 얼마나 손해 보는 장사인지."

"혼수는 무슨. 나 사는 곳으로 들어올 건데 몸만 오면 돼."

"저래 놓고 홀라당 이혼이라도 하면 위자료나 물지."

"지금 미옥 씨 모셔 놓고 무슨 말이야?"

"오빠는 한두 번 당해. 요사스러운 것들이 좀 많나."

아마 보통 여자라면 시누이와 철중 사이에 이런 대화가 오갈 때 곧바로 도망쳤을 것이다. 시누이는 저 말을 하면서 새어머니를 쳐다보았다. 그분은 도자기 같은 미소 그대로 음식만 드셨다. 하긴, 철중의 아버지가 여자를 데려왔을 때 시누이와 철중은 반대했다. 나이 든 노친네가 늘그막에 여자를 들여 봤자 뭐 좋을 게 있겠는가. 그러나 철중의 아버지 또한 범인은 아니었기에 그 고집을 꺾을 수는 없었다. 나도 시어머니를 따라 손을 포개었다. 그에게선 나와 동류의 감각이 느껴졌다. 난 아까 시누이의 말은 흘려들은 채, 어머니에게 말을 걸었다.

"어머님도 보기 드문 미인이세요. 연예계에 있을 만큼 있어 봤지만 어머님만 한 분위기를 가진 분 잘 없거든요."

그분이 드디어 눈을 들고 날 보았다. 창백한 얼굴에 희미한 미소가 어렸다.

"고마워요, 그쪽도 요즘 사람들답지 않게 참하네요."

화답이 왔다. 그 모습을 시아버지가 지켜보았다. 시누이는 곧바로 끼어들고 싶은 태가 났다. 그래서 난 타깃을 시누이로 바꾸었다. 최종적으로는 철중의 아버지를 공략해야 했지만 사전 단계는 시누이였다. 하지만 지금 시누이와 철중이 아버지와 새어머니 문제로 대립하는 한, 시아버지의 환심을 사는 키워드는 새어머니에게도 있었다. 그 가운데에서 줄타기를 잘해야 했다.

"참, 제가 이이에게도 몇 번이나 말했는데. 사실 아가씨를 엄청 만나 뵙고 싶었어요. 제 주변엔 아가씨 회사의 화장품만 쓰는 사람들이 많거든요. 그리 많지 않은 나이에 이 정도 위치까지 오른 여자도 많이 없잖아요. 정말 존경스러워요. 어쩜 그렇게 피부도 좋으세요. 화장품 회사 CEO다우세요."

"이 정도는 기본이지. 네가 집안에 들어오면 경영에 제대로 관여할 수나 있겠어? 기본적인 교양 지식도 없을 것

더블 캐스팅

같은데."

난 눈을 동그랗게 뜨고 놀라는 척했다.

"그런 일까지 해야 하나요? 전 그저 현모양처가 꿈이었는데. 단란한 가정을 꾸리는 게 제 평생의 목표거든요. 그 외엔 바라는 게 없어요."

"다들 처음엔 그렇게 말하지."

시누이가 빈정댔다. 그는 초면부터 반말을 섞어 하대하는 등 날 마음에 들어 하지 않는 티가 났다. 그렇지만 점점 어머니가 식사 중에 날 바라보시고, 시아버지의 취향을 파악한 후엔 우선순위가 정해졌다. 회장 나이대의 늙은 남자들이 어린 여자의 어떤 행동에 껌뻑 죽는지 잘 아니까. 그는 새어머니를 들일 정도로 겉보기엔 자유연애를 지향하는 세련된 사람으로 보이길 원한다. 하지만 속은 제 권력욕에 부합하지 않으면 가차 없이 처단하는 사람이었다. 그는 내가 미디어에서 가진 위치를 이해할 것이었다. 다만 그가 원할 경우 은퇴하여 집안의 가풍에 어울리는 사람이 되도록 철중을 내조하겠단 의사를 내비치는 게 좋다. 대를 이을 아들을 고집하는 고루한 집안이니 나처럼 어린 여자는 훌륭한 자원이지 않은가?

난 준비했던 술을 꺼냈다.

"제가 한 잔 올릴게요."

내가 톱배우라는 커리어를 괜히 쌓은 게 아니다. 이런 데 쓰는 경력이었다. 시아버지 같은 나이대 사람들이 내게 바라는 건 이런 거다. 자신의 위치를 우러러봐 줄 만큼 미숙하면서도, 톡톡 튀는 말과 행동으로 신선한 자극을 얻는 것. 늙어 가는 자신의 몸과 대비되는, 허물을 갓 벗은 듯한 생생한 육신과 감정을 보면서 대리만족하는 것. 자신의 노화를 추함이 아닌 원숙함으로 봐 줄 어린 여자들. 추한 건 추한 건데도. 타인을 통해 진실을 가리고 싶어 한다. 더 어린 것들을 낳아 젊음을 세습하길 원한다. 결국 태어난 것들은 저와 별개의 존재인데도. 난 이런 속마음을 입 밖으로 내는 대신 시어머니의 잔에 술병을 기울였다. 그는 사양하지 않았다. 오히려 내게도 술을 따라 주겠다고 말하셨다. 어머니가 이 자리에서 피력한 첫 의견이었다. 난 어머님 앞으로 잔을 내밀었다. 그가 다이아몬드 반지를 낀 손가락으로 내게 술을 건네었다. 뼈마디가 도드라진 손의 움직임이 기품 있었다. 글쎄, 나이 들수록 아름다운 건…… 오직 여자뿐이란 생각을 했다. 시간이 지날수록 좁아지고 굳어 버리는 남자들과 달리, 잃어 가는 남자들과 달리, 여자들은 넓고 자유로워진다. 그들은 잉태와 희생, 부서짐과 돌봄을 넘어, 그것들을 통해 깨달은 유려한 지혜로 멀리 나아간다. 어쨌든 난 수도 없이 연기했던 인물들을 따라 했다. 조곤거리는 말투와 단정한 자세, 무해함을 어필하는 눈웃음과 집안의 큰 어른에게 사랑받고 싶음을 온몸으로 나타내는 몸짓까지…… 난 진짜 재벌들보다도 더 재벌처럼 행동했다. 입에 발린 거짓말, 거짓말, 거짓말들. 이 역할을 위해 연구했던 계열사들은 수도 없이 많았다. 자신 있었다. 아침 드라마의 단골 재료가 재벌가 며느리 아니던가? 그러니 시누이처럼 막돼먹은 여자의 말도 충분히 받아 넘길 만했다. 오직 어머니에게 건넸던 아름답다는 찬사만 진실이었다. 식사가 끝날 즈음 철중의 아버지는 결국 말했다.

"자식 새끼가 영 남자답지 못하게 낭만주의에나 빠져 못마땅했는데. 아내 될 사람 고르는 눈은 있군."

······성공이었다. 내가 이뤄 냈다. 철중이 기여한 바는 거의 없었다. 평생의 라이벌이었을 시누이를 상대로 으등거리는 것 외엔. 아마 그의 이전 결혼들도 그의 의지보다는 집안의 의지가 더 많이 작용했을 것이다. 하지만 이번 결혼은 그와 나의 의지가 만든 걸작이었다. 우리의 결혼은 시아버지와 그의 비위를 맞추는 나 사이에서 결정되었다. 상견례가 끝난 철중은 울 것 같은 얼굴이었다. 그대로 내 손을 잡고, 브라운관에서 내게 반했을 때부터 날 승리의 여신으로 여겼다고 속삭였다. 회장의 말처럼 그는 낭만주의적 기질이 다분한 부잣집 도련님이었다. 이 나이를 먹고도 말이다. 난 그의 손등에 입 맞추며, 세상에 남긴 흔적들을 지우고 이젠 당신의 여자로만 살고 싶다고 말했다. 그는 내 소원을 들어줄 준비가 되었다.

곧바로 은퇴 계획을 발표했다. 대중의 반은 날 부러워했고 반은 욕했다. 상관없었다. 이 또한 원하는 걸 얻는 길목이었으니. 회사와의 소송을 준비하는 한편으로 기자 회견을 열었다.

갑작스러운 소식에 기자들이 질문했다.

"속도위반인가요?"

21세기에도 이런 질문을 하는 기자들이 많았다. 난 나이든 철중의 얼굴을 떠올리며 웃음이 새려는 걸 간신히 참았다. 이 나이 먹고도 속도위반인지 아닌지가 왜 중요하담. 하긴 정말로 중요해서 묻는 건 아닐 터다. 무엇이든 조회 수를 올리기 위한 루머를 뽑아내기만 하면 되니까. 난 빙그레 웃었다. 낭만적인 대답으로 무마하기로 했다. 난 이제 철중의 아내니까.

"인생의, 평생의 사랑을 찾았을 뿐입니다."

이제 난 타인의 이름과 가면을 빌리던 연예인에서 비로소 진짜 재력을 가진 재벌가 사모님이 되었다.

§

결혼식은 비밀스럽게 치러졌다. 고급 호텔의 루프탑을 빌려 소규모의 지인들만 초대했다. 어차피 식장에 함께 들어갈 아버지도 어머니도 없었으니 괜찮았다. 사실 결혼식엔 그다지 로망이 없었다. 드라마에서 수도 없이 해 봤으니. 매번 상대역을 바꾸어 가며 신부 화장을 하고 조명 아래 하루 종일 서 있는 일은 고역이었다. 드레스는 무겁고 머리 장식은 두피를 자꾸 찔렀다. 인공 속눈썹도 눈꺼풀을 계속 아래로 처지게 만들었다. 눈빛이 또렷해 보이려 힘을 주고 있는 것도 쉽지 않았다. 신랑 역을 한 배우와 마주 서면 카메라가 주위를 몇 바퀴 돈다. 그동안 눈도 깜박하지 않고 버텨야 한다. 한국인들이 결혼식 장면을 어찌나 좋아하는지, 모든 영화와 드라마에 한 번씩은 이 장면이 들어갔다. 매번 사랑에 빠진 여인의 모습을 연출해야 하는 피로감은 어마어마했다. 다만 이번 결혼은 스스로 모든 걸 설계해야 한다는 점이 달랐다.

난 도대체 촬영장의 결혼과 이 예식이 무엇이 다른지 알 수 없었다. 조명과 꽃에 뒤덮여 한바탕 촬영을 마치면 얼마 후 세트장은 쥐도 새도 모르게 정리된다. 결혼식도 마찬가지였다. 한 시간에 불과한 의식이 끝나면 곧바로 다음 예약자를 위해 비워 줘야 한다. 영원성도 없다. 이미 예식의 허망함을 모조리 맛본 나에게 진짜 결혼이라고 감흥이 남다르진 않았다.

단, 파파라치들에게 뿌릴 화보 사진은 몇 장 필요했다. 철중은 나에게 결혼 준비를 일임했다. 어쨌든 그는 세 번이나 결혼 경험이 있고 나는 초혼이었으니까. 아는 건 그가 더 많았지만 철중은 내가 원하는 대로 하라고 말했다. 사실 내가 원하는 건 결혼식이 아니었지만. 어쨌든 그는 유명한 웨딩 플래너와 나를 연결해 주었다. 플래너는 내게 호화찬란한 펜트하우스와 가든, 홀과 루프탑 등 다양한 장소를 소개했다. 최근의 스몰 럭셔리 트렌드에 맞춘 공간들이라 했다. 난 대충 가장 비싼 코스를 결정했다. 옷은 피로연과 이브닝 파티용 드레스까지 여러 벌이 필요했다. 유명 디자이너의 크리스털 비즈가 가득한 드레스를 선택했다. 언더 스커트와 코르셋, 보닝까지 화려한 옷이었다. 겸손할 생각은 없었다. 이 사진은 내 경력의 마지막 하이라이트니까. 이젠 식상한 수식어보다 재벌가 신데렐라라는 별명이 붙겠지. 식장과 꽃 장식, 음식, 주례사와 축하 공연까지…… 할 수 있는 한 사치스러운 것들로 골랐다. 어머니들의 한복 원단은 제일 신경 썼다. 철중의 집안에선 이미 돌아가신 아버지는 어쩔 수 없지만 어머니의 경우는 대역을 쓰자고 했다. 어차피 가출해서 연고도 모르는 사람이니 적당한 인물을 섭외하라고 권했다. 난 그들의 말을 따랐다. 아무리 소규모라지만 대외적 이벤트인 결혼에서 비어 있는 혼주석을 보일 수는 없으니까. 가련한 백 스토리는 아버지의 부재만으로도 충분했다.

청첩장은 고급스러운 보랏빛 종이에 금박을 박았다. 완성된 날 그것을 하루 종일 들여다보았다. 아버지의 이름 옆엔 고인을 뜻하는 한자가 붙었고, 어머니의 이름 석 자는 온전했지만 올 리가 없었다. 이미 오래전 연락이 끊겼다. 소식도 전할 수 없었다. 글쎄, 돈이라도 필요하면 날 찾을 법도 한데. 그는 내가 배우로 이름을 날릴 때조차 눈앞에 나타난 적 없었다. 어째서였을까. 난 당신을 원망한 적 없는데. 그토록 내가 싫었을까. 난 오랜만에 마주하는 어머니의 이름을 가만히 만졌다. 곧이어 손톱으로 그 이름을 파 버렸다. 당신이 무얼 위해 날 떠났는지 평생 알 수 없겠지. 내가 어머니가 되기 전에는.

당신이 사랑하는 딸이 되려 애썼는데, 당신은 평생토록

날 버렸다.

가짜 어머니는 푸근한 미소를 지닌 사람이었다. 그는 고운 한복을 입고 어여쁜 장갑을 낀 채 앉아 있다가 적당한 타이밍에 날 향해 눈물을 글썽일 예정이었다. 이제 손님 명단을 작성해야 했다. 문득…… 영현이 떠올랐다. 아, 그제서야 난 내가 왜 열망도 없는 결혼식에 최대한의 사치를 부렸는지 이해했다. 영혼을 마취시키고 싶었다. 화려한 보석과 꽃, 옷들에 정신을 팔아 영현이 생각나지 않도록 말이다. 이제 결혼식 준비는 완벽했고 갑자기 이런 생각이 들었다.

영현을 초대한다면 어떨까. 그가 이 청첩장을 받으면 어떤 표정을 지으려나. 가차 없이 버린 여자가 치르는 호화로운 결혼식에 초대받는다면…… 자신은 평생토록 얻지 못할 결혼식의 주인공이 된 날 본다면…… 우리가 함께 웨딩드레스를 입고 결혼식을 올린다는 선택지도 있었다고 재고할까? 어쨌든 다른 여자를 선택한 영현에게 인생의 축복은 허락되지 않으리라. 난 그 표정이 죽도록 보고 싶었다. 그가 내게 주었던 고통만큼 쓰라린 후회를 돌려 주고 싶었다. 그래서 당장 영현의 주소를 수소문했다. 그곳은 독일의 변방 지역이었다. 아직 결혼식까지는 시일이 넉넉했기 때문에 그쪽으로 몰래 청첩장 한 장을 부쳤다. 그 후 플래너에게 연락해 모든 옵션을 업그레이드하라고 했다. 플래너는 상냥한 목소리로 나의 결정을 반겼다.

화사한 빛이 감도는 웨딩드레스를 시착한 날. 거울 앞에서 눈부시게 빛나는 자태에 난 그만 눈물 한 방울을 흘렸다. 철중은 평생의 소원을 이룬 기쁨의 눈물로만 알 것이다. 하지만 진심은 달랐다. 빛나는 티아라로도, 목걸이와 구두로도, 고급 원단으로도, 디자이너의 이름이 적힌 면사포로도 채워지지 않는 게 있었다.

순백의 반짝임을 본 순간 난 내 안의 사랑이 그대로라는 걸 알아차렸다. 한번 마취가 풀리자 걷잡을 수 없는 치욕감이 밀려왔다. 수천을 들인 드레스의 화려함으로도 지워지지 않는 감정이 있었다. 인생에서 가장 거짓 없는, 그러나 제일 효용 없는 감정. 방울뱀처럼 똬리 튼 독 같은 심정. 영현을 열망하는 짓거리. 이 정념을 죽이고 싶었다. 메소드 연기엔 절대 이 감정을 사용하지 않을 것이었다.

난 영현이 증오에 차 결혼식에 찾아오길 간절히 빌었다.

§

철중의 새어머니와 가짜 어머니가 날 식장에서 인도했다. 그분들이 나의 손을 잡고 입장했다. 곱게 분칠한 두 여주인은 날 에스코트하여 철중에게 넘겼다. 철중의 아버지는 의례에는 별 관심 없다는 태도로 앞자리에 비스듬히 앉았다. 이건 단지 철중과 가문의 이미지 메이킹이자 거래를 위한 사교의 기회일 뿐이었으니, 누가 초대되고 아닌지만 중요했다. 네 번째 결혼을 하는 철중은 익숙한 걸음으로 다가와 손을 쥐었다. 이곳에 예식이 처음인 사람은 아무도 없었다. 빛나는 것들에 둘러싸인 나는 청중을 돌아보며 미소 지었다. 이건 하나의 연극이었다. 인생의 마지막 필모그래피였다. 스포트라이트가 날 향했다. 음악에 맞춰 한 걸음 한 걸음 단상 앞으로 걷자 드레스가 화사하게 펄럭였다. 이 공연은 내 생애의 역작이어야 한다. 오직 그 일념으로 미소를 유지했다. 하객들이 앉아 있는 좌석은 죄다 어두운 굴 같았지만 중요한 건 내가 어떤 아름다움으로 빛나는지, 어떤 찬사와 소문의 주인공이 되는지였다. 내 곁에 서 있는 신랑은 남편이라기보단 아버지에 가까워 보였다. 그 사실은 애써 외면했다. 어차피 기사에는 내 얼굴만 나올 테니까.

결혼식은 플래너가 고지했던 순서대로 차례차례 진행되었다. 영화 촬영보다도 훨씬 쉬웠다. 배우 일을 할 때에는 작은 NG에도 같은 신을 몇 번이나 고쳐 찍었다. 하지만 이건 딱 한 번으로 끝난다. 특별히 엄선한 이브닝드레스는 더욱 아름다웠다. 결혼식이 끝나고 보도가 나가면 드레스에 대한 문의가 업체에 쇄도할 거다. 한때 스크린에서 빛나던 여배우는 해피엔딩의 이미지로 영원하리라. 난 철중이 선물한 다이아 목걸이를 착용했다.

주례는 짧았다. 축가는 유명 음악가들을 초청해 콘서트처럼 치렀다. 사진 기사가 날 촬영하기 위해 렌즈를 들이댔다. 난 철중이 가려질 만한 각도로 몸을 틀어 렌즈를 응시했다. 그때였다. 순간 렌즈 구석에 보랏빛 뱀이 비쳤다. 난 소스라쳤다. 그건 누군가의 목덜미에 새겨진 그림이었다. 뒤쪽 하객 중 문신을 가진 사람이 있었다. 하지만 아직 식이 진행 중이라 섣불리 돌아볼 수 없었다. 그러나…… 내가 아는 사람 중 그런 문신을 가진 건 단 한 사람뿐이었다. 설마, 영현이 온 걸까? 정말로, 그가 온 걸까? 이때부터 사람들이 하는 말이 전혀 들리지 않았다. 신경은 온통 하객석에 영현이 있는지 아닌지로 어지러웠다. 가까스로 철중이 반지를 떨어뜨리기 전에 손가락을 내밀었다. 하객들이 일어서서 박수를 쳤다. 곁눈질로 그들을 살펴봤지만 쉽지 않았다. 영현이 정말 왔는지 방명록이나 사진에 남았을까? 하지만 영현이 정말로 이곳에 왔다 해도 흔적을 남기지 않으리란 생각이 들었다. 그는 단순한 사람이 아니었다. 말없이 예식장 구석에 앉아 오래도록 내게 시선을 준 후 사라지는 것, 오랜 시간이 지난 후에야 당신을 찾아갔노라고 고백하는 것, 청첩장을 돌려주며 날 기다린다고 말하는 것, 후회하지만 자신이 먼저 날 원할 수는 없다고 하는 것, 그런 것들이 날 더 미치게 만든다는 걸 아는 사람이었다. 차라리 그가 단상 앞으로 달려와 내가 바로 저 여자의 애인이었다고 폭로하는 편이 나았다. 그런 막장 드라마 같은 치정 싸움이라면 감당할 만했다. 하지만 어떠한 응답도 없이, 잊을 수 없는 흔적만을 계속 내보이는 건 최악이었다. 내가 벗어나려 할 때마다 그런 행동들로 날 구속하려는, 정신적으로 묶어 두려는 수작이었다. 양가 부모 앞에 인사를 드릴 순서였다. 난 영현을 찾으려다가 고개를 숙일 타이밍을 놓쳤다. 그러다 새어머니와 눈이 마주쳤다. 난 어머니 앞에서 영현에게 망신을 당하는 장면을 상상했다. 등골이 오싹했다. 새어머니는 인위적인 미소로 날 안으셨다.

"고생했다, 아가."

그 목소리에 겨우 정신이 들었다. 결혼식을 끝내야 한다. 나에게는 남편과 어머니가 생길 것이었다. 누구보다 우아하고 아름다운 어머니가 생긴다. 그 사실이 더없이 반가웠다. 영현, 네가 어떤 구렁텅이로 날 끌고 가더라도 탈출할 수 있다. 내겐 새로운 가족이 생기니까. 이제 끝났다. 전부 다 끝났다. 땅꾼의 딸로 태어나 뱀의 목소리를 듣던 과거는 잊을 테다. 영현, 이제 날 지운 건 당신이 아니다. 당신을 지운 게 내가 될 것이다. 보라, 내게는 당신보다 몇 배는 아름다운 어머니가 생겼다. 플라워 샤워가 흩뿌려지는 가운데 기억나는 건 오직 어머니의 미소였다. 연한 빛깔의 한복을 차려입은 그분은 나만큼이나 이 결혼의 주인공 같았다. 결혼식 말미에 어머니는 우리가 신혼여행을 다녀오는 동안 축의금을 관리하겠다고 하셨다. 그분의 얼굴과 음성은 수풀을 스치는 뱀처럼 매끄럽고 속살거렸다.

§

우린 유럽으로 신혼여행을 떠났다. 철중은 병원장이었으

니 원하는 만큼 휴가를 내는 것쯤은 쉬웠다. 난 해외 로케로 일하러 간 적은 있었지만 여행 경험은 적었다. 여유롭게 한 달 동안 유럽을 돌아다니기로 했다. 첫 여행지는 독일이었다. 베를린으로 들어가 도나우강을 따라 주변국을 도는 코스였다. 철중은 여행에도 익숙했다. 일정의 대부분은 그가 정했다. 다만 난 독일에서만은 여유롭게 머무르고 싶었다.

우리의 첫 숙소가 영현의 집 근처였던 건 우연이었다.

강변을 따라 아담한 집들이 동화처럼 늘어섰다. 우린 벽돌색 지붕과 크림색 벽을 가진 성냥갑 같은 동네에 머물렀다. 유명한 관광지는 아니었지만 오히려 날 알아볼 사람이 없으니 좋았다. 우린 미술관과 레스토랑을 차례로 다녔다. 그곳의 날씨는 한국보다 쌀쌀했다. 기묘한 추위였다. 바람이 많이 불지 않는데도 뼛속이 시렸다. 파충류처럼 음험한 피부를 가진 영현에게 어울리는 도시였다. 빌딩보다 낮은 집들이 즐비한 강가에 흰 윤슬이 부서졌다. 하지만 정오가 지나자 안개가 자욱했다. 난 혼자만의 자유 시간을 가지고 싶었다. 다행히 철중은 장거리 비행에 지쳐 숙소에서 쉬겠다고 말했다. 난 어두워지기 전까지 돌아오겠다고 약속한 후 산책을 나섰다.

독일어를 할 줄 몰랐기에 하릴없이 걷기만 했다. 시간마저 바래 버린 도시 사이를 쏘다녔다. 이윽고 내가 도착한 곳은 영현의 거주지 근처였다. 그곳은 낡고 작은 아파트였다. 철창이 둘려 쉽게 들어갈 순 없었다. 오래된 양식의 보도블록과 건물

벽만이 보였다. 공기가 점점 차가웠다. 난 품 안의 봉투를 확인했다. 스스로도 내 안에 이런 낭만성이 있는 줄은 몰랐다. 나는 결혼식이 끝나고 남은 청첩장 한 켠에 그에게 하고 싶던 말을 써서 왔다. 봉투엔 일부러 받는 사람 이름을 쓰지 않았다. 철중이 보기라도 하면 난감하니까. 하지만 이걸 여행 내내 가슴에 품고 다녔다. 그냥 영화 같은 우연을 바랐던 것 같다. 내가 입수한 주소가 정말인지, 영현이 전에 보낸 우편을 받았는지도 아직 모르면서. 그는 내가 여기 있으리라 생각한 적 있을까. 아마 없을 것이다. 거리에 동양인 여자가 돌아다니지 않는지 살폈다. 검고 짧은 머리에 안경을 걸친 조금은 이지적인 눈빛의 사람. 그 사람이 여기 있을까. 평일이라 거리는 조용했다. 하지만 우연히라도 그와 골목에서, 어느 가게 앞에서 스칠 확률은 없을까. 세월이 너무 흘러 서로를 알아보지 못하려나. 영현의 집 주변을 계속 배회했다. 나중엔 바닥 무늬까지도 외울 지경이었다. 갑자기 뺨에 물방울이 닿았다. 비가 내리기 시작했다. 나는 황급히 건너편 주점으로 들어갔다. 그곳엔 나처럼 비를 피하는 사람들이 제법 있었다. 하지만 그중 영현을 닮은 사람은 없었다. 나는 읽을 수 없는 메뉴판을 보다가 대충 위에서 세 번째 음료를 시켰다. 독한 냄새가 나는 위스키였다. 황금색 잔에선 유독 씁쓸한 맛이 났다. 난 그걸 홀짝이며 몸을 녹였다. 창문 밖 풍경이 을씨년스러운 빛깔로 변했다. 영현, 그 사람이 좋아하던 카메라의 색감과 닮았다. 변덕스러운 날씨도 어쩌면 그와 닮았다. 영원을 약속하지 않는, 멋대로 다가왔다 떠나는, 매번 기대를 무너뜨리는…… 목구멍이 텁텁했다. 그래서 같은 술을 연거푸 시켰다. 입안이 얼얼해질 정도로 술을 붓자 기분이 나아졌다. 주머니에 넣었던 봉투의 모서리가 젖었다. 그걸 내내 문질러 말리며 안주를 씹었다. 안에 쓴 글들을 지워 버리고 싶었지만 참았다.

순식간에 비가 그쳤다. 마지막으로 다시 한번 영현의 집 앞에 가 보기로 했다. 어느새 비 웅덩이에 가로등불이 비쳐 어른거렸다. 취기가 올라 어지러웠다. 얼마 안 있으면 하늘이 어두워진다. 아까보다 빠른 걸음으로 주점을 나섰다. 또각대는 구두 소리에 사람들 몇이 날 힐끔거렸다. 난 개의치 않고 담벼락을 따라 서성였다. 지금쯤이면 퇴근할 시간이 아닐까, 영화 촬영은 대중이 없다지만 그에게 감이 있다면 오늘은 일찍 들어오고 싶은 마음이라도 들어야 하는데. 아파트에는 노인 몇만 오갈 뿐 내가 찾는 사람은 보이지 않았다. 그때였다. 체구 작은 단발머리의 여자가 검은 패딩을 둘러쓰고 걷는 게 보였다. 독일에서 검은 머리를 보는 건 쉽지 않다. 동양계 여자라는 확신이 들었다. 난 본능적으로 그 여자의 뒤를 밟았다. 부츠를 신은 여자는 꽤 빠른 걸음으로 걸었다. 그가 영현은 아니었다. 영현보단 키가 작았으니까. 하지만 난 펑퍼짐한 패딩을 보고 혹시 그가 영현의 스태프는 아닐까 생각했다. 근처에서 촬영을 하다 잠시 심부름을 나왔다거나, 다른 볼일을 보러 외출한 듯했다. 역시 이곳은 영현의 주소가 맞았다. 어쩌면…… 그는 영현의 여자가 아닐까. 영현은 예전에도 저렇게 수수한 타입의 여자와 바람을 피웠다. 난 그가 신은 둔탁한 부츠와 옷을 곱씹으며 계속 따라갔다. 촌스러운 여자 때문에 나를 버린 영현이 머릿속에 가득 찼다. 갑자기 핸드백 속에서 기다란 무언가가 만져졌다. 붉은 손잡이의 맥가이버 칼이었다. 청첩장 봉투를 갈무리하려 산 것이었다. 그래, 영현의 집 주변을 두 바퀴쯤 돌았을 때 기념품 가게에서 샀었지. 영현이 오늘 돌아오지 않는다면, 그는 이 먼 타국에서조차 날 버린 셈이니까. 편지를 찢어 버리려고 샀었다. 여자의 단발이 눈앞에서 흔들렸다. 내 발굽 소리도 커졌다. 길가에 고인 불빛들이 일렁였다. 칼날은 차가웠다. 어떤 감정도 반영하지 않았다. 이국의 유화처럼 자줏빛이던 주변이 일그러졌다. 난 손바닥으로 칼을 감쌌다. 어디선가 흙냄새가 풍겼다. 난 금방이라도 뱀의 껍질을 까고 목을 딸 수 있을 것만 같았다.

털썩. 그때였다. 무언가가 떨어지는 소리가 들렸다. 골목 끄트머리에 재활용 쓰레기들이 뒤엉킨 더미가 있었다. 제멋대로 널브러진 봉투들 사이 이질적인 허연 종이 뭉치가 보였다. 난 그 앞에서 걸음을 멈추었다.

그건 고전적인 방식으로 제본된 책이었다. 비 때문에 얇은 습자지로 포장된 표지가 눅눅했다. 그걸 집어 들자 곰팡이 냄새가 짙었다. 난 칼을 꺼내 조심스레 포장을 벗겼다. 두꺼운 보랏빛 앞면이 드러났다. 눌어붙은 페이지들을 나는 한 장 한 장 갈랐다. 퀴퀴한 냄새가 났지만 내용물을 읽을 수는 있었다. 안에는 어떤 글자들이 빼곡하게 쓰여 있었다. 시나리오 대본처럼 단락이 나뉜 글이었다. 중간중간 여백이 많았고 알 수 없는 축약어와 참조가 있었다. 영어와 독일어가 제멋대로 섞여 뜻은 알 수 없었지만 의미심장한 기운이 느껴지는 글이었다. 참, 그 여자는 누구였지? 황급히 앞을 살폈지만 텅 빈 거리뿐이었다. 여자는 이미 골목 사이로 사라진 지 오래였다.

대신 난 종이 더미를 토트백 속에 숨겨서 돌아왔다. 철중은 아직 잠에 빠져 있었다. 술기운은 한참 전에 깼다. 난 구석에 꿇어 앉아 휴대폰으로 번역기를 켰다. 표지의 글자들을 찾아보았다.

Tod…… 죽음.

Feier…… 찬양.

Verherrlichen…… 찬미.

〈사의 찬미〉.

벼락을 맞은 것처럼 눈앞이 하얬다. 숨이 잘 쉬어지지 않았다. 그 여자, 검은 패딩을 입은 여자는 **일부러** 놓고 간 게 분명했다. 이건…… 영현으로부터의 신호였다. 나를 지켜본다는 걸 알아차리라는 신호였다. 그 여자는 메시지를 전달하는 사자였다. 영현은 결혼식에 왔었다. 하지만 그 사실을 내게 알릴 순 없었다. 대신 이 대본을 전하려고 계획했다. 그날처럼. 우리가 처음 만난 시절처럼. 영현은 감독이고 모든 장면을 자신의 통제에 넣고 싶어 하니까. 손이 마구 떨렸다. 눈물이 나왔다. 영현은 이번에도…… 내가 자신의 연출대로 따르길 기대한다. 철중이 곁에서 자고 있어 흐느낌 하나라도 새면 안 되었다. 난 입을 틀어막았다. 남편에게 수상하게 보일 순 없다. 만약 들키더라도 새 신부의 감수성으로 포장해야만 한다. 어쨌든 설명은 나중 일이었다. 나는 이 충격적인 작품을 더듬어 글자 몇 개를 더 검색했다. Regens…… 빗방울들. 영현은 내가 자신을 만나러 온 날의 날씨를 예상한 걸까? 만약 정말로 비가 온다면 그날 내게 대본을 주어도 된다고 지시했을지도 모른다. 난 독일의 날씨에 감사했다. 예술적인 영현의 기질상 비가 오지 않았다면 우린 그대로 어떠한 연락도 주고받지 못하면서 끝을 맞았을 거다. 그는 알레아토릭한 연출을 사랑한다. 우연적인 기법에 많은 걸 맡긴다. 하지만 놀랍게도 먹구름이 끼었고, 비가 내렸고, 그건 필연의 신호가 되어 주었고, 영현은 스태프를 시켜 내게 메시지를 전했다. Steinerne…… 돌. 이건 뭐지? 돌처럼 딱딱한 보도블록이나 담벼락, 그 사이를 내가 지날 때 대본을 바닥에 던지라고 한 걸까. 이 단어의 의미는 정확히 알 수 없었지만, 직감적으로 모든 운명을 깨달았다. 영현은 누구도 예상치 못한 방식으로 내게 접선했다. 우리만이 아는 예술가적인 방식으로 접촉했다. 이 안에 적힌 이야기들이 미칠 듯이 궁금했다. 오래전 우리가 나누었던 내용일까, 아니면 새로

극본을 썼을까. 그래, 생각해 보니 도나우강은 〈사의 찬미〉 원곡인 〈도나우강의 잔물결〉의 배경이지 않은가. 아!

심장이 열렬하게 뛰었다.

영현은 그래서 이 나라를 선택했구나. 먼 타국의 많은 도시 중 하필 독일을 고른 유일한 이유는……

나였어.

수많은 시간들을 얼굴 한 번 비추지 못하고…… 오직 예술로만, 가장 예술적인 방식으로만 소통했던 우리. 〈사의 찬미〉로 연결되었고 평생 잊지 못할 알레고리들로 묶인 우리. 이건 영현이 내게 보낸 캐스팅 콜이자 극히 비밀스러운 연서였다. 영현. 당신은 너와의 관계가 내 속에서 죽어 버릴 때마다 날 붙잡는다. 죽어서야 부활하는 천진한 감정을 맛보길 바란다. 스타니슬랍스키는 연기란 삶처럼 진실한 것이어야 한다고 말했다. 내가 〈사의 찬미〉를 갈망했던 것도 그 때문이다. 이성애자들의 허식 속으로 날 몰아넣던 때, 너는 진실한 것을 찬미하자고 유혹한다.

예술은 시체들을 아름답게 포장하는 데 탁월하지.

이런 식으로나마 연결되길 바란 그의 정신에 서러움이 몰려왔다. 영현, 영현, 왜 당신은 결국 이런 방법으로만 내게 닿는가. 축축한 종이들을 껴안았다. 영현을 안았을 때의 서늘함이 되살아났다. 나는 들고 온 청첩장을 불태우기로 했다. 더는 부질없는 문장들이 필요 없었다. 내겐 영현의 존재가 새로운 삶으로, 감각으로 솟아났다.

　신혼 첫날밤? 나이 든 남자에게 무엇을 바라겠는가. 나는 제대로 열리지도 않았다. 대신 남편이 좌절하기 전 〈사의 찬미〉를 상기했다. 그 음울한 곡조를 떠올리면 영현이 날 감싸 안는 듯했고, 머릿속이 대본으로 가득 찼다. 영현이 어떤 식으로 날 만졌는지 전부 다 기억한다. 먹이를 휘감는 뱀처럼 몸 구석구석을 핥고, 손가락으로 헤집고, 귓불을 매만지며 엉겨 들던 움직임을 잊을 수 없다. 넌 때로 내가 움직일 수 없도록 어깨로 밀어붙인 후 키스했으며, 그다음은 내 손에 뒤집혀 바닥에 손톱자국을 남겼다. 언제나 시원한 향이 감돌던 네 체취도 생생하다. 두 다리로 허리를 감싸면 우리의 몸은 서로에게 꼭 맞았다.

　그때에만 난 열락에 휩싸였다. 오직 너와 있을 때에만.

　여행 중엔 수많은 동성 커플을 보았다. 그들은 비행기 안에서, 대기실에서, 카페와 음식점에서 손을 잡고 서로를 쓰다듬으며 키스를 나누었다. 세상엔 너무나 많은 진짜 연인이 있었다. 오직 나를 제외한 연인들. 나는 반문했다. 나는 여자를 사랑하는 사람처럼 보이나? 어떤 사람들은 아니라고 대답한다. 그들은 이성애자보다 더 훌륭히 이성애를 연기하는 내게 속았다. 어떤 사람들은 그럴 줄 알았다고 대답한다. 왜냐하면 내가 너무나 **여성적**이기 때문이라고 한다. **그렇게 보인다**라는 건 무엇인가? 내가 저 이성애자 여성보다 덜 이성애적이라는 증거를 사람들은 찾아낼 수 있을까? 우스웠다. 그들은 스크린에 나오는 수많은 얼굴조차 구분하지 못한다. 내가 가진 범주의 티끌만큼도 알지 못한다. 만약 나를 어느 한쪽으로 단정 짓는 사람이 있다면, 그런 당신은 스스로를 어떻게 증명하는지 묻고 싶다. 진짜 이성애적인 사람이 되려면 무얼 하는가? 아마 당신이 대답한다면, 난 그걸 당신보다도 훨씬 더 잘 수행할 수 있다는 답변을 되돌려줄 것이다. 알잖는가. 나는 〈상사뱀〉의 유혹적인 여성으로 국민 배우가 되었다. 이젠 결혼까지 했고, 아기를 낳아 단란한 가정을 이룰 것이다. 만약 내가 그 모든 걸 성공한다면…… 난 이성애자들보다 잘 사는 걸까?

금기를 깨기 전엔 자기 자신을 알 수 없는 법이다. 과실을 깨물지 않은 이들은 무엇을 깨달아야 하는지도 모른다.

사람이 사람을 사랑하는 일이라는 추상적이고 자기 계발서 같은 이야기가 필요한 게 아니다. 평생 스스로를 제대로 알고 죽는 인간은 드물다. 그런 소시민들을 연민한다. 하지만 나와 영현은 위험하고 용감한 여정을 떠난 몇 안 되는 사람이다. 온갖 역할을 소화한 배우인 나는 평균적인 사람들보다 인간을 잘 이해했다. 그럼에도 정작 내가 원하는 인간이 될 권리는 얻지 못했다. 그래서…… 진실의 대가로 평생을 연기자로 사는 형벌을 받았다. 영현만은 이 숙명과 고통, 비탄을 이해하겠지.

신혼여행을 거치며 나는 현명해졌다. 영현의 작품 덕분이었다.

한국으로 돌아가면 오직 철중의 부인, 그 역할만을 소화하면 되었다. 그럴 계획이었다. 하지만 세상엔 주연보다 파급력이 큰 조연도 있었다. 과거와 현재의 나. 영현은 그 두 인물을 더블 캐스팅하려 한다. 남의 부인이 된 나와…… 영원한 너의 연인일 나. 〈사의 찬미〉에도 두 여자가 나왔었다. 죽음과 생을 동시에 상징할 수 있는 여인들. 난 그 인물들을 사랑했다.

우린 끈질기게 연결된다.

S#03
맥거핀 Macguffin

.

웃는 저 꽃과 우는 저 새들

그 운명이 모두 다 같구나

— 윤심덕, 〈사의 찬미〉에서

우리의 저택은 에덴이라 불렸다. 철중이 고집하는 이름이었다.

그는 날 데려갈 집을 어떤 가구들로 꾸렸는지, 가정은 어떻게 일구고 싶은지 계획을 늘어놓았다. 에덴은 땅 지분도 많고, 그의 친척으로부터 좋은 값에 거래한 집이라고 했다. 나는 웃으며 고개만 끄덕였다. 결혼 전에도 익히 들은 내용이었다. 그는 우리의 삶에 관한 일방적인 상상을 자주 쏟았다. 나는 지금의 위치에서 탈출하고 싶은 마음뿐이라 상관없었다. 귀찮은 일들을 그가 알아서 처리한다면 나쁠 것 없었다. 그렇게 생각하며 신혼여행이 끝난 동시에 새집으로 들어갔다. 에덴은 2층짜리 저택에 800평 정도의 정원이 딸린 집이었다. 주변은 철저하게 높은 담장이 쳐졌다. 겉으로는 삭막한 회색 벽이 둘러져 내부가 보이지 않았다. 철통같은 보안을 지나 정문을 넘어야 다른 세계가 펼쳐졌다. 바닥은 대리석이었고, 무엇이든 큼직했다. 철중이 물려받았다는 조각과 도자기들이 구석을 장식했다. 가정집보단 박물관에 가까운 모양새였다. 철중이 꾸민 내부는 실망스러운 수준이었다. 인테리어 전문가라도 고용했다면 이 정도는 아니었을걸. 철중은 사소한 부분까지 본인이 직접 관리했는데 그게 독이었다. 돈이 많다고 미감까지 훌륭하진 않았기 때문이다. 한때 예술가를 꿈꾸었다는 그의 말이 의심스러웠다. 나는 어울리지 않는 색의 몰딩과 부담스러울 정도로 사치스러운 세공의 손잡이, 번들거리는 대리석과 부조화하는 카펫들을 불만스럽게 바라보았다. 물론 겉으로는 티를 내지 못했다. 그저 당신과 나의 새 보금자리가 더없이 아름답다고만 말했다.

크기가 제각각인 조각들이 늘어선 거실, 동선과 위치도 고려하지 않은 채 집 안에 널린 예술품들은 신경에 거슬렸다. 최신 트렌드를 따라 구입한 작품들도 있었으나 한데 모아 두자 부조화했다. 동물의 박제들과 매끈한 알루미늄 장식들이 불균형하게 엉겼다. 병리성까지 느껴지는 불협화음이었다. 난 애써 그 신호를 무시했다.

저택을 둘러보며 기쁜 척 철중의 가슴에 기대자 그는 만족스러워하며 날 껴안았다. 그때 정원을 마주보는 창가 아래 놓인 조각상이 눈에 들어왔다. 그건 지금까지 본 장식품 중 가장 흉물스러웠다. 뱀처럼 척추가 휘고 뼈다귀처럼 비쩍 마른 사람의 형태였다. 청동 조각이란 게 믿기지 않을 만큼 표면은 거칠었다. 우둘투둘한 모양새가 악몽에서 튀어나온 괴물 같았다. 그건 오른손 검지를 들어 앞을 가리키고 고개는 뒤로 꺾였다. 얼굴 없이 이쑤시개처럼 긴 팔다리만 뻗었다. 난 순식간에 불쾌해졌다.

"저건 뭐예요?"

"아. 보는 눈이 있군. 알베르토 자코메티의 미공개 작품이야. 알지? 세계적으로 유명한 작가잖아."

"저걸 꼭 저기에 세워야 해요?"

"전에 어머니가 소더비에서 낙찰받았어. 공개작들은 경매에서 최고가를 경신했으니, 이건 더한 가치가 있지. 놀라울 정도로 철학적이지 않아? 아침마다 저걸 보고 출근하며 죽어 버린 꿈과 그럼에도 걸어가야 할 미래를 생각하지. 말했잖아. 한때 세공사나 조각가, 문신사가 되고 싶었다고. 저걸 보면 아직 내 안에 잠재된 숙명이, 걸어가야 할 운명의 방향이 느껴져."

……언제는 화가나 영화감독이 되고 싶었다면서. 난 조각이 매우 거슬린다는 사실을 말할 수 없었다. 무언가를 고발하고 지적하는 손가락은 불길했다. 그것들은 살가죽이 쭈그러질 정도로 먹지 못한 기아 상태의 몸 같았다. 아직은 집안 분위기를 살펴야 했으니, 철중에게 조각상을 치우자고 하진 못했다. 하지만 그 작품의 뼈마디와 자세는 계속 내 신경을 건드렸다. 끝없이 내게 무언가를 경고했다. 아, 그래. 난 이 뼈다귀같이

마른 몸에서 영현을 떠올렸다. 그건 꼭 영현 같았다. 죽어 버린 욕망, 굶주린 실존, 비틀린 운명, 그럼에도 채워야 하는 결핍을 상징하는…… 그늘진 얼굴의 영현.

영현의 대본이 떠올랐다. 난 집으로 돌아오자마자 모든 글을 해독했다. 번역은 배운 적 없지만 〈사의 찬미〉라면 읽을 수 있었다. 오랜 시간이 지났어도 내용을 전부 기억하니까. 그 이야기에 처음 매료되었던 날 외웠던 대사들을 똑똑히 기억한다. 대본엔 뱀 같은 존재들과 선악, 애증, 유혹, 삶과 죽음이 적혀 있다. 그래, 영현은 윤심덕이라는 옛 가수의 일화를 보고 영감을 얻었다고 했었지. 그래서 제목도 〈사의 찬미〉였다. 연인과 도망쳐 바다 한가운데서 자살한 가수, 그 생과 사에 대해서는 아직까지도 다 밝혀지지 않았다. 사랑을 위해 죽음과 실종으로 승화된 여인. 전부 여성밖에 나오지 않는 영현의 작품 속 인물의 모델이 윤심덕이었다. 갑자기 머릿속에 이런 생각이 떠올랐다.

이 여자는 나를 닮지 않았나?

그가 동반 자살 한 상대가 여자이기만 했다면. 발끝까지 전율이 치밀었다. 영현은 어디까지 날 사랑하고 있었을까. 몸은 멀어졌지만 마음은 끈질기게 놓지 못한 걸까. 젊은 날의 치기로 떠나 놓고 속죄할 기회를 내내 기다렸을까. 가슴이 아렸다. 수십 페이지짜리 종이에 적힌 진실은 무겁고 고통스러웠다. 마음이 지칠 때마다 〈도나우강의 잔물결〉을 들었다. 윤심덕의 곡도 찾아 들었다. 노래는 주인공의 운명을 예감하듯 구슬프고 아련한 음색이었다. 극본의 곳곳엔 영현이 날 추억한 증거가 속속들이 담겨 있었다. 방에 틀어박혀 시나리오를 쓰는 영현을 생각했다. 어쩌면, 청첩장을 받은 후로 집필에 박차를 가했을지도. 나를 생각하면서, 내게 분노하면서, 질투하면서, 나를 그리워하면서, 사랑하면서. 결국 인생에서 가장 열렬했던 시절이 나였음을 인정하면서. 그건 얼마나 애타는 시간인가. 만나지 못하는 대상일수록 가장 아름다운 지옥이 된다. 극도로 매력적이고 환상적인 이데아로 변모한 우리의 이별을 영현이 얼마나 곱씹었을지 떠올리자 쓸쓸했다.

가엾은, 정말로 가엾은 영현. 너는 온몸이 마르도록 날 원했다. 그는 안경 너머 움푹하고 깊은 눈으로, 얇은 뺨으로, 가늘고 기다란 손가락과 뱀이 그려진 목덜미로, 둥글게 굽은 어깨와 목으로 종이 앞에 앉아 글자마다 날 생각했을 것이다. 하지만 이제 와 뭘 어쩌겠는가. 이미 너무 많은 시간과 기회가 지났다. 나는 결혼했고 남편이 생겼다. 영현은 날 포기해야 한다. 하지만 자꾸 극본에서 풍기는 비린 흙냄새가 떠올랐다. 그건 나를 갓 태어난 뱀처럼 느끼도록 만들었다. 난 향수가 느껴질 때마다 표지를 손톱으로 쓰다듬었다. 외국어로 적힌 활자들은 구불거리는 뱀처럼 생동감이 넘쳤다. 금방이라도 달려오려는 것처럼. 영현이 다 말하지 못한 마음들은 종이 안에 넘쳤다. 그가 완성한 작품의 아름다움은 숨 막혔다. 난 대본을 갈무리해 침대 아래 숨겨 두었다.

이 지독한 진실을…… 어찌해야 할까. 난 이미 은퇴했고 다시는 영현의 영화에 출연할 수 없는데. 왜 진정한 사랑은 기회가 지나간 후에서야 실감될까. 우리가 한발씩만 변했다면 과거를 되돌릴 수도 있었을 텐데.

영현에게 안부를 묻고 싶었다. 잘 지내냐고, 한마디만 할 수 있으면 좋겠다. 대본 잘 받았어, 잊은 척 연기했지만 언제나 당신을 기억했어, 그런 말과 함께 안부를 전할 수만 있다면. 나도…… 아직 당신을 원한다고. 사실 한순간도 잊은 적 없다고, 고백하고 싶다.

"여보. 듣고 있지? 앞으로 집안 인력들은 당신이 관리해야 해. 내가 병원이 바쁘면 신경 쓰지 못할 때가 있으니까. 현명한 당신. 잘할 수 있지?"

철중이 날 끌어안는 바람에 상념에서 깨어났다. 무슨 얘기를 하고 있었더라. 아, 이 집안엔 수많은 고용인들이 돌아다녔다. 철중은 그들을 다루는 데 필요한 주의사항들을 알려 주었다. 수십 명이나 되는 고용인들이 채워지자 이곳은 기업의 축소판처럼 느껴졌다. 사람들을 피해 결혼했는데 정작 집안에서도 매일같이 사람들을 마주쳐야 했다. 이래서야 회사에서 일하던 때와 별다를 바가 없었다. 어쨌든 이 저택은 외지인들 없이는 굴러가지 않는다. 홀로 살기엔 너무 크고 광활한 공간이다. 사람을 고용하지 않으면 금방 폐허처럼 변할 것이었다.

나는 철중을 바라보며 고개를 끄덕였다. 철중은 내 목덜미를 쓰다듬었다.

"당신은 이제 한낱 연예인 나부랭이가 아니야. 고생길은 끝났어. 이젠 나만 믿고, 내 사랑만 받으면 돼. 내가 운명인 당신을 믿었고, 기다려 온 것처럼. 사랑해."

나는 속으로 생각했다. 정말로 끝난 게 무엇인지 당신은 모르지.

창밖엔 뼈다귀만 남은 영현이 계속해서 나를 고발했다.

§

다음 날부터 왕가에 입성한 양 스케줄이 돌아갔다. 철중은 이곳 삶에 적응하려면 수많은 것을 배워야 한다고 말했다. 매달 주기적인 가족 행사가 있었다. 서로의 안부가 궁금해 모이는 건 아니었다. 주로 사업 이야기를 나누었다. 이들의 소통이란 누가 권력을 얼마큼 가졌는지 과시하고 경쟁하는 것이었다. 가족 구성원끼리도 예외가 아니었다. 식사 자리는 일종의 파워 게임을 위한 장이었다. 첫 1년간은 새 식구인 내가 표적이었다. 그들은 내가 식사 예절이나 절차를 틀리면 대놓고 비웃었다. 하루는 날 앞에 둔 채 영어로만 대화했다. 명백한 며느리 길들이기였다. 난 그들이 서열 싸움을 걸어도 해맑은 척하며 받아 넘겼다. 나의 무기는 연예계에서 곱게 자라 세상 물정 모르는 이미지였다. 적당히 아양을 떨거나 백치처럼 행동하면서 버렸다. 그들은 자신들만의 족보가 있었고 난 그것들을 먼저 외웠다. 어디의 몇 촌이 어느 자리에 있는지, 재산이 얼마이고 어떤 영향력을 가졌는지를 싹 암기했다. 그들은 사랑을 말하지 않았다. 대신 돈과 혈연을 말했다. 이것이 철중 집안의 어법이었다.

집에 돌아오면 완전히 소진됐다. 어떤 면에선 일을 하던 시절보다 기가 빨렸다. 그나마 다행인 건 이 집에는 날 돌봐 주는 가정부들이 많다는 사실이었다. 난 특히 그들을 푸근한 이미지의 중년 여성들로만 채웠다. 철중은 이전에 근무하던 이들을 대부분 해고하고 내게 맞는 인력으로만 재구성하는 걸 허락했다. 시장 바닥에서 주워 입은 너저분한 복장이던 고용인들이 저택에선 고급 부티크 여자들처럼 차려입은 걸 보는 게 좋았다. 그들은 진갈색의 단정한 유니폼을 입고 옷에 먼지한 톨 묻지 않도록 관리했다. 철중은 전 부인들과 헤어질 때마다 함께 일하던 사람들을 죄다 해고했다. 그 빈자리를 다음 부인이 선택한 이들로 채웠다. 딱 한 명, 정원의 희귀한 나무들과 창고를 관리하는 정원사만 제외하고. 그 남자는 철중이 선택한 사람이었다. 비쩍 마른 애꾸눈에 관심사라곤 오직 식물과 흙뿐이라 철중과 아내들 사이에서 있던 일들도 얼마든지 모른 척할 수 있었다. 철중은 정말로 부인들의 흔적을 지우고 싶어 했다. 어차피 이제부터 저택의 안주인은 나였으니, 차라리 잘된 일이었다. 난 매일 느지막이 일어나 철중을 배웅하고, 가정부들이 차려 주는 식사를 먹고, 승마와 골프, 꽃꽂이를 배우러 나갔다. 철중의 가족을 만나는 날만 빼면 귀족 같은 삶이었다. 막상 결혼을 하자 철중은 일이 바빠 거의 바깥에 있었다. 그는 자신에게 돈을 쓰기보다 내가 그의 카드로 이것저것 사입고 치장하는 걸 좋아했다. 그의 유일한 취미는 내 피부를 손수 관리하는 일이었다. 퇴근하고 돌아오면 날 꼭 제 무릎에 눕히고 여러 가지 약품을 발랐다. 압출기로 피부를 짜고 마사지를 했다. 난 점점 저택의 도자기처럼 변했다. 피부는 번들거리고 젊어졌다. 오직 철중만을 위한 인형 같은 아름다움이었다.

영현으로부터는 아직 연락이 없었다. 오직 그가 보낸 극본만 내 곁에 있었다. 나의 미모가 익을수록 언제 영현이 찾아올지 궁금했다. 대중 앞에 나서는 일은 지겨웠지만 영현의 작품이라면 달랐다. 내가 염증을 느낀 건 국내에서 천박하게 소비되는 일이었다. 넓은 세상에서 작품성으로 인정받는 일이라면 욕심이 났다. 나는 종종 철중 몰래 숨겨 두었던 대본을 들추었다. 한 구절 한 구절을 완전히 체득할 때까지 곱씹었다. 시간이 지날수록, 영현이 침묵할수록 불안한 기분도 들었다. 하지만 아직 새로운 생활에 적응할 시간이 필요했고, 그 후에 여력이 생기면 영현과 접선할 수 있을 터였다. 마음을 차분히 먹기로 했다. 아니면…… 내가 먼저 연락할까. 청첩장을 보냈던 날처럼 말이다. 이번에라면 영현이 직접 응답할까. 영현에게도 나의 시도가 기폭제였을지 모른다. 영현은 날 결혼 대상으로 보지 않겠다는 말로 상처를 주었기에 내 결혼 소식으로 상흔을 돌려받았다. 우리 인생은 공평했으니 이제 서로에게 진심으로 솔직할 때가 왔다. 우린 충분히 어긋나고 헤맸다.

복잡한 생각을 떨치려 집 안을 하나하나 살폈다. 저택에 선 원하는 건 무엇이든 할 수 있었다. 다만 철중은 집안 물건들이 자신이 정한 위치를 벗어나는 걸 극도로 싫어했다. 한번은 소파의 위치를 멋대로 옮겼다가 된통 혼이 났다. 철중은 얼굴이 붉으락푸르락 할 정도로 성을 냈다. 그런 그의 모습은 처음이었다. 내가 당황하여 사과하자 철중은 겨우 진정하곤 차를 한 잔 따르라고 시켰다.

"어머니가 떠나기 직전…… 집안 꼴이 말이 아니었어. 아버지가 가정부와 놀아난 바람에 어머니가 사람들을 죄다 해고했거든. 그리고 자살하셨지. 집은 내가 유일하게 쉴 수 있는 공간이야. 모든 건 가장 최적의 위치로 설계했어. 그게 달라지면 불안해. 이해해 줄 수 있지?"

"그런 줄 몰랐어요. 나야말로 미안해요."

"아니야. 나야말로, 미리 말해 줬어야 하는데. 당신이 꺼림칙하게 여길까 봐 겁이 났어. 하지만 이렇게 생각해 봐. 거장으로 불리는 감독들은 디테일 하나도 빠짐없이 관리하고 계획하잖아. 그거랑 비슷한 거야. 물건들을 건드리지 않는다면 무엇이든 해도 돼. 하지만 내가 정한 것들을 망치지는 마."

"알았어요. 약속해요. 기분 상할 일은 만들지 않을게요.

제가 더 조심해야 하는 건 없어요?"

철중은 뜨거운 차를 들이켰다. 나는 조금 긴장한 상태였다. 철중이 구성한 무대에서 실수하면 안 될 것 같았다. 더욱이 누군가가 눈앞에서 화를 내거나 소리치면 심장이 급격하게 뛰었다. 신경이 얼어붙는 느낌이 든다. 그래서 난 최대한 상대의 기분을 거스르지 않으려 노력했다. 반사적인 행동이었다. 철중은 깊게 한숨을 내쉬더니 생각에 빠졌다. 그러고는 대답했다.

"정원 끝에 지하 창고가 하나 있어. 가장 비싼 예술품들을 보관하는 곳인데 온도나 습도가 조금만 달라져도 치명적이야. 가치로 따지자면 몇백 억은 호가해. 아직 세간에 공개할 생각은 없어. 도둑놈들이 들끓거든. 거긴 오직 나만 들어갈 수 있으니 얼씬 않는 게 좋아."

"……그렇게 대단한 물건들이 있으면 아내에게는 보여 줘도 되잖아요. 왜 아무 말 안 했어요?"

"……내가 무슨 설명을 하든 날 이해하겠다고 약속할 수 있어?"

갑자기 철중은 부산스레 찻잔을 매만졌다. 방금 전까지 화를 내던 모습과는 정반대였다. 달라진 그의 반응이 의아했다. 나는 그의 옆에 꿇어앉았다. 그는 내게 반말을 하고 난 아직 그에게 높임말을 썼다. 언어는 권력의 차이를 만드므로, 난 철중이 그 위치를 느끼며 안심하길 바랐다. 난 철중의 팔뚝을 다정하게 쓰다듬었다.

"말해 봐요. 약속할게요. 제가 당신 마음을 더 상하게 하지 않도록. 이제 난 당신의 사람이잖아요. 우리 사이에 비밀이 있으면 안 돼요. 제가 모든 걸 알면 당신에게 더 충실할 수 있어요."

"그렇지……. 하지만……"

"지금 날 못 믿어요?"

내가 반문하고서 철중은 결심을 굳혔다. 철중은 나의 손을 붙잡고 간곡한 목소리로 말했다.

"알잖아. 우리 어머니도…… 비슷한 창고에서 죽었어. 아버지가 술집 여자를 불러 집 안에서 상을 차리라고 한 날이었지. 어머니는 그대로 날 데리고 창고로 갔어. 그곳에서 넌 이 집안의 아들이 아니라고 말한 후 목을 맸어. 내 눈앞에서…… 그곳도 아버지가 보물을 모으던 수장고였지. 난 이런 곳에 여자들이 들어가는 게 싫어."

"……그랬군요. 하지만 에덴은 다르잖아요. 저도 당신의 어머니가 아니고요."

"안 돼. 네가 거길 간다는 생각만 해도 불길해. 난 미쳐 버릴 거야. 미옥, 착하게 지낸다고 약속해."

"창고 한번 들어간다고 무슨 일이 나진 않아요."

"이건 신뢰의 문제야. 남편과 아내로서의 신뢰. 절대 창고엔 얼씬도 하지 마. 나도 마음의 준비를 할 시간이 필요해. 설마 그 정도도 못 참는 어린애는 아니겠지."

오히려 철중 쪽이 내게 신뢰가 없었다. 더 캐물었다간 역효과가 날 듯싶었다. 철중의 목소리는 진심이었다. 트라우마가 있단 건 알겠지만 왜 그토록 지하 창고에 집착하는지 정확히 이해되진 않았다. 어쨌든 더 자극해도 이득일 건 없었다. 난 순종적인 척을 하면서도 조금 토라진 티를 냈다. 그러자 철중은 얼굴이 풀리며 날 달래려는 듯 어깨를 살살 쓰다듬었다.

"알잖아. 당신은 내게 가장 특별해. 그래서 더 예민한가봐. 때가 되면 다 보여 줄 거야. 그 외엔 뭐든 맘대로 해. 더는입 아프게 하지 마. 고집 부리는 여잔 별로 귀엽지 않거든."

"난 좋은 아내가 되고 싶어요."

"……알지, 당신은 다른 여자랑 다르다는 거. 알았어. 집안 인테리어는 원하는 만큼 바꾸어도 좋아. 파티를 열고 싶으면 맘대로 해. 하지만 지하 창고는 아직 안 돼. 그걸 약속한다면 다음 주라도 당장 손님들을 초대하게 해 줄게."

그의 성격상 이 제안도 많이 양보한 것이었다. 게다가 그동안 철중네 집안사람들과 고용인들, 강사들만 만났으니 슬슬지겹기도 했다. 난 한발 물러서기로 했다.

"알았어요. 약속해요. 대신 3주 후에 파티를 열어도 되나요? 제가 꼭 꿈꾸던 파티가 있어요. 벌써 머릿속에 그림을 다 그려 놨어요. 우리의 품격을 드높일 파티예요. 주최해도 되죠?"

"이것 참. 벌써 안주인 노릇을 제대로 하려 드는군."

철중도 제안에 응했다. 난 기분이 풀어졌다. 결혼하고 여는 첫 파티. 연예인일 때에야 원치 않는 시끄러운 곳에 불려 다니느라 귀찮았지만, 집에 원하는 사람들을 초대하여 행복을 자랑하는 일이라면 구미가 당겼다. 난 곧바로 어떤 파티를 열지 설명했다. 철중은 그런 나를 사랑스럽다는 눈길로 바라보았다.

"좋아. 음식이든 장식이든 당신이 원하는 거라면 무엇이든 시켜. 불필요한 건 바깥에 내놔. 정원사에게 치우라고 할 테니."

"당신의 수집품들을 손님들과 감상하고 샴페인을 마시겠어요. 출장 뷔페는 미쉐린 급으로 세팅하고, 큰 스크린을 설치할 거예요. 그동안 출연했던 영화 클립을 틀면 럭셔리한 소규모 상영회 같겠죠. 라이브 밴드도 초대할까요? 꽃도 빠지면 안돼요."

서양 영화에서 본 화려한 파티들을 떠올리며 난 에덴의 변화를 머릿속에 그렸다. 그날 무엇을 입을지가 가장 중요했다. 의상을 세 벌 정도 준비해야지. 손님들을 맞이할 때 한 번, 집안을 소개할 때 한 번, 음악을 틀고 춤을 추며 영화를 볼 때 한 번. 저택에서 왕족처럼 살아갈 내 삶을 전시하기에 딱이었다. 머릿속으로 초대 손님 목록을 꼽았다. 반은 나와 친분이 있는 사이로, 반은 그렇지 않은 관계들을 섞어야지. 철중이 아는 사람 중 교수나 의사, 검사와 변호사 등의 엘리트들도 초대할 예정이었다. 술이나 흥청망청 마시는 파티는 지겨웠다. 우린 예술과 영화에 대해 논하며 우아한 상류층다운 시간을 보낼 것이었다. 방문객들에겐 명품 액세서리와 화장품들을 선물해야겠다. 예전엔 내가 파티 주최자의 비위를 맞추었지만 이젠 달랐다. 나는 에덴의 주인이었고, 국내에서 제일 예술적인 파티를 준비할 거다. 그걸 보면 날 뒤에서 험담하던 것들도 입을 싹 다물겠지. 목덜미가 도드라지는 오트쿠튀르 스타일의 브랜드 드레스를 입고 액세서리도 같은 라인으로 맞춰야지. 시누이가 대외적인 활동을 할 땐 노출을 최소화하라고 신신당부했지만 이건 사적인 유희니 괜찮다. 시누이가 아는 기업의 사람들을 초대한다면 과연 그들이 응할지도 궁금했다. 예전에 시누이가 언급한 지점의 부사장이 날 광고 모델로 쓰고 싶다는 언질을 주면서, 그걸 핑계로 만남을 갖자고 한 적이 있었다. 시누이에겐 이런 사실까지 말하진 않았지만. 그 모든 걸 비밀로 한 채 예전의 나와 관련 있던 사람들을 한자리에 초대한다면 어떤 일이 벌어질까. 날 연모하고, 질투하고, 동경하던 모든 사람들을 모은다면. 짓궂은 호기심이 들었다. 물론 그 가운데에는 영현을 초대하고 싶다는 욕망도 섞였다. 어쨌든 오랜만에 사람들에게 날 어필할 생각을 하니 짜릿했다. 이러나저러나 해도 배우로서의 자질을 완전히 버릴 수는 없었다. 대중이 날 잊더라도 연기자로서 주목받으려는 타고난 본성은 변치 않았다.

§

몇 주간 파티 준비로 바빴다. 필요한 업체들을 섭외하는 건 손수 처리했다. 검붉은 카펫과 벨벳으로 집 안을 장식하면 유서 깊은 극장처럼 보였다. 드레스 코드는 시상식. 새 삶의 시작점에 찬사를 바치는 시상식이었다. 나와 고용인들은 파티 전까지 쉴 새 없이 일했다. 주종과 식기, 꽃과 음악까지…… 모든 세팅이 완벽했다. 초청장만 인쇄되면 모든 준비가 끝났다. 파티는 테두리에 청록빛 뱀을 두른 자주색 초대장 없이는 함부로 들어올 수 없었다.

그날을 위한 피부 관리는 매일같이 철중이 해 주었다. 효소 클렌징으로 하는 세안과 각종 크림을 바르고 식후 30분마다 알약을 섭취했다. 하루의 마지막 일과는 앰플 마사지였다. 철중은 퇴근하면 언제나 그걸 챙겼다. 날 눕히고 능숙한 손놀림으로 화장품을 골고루 펴 발랐다.

"오늘 약은 제때 챙겼지?"

"그럼요. 그런데 손등이 좀 건조해요. 네일 관리도 해야겠어요."

"그럴 땐 앰플을 더 발라도 괜찮아."

"알았어요. 참. 당신 쪽 손님은 다 오겠다고 했는데, 시누이 쪽은 아직 응답이 없어요."

"……바쁜 분들이 많으시니까. 중대사가 아니면 어려울 수도 있어."

"절 아니꼽게 보는 건 아니고요? 어디서 출신도 모를 광대 나부랭이가 끼어들려 하냐면서요."

"그럴 리가. 예민하게 생각하진 마. 동생이라도 꼭 참석하라고 말해 놓지."

지난번 식사 자리에서 영어로만 대화하던 시누이가 떠올랐다. 그가 처음부터 날 고깝게 보는 건 알고 있었다. 철중에게 불평하자 시누이는 원래부터 질투가 많은 성격이라 그렇다는 말만 되풀이했다. 어릴 때부터 철중이 하는 건 다 빼앗고, 자신이 1등이 되지 않으면 직성이 풀리지 않는 성미라 했다. 하긴, 둘은 어머니도 달랐다. 그래서 일부러 시누이와 지인들을 파티에 초대했다. 그곳엔 유일하게 시누이의 약점을 건드릴 만한 인물들이 있었다. 내가 아는 예술계 인사들 말이다. 감독이라든가 작가, 배우라든가 하는 사람들. 집안에서 감수성과 예술에 대한 조예가 그나마 깊은 게 철중이니. 이 집의 센스는 알 만했다. 시누이는 브랜드나 화장품 이름은 잘 알았지만 그림을 어떻게 독해하는지, 영화를 관통하는 주제가 무엇인지, 문학과 철학이 무엇인지에 대해서는 무지했다. 하루는 그의 회사에서 채택한 광고 모델이 전에 얼마나 미장센이 뛰어난 영화에 출연했었는지 언급하자, 도통 알아듣지 못했다. 그는 단지 그 인물이 팔로우가 많은 인플루언서였기 때문에 선택한 것이었다. 괜스레 철중이 어머니로부터 물려받은 예술품들을 철통 보안으로 지키는 게 아니었다. 철중도 그다지 훌륭한 미

감을 가진 사람은 아니었지만, 모든 걸 잘 팔릴지 아닐지로 판
단하는 동생보단 나았다. 그래서 난 부러 시누이와 일당들을
초대하여 우리가 영화에 대해 논하는 자리 속에 앉혀 놓고 싶
었다. 그들이 웃긴 소리를 지껄일지, 아니면 꿀 먹은 벙어리처
럼 조용해질지 궁금했다. 나는 학교도 제대로 나오지 않았지
만 이 판에 나름대로 구르면서 주워들은 건 많았다. 영현을 따
라 스스로 책을 찾아보기도 했다. 작품에 대해 논하는 척은
자신 있었다.

철중은 자칭 영화광에 미술품 수집가이지만 정작 그가 즐
기는 영화 시리즈의 수준은 별 볼 일 없었다. 약과 생물학 지
식은 줄줄 읊어도 이미지와 행간을 읽는 능력은 부족했다. 그
가 영화에 대해 늘어놓는 감상을 듣자면 너무나 피상적이었
다. 기껏해야 인물이 입체적이지 않네, 감독의 자아가 비대하
네 같은 이야기를 읊었는데, 그 또한 몇 번 듣다 보니 비슷한
레퍼토리를 돌려 말하고 있을 뿐임을 깨달았다. 구체적으로
무엇이 어떤지에 대해서는 하나도 말하지 못했던 것이다. 더
욱이 그는 영화가 조금만 어려워지면 이해하지 못했다. 인물
의 심층적 면모가 표면으로 올라오면 멍청한 얼굴로 헷갈려했
다. 그는 드러난 것만 이해했다. 숨겨진 것까지 헤아릴 필요 없
는 삶을 살았기 때문이다. 그는 나의 해석은 받아들이지 않았
다. 우린 이걸로 몇 번 말다툼을 했다. 내가 십몇 년간 배우 생
활을 하며 숨 쉬듯 한 작업이 인물의 전사 분석이었는데도. 철

중은 그가 알지 못하는 작품의 일면을 내가 지적할 수 있단 걸 자존심 상해 했다. 결국 우린 아예 이런 논쟁을 하지 않기로 합의했다. 아마 그가 내 은퇴를 반기는 데에는 이런 이유도 클 것이었다. 더는 내가 직접 감독에게 들은 연출 의도나 각본가와의 대화에서 얻은 지식을 운운하지 않게 될 테니까. 하물며 시누이는 어떨지. 그가 예술에 대해 말할 수 있는 것이라곤 아트테크라는 용어뿐이었다. 돈이 있다고 모든 걸 다 가질 수 없는 자리가 있음을 이번 기회에 똑똑히 보여 주고 싶었다.

그러고 보니 영현은 아직도 연락이 없다. 날 얼마나 더 애타게 만들려는 걸까?

파티 초대장을 보내 볼까. 하지만 그가 아직 독일에 있는지 아닌지조차 몰랐다. 일이 바쁜가? 아니면…… 나의 신혼여행이 끝나길 기다리는 동안 지쳐 버렸는지도. 아니다. 나와 그의 연결 고리인 대본을 보낼 정도로 치밀하고 끈질긴 사람이 고작 한 달을 못 참을 리 없었다. 난 침대 아래 숨긴 대본과, 초대장을 번갈아 생각했다. 철중이 내 눈꺼풀을 어루만졌다.

"그러지 말고 한번 동생을 초대해서 얘길 나눠 보지 그래? 당신이라면 잘 설득할 수 있을 텐데."

눈치 없는 남자 같으니라고. 도대체 철중은 누구의 아들인 걸까? 그의 어머니가 이 집안의 아들이 아니란 선언을 했으니. 그의 핏줄은 어디로 이어졌을까 궁금했다. 철중은 제 어머니의 감각을 따르려 무의식중에 노력했지만 결과는 영 꽝이었다. 그의 어머니는 미술관 관장이었고 유난히 여리면서도 섬세한 사람이었다. 그랬으니 남편의 핍박에 못 이겨 자살이라는 극단적인 방법을 선택했겠지. 철중은 언제나 마음 한 켠에 어머니에 대한 그리움이 있다고 말했지만, 정작 그가 의식하며 벌벌 떠는 건 아버지였다. 하지만 아버지의 예쁨을 받기 위해 고군분투하여 성공한 시누이와 달리 철중은 매번 실패했다. 결국 어느 쪽의 사랑도 온전히 받지 못한 머저리가 되었다. 사회적 성공을 이룬 사람이니 바깥에서는 전혀 그렇게 보지 않겠지만. 실상 그의 내면은 극빈자나 다름없었다. 그래서 난 그를 선택했다.

헛웃음이 올라왔다. 나는 결핍을 이용하는 촌구석의 신데렐라다. 자신의 분수쯤은 잘 안다. 한 번도 잊은 적 없다. 스스로를 제대로 아는 자만이 인생을 최대한으로 활용할 수 있다. 난 적어도 스스로에게 무엇도 숨기지 않는다. 하늘을 우러러 결백하다. 연극에선 자의식을 없애고 오직 주어진 역할에 심리적으로 육체적으로 진실해야 한다. 난 남편을 향해 고개를 끄덕였다.

"그렇게 할게요. 아가씨랑 잘 지내고 싶어요. 제 마음을 알아 주시면 참 좋겠어요."

"당신만큼 현명한 여자는 없어."

물론 가끔 남편 앞에선 예외다.

§

집 안을 꾸미는 일은 막바지에 이르렀다. 전체적인 인테리어와 조화를 이루는 미술품들은 잘 보이는 곳에 두었고, 그러지 않는 것들은 바깥에 내놓았다. 철중의 말대로 정원사를 시켜 지하 창고로 죄다 옮기도록 했다. 물건들의 가짓수가 꽤 많았다.

"이것들을 전부 치워."

정원사에게 지시하자 그는 애꾸눈으로 날 빤히 응시하다 고개를 숙였다. 그는 언제나 표정이 없고 느린 걸음으로 정원을 쏘다녔다. 전정가위를 든 채 저택을 어슬렁거리는 게 주 일과였다. 어쩌다 한 번씩 말을 걸면 단답형으로 대답하곤 씩 웃었다. 그러곤 느물거리는 시선으로 사람을 훑었다. 난 그 시선이 기분 나빴다. 하지만 이걸 불평하면 철중은 그가 저택 생활 초반부터 이곳을 위해 일한 사람이라고 두둔했다. 입도 무겁고, 일도 확실히 처리하니 이곳에서 가장 믿을 만하다고 했다. 부인이 세 번이나 바뀌도록 일자리를 유지한 인재라 그런지 철중의 신뢰도 깊었다. 하지만 난 아직 이 정원사가 왜 그토록 신임을 얻는지 이해 가지 않았다. 입이 무거운 건 그만큼 둔하기 때문이고, 일 잘하는 정원사야 국내에 널렸을 텐데. 어쨌든 철중이 창고 열쇠를 맡기는 사람은 그뿐이라니 어쩔 수 없다. 난 속속들이 골라낸 작품을 정원사에게 보여 주었다. 정원사는 꾸벅 고개를 숙이곤 일에 착수했다. 확실히 예술이나 작품 가치에 대해선 별 관심 없는 사람처럼 보였다. 작품들을 탐내진 않을 테니 내부 일을 맡기기엔 최선이었을 터다.

하나둘씩 꼴 보기 싫은 물건들이 자취를 감추었다. 난 철중 몰래 자코메티의 작품도 창고로 내렸다. 매번 그 비쩍 마른 손가락이 날 가리키는 데 염증이 났었다. 눈앞에서 사라지자 통쾌했다.

오전 일정이 끝날 즈음 시누이에게 전화를 걸었다. 함께 점심을 먹자고 청하니 웬일로 시누이는 순순히 응했다. 난 중화풍 튀김과 국물 요리를 준비했다. 얼마 후, 베르사체 브로치를 단 시누이가 방문했다. 반질거리는 브로치엔 브랜드의 상징인 목 잘린 여자의 얼굴이 새겨져 있었다. 죽어서도 마주하는 상대를 돌로 만들어 버리는 저주받은 여자의 뱀 머리카락은 제멋대로 구불거렸다. 난 그 모습이 시누이를 닮았다고 생각했다. 난 상냥한 미소로 저택을 안내하고, 요리를 내었다. 시누이는 시큰둥했다. 이럴 거면 왜 찾아왔는지 의아할 정도로 무뚝뚝했다. 그러던 찰나, 상대가 입을 열었다.

"마침 오빠 얘기도 하고 싶었어. 사업 수완이 없어도 너무 없는 양반이니 네가 말 좀 잘 해 봐."

"앰플 말씀이신가요?"

"그래. 우리 회사에 특허권을 넘겨서 상용화를 하재도 말을 안 들어."

"그이가 자기 기술엔 워낙 자부심이 강하니까요."

"장인도 아니고 무슨. 그렇게 융통성이 없으니 아버지한테
도 밉보이는 거지."

시누이는 스카프를 고정한 브로치를 두어 번 손끝으로 툭
쳤다. 본심을 드러낼 때 시누이의 버릇이었다. 특히나 욕심나
는 물건이 있으면 저 버릇은 심해졌다. 얄미운 올케의 초대에
응한 이유도 이것이었겠지. 단지 친목을 위해 찾아올 양반이
아니었다. 노리는 바가 명백했다. 나는 고개를 저었다.

"앰플은 본인만 아는 곳에 숨겨서 철저히 관리한다고 들
었어요. 장인 정신이 따로 없죠. 그 정도로 애착이 강한 상품
이라…… 이익을 크게 내는 것보다 중요한 가치가 있나 봐요."

"……너희 집에 창고 하나 있지? 앰플을 거기다가 보관하
는 게 분명해. 들어가 본 적 없어?"

"저한테는 경매로 받은 예술품들이 있다던데요."

"따로 물류 창고도 없는데 그 많은 상품들을 어디 두겠어?
미술품 사이에 같이 보관하겠지. 수장고 같은 환경이면 온도
도 습도도 완벽할 테니. 그거 알아? 앰플에 대해선 전 부인들
도 아무도 모르더라고. 오빠가 그 정도로 폐쇄적이야. 그런데
네가 마지막 사랑이라면 그런 정보쯤은 공유해야 하지 않아?
부부잖아. 넌 오빠가 유독 예뻐하는 게 보여. 한번 보여 달라
고 잘 졸라 봐."

"……열쇠는 정원사한테만 맡기더라고요. 저도 들어가고
싶다고 말해 봤지만 거절당했어요."

"고집 세네. 사실 널 그 정도로 사랑하진 않는 거 아냐? 하긴 그 정원사는 오빠가 부인들하고 이혼이니 뭐니 난리를 치르는 통에도 유일하게 입을 다물었거든. 다른 잡것들은 언론에 입을 털지 않는 조건으로 돈을 뜯을 때 말야. 애초에 그럴 일을 만든 오빠도 문제지만. 어쨌든 충성심도 그렇고 집안일엔 뼈대가 굵은 사람이니까 오빠 말이라면 지키겠지. 충신이 따로 없어. 아내 보는 눈은 없어도 직원 고르는 눈은 있나 봐. ……어머, 얘. 농담이야. 표정 관리 잘해라? 호호호."

내 신경을 긁으려던 시누이도 묘하게 정원사를 두둔하는 말로 마무리했다. 그 때문에 난 정원사가 한결 불편해졌다. 시누이가 접시를 다 비웠다. 난 그의 가슴팍에서 빛나는 브로치에 눈을 맞추며 대화를 이었다.

"파티에는 오시는 거죠? 유명한 분들도 많이 초대했으니 주변에 잘 좀 말해 주세요."

"글쎄, 너…… 고작 그깟 파티 하나 열었다고 우리 집안 격에 어울린다 착각하면 안 돼. 내가 소개해 줄 수 있는 사람들은 경영 일이 좀 바빠야 말이지. 마냥 순진하게 초대하면 욕먹어. 눈치가 생기려면 아직 멀었네. 이번엔 선심 써서 몇 명 데리고 가 주긴 할게. 이런 시누이가 세상에 어디 있니. 나중에 경영 전문 대학원 같은 데라도 좀 다녀. 솔직히 학벌 딸리는 올케라고 하면 뒤에서 얼마나 비웃는지 아니. 올케들이 점점 하향 평준화 된다면서. 하긴 이전 애들도 변변치는 않았지만…… 넌 오빠한테 유학이라도 보내 달라 그래 봐. 그래야 네 파티에 손님들도 줄을 서지. 여긴 광대들 사는 세상과는 달라. 널 생각해서 하는 말이니 귀담아 들어. 알았지?"

정말 밉상이었다. 나는 생긋 웃으며 생각해 보겠다고 답했다. 어쨌든 시누이 본인은 참석을 약속했으니. 원래 계획의 반 정도는 이룰 수 있었다. 하지만 그가 쏟고 간 말들은 심히 거슬렸다. 시누이가 떠난 후 분을 삭이려 한참 거실을 돌아다녔다. 도대체 전엔 얼마나 대단한 여자들이 올케였길래 저리도 뻔뻔하고 자존심 긁는 말들을 던질까? 난 휴대폰으로 인터넷을 검색했다. 하지만 아무리 찾아도 철중의 전 부인들에 대한 자료들은 없었다. 마치 누군가가 일부러 싹 지운 것처럼. 재벌 가의 혼맥에 관해서는 눈에 불을 켜고 달려들 기자들이 많았으니 찌라시 한두 개라도 나올 텐데. 이상했다. 어떤 기록도 없이 깨끗한 이혼이라니? 그런 게 이 세상에 있을 리 없다.

철중은 생각보다 비밀이 많았다. 어쩌면 나보다도 더.

정원사에게 생각이 미쳤다. 유일하게 이 집안에서 일어났던 일을 전부 다 아는 인물. 철중의 신임을 얻었다는 인물. 난 그를 찾아 나섰다. 그는 지하 창고 근처에 농막 하나를 얻어 살았다. 그에게 캐묻는다면 쓸 만한 정보가 나올까? 철중은 나만 바라보고 싶지 옛날 얘기는 하기 싫다며 항상 입을 다물었다. 내가 더 질문하면 트라우마를 핑계로 말을 돌렸다. 차라리 정원사를 심문하면 뭐라도 나오지 않을까.

이제 이곳의 주인은 나다. 집에 대한 건 모두 파악하고 싶다.

프라이버시를 가리려 조성된 정원은 넓었다. 동네에 있는 작은 공원 정도와 맞먹었다. 농막을 찾는 데는 시간이 걸렸다. 미로 같은 화단과 수목, 연못을 지나야 정원사의 농막이 나왔다. 그 옆이 지하 창고였다. 난 먼저 농막으로 향했다. 한창 일할 시간이라 농막은 비어 있었다. 농기구 몇 개와 흙 묻은 점퍼 하나만 덩그러니 놓여 있었다. 먼지와 흙냄새가 섞여 풍겼다. 그때 머릿속에 아이디어 하나가 스쳤다. 지하 창고의 열쇠는 정원사가 관리한다. 그렇다면 이 농막에 열쇠를 보관했을지도 모른다.

주변에 아무도 없음을 확인한 나는 농막으로 들어섰다. 허름한 텔레비전과 옷장, 무전기, 작은 서랍과 갖가지 농기구들이 한데 널브러져 있었다. 들어설수록 퀴퀴한 냄새가 났다. 난 방의 이곳저곳을 뒤지기 시작했다. 더러운 장갑과 옷장, 책상, 두꺼비집까지 죄다 찾았다. 하지만 열쇠로 보이는 건 쉽게 발견되지 않았다. 남은 건 바닥에 널브러진 점퍼뿐이었다. 더러웠지만 개의치 않고 그곳도 뒤졌다.

"찾았다."

속주머니에서 허연 카드키 하나가 나왔다. 그가 언제나 지니고 다녔던 모양이었다. 집 정문에선 지문을 찍기 때문에 따로 카드키가 필요하지 않았다. 농막에서 먹고 자는 그가 따로 자택 열쇠를 챙겼을 리도 없다. 이건 분명 지하 창고 열쇠다. 난 카드를 품 안에 숨겼다. 철중이 퇴근하기까진 아직 시간이 남았다. 지금이 절호의 기회였다.

지체하지 않고 창고로 발을 옮겼다. 정원의 동쪽 끝 부분에 고도가 다른 땅이 있다. 그곳으로 이어진 돌계단을 내려가면 지하 창고 문이 나타났다. 그곳엔 덩굴 식물들이 늘어져 있고 한눈에도 단단해 뵈는 육중한 문이 있다. 양각으로 표현된 선악과나무와 아담, 이브가 그려진 문이었다. 난 그 주변을 관찰했다.

하지만 어디에 카드키를 대야 하는지 찾을 수가 없었다. 흔한 번호판이나 터치패드도 없었다. 문에 카드키를 대어도 별 반응이 없었다. 까탈스러운 철중이 문을 쉽게 열도록 둘 리 없었다. 난 열쇠구멍이 어디일지 고민에 빠졌다.

"여기서 뭐 하십니까, 사모님?"

그때였다. 뒤에서 들려온 목소리에 난 소스라치게 놀랐다. 반대편에서 일하고 있으리라 생각했던 정원사가 불쑥 나타났다. 비명을 지를 뻔했지만 가까스로 참았다. 난 태연한 척 뒤돌았다.

"예술품들을 잘 옮겼는지 궁금해서 둘러보러 왔어. 수가 꽤 많았을 텐데 제대로 보관한 거야?"

"예, 걱정 마십시오. 한 개도 빠짐없이 옮겨 두었습니다."

"남편이 걱정하지 않도록 직접 점검하고 싶은데."

"목록을 적어 두었으니 살펴보십시오."

"아니, 직접 들어가서 확인해야겠어."

정원사의 미간이 찌푸려졌다. 감히 내 앞에서 얼굴을 찡그려? 순간 기분이 상했다. 내가 그를 따라 눈썹을 올리자 정원사는 헛기침을 하곤 답했다.

"사장님이 누구도 들어가지 못하게 하라고 명령하셨습니다. 사모님도 예외가 아니지요. 사장님 허락 없이는 들어가시면 안 됩니다."

"나도 이 집의 주인이야. 그런데 안 될 이유가 뭐야?"

"이전에 계시던 분들도 그리 말하곤 변고를 당하셨죠. 사장님의 말은 절대적입니다. 들으셔야 합니다. 지금까지 누구도 허락하신 적 없습니다. 그건 제가 잘 압니다."

"뭐라고?"

특유의 기이한 분위기를 풍기는 정원사의 애꾸눈이 날 향했다. 그는 눈알을 몇 번 눈알을 굴리더니 입을 다물었다. 난 방금 내 귀를 스친 단어를 의심했다. 변고? 철중은 전처들과 이혼했다고만 했을 뿐, 다른 일이 있었다곤 말하지 않았다. 그러나 지금 정원사의 발언은 이혼 이상의 어떤 사고를 뜻했다. 난 곧바로 따졌다.

"그게 무슨 소리야. 전에 있던 사람들에게 무슨 일이 있었지?"

"그것까진 말씀드릴 수 없습니다. 제가 실언했군요. 하지만 귀담아 들으셔야 합니다. 사장님은 멋대로 행동하는 걸 가장 싫어하십니다. 제가 사모님을 들여보내면 모가지가 날아가겠죠. 그러니 강하게 말씀드리는 걸 양해해 주십시오."

"나도 이렇게 구는 걸 가장 싫어해. 저 안에 내가 왜 들어갈 수 없는지 당장 말해. 명령이야."

"……"

"말하래도? 지금 날 거역해?"

"절 시험하지 마십시오. 에덴에선 분수를 알며 살아야 합니다."

정원사는 그 말을 끝으로 입을 다물었다. 난 눈이 뒤집혔다. 정원사는 철중에게 충직한 척하면서 나의 위치를 깎아내렸다. 분수를 알며 살라는 말은 그 자신이 아니라 나에게 하는 말이었다. 지저분한 정원사 주제에. 시누이로도 모자라서 하찮은 고용인 따위가 날 깔본단 말인가? 이 애꾸눈은 에덴의 새로운 주인을 몰라본다. 내가 그를 노려보자, 그는 한쪽밖에 남지 않은 멍청한 눈을 느리게 끔벅이기만 했다. 난 호흡을 가다듬었다. 어쨌든 지금 카드키는 내 손에 있다. 이게 없어지면 곤란한 건 정원사도 마찬가지일 터. 난 이걸 그에게 알리지 않기로 마음먹었다. 어린 사모를 깔보는 하인 따위 본때를 보여야 하니까.

"지금 한 말 후회하지 않겠어?"

"……그럴 만한 말은 하지 않았습니다."

"나도 남편만큼 비밀이 많은 여자야."

엄포를 놓던 참이었다. 나무 그늘 사이로 잠깐의 햇빛이 비쳤다. 그에 정원사의 상의 앞섶에서 무언가가 반짝였다. 얇고 긴 형태의 끝부분이 주머니 밖으로 삐져나왔다. 허름한 정원사의 옷과는 어울리지 않는 이질적인 것이었고, 급하게 집어넣은 티가 났다. 무엇보다 흙이나 거름과 거리가 먼 물건이었다. 빛을 받으면 오묘한 보랏빛으로 빛나는 작고 세모난 머리통…… 눈에 익은 형태였다. 그건 보석으로 세공된 메두사의 얼굴이었다.

시누이가 하고 있던 브로치였다. 그걸 정원사가 왜 가지고 있지?

서늘한 직감이 뇌리를 스쳤다. 도둑질, 아니면 유실물을 주웠을까. 에덴 안에서 주운 것이라면 당장 내게 보고해야 할 텐데. 딱 봐도 자신의 것은 아닌 물건을 품고, 내게 언급도 하지 않는 게 수상했다. 철중은 이 정원사를 에덴에서 가장 믿는다고 했다. 이 남자는 정말 신뢰할 수 있는 사람인가? 사모 앞에서도 창고를 개방하지 않는 우직함은 있지만, 그에게 이면이 있다면? 입꼬리가 올라갔다. 도둑끼리는 알아볼 수 있는 법이다. 한 집안에 절도범이 둘이나 있을 순 없다. 종국에 어느 한쪽은 사라져야 했다. 난 브로치에 대해 추궁할지 고민하다가 생각을 바꾸었다. 나도 주머니 속에 훔친 카드키를 가지고 있으니까. 난 대신 이렇게 말했다.

"빌린 걸 가졌다고 착각하지 마. 네게 남편이 권한을 빌려 줬다고 뭐라도 된 양 유세 떨지 말라는 말이야. 조만간 내게 비밀을 지켜 달라고 싹싹 빌 일이 생길 거야. 그땐 남편 몰래 날 찾아와. 네게 분수를 가르쳐 줄 테니."

정원사는 알 수 없는 눈빛으로 날 빤히 응시하기만 했다. 나는 웃는 얼굴로 몸을 돌려 자리를 빠져나왔다.

방금의 일들로 흥분해서인지 두통이 심했다. 손발이 저리고 몸이 욱신거렸다. 신경성인 모양이었다. 마음을 집중시킬 활동이 필요했다. 나는 방으로 가 숨겨 두었던 영현의 대본을 꺼내었다. 이 대본의 주인이…… 절실하게 보고 싶었다. 하지만 그는 언제나 내가 당신을 가장 필요로 할 때 곁에 없었다. 오로지 희망 고문만 지속될 뿐이었다. 사실 이건 당신의 복수인 걸까? 끝없이 당신을 바랐다가 실망하도록 만드는 고문. 괘씸했다. 난 영현의 대본을 읽고 또 읽었다. 그 속에 담긴 인물들의 감정을 곱씹고 외웠다. 어느새 내용들은 전부 내 머릿속에 들어왔고 나 자신으로 체화되었다. 이젠 영현이 대본을 빼앗아 가더라도 잊을 수 없다. 이건 내 역할이다. 내 것이다. 영현이 묘사한 주인공들은 지난날 내가 영현의 앞에서 내보였던 날것의 모습들이었다. 나의 조각이 이곳에 담겨 있었다. 그러니 이건 우리의 공동 창작물이었다. 영현이 쓴 주인공들처럼 몸을 움직이고 눈물을 흘려 본다. 그러자 이 글을 쓸 때의 영현의 심정까지 생생하게 느껴졌다. 나중엔 눈꼬리와 미간까지 떨리고 심장이 박동했다. 차가웠던 손발에도 혈액이 돌았다. 영현 덕분이었다. 난 영현의 대본을 훈련하며 나 자신보다도 더 진실해지는 중이었다.

클라이맥스엔 주인공이 사랑하는 연인에게 이런 말을 한다.

함께 도망가자. 죽음까지도 위장해 멀리 떠나자. 그곳에서 진정한 사랑이 되자. 설령 길목에서 당신과 함께 죽어 버리더라도 좋다. 우리의 과정조차 작품일 테니. 너와 내 마음이 같다면 함께 떠나자. 영원히 도망가자.

왜 넌 이 말을 하러 내게 오지 않지?

철중의 전 부인들은 어떻게 되었을까. 알 길이 없다.

난 욕조로 달려가 목욕물을 받았다. 옷을 벗어던지고 목까지 푹 몸을 담갔다. 갑자기 오열이 올라왔다. 연기의 여파였다. 감정은 나의 통제를 넘어서 뇌와 신경, 온 몸의 파동을 흔들었다. 떨림이 좀처럼 가라앉지 않았다. 난 지금 살아 있었다. 머리끝부터 발끝까지 살아 있었다.

내내 도망치고 싶었다. 처음부터 알고 있었다. 대중들의 시선 속에서, 에덴을 둘러싼 담벼락 속에서, 철중의 사랑 속에서 난 번지르르한 인형으로 살 것임을. 그런데 너와의 조우는 매번 내 페르소나에 균열을 냈다. 영현은 어떻게 먼 타국에서도 나를 꿰뚫을까. 날 그토록 사랑했던 게 아니라면, 어떻게 이토록 첨예한 아픔을 줄까. 가식을 산산이 부술까.

머리가 깨질 것만 같았다. 선반 위에 철중이 주기적으로 복용하라고 놔둔 알약이 보였다. 나는 그걸 한 움큼 집어 입에 털어넣었다. 그리고 목욕물을 마구 퍼먹었다. 비눗물이 헛바닥에 섞이며 텁텁하고 매캐한 맛이 올라왔다. 〈사의 찬미〉가 두려웠다. 영현이 날 구속하기 위해 만든 작품. 너만 알아보도록 뱀을 새기고, 뱀의 색으로 치장한 청첩장에 대한 답신. 불현듯 지하 창고를 경고하는 철중과 정원사가 떠올랐다. 어쩌면 그들은 일부러 내게 말을 흘렸을지도 모른다. 영현의 덫과 에덴의 덫, 둘 중 어느 쪽에 내가 사로잡힐지 시험하기 위하여. 모든 것들이 갑자기 날 혼란스럽게 만든다. 수많은 비밀, 도둑질, 침묵, 비웃음…… 그들은 단지 날 조롱하고 싶은 건지도 몰랐다. 이딴 저택에 날 가두어서. 나락으로 떨어지는 모습을 찬찬히 음미하기 위하여. 수많은 생각들이 점점 큰 고통의 파형으로 정신을 압도했다.

당하고 싶지 않아. 쉽게 당하지 않을 테다.

오기가 올라왔다. 난 〈사의 찬미〉의 대사를 다시 1장부터 끝까지 죽 읊었다. 연기에 문제는 없었다. 영현이 날 부르지 않는 건 실력 탓이 아니었다. 대사를 말하는 내 눈빛, 동작, 발음과 발성은 완벽했다. 난 주인공 그 자체였다. 그러니 당신이 아직까지 오지 않는 건 다른 이유가 있어서였다. 날 너무 사랑하거나, 너무 증오하거나…….

이날 이미 수많은 무언가들을 예감했다. 정확하게 설명할 수는 없지만. 그래서 나체로 수화기로 달려가 아무 번호나 누른 후 〈사의 찬미〉 속 대사들을 외쳤다.

"미안해요. 서로의 미래를 위해 헤어져요. 사랑해요. 우린 이별해야 해요. 그것이 아니라면…… 우리의 앞엔 죽음, 죽음뿐이군요……. 나, 다시 태어나고 싶어요. 뱀으로라도 태어나 계속 당신을 해치겠어요. 당신이 조금도 남지 않고 파멸할 때까지……"

갑자기 흙냄새가 풍겼다. 이곳은 물과 거품만 있는 욕실인데. 나는 퍼뜩 일어나 수건으로 몸을 가렸다. 창문을 열어젖히자 그 아래 움푹 파인 발자국이 보였다. 누군가 방금까지 여기 있었다. 흔적은 미미했어도 나는 곧바로 알아챘다. 나는 흙냄새를 구분할 수 있다. 그걸 알아차리는 것쯤은 쉽다. 누군가 날 여기서 훔쳐보았다. 내 이야기도, 비밀도 훔쳐 들었다. 도둑놈들. 도둑년들. 세상엔 상습범이 많다.

S#04
키노드라마 Kinodrama

삶에 열중한 가련한 인생아

너는 칼 위에 춤추는 자도다

— 윤심덕, 〈사의 찬미〉에서

"초대 명단에 내가 모르는 이름들이 있군."

"저번에 알려 줬잖아요. 그새 까먹었어요?"

"아니, 잘 봐. 당신이 말한 이름들이 바뀌었어. 이 사람은 처음 듣는데."

"아, 별로 중요한 사람은 아니라 잊었나 봐요. 예전에 영현이란 감독하고 일한 적 있었다고 했잖아요. 그때 부감독 하던 사람인데 지금 꽤 큰 회사랑 일해요. 마침 얼마 전에 해외상 수상한다고 떠들썩하길래 이 사람을 초대해야겠다고 생각했죠."

"……남자야?"

"아뇨. 여자 감독이에요. 갑자기 그건 왜 물어요?"

저녁에 돌아온 철중은 다짜고짜 손님 명단을 점검했다.

내 손님이 태반이었고 나머진 철중과 시누이의 연줄이 닿는 이들이었다. 시누이 쪽 손님 중에 참석이 불투명한 이들이 있어 명단을 수정했는데, 철중은 갑자기 그 부분을 간섭했다. 눈살을 찌푸린 철중은 한참 침묵했다. 명백히 기분이 상했단 티가 났다.

"불만이 있으면 말로 해요. 명단을 바꾸기라도 해요?"

"⋯⋯당신에겐 나뿐이지?"

그가 뱉은 말에 뒤통수를 맞은 것 같았다. 어쩌면 내가 에덴에 온 후로 내내 영현을 생각했다는 걸 눈치챘을까? 난 약간의 가책을 느꼈다. 하긴 그는 세 번이나 결혼에 실패했으니, 이런 데 민감한 면이 있었다. 설령 진짜로 영현을 생각했어도 그의 앞에서 티를 내면 안 됐다. 난 일부러 더 다정하게 철중의 어깨를 쓰다듬었다.

"당연한 걸 물어요. 내가 뭣 때문에 커리어도 그만두고 당신과 결혼했다고 생각하는 거예요?"

"그래. 하지만 넌 여전히 아름답고, 아직 젊으니까⋯⋯ 가끔 다른 마음을 먹을까 봐 불안해."

"바보 같은 사람이네요. 날 똑바로 봐요, 어서."

난 그의 얼굴을 양손으로 감쌌다. 우린 눈을 맞추었다. 내가 그의 눈동자를 정면으로 응시하자, 철중의 눈동자는 미미하게 흔들리다 옆으로 기울었다. 심상치 않은 기분이 들었다. 신혼여행에서도 나의 변심을 눈치채지 못했던 그가 이제 와서

심경의 변화를 보이다니. 누군가 철중과 내 사이를 이간질한 게 틀림없었다. 와전된 이야기를 흘리거나 해서 그에게 불안의 씨앗을 심은 게 분명했다. 그게 아니라면 파티를 목전에 두고 철중이 신경을 곤두세울 리 없었다. 난 목소리를 가다듬고 단호하게 말했다.

"우리가 어떻게 결혼 허락을 받았는지 잊었어요? 당신 아버지와 시누이가 날 못마땅하게 여겨도…… 내가 그토록 열심히 노력한 이유가 뭔데요. 당신 때문이잖아. 당신의 마지막 사랑이 되어 주려고. 겁쟁이처럼 굴지 마요."

"……모자란 소리를 해서 미안해."

철중이 내 허리를 감쌌다. 그러곤 마음을 달래려는 듯 살살 쓰다듬었다. 난 그의 뺨에 입 맞춰 주었다. 그의 안면 근육이 풀렸다. 겨우 안심이 된 모양이었다. 그의 귓가에서 미미한 흙냄새가 풍겼다. 그래서 난 범인을 예상할 수 있었다. 속으론 이가 갈렸지만 표를 내지 않았다. 대신 철중을 안심시키는 데 최선을 다했다. 철중은 소파에 몸을 파묻으며 날 끌어안았다. 내 배에 얼굴을 묻고 아기처럼 얼굴을 부비더니 물었다.

"창고에는 들어가지 않았지."

"……당연하죠. 내가 그런 것도 못 지킬까 봐요? 의심되면 정원사에게 확인해 봐요. 아주 철통 보안이던데."

"아니야. 잘했어. 고마워. 앞으로도 그곳만은 들어가지 마. 알았지? 당신은 정말 특별해. 누구와도 같지 않아."

"알면 됐어요."

철중은 만족한 듯 내 옷깃 사이로 손을 넣었다. 그는 손님 명단을 다시 한번 설명해 달라고 부탁했다. 초대 손님들을 읊어 주면서, 속으론 말이 나올 곳이 어디인지 빠르게 검토했다. 나의 과거를 아는 사람들 중 앙심을 품은 누군가? 계약을 중도 해지한 전 회사? 철중의 앰플을 탐내는 시누이? 아니면…… 이상한 말을 지껄이던 정원사도 떠올랐다. 그가 내가 창고 주변을 어슬렁거렸다는 걸 보고한 걸까? 이번 사모님도 믿을 만하진 않다고 떠벌렸을지도 모른다. 괘씸한 놈 같으니. 난 어서 그가 날 찾아와 본때를 보여 줄 기회가 생기길 빌었다. 유일하게 지난 과거와 연결 고리를 가진 고용인. 그걸 권력 삼아 유세를 떨던 정원사를 에덴에서 영원히 쫓아내고 싶었다.

§

그날 밤이었다. 목이 심하게 타 잠에서 깨었다. 사람을 부를 수도 있었지만 옆에서 잠든 철중을 깨우긴 싫었다. 나는 맨발로 조용히 부엌까지 내려갔다. 글라스에 물을 담아 한 잔 들이켜자 갈증이 가셨다. 난 천천히 밤의 저택을 둘러보았다. 어린 시절 허름한 산동네에서 살던 내가 어느새 서울 중심부의 호화로운 집에서 있다니 믿기지 않았다. 하지만 이건 현실이다. 내가 만들어 내고 쟁취한 현실. 노력으로 되지 않을 건 없다. 오래전 잊고 살았던 부모의 얼굴도 떠올려 보았다. 결혼식 때 초대했던 가짜 부모의 얼굴이 더 생생했다. 웃음이 샜다. 아버지처럼 날 보호해 줄 철중과 결혼했는데, 내 머릿속은 다른 사람으로 분주했다. 뭐, 애초에 결혼이란 가장 만나지 말았어야 할 두 사람이 만나는 과정이기도 하니까. 운명은 사람들의 눈을 교묘하게 가려 제일 끔찍한 상대를 평생 배필로 착각하도록 만든다. 첫눈에 반할수록 그렇다. 내가 업의 굴레에서 벗어나기 위해 철중을 선택했는지, 벗어나지 못하여 그랬는지는 알 수 없었다. 이 이야기가 끝날 때까지도 알지 못할 것이었다. 철중, 그는 아버지를 닮았다. 아버지를 닮아 딸 같은 아내에게 자상하다. 정말로? 두고 보면 알겠지. 지금 난 아버지 이야기를 더 많이 하는데 그건 사실 다른 것에 사로잡혀 있단 반증이다. 내가 끝내 얘기하지 않는 많은 것들이 있다. 카메라 앞에 선 모든 걸 얘기할 필요 없다. 연출가가 지시한 부분만 최선을 다하면 그만이다.

창문 틈새로 바람이 울었다. 풍성한 수풀들 아래 그림자가 유난히 짙었다. 멀리서 이름 모를 개가 우짖었다. 난 정원을 감상했다. 이곳은 너무 넓어, 서울 도심에서도 뱀이 기어 올 것 같다. 목을 다시 축이면서 그림자들이 얼마나 다채로운지 느낀다. 그림자 간에도 명도는 있다. 때로 난 어둠의 색을 더 잘 구분한다. 사람들이 가진 어둠의 깊이도 전부 다르다. 그 때문에 대중은 타인의 비극을 구경하길 좋아한다. 그게 자신에게 그림자를 드리우지 않을 만큼 어여쁘게 포장되어 있다면 말이다. 심지어 이야기의 끝은 해피엔딩이길 바란다. 우습게도…… 세상에 행복한 비극이 몇이나 있을까? 영현의 작품을 떠올린다. 〈사의 찬미〉는 행복한 결말이 아니었다. 그렇다고 비극도 아니었다. 그저 아무것도 없었다. 그건 아무것도 아닌 이야기로 끝이 난다.

"사모님. 가져가신 걸 돌려받으러 왔습니다."

갑자기 수풀 사이에서 저음의 목소리가 들렸다. 정원사였다. 그는 오래 식물들 사이에 있었는지 지저분한 무릎으로 걸어 나왔다. 밤보다도 시커먼 그의 한쪽 눈을 바라봤다. 불뚝 튀어나온 징그러운 모양새의 눈으로 그는 날 뚫어져라 쳐다본다. 허연 삼백안이 드러났다. 난 코웃음을 쳤다.

"네가 훔쳤으면 훔쳤지. 내가 탐낼 만한 게 뭐가 있어?"

"……사장님의 열쇠를 돌려주십시오."

"용케도 알아차렸네. 아까도 현관을 기웃거렸지?"

"……다른 분들은 적어도 1년은 버티셨는데. 몇 달도 못 참으시는 분은 처음입니다."

"다른 년들이 무슨 상관이람."

순순히 열쇠를 줄 순 없었다. 그에게도 철중에게도 궁금한 게 많았다. 최대한 많은 걸 얻어야 한다. 난 품속에 숨겨 두었던 카드키를 그에게 보여 주었다.

"내가 묻는 말에 제대로 대답하면 돌려주지."

"사장님에게 말씀드리겠습니다."

"마음대로 해. 나도 믿는 구석이 있어서 이러는 거야. 네가 그리 떳떳하지 못하다는 걸 알아. 그러니 예의 바르게 구는 게 좋을걸. 분수를 안다면."

그림자 속에서도 그의 얼굴이 일그러지는 걸 느낄 수 있었다. 새파랗게 어린년이 치욕을 준다고 욕할지도 모르지. 난 그를 더 압박할 것이다. 안주인의 얼굴로. 난 목소리를 바꾸지 않고 엄포를 놓았다.

"네가 나보다 결백하다고 생각해?"

"무슨 소리인지 모르겠습니다. 전 사장님과 사모님이 시키신 일을 열심히 한 죄밖에 없습니다."

그도 미동 없이 대답했다. 난 시누이의 브로치를 떠올렸다. 특수 제작 한 디자이너 상품을 훔치지 않았다면 일개 정원사가 그걸 가질 리 없다.

"네게선 도둑놈의 냄새가 나."

"왜 그런 말씀을 하십니까."

"보석이 세공된 메두사의 브로치. 그걸 품고 다니니 좋았어? 내 시누이가 꽤나 아끼는 장식인데. 뻔뻔하게 가지고 있더라. 이걸 알리면 너와 나 둘 중 누가 더 문책을 당할 것 같아?"

처음으로 정원사의 안면 근육이 꿈틀거렸다. 그는 명백히 동요했다. 난 그 사인을 놓치지 않았다. 아마 그는 이 집안에 들어와 처음으로 난처한 상황에 처했을 것이다. 설령 자신이

브로치를 가진 걸 발견했어도 보통의 귀부인들은 도적질로 단정짓기보다 우아하게 언질을 주었을 테니까. 하지만 내가 그럴 필요 있을까? 그가 내 본성을 철중에게 까발리더라도 상관없다. 그럼 난 색다른 본성을 연기하면 되니까. 내게는 광범위한 스펙트럼이 있으니, 지금은 정원사의 실체를 들추는 게 먼저였다. 그가 변명했다.

"……나중에 주인을 찾아 드리려고 가지고 있었습니다. 주인을 아신다면 당장에라도 돌려 드리지요."

"웃기지 마. 그런 귀중품을 발견했으면 당장 내게 알리거나 내부 팀장에게 맡겼겠지. 분실물로 들어온 건 하나도 없었어. 네가 내 남편이라도 되는 줄 알아? 에덴에서 발견된 물건을 1초라도 소유할 자격이 있다고 착각하다니. 대놓고 면박을 줄까 했지만 네가 분수를 깨달을 시간을 주려 기다린 거야."

"억울합니다. 전 정말 훔칠 의도는 없었습니다."

"좋아. 그럼 제대로 알아듣도록 다시 설명하지. 네 진실이 뭐든 내가 브로치를 목격한 이상, 널 도둑으로 몰아 해고하는 것쯤은 쉬운 일이야. 그게 네 분수야. 이제 알겠어?"

"……무례는 사과드리겠습니다. 사모님. 제가 어떻게 하면 됩니까. 사장님 허락 없이 창고에 들여보내 드릴 수는 없습니다. 이러나저러나 전 직장을 잃게 되는걸요."

판단이 아둔한 편은 아니었는지, 그는 금방 이 싸움에서 발을 빼려 했다. 나는 그의 이용 가치를 가늠했다. 철중의 과도

한 신임을 받는 남자. 그를 어디까지 이용하는 편이 좋을까? 약점을 잡았으니 조금 더 지켜볼까, 아니면 원하는 걸 얻은 후 곧바로 쫓아내는 것도 좋겠다. 철중이 나보다 신임하는 사람이 있으면 안 된다. 남편의 고용인이라고 안주인인 내 머리 위로 오르려 했던 이 남자의 머저리 같은 행동이 기억났다. 철중도, 이 남자도 너무 오래 고인 권력에 복속되었다. 이젠 새로운 주인에게 적응해야 하는데도. 좋은 전략이 하나 생각났다. 문간에 발 들여놓기. 선악과 나무가 지하 창고라면 언젠가 그걸 정원사 스스로 개방하도록 만들어야지. 그러려면 지금은 아주 작은 배신부터 하게 만들면 된다. 난 그의 우중충한 시선을 내려다보며 카드키를 벽에 부딪혔다.

"남편은 날 인생의 마지막 사랑이라고 믿고 있어. 그런데 과연 나에게까지 그리 인색하게 굴까? 네가 보기엔 어때. 지금도 내가 다른 사람들과 비슷해 보여?"

"……아닙니다. 그렇지 않겠지요. 사모님은……"

"그걸 알면 이 카드키 사용법을 말해. 지금 당장 시험할 테니 거짓말은 안 통할 거야."

"……하지만, 사장님이 아시면……"

"내가 바보인 줄 알아? 널 앞세워서 곧바로 창고에 들어가게. 넌 그냥 아무것도 못 본 척, 못 들은 척하면 돼."

"……카드키는 제발 돌려주십시오. 사장님이 확인하실 겁니다."

"그러려면 네가 훔쳐 간 시누이의 브로치부터 내놔야지. 지금 네가 나와 협상할 위치가 아니라는 건 알겠지?"

정원사는 잠시 침묵했다. 내 말에 응해야 할지 고민하는 얼굴이었다. 하지만 여기까지 온 이상 그라고 별수가 있나. 이미 덫은 촘촘했다. 난 그의 판단이 흐려지도록 한번 더 압박했다.

"남편이 깨어나기 전에 결정해. 시간이 없어."

"알겠습니다. 브로치는 농막에 두고 왔으니 가져오겠습니다. 그때까지만 기다려 주십시오."

"아니, 내가 직접 농막까지 가겠어. 네가 빠져나갈 궁리를 하는 게 뻔히 보이니까. 가서 창고를 여는 법도 말해."

"……따라오십시오."

이겼다. 만면에 미소가 떠올랐다. 나는 슬립 차림에 숄만 걸치고 그를 따라나섰다. 무슨 일이 있어 봤자 내 집 안이다. 사고가 생기면 불리한 건 정원사 쪽일 테니. 그는 내 명령을 따르는 일 외엔 꼼짝할 수 없다. 우린 밤의 정원을 가로질렀다. 조명이 들어오지 않는 음산한 어둠 속에서 식물들은 검푸른빛이었다. 두려움은 없었다. 나는 낮보단 밤을 좋아했기 때문이다. 어둠 속에 몸을 감추었을 때에서야 진정으로 나 자신 같았다. 정원사는 느릿느릿 걸음을 옮겼고, 난 뒤를 따랐다. 어느새 도착한 농막에서 그가 브로치를 가지고 나왔다. 역시 내 눈은 정확했다. 아래엔 시누이의 이니셜까지 똑똑히 새겨져 있었다. 난 그걸 숄 안에 달았다. 정원사는 다시 날 창고로 안내했다. 수풀이 우거진 창고는 지옥문처럼 기괴했다. 부조된 조각들의 그림자가 이지러졌다. 정원사가 문 오른편의 틈새를 더듬었다. 그곳에 양각으로 새겨진 과실 무늬가 있었다. 정원사는 그걸 오른쪽으로 두 번, 왼쪽으로 한 번 돌렸다. 그러자 안쪽에서 전자 패드가 튀어나왔다. 드디어 창고의 비밀 하나가 풀렸다. 정원사가 손을 내밀었고, 난 카드키를 위에 올렸다. 전자패드에 카드를 올리자 잠금쇠가 풀리는 소리가 들렸다. 내가 문을 건드리니 그건 옆으로 밀리며 끝없이 아래로 이어진 공간을 드러냈다. 누군가 등을 떠밀면 추락사라도 할 만한 깊이였다. 등골이 오싹했지만 어쨌든 원하는 정보는 얻었다. 난 다시 뒤를 돌았고 정원사와 마주쳤다. 정원사는 빠르게 문을 닫고 열쇠를 품속으로 숨겼다.

"……여기까집니다. 사모님. 전 전부 알려 드렸습니다. 하지만 절대로 비밀을 지켜 주십시오."

"그건 네가 하기에 따라 달렸어. 이래라저래라 할 위치가 아니란 걸 아직도 모르네."

"……죄송합니다."

그는 내게 다시 뺏길세라 황급히 카드키를 속주머니에 넣었다. 상관없었다. 이미 복사해 두었다. 그는 그걸 모르겠지. 정원사가 깊이 고개를 숙였다. 난 그에게 먼저 농막으로 돌아가라고 명령한 후, 천천히 걸어 집으로 돌아왔다. 유난히 밝은 달빛과 승리감에 도취된 채였다. 담장 너머론 도시의 불빛이 계속 새어 들어왔다. 나를 향해 내리쬐는 스포트라이트 같았다. 난 에덴에서 거둔 첫 승리를 축하하며 현관문을 열었다.

"이 밤중에 어딜 갔다 와."

……난 속으로 욕을 내뱉었다. 철중이 깨어 있었다. 언제부터? 그가 어디까지 목격했지? 불이 어두워 철중의 표정이 보이지 않았다. 난 애써 태연한 척 솔로 얼굴을 문질렀다.

"목이 타서 잠깐 나갔다 왔어요. 달빛이 예쁘길래 잠시 산책했죠."

"아까 말소리도 들리던데. 무슨 이런 시간에 밖을 돌아다녀."

"밤 산책해 본 적 없어요? 낭만 없긴. 이런 시간은 특별한 감수성을 자극하잖아요. 이렇게 달빛이 밝은 날은 고전극 대사를 외워야 해요. 그동안 여유가 없어 까맣게 잊었는데. 오늘 다시 생각나지 뭐예요. 제 실력이 녹슬진 않았어요."

"……연예계에 미련이 있는 건 아니겠지."

"무슨. 그런 거랑은 상관없어요. 이건 그냥…… 아름다움에 반응하는 인간의 본능이에요."

내가 눈을 동그랗게 뜨며 대답하자 철중은 잠시 입을 다물었다. 난 졸린 척 하품을 했다. 와중에도 그의 시선은 날 떠날 줄 몰랐다. 날 의심하는 걸까. 정원사와 내가 만난 걸 보았을까. 약간 초조해졌다. 우리가 나가기 전까지는 어떤 기척도

없었는데. 철중의 생각이 가늠되지 않아, 난 계속 연기를 펼쳤
다. 잠깐 사이에 정원사가 날 고발하진 않았을 테니. 일단 창
고에 대해서는 함구했다. 만약 내가 문 여는 법을 알았단 사실
이 귀에 들어갔다면 철중이 이렇게 침착하진 못했을 거다. 아
직은 좀 더 잡아떼 보자. 카드키를 정원사에게 일찍이 넘긴 게
차라리 다행이었다. 실수로라도 철중의 앞에서 그걸 들켰다간
난감했을 터였다. 그는 계속 침묵했고, 나는 밤의 정원이 얼마
나 미학적인지 떠벌렸다. 그러자 한참 만에 철중이 말했다.

"당신은 여전히 어린 소녀같이 구는군. 이젠 병원장 사모
라는 자각도 있어야지."

"……여자는 나이를 먹어도 소녀라는 말 몰라요?"

난 웃으며 철중에게 팔짱을 꼈다. 그는 다시 날 침실로 이
끌었다. 내가 숄을 벗어 화장대 의자에 거는 동안 내게서 의심
의 눈을 거두진 않았지만, 철부지 어린 사모를 연기하는 날 어
느 정도 믿는 눈치였다. 난 얼른 다시 철중의 옆으로 기어 들어
가 그의 배를 껴안았다. 그러자 그는 내 이마에 키스하곤 다시
잠에 빠졌다. 다행이었다. 철중은 정원사와 나의 밀회까지는
보지 못했다. 난 그의 배를 더욱 부드럽게 쓰다듬으며 아까 목
격했던 창고 여는 법을 되새겼다. 오른쪽으로 두 번, 왼쪽으로
한 번.

§

뼈만 남았다. 영현의 살가죽은 뱀들의 배 속으로 사라졌다. 그들은 어미에게 달려들어 난황을 받아먹는 살모사 떼처럼 영현의 몸을 하나씩 삼킨다. 그들의 입속에서 살점은 녹고 뼛조각은 다시 배출된다. 영현, 이제 그는 정말로 이것밖에 남지 않았다. 나는 뼛가루로 찬 우리 옆에 주저앉아 생각한다. 정말로, 아무것도 남지 않았다. 나는 모든 흔적을 치운다. 갑자기 목덜미가 시리다. 푸른 반점이 있던 부근을 짚어 본다. 침을 삼킬 때마다 그 부위가 살아 있는 듯 일렁인다. 영현은 뱀들의 먹이가 되었다. 오직 신만 휘두르던 진실의 권력을 너희도 가질 수 있다며 인간을 꼬드기던 뱀들의 양분이 되었다. 뱀은 인간보다도 먼저 진실을 알았다. 어쩌면 신보다도 먼저 알았다. 그렇지 않았다면 과연 누가 선악과가 진리를 깨닫는 힘을 가졌다는 걸 뱀에게 가르쳤단 말인가? 어쩌면 뱀, 그 자체가 신 그 이상의 존재는 아니었을까. 영현은 이제 뱀들의 일부다. 여러 조각으로 나뉘어 매번 허물을 벗고 새 존재로 재탄생할 뱀의 일부다. 내가 그걸 가능케 만들었다. 손발이 차갑다. 영현은 이제 정말로 내 곁에 없다. 내가 전부 부췄다. 다음 부활을 위하여.

아, 어디선가 발소리가 들린다. 그건 닫힌 문 쪽으로 다가오는 중이다. 소리가 점점 커진다. 나는 황급히 천장을 둘러본다. 이곳엔 CCTV가 없다. 실내 공간 중 이곳만 유일하게 카메라가 없다. 그러니 아직 철중은 내가 영현을 죽였음을 모른다. 헛웃음이 난다. 비로소 지금 사랑을 완성했다. 문이 천천히 열린다. 아주 흐린 빛이 스며들고, 그 가운데에서 철중이 나타난다. 아버지처럼 엄숙하고 매서운 얼굴로. 그는 다시 날 보호해 줄까? 날 믿을까? 아버지 같은, 그래, 그는 내 아버지만큼 나이가 들었지. 철중은 금방이라도 날 혼낼 것처럼 입을 굳게 다문 채 다가온다. 옛 동화 속 푸른 수염처럼. 싹싹 빌어야 할까? 그는 내 잘못을 질책할 것이다. 결백을 주장할까? 변명할까? 갑자기 아랫배가 따끔거린다. 나는 배를 움켜쥐고 신음한다. 산통에 버금가는 통증이고, 식은땀이 흐른다. 그럴수록 내 손발은 돌처럼 딱딱하게 굳는다. 어쩌면, 철중이 날 여기에서 꺼내지 않는다면, 나도 저 토르소들처럼 사지가 잘린 조각상이 될지도 모른다. 이미 손가락 하나가 말을 듣지 않는다. 나는 가쁜 호흡을 몰아쉰다. 철중이 내 앞으로 다가와 한쪽 무릎을 꿇고 시선을 마주한다. 나는 눈물로 얼룩진 얼굴을 든다.

그래……. 난 진실을 깨닫는다. 우린 죽은 것들만 사랑할 수 있다는 걸.

철중이 내 목덜미에 손을 댄다. 난 그 낡은 손목을 붙잡는다.

§

"파티 준비는 잘돼 가?"

며칠간 난 얌전하게 지냈다. 섣불리 집을 들쑤셔 철중의 눈 밖에 날 필요는 없었다. 모든 건 때가 있으니 신중해야 했다. 난 철중의 무릎을 베고 누웠다. 매일같이 약과 앰플로 관리한 피부가 촉촉했다. 철중은 그 위를 쓰다듬으며 만족감을 표시했다.

"그럼요. 이번 파티는 내가 당신과 얼마나 행복한지 보여줄 기회니까요. 세상 어떤 파티보다도 멋질 거예요."

난 계획을 읊었다. 철중은 내내 미소 지은 얼굴로 다 들었다. 내가 철중의 손등을 쓰다듬으면, 철중은 고개를 끄덕이며 내 눈을 바라보았다. 나도 그를 마주하며 우리가 서로를 평생의 배필로 선택함이 얼마나 축복인지 전하려 애썼다. 파티에선 모두가 이런 모습을 볼 것이었다. 그뿐 아니라 네트워킹을 기반으로 더 멀고 훌륭한 미래로 나아갈 수 있었다. 손님들에게 줄 답례품으로 시누이의 회사에서 만든 화장품 세트도 준비했다. 이거라면 시누이의 무지를 비웃는 것과는 별개로 점수를 쌓을 수도 있다. 인간관계란 참 다면적이다. 한 가지 속성으로 이루어진 관계란 없으니까.

"당신이 원하는 건 뭐든 해. 내가 늦게 참여하는 것만 아쉽군."

"괜찮아요. 혼자서도 잘할 수 있어요. 원래 주인공은 나중에 나타나는 법이라잖아요. 손님들이 당신과도 인사를 나누고 싶을 거예요. 나중에 따로 자리를 마련할게요."

"그래. 이런 사교 파티는 나보단 당신이 더 잘 알 테니. 부탁하지."

철중은 부득이하게 학회에 참석해야 했다. 난 오히려 좋았다. 파티에선 나의 출연작들이 상영될 테고, 철중은 내 팬이라는 명목 아래 어설픈 소리를 지껄일 수도 있었다. 〈상사뱀〉을 대표작으로 꼽는 사람이니까. 하지만 이번에 감독들과 기획사 관계자들 앞에서 보여 주고 싶은 건 더 깊고 농익은 대화였다. 배우로서 내가 걸어온 길을 돌아보고, 연출 의도를 어떻게 소화했는지, 전사를 어떤 식으로 분석해 이런 섬세한 연기를 펼쳤는지, 어떤 훈련을 거쳤는지 등을 말하고 싶었다. 은퇴한 여자의 욕망으로는 이상한가? 하지만 은퇴했기 때문에 말할 수 있는 것들이 존재한다. 현역 여배우는 자신의 연기와 기술에 관해 말할 기회가 적다. 자신과 성공한 작품에 대해 해설하는 공은 대부분 감독에게로 간다. 난 그 세계에선 은퇴했다. 하지만…… 하지만 말이다. 내 깊은 어딘가에서는 아직도 욕망이 꿈틀거렸다. 예술적인 야망이. 작은 소극장이나 단편 영화, 아니면 이런 저택에서 이루어지는 사적인 공연이라도 좋다. 대중에게 소비되는 연기가 아닌, 오로지 영혼이 시키는 연기가 하고 싶었다. 이번 파티는 단순한 사치를 위한 것만은 아니었다. 내게 존재하는 고차원적인 욕망을 공유하기 위함이었다. 에덴의 파티는 하나부터 열까지 내가 연출했다. 내 자신이 감독이자 배우인 작품이었다.

내 머리카락을 쓰다듬던 철중이 문득 생각났다는 듯 말했다.

"참…… 오후에 CCTV 기사가 오기로 했어."

"CCTV요?"

"그래. 이 집에 손님들이 오는 건 오랜만이라서 말이야. 대부분 창고에 작품들을 보관하긴 했지만 여기 있는 다른 물건들도 꽤 가치가 높은 것들이잖아. 혹시 모르니 설치해 두는 게 좋겠어."

"왜 아무런 상의도 없이 사람을 불렀어요? 그건 꼭 손님들과 날 의심하는 것 같은데요."

난 갑자기 기분이 확 상했다. 얼마 전 철중과의 대화가 생각났다. 잘 무마했다고 생각했는데, 철중은 한편으로 여전히 날 의심하고 있었다. 그걸 지금까지 아닌 척하다 이런 식으로 드러내다니? 그것도 파티가 얼마 남지 않은 시점에 말이다. 아…… 그래. 철중은 나의 외도를 염려한다. 이번 손님 중에 혹여나 수상한 작자가 있는지 살펴보려는 거다. 다시 날 연예계로 불러들이려는 유혹이 없는지도 감시하고 싶어 한다. 순간 철중이 참석한다는 학회가 정말일지 궁금했다. 어쩌면 철중은 몰래 CCTV가 연결된 자리에 앉아 화면으로 날 감시하려는 건 아닐까? 예전에 광적으로 스크린 속 날 지켜보던 것처럼. 내가 계속 불만스러운 표정을 짓자 철중은 어르는 투로 말했다. 하지만 자신의 뜻을 굽힐 생각은 없어 보였다.

"최근 근방에 절도 사건들이 꽤 있었어. 저번에 모 기업 회장 집도 피해를 봤고. 그러니 조심하는 게 좋지. 이 집안 구조에 대해 소문이 퍼지면 몰상식한 놈들에게도 말이 들어가는 법이거든. 당신도 혼자 손님을 맞이하려면 만일의 상황을 대비해야 하잖아. 다 당신을 위해서야. 내가 좀 까다로운 구석이 있어. 당신이 이해해."

"너무 걱정이 많네요. 우리 손님들은 다들 수준 있는 분들인데, 그런 염려를 왜 해요?"

"당신이야말로 곱게 자라서 몰라. 어떤 면에선 연예계보다 이쪽이 더러워. 겉으론 우아한 척들 하면서 속으로는 남이 잘되는 꼴을 못 보고 질투하지. 나중에 무슨 일이 생기면 비디오를 돌려 보면 돼. 아내 홀로 파티를 개최하게 두다니, 적어도 이게 남편으로서 당신을 지켜 주는 일이라고 생각해. 내게서 그 즐거움을 빼앗지는 마."

반박하는 말이 목구멍까지 치밀었지만 꾹 참았다. 철중은 저번에 정원사와 나의 이야기를 엿들었는지, 그로부터 언질을 받았는지는 밝히지 않았다. 그러니 이런 방식으로 나를 떠 보려는 걸 수도 있었다. 그렇다면 실랑이를 계속 벌여 봤자 의심만 커진다. 상황이 확실히 파악되기 전까진 그의 비위를 맞추는 수밖에. 난 입술을 일그러뜨린 후 그의 뺨을 매만졌다.

"알았어요. 당신은 날 그만큼 예뻐하니까. 카메라 한 열 개 정도 설치해 버려요. 빠짐없이 다 보이게. 기사가 여러 번

들락거리는 것도 싫으니까 한 번에 처리해요. 그럼 날 좀 믿겠어요?"

"의심해서 이러는 게 아니래도…… 너무 아껴서 그러는 거지. 흠집이라도 날까, 누가 훔쳐 갈까 걱정되니까. 내가 소문난 애처가잖아."

"어쩔 때 보면 당신은 너무 소심하다니깐. 나 같은 여자는 어떻게 쟁취했나 몰라."

철중은 크게 웃음을 터트렸다. 그의 얼굴이 부드럽게 풀렸다. 그는 귀여워서 어쩔 줄 모르겠다는 눈으로 변해 내 어깨를 쓰다듬었다. 그 태도가 거슬렸지만 이번은 넘어가기로 했다. 한번 생각이 들면 끝까지 물고 늘어져야만 만족하는 그의 강박적인 성격상, 차라리 마음껏 의심을 풀도록 활개 치게 만들면 다음부턴 편할 것이었다. 난 일부러 애교를 섞어 토라진 척을 했다. 철중은 그런 내 뺨을 살짝 꼬집으며 미소 지었다.

"그러니 이게 진정한 사랑일 테지."

§

파티가 시작되었다. 대형 클럽이나 리조트를 빌려 흥청망청 술이나 마시던 파티와는 다른 최고급 파티, 내가 성공적으로 재벌가 명맥에 편입했음을 보여 줄 만한 파티였다. 손님들과 난 샴페인을 마시며 저택을 돌았다. 철중이 수집한 예술품들과 나의 영화를 해설해 줄 큐레이터가 함께했다.

재벌에도 급은 있었다. 계급에 따라 재벌가 간에도 서로를 차별했다. 난 일부러 상급의 스타일을 모방했다. 연예인이던 시절에도 조폭과의 연줄로 마약이나 술을 대는 파티에는 꽤 초대받아 봤다. 그들에겐 돈으로 어떤 연예인을 샀는지도 자랑거리였다. 하지만 이 파티는 그딴 식의 유치한 파티와 달랐다. 난 이제 내 신분으로 유명인들을 샀다. 영현의 해외 수상이 부럽지 않을 만큼 화려하고 지성미 넘치는 교양인들이 모였다. 난 가감없이 나의 자부심을 표현했다. 사람들은 엄선한 나의 의상과 헤어를 칭찬했으며, 이전의 야한 이미지와는 달리 셔링이 잡힌 어두운 미니 드레스의 자태에 눈을 떼지 못했다. 패턴을 자제한 클래식 룩에 포인트는 액세서리로만 연출한 센스는 두고두고 회자될 터였다. 철중이 주었던 목걸이와 귀걸이를 착용하자 나의 깨끗한 피부 톤이 살아났다. 난 우아한 표정과 목소리로 인사했다. 우린 오늘 고귀한 취향들에 관해 이야기를 나눌 예정이었다. 그동안 스크린에서 얄팍하게 소비되는 캐릭터로만 나를 만났던 이들은 전혀 다른 이면을 만나게 될 터였다. 마침 시누이가 들어왔다. 난 반가운 티를 냈다. 지난 식사 자리의 수모는 잊고, 이젠 시누이가 입을 다물 차례였다. 비싼 옷이나 물건들, 부동산 얘기로나 시간을 때우는 건 하수들이나 하는 짓이다. 이제 진정한 상류층에 걸맞은 건 나였다. 나는 노동에서 벗어났고, 비생산에서 오는 아름다움이 무엇인지 한껏 과시했다. 이만큼 에로스로 충만한 시간

이 어디 있을까. 에덴 속에서 우린 부르주아적인 취향을 마음
껏 음미했다.

"이 지점의 내러티브가 정말로 뛰어났었죠."

"롱테이크를 선택한 게 탁월했어요. 역시 미장센에 관해선
대가의 반열에 올랐네요."

"네오리얼리즘이나 누벨바그적 경향에 영감을 받은 게 분
명해요."

나의 의도대로 파티 초입에 손님들은 다들 세련된 지식인
처럼 보이려고 노력했다. 그들은 최대한 전문가처럼 보일 만한
용어를 쓰려 애썼다. 내가 주도한 분위기에 압도된 탓이었다.
사장들의 비위를 맞추는 연예인 나부랭이가 아닌, 문화계 저
명인사들을 이끄는 살롱의 주인. 이제 사람들은 날 그렇게 여
긴다. 여성들은 역사적으로 사회적 지위가 낮았지만, 사교계
와 철학적 담론들의 핵심을 이끈 주역들은 부르주아 여성들
이었다. 난 더 이상 사람들에게 아양 떨지 않았다. 반대로 사
람들이 내 환심을 사려 노력했다. 그들은 한쪽에서 상영 중인
내 영화를 보고 찬사를 아끼지 않았다. 출연작들의 클립을 편
집해 영화처럼 이어 붙인 영상이었다. 끔찍한 〈상사뱀〉의 하이
라이트 같은 건 넣지 않았다. 사람들도 그 장면이 왜 빠졌는지
묻지 않았다. 누구나 나의 유명세를 책임진 장면은 역설적으
로 가장 천박한 장면이었음을 아니까. 거짓 몸을 전시해 얻은
수치스러운 명성임을 아니까. 그걸 강요하던 영화계는 폭력에

가까웠다는 데에 암묵적으로 동의하니까. 난 일부러 손님들에게 직접 날 촬영했던 감독의 카메라 워크와 조명, 색채, 의도와 오마주를 설명했다. 하하, 오마주는 개뿔. 그건 감독이 더 이상 연출적 아이디어가 떠오르지 않을 때 타인의 작품을 표절한 데 불과했다. 아직 한국은 원작의 위대함에 기대어 아류작을 만드는 일에 부끄러움이 없었다. 오히려 자랑스럽게 훔친 원작이 무엇이었는지를 떠벌렸다. 만약 그 장면이 삭제될 경우 대주제가 흔들린다면 표절인데도. 감독 스스로 사유할 능력이 없으니 타인의 생각을 빌려와 덧붙였을 뿐인데도. 오마주라는 멋들어진 단어를 운운하며 도둑질을 감추려 하다니. 그래서 난 이 용어를 신나게 활용했다. 사람들은 거장에게 바치는 찬사와 야비한 도용을 구분하지 못했다.

어쨌든 서양의 파티를 모티브로 삼은 오늘의 음식도, 술도, 음악도 기대 이상이었다. 참석자들의 얼굴이 만족감으로 물들었다. 난 그걸 뿌듯한 마음으로 감상했다. 구석구석 철중이 설치한 열 대의 카메라가 보였지만…… 뭐, 이렇게 아름다운 파티가 영상에 담기면 좋은 기록물이 될지도 모른다. 나중에 철중에게 녹화한 걸 보여 달래야겠다. 그런 마음을 먹던 차였다. 누군가 내 팔을 건드렸다. 예전 영현과 일할 때 알던 부감독이었다. 그는 짧은 단발머리를 귀 뒤로 넘기며 내게 샴페인을 권했다.

"오랜만이에요. 절 초대할 줄은 몰랐는데."

"반가워요. 잘 지냈어요? 저야말로 이렇게 와 주실 줄은 몰랐네요."

"우리가 어떤 사이였는데. 당연히 와야죠. 어떻게 지내는지 정말 궁금했어요."

그는 부감독 시절과 달리 깔끔한 옷을 차려입었다. 아마 이 파티의 수준을 전해 듣고 맞추려 노력한 모양이었다. 그는 갑자기 내게 친근한 척하면서 팔짱을 꼈다. 그러곤 꿍꿍이가 있는 미소를 지었다. 마치 내가 자신을 초대한 의도를 알고 있단 얼굴이었다.

사실 그는 나와 영현의 관계를 유일하게 아는 여자였다.

"세월 참 빠르네요. 당신도, 영현도 결혼하는 날이 오다니."

"……영현도?"

"아. 이런 얘기하면 싫어하려나. 뭐, 다 지난 일인데 상관없죠? 아마 다음 여름쯤 작게 식 올린대요. 해외에선 혼인 신고도 가능하니까."

준비되지 않은 소식이었다. 갑자기 심장이 쾅쾅대며 아무 소리도 들리지 않았다. 지금까지 준비했던 아름다운 파티도, 사람들도 눈에 들어오지 않았다. 머릿속만 폭주했다. 결혼식을 올린다고, 혼인 신고가 가능하다고? 그 영현이? 설마 영현은 이 얘길 전하려 극본을 보냈던 걸까? 복수극을 꾸미려고? 그제서야 퍼즐이 끼워 맞춰졌다. 우리의 첫 이야기를 내게 보내고, 연락 없이 애태우고, 혼란스럽게 흔들고, 끊임없이 자신을 생각하게 만든 건…… 복수의 과정이었다. 감히 내가 자신을 떠나려 했던 것에 대한 복수. 잊으려 했던 것에 대한 복수. 자신의 배우가 아닌 다른 여자로 살아가려 했던 일에 대한 복수. 하지만 영현, 너도 날 배신했는데 나라고 왜 못 하겠는가? 난 그저 작은 투정을 부렸을 뿐이다. 온몸의 피가 식는 기분이었다. 처음부터 널 믿는 게 아니었는데. 한순간에 배반당한 나의 순정이 비참하고 불쌍했다. 눈앞이 캄캄했다. 상대는 파리한 내 안색을 의아한 얼굴로 보다가 고개를 기울였다.

"서로 잘됐죠. 둘이 헤어졌을 때…… 솔직히 한 명은 무슨 일 날까 걱정했는데. 미옥 씨도 임자가 생긴 판에, 예전처럼 영현에게 매달리진 않잖아요. 이제 각자 행복하게 갈 길 가는 일만 남았네요. 부럽다. 저도 이민이나 준비할까 봐요."

……이 여자는 알고 있다. 우리 둘 사이에 대해서. 영현에게 언질이라도 받은 게 있을까? 나는 태연한 척 반문했다.

"……사귀는 분이 있었죠."

"그럼요. 이제 10년차니 사실혼이나 다름없는데. 여기선 보장받는 것도 없어요. 한땐 그래도 태어난 나라에서 열심히 살아 보자 싶었는데…… 우리가 사랑하는 방식을 국가가 인정하지 않잖아요. 어떡하겠어요? 내 삶도 중요한데. 영현을 보니까…… 더는 존재 투쟁 하면서 시간 낭비하기 싫더라고요. 애인도 해외에서 일할 수 있는 직업을 알아보는 중이에요."

난 정신을 붙잡으려고 애썼다. 아직 파티가 끝나지 않았고, 보는 눈이 많았다. 고작 이 정도의 소식으로 분위기를 망칠 수는 없었다. 나는 태연한 미소를 유지하려고 애썼다. 그럼에도 절망은 몸집을 불렸다.

나는…… 떠날 수 없다.

시누이가 빈정거렸던 말이 생각난다.

'유학이라도 보내 달라고 하지 그래?'

가능하다면 나도 그러고 싶다. 하지만 몇십 평생, 학교도 제대로 나오지 않은 내가 외국어를 익혀 타지 생활을 하는 건 무리다. 설령 철중의 돈으로 나간다 해도 어쩌겠는가? 유부녀의 몸으로 이중 혼인 신고를 할 수도 없는데. 결국 나는 스스로의 덫에 걸린 셈이다. 영현에게 청첩장을 보낼 때만 해도…… 이 극단적인 초대장을 보내면 그가 후회할 줄 알았다. 마지막으로라도 날 잡으려 발악할 줄 알았다. 그는 스스로의 말대로 영원히 동반자를 얻지 못할 줄 알았다. 내겐 그렇게 맹세했으니까. 우리의 시절은 사랑을 음지로 몰아넣을 뿐, 너와 내 영혼의 자리는 없었다. 그래서 내 결혼을 과시했다. 너가 얻지 못한 걸 내가 쟁취했다 보여 주고 싶었다. 하지만……

영원히 잃어버리는 사람은 나였다니. 영현. 결국 네 삶은 거짓이었어. 결혼 따위 하지 말자며. 결혼은 우리들의 것이 아니라며. 그딴 제도에 편입될 필요 없다며. 나와는 결혼할 수 없다며. 우린 서로의 동반자가 아니라며.

가슴이 텅 빈 것 같았다. 마지막 힘을 짜내어 상대에게 잠시 할 일이 있다고 둘러 대곤 자리를 빠져나왔다. 호흡이 서서히 조여 왔다. 손끝이 찼다. 죽어 가는 것처럼. 〈사의 찬미〉가 떠올랐다. 저주스러운 그 대본을 불태우고 싶었다. 모든 건 그 대본이 초래했다. 〈사의 찬미〉를 찾으려 2층으로 올라갔다. 침실을 뒤져 복수의 말이 가득한 그 원고를 꺼냈다. 손수 만들어 붙였던 자줏빛 표지가 어여뻤다. 하지만 이제 그건 내 피눈물의 색으로 보였다. 난 종이들을 마구 구겼다. 손아귀에 마구 힘을 주는데도 차마 찢을 수는 없었다. 그런 스스로가 끔찍했다. 난 아직도 영현에게 미련이 많았다. 그런 나의 두 손이……자꾸만 굽었다. 돌로 변할 것처럼.

"저…… 사모님."

누군가 뒤에서 나를 불러 퍼뜩 돌아보았다. 가정부 하나가 눈을 휘둥그레 뜨고 서 있었다. 난 종이 뭉치를 뒤로 숨겼다.

"무슨 일이야?"

"손님들에게 드릴 선물이 한 개 부족해서요……. 어떡하죠?"

"어제 분명히 미리 확인해 두라고 했잖아?"

"네, 어제까지는 분명 수량이 맞았어요. 그런데 방금 확인해 보니 하나가 계속 비어서요……."

짜증이 치솟았다. 지금 그걸 말이라고 하는 건가. 이런 일

하나 제대로 처리하지 못하는 고용인들이 성가셨다. 가뜩이나 영현 때문에 골치가 아픈데 갈수록 태산이었다. 난 신경질적으로 소리쳤다.

"그럼 그사이에 도둑이라도 들었다는 거야?"

"면목 없습니다."

"여분도 없어?"

"네. 그게 마지막 재고였어요……."

난 가정부를 따라가 선물을 포장해 둔 더미를 반복해서 세었다. 개수는 말대로 한 개가 부족했다. 고용인들을 추궁해도 지난밤 포장한 그대로 두었을 뿐 영문을 모르겠다고 했다. 누군가는 거짓으로 변명하는 중이었다. 하지만 그걸 확인할 시간이 없었다. 난 고민에 빠졌다. 손님에게는 양해를 구해야 하나, 한 명에게만 다른 선물을 하면 이상하게 보일 텐데. 잘못하면 어디서 괜히 뒷말이 돌 수도 있었다. 나의 첫 파티를 이렇게 망칠 수 없다. 그것도 시누이와 그의 지인들이 가득 모인 자리에서. 두통이 심해졌다. 안 그래도 심란했는데 이까지 아렸다. 이 집안엔 도둑들이 너무 많다. 그때였다. 아이디어 하나가 떠올랐다.

"남편이 앰플을 지하에 보관한다고 했는데."

"네. 여분은 항상 그곳에서 꺼내신다고 들었어요. 다만 저희 중 누구에게도 열쇠를 주시지 않아서…… 들어갈 수는 없습니다."

"그거라면 내가 해결하지. 밴드에 음악을 길게 연주해 달라고 부탁해. 선물은 내가 처리할 테니까."

가정부가 고개를 깊이 숙였다. 나는 직접 발을 옮겼다. 파티가 끝나면 실수를 한 이들을 호되게 질책해야겠다 생각하면서. 한편으로는 전화위복이었다. 지하 창고를 탐색할 좋은 빌미가 생겼다. 정원사가 문을 열던 손짓을 똑똑히 기억했다. 오른쪽으로 두 번, 왼쪽으로 한 번. 난 정원을 가로지를 채비를 했다. 그래, 차라리 그곳에 관심을 두면 영현을 생각하는 일을 멈출 수 있을지도 모른다. 난 오직 그 희망으로 눈앞에 닥친 일에 집중하려 했다.

그때였다. 어디선가 갑자기 흙냄새가 불었다. 이상했다. 이곳은 실내고, 술과 핑거푸드, 고기 요리와 꽃 장식의 향이 가득했다. 내부에서 흙냄새가 날 리는 없었다. 난 냄새의 근원지를 찾으려 두리번거렸다. 이 냄새는 불길하다. 이걸 맡을 때마다 좋지 않은 일이 일어났다. 주변을 살피던 내게 저 멀리 영현의 소식을 알렸던 부감독이 다른 사람들과 떠드는 모습이 포착되었다. 근처엔 시누이도 있었다. 시누이는 입을 다문 채 지루한 표정이었고, 사람들은 영상이 돌아가는 스크린을 바라보다 대화를 나누었다. 내 예상대로 시누이는 대화에 끼지 못했다. 돈을 버는 일에 대해서야 그와 이야기하고 싶을 사람들이 많았지만 이런 자리에선 아니었다. 그는 꿔다 놓은 보릿자루처럼 앉아 있다가 불편한 얼굴로 샴페인 잔을 든 채 어디론가 사라졌다. 그리고 과거 영현의 부감독이었던 저 여자. 그를 초대한 건 나였지만 왜 하필 여기까지 와서 영현의 결혼 소식을 전했는지 의문이다. 은연중에 영현의 근황을 알길 바랐지만 그런 소식까지 듣고 싶지는 않았다. 영현이 왜 내게 연락하지 않는지, 이것만 묻고 싶을 뿐이었는데.

잠깐만. 저 여자의 행동이 이상하다.

부감독은 초조한 듯 다리를 떨었다. 그러다 아무도 없는 구석을 한참 바라보더니 샴페인 잔을 내밀었다. 마치 보이지 않는 유령과 축배를 나누는 듯했다. 구석에 숨은 도둑과 밀담을 나누는 스파이처럼도 보였다. 그는 곧 다시 사람들에게 시선을 돌리고 대화에 참여했다. 하지만 난 그의 부자연스러운 행동이 신경 쓰였다. 그때부터 부감독의 거동을 눈으로 좇았다. 반나절 사이 사라진 선물, 어쩌면 그걸 누군가가 훔쳤을지도 모른다. 혹시 범인이 저 여자는 아닐까. 부감독은 영현과, 또 영현을 훔쳐 갔던 스태프 여자와도 친한 사이였다. 겉으론 날 위하는 척하며 뒤론 다른 이들과 내통했을지도. 난 그가 샴페인을 내밀었던 기둥 사이 여백까지 쏘아보았다. 그러다 한 가지 사실을 깨달았다. 철중은 CCTV를 열 개나 설치해서 집 안 구석구석을 촬영했다. 하지만 사각지대는 있었다. 저 여자가 이상한 반응을 했던 기둥 사이. 난 카메라들의 각도를 주의 깊게 확인했다. 역시 저 어두운 그늘만 유일하게 카메라가 닿지 않았다. 오싹한 예감이 스쳤다. 저 사이의 어둠은 마치 누군가를 의도적으로 숨기려는 듯 시커멨다. 난 직감했다. 어쩌면 여기 초대받지 않은 불청객이 존재한다. 철중의 말이 맞았다. 최근 유명한 기업 회장도 도둑질을 당했다고 했다. 음험한 불청객은 저 백스테이지에 숨어 저택의 구조를 파악하는 중인지도. 그러다 고가의 선물을 발견하곤 기념으로 훔친 것일 테다. 그리고 부감독처럼 겉과 속이 다른 조력자들의 도움으로 손님으로 위장한 후 탈출할 계획이었겠지. 난 진실을 파악하려 있는 힘껏 그곳을 노려보았다.

내 예상은 정확했다.

낯선 그림자 하나가 그 속에 있었다. 이곳의 어느 손님들과도 같지 않은 몸짓으로. 그는 부감독이 자신 쪽을 바라볼 때는 꼼짝 않고 있다가, 그가 다른 곳으로 고개를 돌리자 조심스럽게 움직이기 시작했다. 난 그의 정체를 파악하려 눈을 더 크게 떴다. 그도 샴페인을 마시는 것처럼 손을 올렸다. 그러나 누구도 그를 발견하지 않았다. 대신 그는 영상을 비추는 프로젝터의 빛과 그림자 경계로 발을 옮겼다. 조금만 더 나온다면 그의 정체를 알 수 있었다. 난 상대에게 집중했다. 그의 윤곽이 드러났다. 그는 처진 어깨와 약한 거북목 증세가 있었다. 머리카락은 짧았다. 이목구비는 잘 보이지 않았다. 그가 뒤돌아 있기 때문이었다. 난 그가 여성이라 추측했다. 그의 허리선과 골반은 남자로 보이지 않았다. 정장을 차려입은 대부분의 손님들과 달리 청바지에 낡은 점퍼 차림인 이질적인 모습이었

다. 그러나 난 기시감을 느꼈다. 바랜 색의 바지와 점퍼는 어디
선가 본 듯 익숙했다. 그가 서서히 옆으로 돌아섰다. 그러자
조명은 그가 착용한 원형 안경테를 비추었다. 그가, 날 향해 시
선을 올렸다. 난 헛숨을 들이켰다. 반쪽 얼굴은 여전히 그림자
에 가려졌지만 난 그의 정체를 완전히 알았다. 빛무리 가운데
로 그의 목덜미가 드러났다. 난 똑똑히 보았다. 창백한 피부 위
에 또아리를 튼 보랏빛 뱀을.

영현.

영현이었다.

부감독의 말이 머리를 세게 울렸다. 결혼한다고 했다. 영
현은 결혼이 예정되었다고 했다. 그런 주제에 왜 여기 있지? 뒷
목이 당겼다. 영현은 언제나 날 덫에 빠트리기 전 예고처럼, 애
피타이저처럼 시그널을 보냈다. 이것도 같은 맥락이었다. 어린
시절, 그를 사랑하게 만들기 위하여 〈사의 찬미〉 초본을 건네
었던 것처럼. 날 떠나기 전, 아리 카메라를 다른 이에게 빌려
주었던 것처럼. 내 결혼식 전, 재회하자는 마음을 포르투갈 작
가의 전시회에 담아 보냈던 것처럼. 신혼여행지에서 날 자신에
게 영원히 묶어 두기 위해 〈사의 찬미〉 완성본을 전했던 것처
럼. 마지막으로…… 지금처럼. 부감독과 그는 친분이 깊었지.
부감독은 우리가 사귀었던 과정을 낱낱이 지켜보았다. 심지
어 이별 후에도 나와 영현이 많은 것을 상담했으니. 생각보다
많은 정보를 안다. 그래서 부감독은 영현의 대리자 역할을 했

다. 나를 미리 떠 보고 동요시키기 위해서. 영현은 영화를 만들기 직전에도 오디션을 통해 배우들을 시험한다. 이번도 똑같다. 내가 정말로 자신을 기다렸는지, 아직 그 시절을 잊지 않았는지, 사랑하는지, 흔들리는지, 같이 도망칠 준비가 되었는지…… 연인이 될 수 있는지 시험했다. 이상한 고양감이 전신을 뒤덮었다. 만약 내가 그를 마주한다면, 돌이킬 수 없는 방향으로 운명이 치달으리란 예감이 들었다. 그럼에도 난 곧바로 1층으로 발을 옮겼다. 범인은 영현이었다. 자신이 온 걸 티내기 위해, 철중에게 들키지 않고 내게 알리기 위해 선물을 훔쳤다. 그의 시그널이 내게 닿았다. 영현을 붙잡는 건 이제 내 몫이었다. 난 영현이 있던 곳으로 달려가며 중얼거렸다.

넌 내 파티를 망쳐서는 안 돼.

스크린 근처로 다가가자 이미 영현은 자리에 없었다. 어디로 사라졌지. 얼마 못 갔을 텐데. 흙냄새가 도처에서 풍겼다. 사람들은 아무것도 모르는 양 음식을 집어먹고, 술을 마셨다. 부감독이 내 쪽으로 무언가를 소리쳤지만 무시했다. 벽을 따라 빠른 걸음을 걸었다. 저 멀리 영현의 손목이 보였다. 나는 뛰다시피 그쪽으로 향했다. 복도는 화장실로 연결되었고 안쪽에서 달그락거리는 소음이 들렸다. 난 그곳으로 들어가 영현의 이름을 부르며 모든 문을 열어젖혔다. 하지만 아무도 없었다. 텅 빈 거울에 비친 나와 세면대뿐이었다. 외부와 연결된 쪽문이 삐걱거렸다. 영현은 그곳을 통해 도망쳤다. 그는…… 날 어딘가로 유인했다. 그걸 알면서도 쫓아갈 수밖에 없었다. 지금이 아니라면 그와 이야기할 기회가 언제 올지 모른다. 영현의 발소리는 내가 기억하는 그대로였다. 한쪽 발을 더디게 딛고, 다른 발은 아주 빠르게 딛는 걸음걸이. 난 불협화음을 내는 그의 스타일을 잘 안다. 난 외투도 내팽개치고 영현을 따라갔다. 영현, 넌 어디까지 도망갈래. 그날처럼, 왜 계속 내게서 도망치니. 날 데리고 가려 찾아온 거면서 왜 결국 이곳에 날 떨구는 거야. 영현을 붙잡아야 했다. 잡아서 그동안의 일을 전부 추궁하고 싶었다. 내 걸음도 점점 빨라졌다. 어느새 나는 정원으로 향하는 뒷문 앞이었다. 영현은 이쪽으로 빠져나갔다. 영현의 그림자와 냄새를 알 수 있다. 이곳은 정원사의 농막과 지하 창고로 연결된 길이었다. 영현은 그곳으로 갔다. 내가 자신을 따라오길 바란다. 더 망설일 순 없었다. 난 문을 열고 뛰쳐나갔다.

햇빛이 강렬하게 내리쬐었다. 우거진 나무 사이를 지날 땐 빛이 점멸하듯 깜박였다. 줄기들이 늘어뜨린 그림자가 벽을 따라 구불거리는 뱀처럼 일렁였다. 영현의 흔적이 어딘가에 있다. 난 그를 끝까지 찾아낼 것이다. 사방을 둘러보며 발걸음을 옮겼다. 넌 언제나 최고의 순간을 노리니까, 우리의 만남을 위해 스스로를 미끼로 쓴다. 기척을 보였다 지우고, 목덜미를 드러냈다 도망친다. 날 끝까지 애태워 널 가장 원하는 순간 나타날 심산이다. 나의 불청객. 이번만은 네가 끼치려는 해악을 받아들이겠다. 난 미친 듯이 정원을 헤집었다. 그때, 누군가 내 어깨를 붙잡았다.

"어딜 가십니까."

"비켜."

"곧 사장님이 오실 시간입니다."

정원사였다. 험한 일을 하다 나온 듯 옷이 엉망이었다. 내가 그에게 일을 시켰던가. 파티에 폐가 되지 않도록 숨어 있으라고 했던 것 같은데. 그가 허리춤에 걸친 점퍼에는 온갖 잔디와 풀이 붙었다. 날 보고 급하게 뛰어온 듯했다. 벨트에서 녹슨 전정가위가 흔들거렸다. 불쾌감이 올라왔다. 지금 내가 보고 싶은 건 이 남자가 아니다. 난 그의 손을 뿌리쳤다.

"상관 말고 꺼져."

"그쪽은 지하 창고로 가는 길입니다. 설마 들어가시려는 건 아니겠죠."

"주인이 하는 일에 간섭 마."

신경질이 확 올라왔다. 지금 이 순간에도 영현은 어딘가를 숨어 다니다 사라질지도 몰랐다. 그는 곁을 떠나 자취를 감추는 데 선수였다. 여길 찾아온 그의 마음이 변하기 전에 어서 따라가야 했다. 그래야 내 손으로 그를 쫓아내든 붙잡든 할 기회가 생긴다. 그런데 이놈의 정원사는 다시 제 분수를 잊고 내 앞을 막아선다. 그는 걸걸한 목소리로 계속 날 만류했다.

"적어도 파티가 끝날 때까진 관심을 끄실 줄 알았습니다."

"그런 건 내가 알아서 해. 지금 당장 철중의 창고에 있는 앰플이 필요해."

"제가 가져다 드리죠."

"아니. 내가 직접 갈 거야. 이곳엔 믿을 만한 놈이 없거든."

난 억지로 그를 지나치려 했다. 그러자 정원사는 내 팔을 잡았다. 난 그의 손을 대번에 뿌리쳤다. 실랑이가 이어졌다. 그는 계속 특유의 무표정으로 길을 터 주지 않았고, 난 그의 목을 조르고 싶었다. 물론 영현이 그곳에서 기다린다는 걸 밝힐 순 없었다. 대신 난 정원사의 허리에서 흔들리는 전정가위를 발견했다. 정원사처럼 천한 남자 때문에 영현을 만날 기회를 잃을 순 없다. 이곳에서 정당방위에 따른 살인이 일어난다면, 사람들은 내 편을 들 것이었다. 왜냐면 이제 에덴은 나의 저택이니까. 손님들의 태반은 나의 지인이었다. 그러니 고전적인 불륜극 소재처럼 막돼먹은 정원사가 젊은 안주인을 건드렸다는 설명 정도면 미필적 고의로 인정될 터였다. 시간이 없었다. 저 날카롭고 단단한 가위가 필요하다. 그건 이 남자를 눈앞에서 치우고 영현을 만나게 해 줄 것이다. 난 가위를 향해 주저 없이 손을 뻗었다.

"올케, 여기서 뭐 해?"

옆에서 들린 익숙한 목소리에 나는 가위를 만지지 못하고 손을 숨겼다. 소리가 들린 쪽을 돌아보자 빈 샴페인 잔을 든 시누이가 보였다. 그는 나와 정원사를 번갈아 바라보며 의뭉스러운 시선을 보냈다. 술을 꽤 마셨는지 얼굴색이 좀 붉었다. 지금 우리의 대치 상황을 다 파악하진 못했다. 난 얼른 옷매무새를 정리하며 둘러댔다.

"샴페인을 너무 마셨는지 얼굴에 열이 올라서 바람을 쐬려고요. 제철에 손질해야 하는 나무들이 보이길래 일을 시키고 있었어요."

"그래? 나도 좀 피로해서. 잠깐 걸었더니 괜찮네."

시누이의 시선이 정원사에게로 향했다가 다시 나에게로 돌아왔다. 난 마른침을 삼켰다. 방금 우리의 동태를 어떻게 보았을까. 수상하게 여기진 않을까. 난 최대한 시누이의 관심을 돌리려 말을 던졌다.

"차라도 한잔 준비해 드릴까요?"

"아니야. 방금 급한 일이 생겼다는 전화를 받아서. 이만 가 봐야 할 것 같아. 서운하게 생각하진 않을 거지?"

"벌써 가시게요. 아쉽네요. 다음에 따로 한번 더 뵈어요. 그리고……"

갑자기 머릿속에 전정가위보다 좋은 생각이 떠올랐다. 역시 배우는 임기응변에 강해야 하는 법이다. 때론 즉흥적 훈련이 더 좋은 상황을 만든다. 난 엉거주춤 시선을 내리고 우리의 말을 듣던 정원사를 돌아보았다. 그에게 분명한 목소리로 지시했다.

"아가씨를 정문까지 데려다 드려."

정원사의 몸이 굳었다. 하지만 시누이의 앞에서까지 난동을 부리진 못할 것이다. 더욱이 그는 시누이의 브로치를 훔친

전적이 있으니까. 난 아직 그걸 시누이에게 말하진 않았다. 지금 일부러 그를 시누이와 동행시킨다면 훌륭한 경고가 되리라. 난 호들갑을 떨며 정원사와 시누이가 말을 덧붙일 시간을 주지 않았다.

"술도 드셨는데 혼자 보낼 수 없죠. 여기 정원이 워낙 복잡하니까 안내해 드릴게요. 뭐 하고 있어? 어서 모셔다 드려."

그는 잠시 나와 창고를 번갈아 보았다. 철중을 따라 창고를 지켜야 할지, 내 말을 들어야 할지 고민하는 눈치였다. 술에 취해서인지 시누이는 군말 없이 서 있었고, 결국 정원사는 고개를 깊이 숙였다. 그가 시누이에게 따라오라며 앞장서자 난 회심의 미소를 지었다. 이제 방해물은 제거했다. 누구도 영현에게 향하는 내 앞길을 막을 순 없었다. 누구도, 그 누구도.

두 사람의 인영이 멀리 사라지는 걸 확인한 후 한걸음에 내달려 창고에 도착했다. 육중한 문 옆으로 지난밤 보았던 과실수 세공이 있었다. 영현도 이걸 만졌을까. 난 열매를 쓰다듬은 후 움켜쥐었다. 그걸 오른쪽으로 두 번, 왼쪽으로 한 번 돌렸다. 부드러운 움직임으로 패드가 나왔다. 주변에 아무도 없음을 확인하고 카드키를 댔다. 잠금쇠 소리가 났다. 이제 아래로 내려가면 영현을 만날 수 있다.

영현은 예전부터 반골 기질이 있었다. 금지된 곳을 여는데에는 선수였다. 내 몸을 처음으로 연 것도 영현이었으니까. 내부인을 미리 매수하여 저택을 조사하고, 가장 금지된 곳이 창고라는 걸 알아낸 후, 날 이곳으로 초대한다. 예술가들이란. 감독들이란. 어쩔 수 없다.

난 그의 초대에 응하기로 한다. 문을 밀자 끝없는 계단이 보였다. 에우리디케와 오르페우스의 지옥행 계단만큼 깊었다. 아래에서 흙냄새가 올라왔다. 축축한 땅으로부터 올라온 죽음 같은 당신의 냄새. 주변에 아무도 없는 걸 확인한 후 난 벽을 더듬으며 천천히 발을 디뎠다. 아래로, 아래로…… 시야는 좁아지고 조명조차 없는 내부는 어지간한 강심장도 힘들 어둠으로 가득 찼다. 손바닥에 닿는 벽의 촉감과 보폭에만 의지하여 나아갔다. 심연 속에서 아직 영현의 실체에는 도달하지 못했다. 입구가 저 멀리 머리 위에서 별처럼 희미했다. 그제서야 계단의 끝이 나타났다. 난 지하실 바닥에 있었다. 차디찬 냉기가 훅 풍겼다.

"영현. 거기 있어?"

내가 그를 부르며 주변을 돌아본 순간, 팔뚝에 소름이 돋았다.

……저건 뭐지?

이곳에 있는 건 나 혼자만이 아니었다. 누군가들이 날 둘러싸고 있었다. 어슴푸레하고 허여멀건한 형체들…… 연옥을 떠다니는 원혼 같은 실루엣들이 내 주변에 있었다. 그건 나도 영현도 아니었다. 원형의 방을 따라 죽 늘어선 그것들의 어깨가 희끄무레하게 보였다. 소름이 쫙 끼쳤다. 난 뒷걸음질 치다가 비틀거렸다. 그러다 그중 한 명에게 부딪혔다. 사람의 살갗이 아니었다. 차디찬 감촉에 난 화들짝 놀라 팔을 휘둘렀다. 그리고 더 큰 공포에 휩싸였다. 그들의 얼굴 쪽으로 휘두른 손엔 무엇도 느껴지지 않았다. 그들은 목이 없었다. 난 도망치려 벽에 붙었다. 그러다 팔뚝으로 어떤 스위치 하나를 눌렀다. 그러자 천장의 매복 조명들이 일시에 켜졌다. 핀 조명처럼 수직으로 내린 불빛에 그것들의 정체가 드러났다.

얼굴과 팔다리가 사라진 토르소 조각들이었다.

모공과 피부결, 핏줄까지 사람처럼 구현된 석고 조각이었다. 그것들은…… 전부 여성의 몸이었다. 가슴과 음부까지도 재현된 얼굴 없는 몸통 수십 개가 벽을 따라 늘어서 있었다. 오직 여성의 몸만 강박적으로 늘어놓은 기괴한 전시였다. 난 그것들의 몸을 확인했다. 토르소는 세 종류였다. 배꼽 옆에 점이 있는 것, 갈비뼈 근처에 긴 흉터 자국이 있는 것, 목덜미에 쏠린 자국이 있는 것. 음산한 기분에 저절로 몸이 움츠러들었다. 저택에서 옮겼던 예술품들은 한쪽 구석에 모여 있었다. 하지만 그 수보다도 이 섬뜩한 조각들이 훨씬 많았다. 철중이 숨기려던 게 이것인가. 난 입을 틀어막았다. 빛도 제대로 들지 않는 창고엔 어디선가 으슬으슬 냉기가 풍겼다. 빨리 나가고 싶었다. 영현은 어디에 있지. 참, 나는 손님의 선물을 챙기러 왔는데. 앰플은? 영현은 왜 하필 날 이곳으로 불렀을까……. 어지러운 머리를 부여잡으며 뒤돌았다. 그러나 눈앞에 푸른 뱀이 떠올랐다. 깊고도 깊은 흙냄새와 함께. 나의 신경과 감각을 일깨우는 냄새와 함께. 나의 근원이 부르짖었다. 네가 그토록 찾던 게 여기에 있어. 〈사의 찬미〉 속 주인공을 잡아먹은 물결 같은 뱀들이 시야에 가득 넘실거렸다.

영현.

"보고 싶었어."

네가 나타났다. 기억 속 모습 그대로. 움푹 팬 볼, 지적인 눈동자, 파리한 목덜미와 시선 그대로 네가 나타났다. 어둠 속에서 너는 훨씬 젊어 보였다. 흰머리도 없었고, 날카로운 턱선 아래 자리한 문신 결 하나하나가 생생했다. 목이 칼칼했다. 입에서 피 맛이 올라왔다. 방금 무언가를 잡아먹은 것처럼.

"변함없는 내 사랑."

영현이 이렇게 호소하는 바람에 난 흰 몸통들 사이에서 허옇게 질렸다. 끔찍한 진실의 무게가 나를 덮쳤다. 목덜미가 따끔거렸다. 발진 때문에 무엇도 새기지 못했던 목덜미였다. 그 부위를 마구 쓰다듬었다. 막상 영현을 조우하자 정신이 혼란스러웠다. 내가 과연 다시 영현을 견딜 수 있을까?

Steinerne. 잠시만. 〈사의 찬미〉에서 마지막까지 해독하지 못했던 단어가 기억났다. '돌'이라는 뜻이었다. 그제서야 바위처럼 딱딱하게 굳은 여자들의 몸통을 알아챘다. 손발도 없이, 머리도 없이, 뱀처럼 기어 다니지도 못하도록 경직된 여성들. 난 탄식했다. 영현, 그는 여전히 미학적이었다. 이 창고 안에 배치된 조명과 돌로 변한 여자들과 너와 나. 무대에 모든 게 완벽히 배치되어 있었다. 미장센은 완벽하다. 너는 내게 손을 뻗고, 목을 쓰다듬는다. 금방이라도 네가 나의 숨통을 조를 것 같다. 난 널 만지지 못한다. 대신 네 목구멍을 바라본다. 배신이 예정되었던 저 입, 사랑의 거짓을 읊던 목구멍, 내겐 이별을 말하고 떠난 뒤 다른 여자들에게 사랑을 말하던 간교한 혀. 넌 이제 그 입술로 누굴 부를 거지?

"미옥."

그가 내 이름을 불렀다.

그래……. 우리에겐 퇴행이 필요했다. 뱀은 땅속에서 살기 위해 팔다리가 퇴화했으니까. 난 널 만나기 위해 이곳까지 내려와야 했다. 지상의 에덴보다 깊은 지하에 네가 있었다. 뱀이 여성을 먼저 유혹한 게 과연 우연이었을까? 아니다. 뱀은 알고 있다. 낙원을 파괴하더라도 사랑의 속삭임을 들을 존재가 누구인지, 뱀은 알고 있었다. 내 운명의 연인은 당신이었다. 당신이어야 한다. 네 목소리, 시선, 목덜미의 뱀 모두 나의 것. 나의 가면, 연기, 아름다움, 이름까지 모두 당신의 것. 설령 내가 널 믿지 않았더라도, 넌 누구보다 나를 잘 알아야 한다. 그래야만 한다. 넌 나보다 나의 욕망을 잘 아는 존재다.

S#∞ 지하 창고(안)

음악. 사의 찬미가 흐른다.

영현이 미옥의 앞으로 다가온다. 담배 한 대를 꺼내 피우다가 땅바닥에 비벼 끈다.

영현 우리 사랑에 형태가 중요해? 타인들이 강요하는 틀 따위에 우리를 담을 수 없어.

미옥 내가 도망치면, 내가 떠나면? 내가 다른 사람의 것이 된다면.

영현 넌 그럴 수 없어. 나만의 배우니까. 지금 우리가 서로를 열렬히 원한다는 사실에만 집중해. 네 밑바닥에 잠재한 고독, 나만은 이해할 수 있어. 그 이유로 넌 날 사랑했잖아?

미옥 나한테 왜 그랬어.

영현 네가 영화의 배역을 완벽히 이해하길 바랐어. 그게 감독의 역할이잖아. 네 인생을 걸고 세상에 둘도 없는 주연이 되도록 돕고 싶었어. 난 너의 모든 서사를 사랑해. 모순도, 집착도, 사랑스러운 비참함도.

미옥 거짓말.

(FLASHBACK)
영현이 늙은 여자 같은 미옥의 이름을 여러 번 부른다.

키노드라마   179

미옥은 얼굴을 감싸고 흐느낀다.

미옥   네가 날 그렇게 부르면 오래전부터 널 사랑한 것 같은 착
      각에 빠져. 어쩌면 전생부터, 태곳적부터…… 그때에도
      난 너의 배우였을 거야. 그 외에 바라는 생은 없어.

미옥, 태연함을 가장하려 노력하며 영현을 바라본다.

미옥   여기 널 초대하지 않았어. 절대로 널 보고 싶지 않았어.
      이젠 끝내자.

영현   거짓말.

(O.L)   둘을 둘러싼 토르소 조각들

(T.U)   조각들의 몸

미옥(V.O)   진심을 꿰뚫는 나의 감독. 널 더 보고 싶어. 하지만
           관중이 우릴 지켜보고 있어. 입이 떨어지질 않아. 디
           렉팅이 필요해. 여기서 내가 어떻게 더 해야 해? 침
           묵하지 마. 네 목소릴 더 듣고 싶어. 내 의식에 무단
           침입 하더라도 좋아. 너와 있을 수만 있다면. 모든 숭
           배를 가져가. 널 어떻게 하면 가질 수 있지? 그날 네
           가 곁에 그대로 있어 줬더라면……. 이것도 너의 설
           계니?

미옥, 시누이의 브로치에 손가락을 찔린다.

미옥(V.O)   아파. 이건 누군가를 찌르기 좋게 생겼네.

영현, 미옥을 지그시 응시하다 웃는다.

영현 보여 줘. 네가 할 수 있는 맹세의 끝을. 아직 날 사랑하잖
     아.

미옥 끔찍한, 악마 같은 년.

(D.E) 떠나가는 영현, 자코메티의 고발하는 사람 모습이 겹친다.

(F.O)

미옥 잠깐만.

(F.O)

미옥 사랑해.

(F.O)(F.O)

(F.O)(F.O)(F.O)(F.O)

(F.O)(F.O)(F.O)(F.O)(F.O)(F.O)

(F.O)(F.O)(F.O)(F.O)(F.O)(F.O)(F.O)(F.O)(F.O)(F.O)(F.O)(F.O)(F.O)(F.O)(F.O)

(F.O)(F.O)(F.O)(F.O)(F.O)(F.O)(F.O)(F.O)(F.O)(F.O)(F.O)(F.O)(F.O)(F.O)(F.O)

(F.O)(F.O)(F.O)(F.O)(F.O)(F.O)(F.O)(F.O)(F.O)(F.O)(F.O)(F.O)(F.O)(F.O)(F.O)

§

눈을 떴을 땐 정원사의 농막이었다. 나는 창고 안에서 정
신을 잃었다. 그걸 정원사가 발견한 모양이었다. 제초기를 손
질 중이던 그가 내 신음을 듣곤 힐끔거렸다. 그러나 별다른 반
응은 하지 않고 내가 깨어나길 기다렸다. 바깥은 이미 노을 지

고 있었다. 나는 몸을 일으켰다. 아직 파티 중이라는 게 기억났다. 지금쯤이면 남편이 올 시간인데.

"손님들은?"

"아직 전부 안에 계십니다."

"남편은."

"오셨습니다."

난 황급히 일어났다. 그러자 마구 풀어헤쳐진 앞섶이 보였다. 내가 눈살을 찌푸리자 정원사는 퉁명스러운 목소리로 변명했다.

"카드키를 찾으려고 했을 뿐입니다. 제게 거짓말을 하셨더군요."

"내놔. 그건 내 거야."

"정확히 말하면 사장님의 열쇠를 훔치신 겁니다. 더 도와드릴 수는 없습니다. 저까지 공범으로 몰리면 곤란합니다. 직장을 잃으면 거리에 나앉는 건 저니까요. 시누이분의 브로치는 손대지 않았습니다. 마음대로 하십시오. 최대한 선처를 구할 겁니다. 사장님은 오히려 사모님이 약속을 어겼다는 데 더분노하실 겁니다. 지금은 잠시 빈혈기가 있어 휴식하신다고 둘러댔으니 어서 가 보시는 편이 좋을 겁니다."

……그는 영현을 목격했을까? 카드키만 언급하는 걸로 봐선 그러지 못했을 가능성이 있었다. 목 언저리가 얼얼했다. 영현을 만난 기억이 아직도 생생했다. 그는 제대로 도망쳤을까?

그가 언제 다시 돌아올지 듣지 못했다. 정원사는 덜컥거리는 기계를 몇 번이고 켰다 껐다 반복하며 거슬리는 소리를 냈다. 날 빨리 쫓아내고 싶은 눈치였다. 조금 후 칼날이 윙 소리를 내며 돌아갔다. 그곳에 끼어 있던 식물들이 갈리며 즙 냄새가 훅 끼쳤다. 그는 흙이 잔뜩 낀 손가락으로 잔해를 정리했다. 난 창고에 있던 허연 몸통들을 기억했다. 정원사는 창고를 자주 드나들었으니 철중의 괴벽을 전부 다 봤을 테지. 눈이 하나밖에 없으니 반쪽만 본 척하고 살았는지도. 난 옷과 브로치를 챙기며 그에게 물었다.

"철중의 전 부인들 말야. 어떤 사람들이었어?"

"이제 와서 그게 궁금하십니까? 사모님보다 미인들은 아니었죠."

별안간 그가 킬킬 웃었다. 불쾌한 웃음소리였다. 벽걸이 시계는 내가 파티장을 떠난 후로 두 시간이 흘렀다는 걸 알렸다. 그는 직접 농막의 문을 열었다. 그가 속주머니에 카드키 두 장을 가지고 있는 게 보였다. 더 언쟁하고 있을 시간이 없었다. 남편과 손님들이 날 찾는 소리가 들렸다. 내가 문턱을 넘자, 정원사는 내 등에 대고 말했다.

"사장님을 배신하지 마십시오. 그분도 가엾은 분입니다."

어쭙잖은 오지랖 따윌 부리다니. 난 속으로 욕을 퍼부으며 파티장으로 돌아갔다. 군데군데 만취한 손님들이 보였다. 철중은 자신의 손님들에 둘러싸여 지루한 표정을 짓고 있었다. 그러다 날 발견하곤 화색이 돌았다. 그가 내게 다가와 어디에 있었느냐고 물었다. 난 싱긋 웃으며 선물 하나가 부족하여 챙기러 다녀왔다고 말했다.

"잘 해결했으니 걱정 말고 파티를 즐겨요."

그리고 그를 다시 손님들 속으로 밀었다. 난 다시 가정부들을 불러 내 머리와 화장을 손질하도록 했다. 마지막으로 향수를 잔뜩 뿌려 냄새를 감추었다. 파티는 무르익었고, 영현은 떠났다. 쓸쓸한 마음을 티내지 않으려 노력했다. 드디어 마무리 인사를 할 시간이었다. 난 청록색 리본으로 포장한 선물 상자를 가져오라고 명령했다.

잃어버렸던 마지막 선물 상자 안에는 앰플 대신 시누이의 브로치를 넣었다. 사실 영현의 등장으로 제정신이 아니었다. 시누이는 브로치를 잃어버린 것조차 몰랐다. 그 성격에 만약 물건이 없어진 걸 알았다면 진작 와서 따졌겠지. 브로치가 사라진 걸 아는 사람은 정원사와 나뿐이었다. 이걸 처리할 권한도 내게 있었다. 그래서 난 멋대로 이걸 손님에게 주었다. 상자는 무작위로 주어지니까 누가 무엇을 받았는지는 서로 알 수 없었다. 겉보기에 포장은 다 똑같으니까. 어쨌든 난 파티를 성황리에 끝냈다. 에덴의 주인으로서 소임을 다했다. 지금 내게 중요한 건 그깟 선물들이 아니지만.

S#05

오마주 Hommage

허영에 빠져 날뛰는 인생아

너 속였음을 네가 아느냐

— 윤심덕, 〈사의 찬미〉에서

"사람들이 당신을 칭찬하더군. 팬이었던 사람이 꽤 많았어."

"당연하죠. 괜히 국민 배우인 줄 알아요."

철중은 파티에 대한 첫 감상을 이렇게 뱉었다. 나는 머리를 빗으며 태연하게 대답했다. 그는 오늘 먹어야 할 정량의 약을 화장대 위에 올려 두었다. 난 일부러 그의 손등을 끌어당겨 키스했다. 그는 미소 지었다. 하지만 한쪽 입가가 부자연스럽게 굳어 있었다. 파티 이후로 철중은 어딘지 예민했다. 난 굳이 묻지 않았다. 괜히 들쑤셔서 좋을 일 없었다.

"창고는 들어가지 않았겠지."

이렇게 묻는 걸 보면 아직 정원사가 모든 걸 밝히진 않은 듯했다. 아닌가? 어쩌면 이미 알고 있는 채 내가 솔직해지길 기다리는지도. 그놈의 창고, 창고…… 자신의 기벽이 부끄러운 줄은 알았는지. 철중이 왜 그렇게 예민했는지 알고 나자 아니 꼬왔다. 누구도 들어갈 수 없는 창고에 전시한 여자들의 몸이라니. 나도 모르게 헛웃음이 나왔다. 철중은 놓치지 않았다.

"왜 웃어."

"아뇨. 그냥, 당신하고 사는 게 좋아서. 파티도 성공적으로 끝냈잖아요. 사람들이 우릴 얼마나 우러러봤을까."

"열심히 준비한 만큼 잘된 거지. 그래서, 창고에는 들어갔어, 안 갔어?"

정말 진절머리 나는 사람이다. 사람은 인생에서 몇 가지 비밀 정도는 품고 사는 법인데. 철중이나 나나 똑같다. 그런데 유독 그깟 지하 창고를 금지해 두고 날 조종하려는 게 우스웠다. 그래. 생각해 보니 창고의 조각상들은 소름 끼쳤지만 그 자리에서 영현을 만났다는 사실보단 놀랍지 않았다. 난 철중에게 팩 쏘아붙였다.

"안 들어갔다니까요. 정원사가 근처만 가도 얼마나 잔소리가 심한지. 누가 보면 그 사람이 집주인인 줄 알겠어요. 나 그 사람 얼굴만 봐도 기분 나빠요. 눈도 한쪽밖에 없고. 해고하면 안 돼요?"

"……들어가지 않았다면 잘했어. 역시 당신은 다른 여자들과 달라. 그럴 거라고 믿었어."

"CCTV도 설치했으면서. 그걸 굳이 또 물어요?"

철중이 내 곁으로 와 허리를 끌어안았다. 난 일부러 피부 관리를 하는 척하며 그를 돌아보지 않았다. 오직 거울로만 철중과 눈을 맞췄다. 영현과 조우한 달콤한 시간은 잠시, 이제 난 이 늙은 남자와 에덴에서 부부로 살아야 한다. 짜증이 몰려왔다. 남편 앞에서 티를 낼 순 없지만 어디에든 화풀이를 하고 싶었다. 그때 머릿속엔 정원사가 떠올랐다. 아둔하고 거칠고 눈도 성하지 않은 그 남자. 난 그를 언급했다.

"생각하니 불쾌하네. 내가 못 들어간다면 그 남자 정원사 말이에요. 그도 못 들어가게 해요. 당신만 들어가서 관리하면 되잖아. 왜 나는 안 되고 그 애꾸눈은 돼죠?"

"……그자는 믿을 만해. 우리 어머니 때부터도 집안을 위해 일한 사람이야. 아버지가 날 못마땅해하면서 일찍 집을 나가길 바라셨을 때도 그 사람만은 내 밑에서 일하겠다고 했지."

"믿을 만하긴…… 남자들은 하나만 알고 둘은 모른다니까요. 그 남자 별로 좋지 않은 기운이 느껴져요."

철중이 아버지 밑에서 살던 시절에도 일했던 사람이니 정원사는 생각보다도 나이가 더 많았다. 하긴 땡볕에서 일하느라 얼굴이 시커먼 바람에 늙어 보이긴 했다. 기껏 복사한 카드키를 다시 가져간 그 남자 때문에 심통이 났다. 철중은 다른 사람들에게 하는 태도완 달리 그를 옹호했다. 그러자 그가 더욱 꼴 보기 싫어 계속 공격했다.

"난 그 남자 보기 싫어요. 얼굴도 흉측하고. 누가 그런 사람하고 살고 싶겠어요? 저번엔 이상한 시선으로 날 훑어보는 것 같았어요. 소름 끼쳐. 이젠 일할 만큼 일했으니 그냥 더 젊고 반반한 사람을 뽑아요."

"과대망상하지 마. 해고는 안 돼. 그 정원사만 한 사람을 찾긴 힘들어."

"당신, 날 예전만큼 사랑하지 않는군요?"

철중의 손이 경직되었다. 좋아, 건수를 잡았다. 난 표적을 바꿔 철중을 역공했다. 내가 먼저 이런 말을 하지 않았다면 반대로 철중이 했겠지. 더 이상 댈 논리가 없으면 감정적 이유를 대면서 사랑이 부족하다고 비꼬는 짓 말이다. 난 이미 그걸 알았다. 그래서 철중이 그 말을 뱉기 전에 선수를 쳤다. 철중은 나를 달래야만 하는 위치로 들어갔다. 그가 내 어깨를 세게 한 번 쥐었다 놓았다.

"농담으로라도 그런 말 하지 마. 내게 당신을 빼면 남는 게 어디 있다고."

"그깟 흙투성이 남자 때문에 내 말도 안 들어주면서."

"새 직원이 들어오면 뭘 믿고 당신과 두겠어. 젊은 남자 직원 따윈 바라지 마. 다른 얘기 하자. 오늘 일정은 어떻게 되지?"

"당신이 빽빽하게 잡아 놓은 바람에 바깥 공기 쐴 시간도 없어요. 꽃꽂이랑 경영론 과외, 신부 수업도 하라면서요. 그쪽 집안은 정말 유난이야. 부엌살림하고 명상, 요가, 이불 개는 법까지 배우면 끝이에요. 내 참. 이런 걸 배워야 하는 줄은 꿈에도 몰랐네."

철중은 내 뺨에 키스하려 들었다. 난 의도적으로 고개를 슬쩍 뺐다. 철중은 끝까지 내 어깨를 쥐고 입을 맞췄다. 방금 앰플을 바른 볼이 축축했다.

"우리 아버지가 당신을 꽤 좋아하셔. 벌써 후사도 기대하고 계신다더군. 여동생도 대를 이을 아들은 없잖아. 그러니 당신에게 거는 기대가 커. 재벌가 며느리로서 어디 내놔도 부족하지 않은 여자가 되는 거지."

"……아이는 최대한 늦게 낳고 싶어요. 당신과 신혼 생활도 더 즐기고요. 내 남편은 당신이지 시아버님이 아니잖아요."

"나도 그러고 싶은 마음은 굴뚝같지만. 내 나이도 생각해야지. 아기를 일찍 낳아 키워 놓으면 노후가 편할걸."

"……여하튼 이제 날 믿어요. 에덴의 안주인 역할쯤은 제대로 한다고요. 난 당신을 떠나간 여자들과는 달라요. 알겠죠? 그러니 마지막 사랑에게 자꾸 창고니 뭐니 캐물으면서 닦달하지 말아요. 지겨워 죽겠네."

철중은 웃음을 터트렸다. 인위적인 웃음소리였지만 아까보단 마음이 열린 것 같았다. 그는 미안하다며 내게 원하는 건 뭐든 살 수 있는 카드를 주었다. 난 그걸 받고 철중의 목덜미에 키스했다. 뱀 문신 따윈 없는, 맨들거리고 주름진 목이었다.

§

나의 평균적인 하루 일과는 이렇다.

오마주

오전, 철중은 내가 늦잠을 자도록 내버려 둔다. 수면은 피부에 좋다나. 나는 느지막이 일어나 세면을 한다. 얼굴을 씻을 때 특별히 철중이 준 효소 클렌저로 피부를 닦는다. 피부에 최대한 자극을 줄여야 한다. 그 후엔 아침 겸 점심을 먹는다. 메뉴로 탄수화물과 고당도 음식, 유제품은 금물이다. 이것 또한 철중이 식단을 짰다. 나는 모공을 막지 않는 유기농 식품 위주로 식사를 한다. 오늘은 비타민이 풍부한 당근과 병아리콩에 구운 연어가 곁들여 나왔다. 사각거리는 당근을 오래 씹는다. 문득 살점을 삼키고 싶다는 생각이 든다. 하지만 나를 바라보는 카메라 렌즈와 눈이 마주친다. 지난번 파티 때 CCTV를 설치한 후로 철중은 저걸 치우지 않았다. 보안에 도움이 된다며 그대로 두었다. 그걸 사적으로 이용했다. 카메라들은 철중의 사무실과 연결되었다. 여유가 날 때마다 병원장실에서 철중은 나를 지켜봤다. 버튼 하나만 클릭하면 내가 저택의 어디에서 무슨 일을 하는지 지켜볼 수 있었다. 나는 관찰 예능 프로그램의 출연자처럼 카메라를 보고 음식을 먹고, 말을 중얼거리며, 렌즈를 의식한 각도로 앉는다.

식사를 마치면 저택으로 방문하는 강사들에게 수업을 듣는다. 요리나 꽃을 다루는 교양 수업부터 경매, 예술 경영, 부동산 같은 경제 관련 수업까지. 그 후엔 필라테스와 요가를 한다. 모든 건 저택 안에서 이루어진다. 철중은 자신의 허락 없이 내가 바깥에 나가는 걸 극도로 싫어했다. 원하는 게 있으면 집으로 불러 줄 테니 안에서 해결하라고 했다. 이유를 물으면 내가 완벽한 재벌가 며느리로서 언론에 데뷔해야 하기 때문이라고 했다. 그러면 가문 사람들도 나를 더 받아들일 것이라고. 데뷔라니. 미디어에서 활약한 연차로 따지면 10년도 거뜬히 넘는 내게 웃기는 단어다.

결혼 후 철중은 아버지로부터 얼마나 지분을 인정받을지에 꽂혀 있다. 그는 자식도 없이 매번 홀아비가 되었으니. 이젠 자신 또한 아버지처럼 가장의 권력을 가질 자격을 되찾았다고 여긴다. 그는 그 열쇠가 내게 달려 있다고 믿으며, 그래서 날 더 철저히 관리하려 든다.

갑자기 전화벨이 울렸다. 철중 전용 벨소리였다. 통화 버튼을 누르자 철중이 곧바로 용건을 말했다.

"앰플 바르는 걸 잊었잖아. 제일 중요한 건데. 기본부터 잘해야지."

"……아, 깜박했네요. 고마워요."

다른 안부에 대한 언급도 없이 전화가 뚝 끊겼다. 그럴 만도 했다. 다른 일과는 모두 카메라로 지켜봤을 테니. 나에 관해 더 궁금할 필요도 없었다. 철중은 주기적으로 자신의 특제품인 독사 앰플을 사용하도록 했다. 가장 최근에 개발한 것일수록 꼭 내게 실험했다. 자신의 아내가 화장품을 사용한다는 걸 알면 고객들도 더 믿고 쓸 거라나. 철중은 내 아름다움을 유지하는 데 집착하니 요구를 들어주어야 한다. 뭐, 나도 과거

오마주   193

배우였던 사람으로서 미모를 유지하려는 노력엔 반대하지 않는다. 게다가 지금은 남편에게 비위를 맞추고 싶다. 영현이 다시 찾아오기 전까지 날 보호하는 건 남편의 존재니까. 그에게 버림받지 않도록 지금은 좋은 아내를 가장해야 한다. 하지만 만약 다시 영현이 찾아온다면…… 휴식 시간이 날 때마다 난 영현을 잔뜩 생각한다. 그는 주연으로 날 내정했다. 〈사의 찬미〉의 주인공으로 오직 나만을 생각했다. 그러니 그 기대에 걸맞은 아름다움을 유지하고 싶다.

다만 한 가지 마음에 걸리는 점은 있었다. 영현이 결혼한다는 사실이었다.

파티에 왔던 부감독이 그 사실을 알려 주었지. 난 그 사람의 의도가 의심스러웠다. 영현에게 부탁을 받았을까, 아니면 독단적으로 행동한 걸까? 곰곰이 과거 그의 행적을 되짚었다. 영현이 날 배신했을 때에도 그는 내게 좋은 소리만 하진 않았다. 때론 그를 그리워하는 날 보곤 모진 말을 뱉었다. 세상에 여자는 많으니 영현을 잊으라고 했던가, 아, 분명히 그랬다. 하지만 도대체 영현과 같은 여자가 이 세상에 어디 있겠는가? 또 철중과의 결혼을 고민할 때에도 좋은 티만 내진 않았다. 그걸 떠올리자 갑자기 신경이 곤두섰다. 어쩌면 부감독은 나와 영현 사이를 질투했는지도 몰랐다. 자신이 끼어들 자리가 없었으니 우릴 이간질이라도 해야 속이 시원했는지도. 결국 내가 영현을 포기하도록 만들어 일생의 뮤즈를 박탈할 계획이었을 것이다. 그가 해외로 나갈 계획이라고 했던가? 외국에서 활동하는 여성 감독의 자리를 제가 차지하고 싶었을 수도 있다. 난 그가 그렇게 음흉한 사람이 아니라고 생각하고 싶었다. 하지만 많은 경험적 증거가 그를 조심해야 한다고 말했다. 더욱이 직접 만난 영현은 내게 그가 말한 것과 정반대의 진심을 알렸다. 영현은, 아직 나를 사랑한다.

난 부감독에게 전화를 걸었다. 처음 그는 나의 전화를 회피하는 듯 부재중 통화가 찍히도록 했다. 내가 끈질기게 전화를 걸자 15분 만에 받았다. 수화기 너머 그의 목소리가 울렸다.

"네, 여보세요. 무슨 일이에요? 지금 촬영 중이라 길게는 통화 못 해요. 참, 지난번 파티는 즐거웠어요."

"그랬다면 다행이네요. 묻고 싶은 게 있어 연락했어요."

"급한 거예요? 뭔데요."

"저번에 영현이 결혼한다고 했었죠."

"네. 맞아요. 그랬죠."

"그걸 굳이 내 앞에서 말한 의도가 뭐예요? 다른 속내가 있다면 솔직히 털어놔요."

"……네?"

그가 어리둥절한 목소리로 반문했다. 아니, 그런 어수룩함을 가장했다. 그 태도가 가증스러웠다. 그래서 날카로운 목소리로 캐물었다. 내가 이미 그를 간파했다는 걸 티내기 위해서. 명확한 증거들이 떠올랐다. 영현의 소식을 전할 때 그가 짓던 비웃음, 파티에 찾아온 영현 쪽으로 샴페인 잔을 치켜들던 수신호, 내가 결혼을 했고 영현도 그러니 이제 우린 서로 볼일 없으리라는 유도 심문, 우리가 헤어지는 편이 낫다던 의뭉스러운 조언 등…… 그는 명백히 나의 비극을 까 내렸다.

"아닌 척하지 말고 제대로 말해요. 다 확인하는 수가 있으니까."

"아니, 대체 무슨 말인지 모르겠네요. 별 의도 없었어요. 있을 게 뭐가 있나요?"

"예전에도 영현과 나를 탐탁지 않아 했잖아요."

"……언제 적 이야기를 하는 거예요? 그런 적 없고요. 내 참. 저 지금 바쁘니 나중에 다시 얘기해요."

그는 이렇게 얘기하곤 전화를 끊었다. 내 확증은 더욱 굳어졌다. 찔리는 게 있으니 이렇게 어설프게 피하지. 대놓고 물어보길 잘했다. 내가 이렇게까지 직구로 나올 줄은 몰랐겠지. 그도 영현이 날 직접 찾아와 진심을 밝히는 일까진 생각하지 못했나 보다. 우릴 우습게 보다간 큰코다친다. 나중에 꼭 날 고통스럽게 만들었던 죄를 묻겠다. 난 침실에서 앰플을 꺼냈다. 분이 가라앉도록 그걸 얼굴에 펴 발랐다. 차가운 액체가 뺨을 식히자 마음이 진정되었다. 난 가정부를 불러 첫 번째 일과를 확인했다. 골프와 요리 수업이었다. 일정을 따라 나갈 채비를 하는데, 다른 가정부가 급하게 뛰어왔다.

"저, 사모님. 부인으로부터 연락이 오셨어요."

"어머님께서?"

"네. 잠시 할 말이 있으시다고. 20분 후에 도착하신대요."

"뭐라고? 당장 집 안 정리해. 과일 좀 깎고, 다구도 준비하고."

"수업 일정들은 어떻게 할까요?"

"두 시간 뒤로 미뤄. 전부 다."

어머니가 오신다. 시어머니의 갑작스러운 방문이었다. 나는 황급히 침실로 다시 올라가 옷장 문을 열었다. 잠옷 가운을 벗어 던지고 수십 벌의 옷을 검토했다. 20분 후라니, 시간이 없었다. 난 빠르게 남색 투피스 정장을 선택했다. 평상시엔 이런 심심한 옷 따위 입지 않지만 어머니가 오실 때는 예외였다. 그분은 관능적인 내 필모그래피를 별로 좋아하지 않으셨다. 최대한 수수하고 단정하면서도 세련되어야만 했다. 은회색 블라우스에 재킷을 걸치고 매무새를 다듬었다. 그러자 난 미술관 관장이나 아나운서처럼 보였다. 준비를 마치자 5분 남짓 남았다. 난 거실로 나가 항상 하는 일과인 척 찻주전자를 데웠다. 그분을 마주할 땐 항상 긴장되었다. 차 자리를 매만지는 손끝이 긴장되었다. 곧 가정부가 그분이 도착했다고 알렸다.

나의 어머니는 검은 원피스에 같은 색 재킷을 입었다. 단아한 샤넬 브로치가 가슴에서 반짝였다. 내 것과 같은 모노톤 의상은 유리처럼 차가운 당신의 이미지를 돋보이도록 만들었다. 무드와 디테일 하나까지 고심한 흔적이 느껴졌다. 난 그 앞에 잔을 놓으며 말했다.

"어서 오세요. 어머님. 마침 차를 마시려고 했는데. 한잔 드시겠어요."

"고맙구나. 새아가."

내가 웃는 낯으로 마중하자, 어머니는 화답하며 조용히 잔이 채워지길 기다렸다. 난 전에 촬영장에서 배웠던 다도 순서를 떠올리며 천천히 찻잎을 우렸다. 어머니는 특유의 차분한 태도로 쉽게 본론을 꺼내지 않았다. 그가 날 새아가라고 불렀을 때의 달큰한 음성이 귓가에 맴돌았다. 난 한편으론 들뜨고 한편으론 긴장한 마음으로 주전자를 들었다. 물줄기가 튈까 봐 걱정이었다. 어머니가 이렇게 갑자기 행차하신 데에는 연유가 있을 터였다. 과연 나쁜 일일까, 좋은 일일까. 철중은 이 집에 들어오면 며느리 길들이기가 있을지 모른다고 주의를 주곤 했다. 그게 다시 시작된 걸까? 당신이 직접 입을 열기 전까진 때를 기다려야 했다. 찻물이 우러났다. 그걸 어머니의 잔에 나누었다. 한 방울도 새지 않았고 좋은 향이 났다. 당신은 뜨거운 차를 우아하게 한 모금 음미했다. 그러곤 아직 다 치워지지 않은 거실을 둘러보았다.

"파티를 열었다던데. 꽤 즐거웠나 보구나."

"네. 그이가 허락해서…… 은퇴 후 근황도 알릴 겸 연 작은 파티였어요. 유흥보다는 영화나 예술, 문화에 대한 이야기를 나누는 자리였죠."

난 왜인지 변명을 늘어놓았다. 얄팍한 쾌락에 눈 멀어 시간 낭비를 하는 부류로 보이고 싶지 않았다. 상견례 자리에서 어머니가 내게 건넨 말씀을 아직도 기억한다. 요즘 애들답지 않게 참하구나 하시던 표현. 내 생애 그런 말은 처음이었다. 그래서 더더욱 신경이 쓰였다. 어머니가 날 단순히 머리에 피도 안 마른 미숙한 며느리로 보지 않으셨음 싶었다. 물론 아직은 어머님의 의중을 파악하지 못했다. 그는 이 가문에 정식으로 입성하진 못했으니까. 시아버지와는 사실혼 관계라 입지가 안정적이지 않았다. 동거를 하고 몇 년씩 간병을 해도 유산 상속을 받을 수 없다. 시아버지는 재산에 대한 소유욕이 강해 혼인 신고를 거부했다. 그러니 당신보다 먼저 혼인 신고를 한 나를 질투하실지도. 조금 가슴이 쓰렸다. 어머니가 날 집안의 혈을 빨아먹으려는 기생충으로 보진 않으셨으면 좋겠는데. 내가 기다리는 동안 당신이 입을 열었다.

"네 시누도 왔었다며. 그런데 내겐 초대장이 오지 않았더구나."

아. 난 당황하여 식기를 떨어트렸다. 챙그랑. 듣기 싫은 소음이 울렸다. 난 죄송하다는 말과 함께 얼른 그걸 주웠다. 어머니가 그런 걸 지적하실 줄은 몰랐다. 나의 사적인 파티에 초대를 원하실 줄도 몰랐다. 태연하게 답해야 하는데 쉽지가 않았다. 오래 쌓은 연기 경력에도 숨길 수 없는 것들은 있었다. 어

머니의 얼굴을 마주 보기 힘들었다. 그래서 몸을 돌려 철중이 수집한 LP판들을 괜히 뒤적였다. 클래식 앨범 하나가 잡혔다. 그걸 턴테이블에 올리면서 일부러 시간을 끌었다. 고전적인 트랙이 흘러나왔다. 그중엔 〈사의 찬미〉의 원곡인 〈도나우강의 잔물결〉도 있었다. 의도한 바는 아니었다. 단지 나의 무의식이 그 앨범을 선택했을 뿐이다. 난 볼륨을 높인 후 어머니께 대답했다.

"어머님은 따로 모시고 싶었어요. 제게 귀한 분이시니까요. 이런 파티는 시끄럽기만 하고 지루하셨을 거예요."

"한 번쯤 참여 의사를 묻기라도 할 줄 알았단다."

내 변명에도 어머니는 다시 한번 질책하셨다. 그러자 난 엄청난 죄인이 된 것 같았다. 이분은 단지 나직한 어조로 말했을 뿐이다. 그런데 어째서 이렇게나 심장이 옥죄는 기분인지. 난 어머니의 찻잔이 비지 않도록 신경 썼다. 하지만 굳게 닫힌 눈꺼풀과 그 사이 새겨진 주름, 엷은 살가죽 아래 이분이 무슨 생각을 하고 계실까 생각하면 초조했다. 어머님은 나이에 비해 허리가 조금도 굽지 않았다. 고개도 빳빳했다. 거센 운명과 욕망을 감내하는 여인의 모습다웠다. 그가 왜 시아버지를 만나 이 집안에 붙박게 되었는지 궁금했다. 그러나 지금은 점잖게 날 질책하는 목소리에 그저 꼼짝할 수 없었다. 어머니는 눈을 감은 채 노래를 감상했다. 한참 후에야 다시 거실을 둘러보며 말했다.

"인력과 자원을 낭비하지 말거라. 이곳에 시집왔다고 헤프게 살면 안 돼."

"명심할게요."

"남들에게 의존하다 보면 감각이 쇠퇴하는 법이야. 이왕이면 자신의 집은 스스로 관리하는 게 좋아. 이 집안 남자들은 뭐든 제 손으로 하려 들질 않으니……. 파티도 끝났으면 고용인들을 감축하는 것도 좋겠다."

"남편은 다른 사람들이 해 주는 걸 받는데 익숙해서 반대하지만, 전 어머님 말씀이 맞다고 생각해요. 건의해 볼게요. 참, 아버님 건강은 어떠세요?"

"정정하시지. 요즘 아침에 기침이 심하시지만 잘 보필해 드리고 있단다. 그 덕에 뼈마디가 쑤셔. 그래도 지아비를 손수 간호하는 것만큼 보람 있는 일도 없지."

"아버님은 행복하시겠어요. 어머님 같은 분이 계셔서."

"뭘. 철중이야말로 너처럼 현명하고 예쁜 아내를 맞아 행운이지."

당신은 나를 마주 보았고 난 그 눈을 피하지 않았다. 우린 서로를 보며 미소를 지었다. 어머니에게도 배우의 자질이 있었다. 위장한 미소라도 아름다웠다. 난 잠시 그 눈을 마주하다가 먼저 고개를 숙였다. 마음이 복잡했다. 어머니는 시누이와 사이가 좋지 않았다. 솔직히 진심으로 초대한다면 시누이보다 어머니를 모셨을 거다. 하지만 그 파티는 시누이가 부끄러움을 느꼈으면 해서 마련한 자리이기도 했다. 이미 완벽한 어머니가 오실 필요는 없었다. 이 마음을 어떻게 설명할 수 있을까.

"아는 분이 네 파티에서 귀한 선물을 받았다고 자랑하시더구나. 디자이너에게 특별 주문한 제품이라면서, 국내에 몇 없는 한정판이라고. 그런데 이니셜 각인이 잘못되었다던데."

아. 어머니가 굳이 날 방문하신 이유가 명백해졌다. 시누이의 브로치를 받은 사람이 지인이셨다. 마른침이 넘어갔다. 어떻게든 둘러대어야 한다.

"뜻이 있는 이니셜인데 모르셨나 봐요. 독일어 철자예요."

"그래? 우린 이름이 잘못 새겨진 줄 알았지 뭐니."

"선물은 무작위로 드리는 거라. 그분만 생각하고 드릴 수는 없으니까요."

"무슨 뜻이니? 그분이 영문학 전공을 하긴 했지만 뜻을 모르겠다던데."

머릿속에 동시에 떠오른 단어가 있었다. 거실에 흐르는 배경음악 때문이었는지도 모른다. 임기응변으로 떠올린 단어는 이것뿐이었다.

"〈사의 찬미〉라는 뜻이에요. 예전에 동명의 곡이 대중가요의 효시를 알리기도 했고, 인간의 유일성을 드러내어 주체적인 삶을 살도록 하는 게 죽음이라는 철학적 찬사도 있잖아요. 이 파티는 저와 남편의 과거를 죽이고 새 시작을 알리는 자리였기에, 어울리는 문구라고 생각했어요."

"꽤 생각이 깊구나. 네 언니와는 정반대야. 그 애라면 무조건 비싸 보이는 걸로만 선물을 골랐을 텐데. 그 애 딸이 차라리 나아. 걘 적어도 겉으로는 검소하더라."

"지금 장교 학원 다닌다고 하셨죠. 아가씨는 좋은 집안에 태어나 왜 그런 험한 일을 하냐던데…… 여자들이 하기 힘든 직업을 선택한 게 멋있잖아요. 운동도 공부도 잘해야 가능한 직업이니까."

"이 집안 남자들이 죄다 군면제 받는 거에 비하면 나라에 공헌하는 일이지. 부모랑 자식은 별개인 게 맞구나. 막돼먹은 부모 아래에서도 훌륭한 자식은 태어나거든."

당신의 말에 계속 동조할 수밖에 없었다. 당신은 정답만 말씀하셨으니까. 어머니는 나와 시선을 마주하셨다. 내 마음을 안다는 듯, 처지를 공감한다는 듯, 이 집안에서 너만은 나를 이해해야 한다는 듯……. 물론 당신의 마음은 내가 바치는 마음과 다른 결이다. 하지만 나도 당신의 마음을 해독했다. 어머니의 기분이 풀어지셨을까? 나는 사실 어머니 연배의 여성들을 모시는 자리는 많이 가진 적 없었다. 그들을 어떻게 대해야 하는지도 잘 몰랐다. 날 원했던 건 언제나 늙은 남자들뿐이었다. 주제도 모르는 징그러운 것들 말이다. 영화계는 언제나 남자들을 중심으로 굴러갔다. 어머니처럼 고아한 여성들이 모이는 자리에는 참석할 기회가 적었다. 그들이 무얼 마시고, 먹고, 얘기하고, 사랑하는지 알 수가 없었다.

"그러고 보니 새아가는 아직 임신 소식은 없니?"

뒤이어 들린 어머니의 질문에 눈앞이 캄캄했다. 왜 그랬을 까. 부모라면 누구나 이 문제를 궁금해할 텐데. 비록 그게 피로 이어지지 않은 자식들의 이야기라도 의례적으로 묻는 말이다. 난 최대한 온건한 말투로 답하려 애썼다. 하지만 스스로 이 질문에 꽤나 동요했다.

"그이가 많이 바쁘잖아요. 앰플 패키징 작업도 그렇고, 예약도 꽉 차 있고. 더 여유 있어지면 계획하려고요."

"그래. 넌 아직 젊으니 급할 건 없지. 애 낳으면 신경 쓸 게 얼마나 많니. 천천히 해. 생활에 적응도 해야지. 넌 어머니의 보살핌이 뭔지 잘 모른다고 했었잖니. 엄마로서의 마음가짐이 준비될 때 낳는 게 제일이야."

"네. 때가 다 있겠죠. 우리 아가씨네만큼만 키우고 싶어요. 아가씨도 애기가 한 살쯤부터 고용인들에게 육아를 맡기셨다면서요. 어쩜. 원래 자식을 잘 기르려면 남의 집 자식처럼 대하면 된대요. 그러니 그렇게 훌륭하게 자란 거겠죠. 저도 그 정도만 할 수 있으면 소원이 없겠어요."

어머니의 표정이 일그러졌다. 난 순간 아차 싶었다. 임신 이야기에 나도 모르게 예민하게 반응했다. 어머니를 공격할 순 없으니 괜히 시누이를 들먹였다. 솔직히 이 집안이 서로를 경계하고 아이 운운하는 이유의 첫 번째는 유산 분배 때문이다. 집안에 새 아이가 태어나도 진심으로 축하하지 못한다. 철중이 새 부인을 들여 아이를 낳으면 그 지분만큼 유산이 줄어든다. 빨리 아이를 갖고 싶어 하는 철중과 달리 다른 이들이 출산을 만류하는 건 이런 이유 때문이다. 철중은 내가 피부도 망가지고, 몸매도 달라진다는 이유로 출산 계획을 느긋하게 잡자고 하면 동의했다. 하지만 내심 빨리 후사를 보고 싶은 티가 났다. 나 스스로도 아이에 전혀 관심이 없었지만…… 타인으로부터 아이를 낳을 시점을 참견받는 건 다른 문제였다.

만약 내가 어머니가 된다면. 아기를 낳는다면. 내 친모의 마음을 이해할까. 날 두고 떠나간 그 사람의 마음을 깨닫게 될까?

싫어.

아직 아이를 낳고 싶지 않다. 그런 마음 따위 알고 싶지 않다.

어머니는 다른 대답은 하지 않으셨다. 당신의 표정은 웃음을 참느라 변한 것이었다. 난 얼른 순진한 눈빛을 꾸몄다. 복잡한 집안일에는 관심 없다는 듯, 아직은 호사스러운 재벌가 생활을 즐기고만 싶다는 양. 손에 들린 잔은 이미 비었다. 어머니는 무엇을 생각하는지 창밖을 바라보며 우두커니 있다 나직한 콧노래를 흥얼거렸다. 그 노래였다. 〈사의 찬미〉.

"기분이 좋으신가 봐요. 음색이 좋으세요."

"그래. 그것도 네가 들어오니 안달을 하겠지. 위아래도 못 알아보고 이를 드러내던 게."

시누이를 지칭하는 말이었다. 시아버지는 내가 아이를 낳으면 시누이의 몫을 나누어 줄 것이다. 상견례 때 대놓고 어머니를 무시하던 시누이의 태도가 떠올랐다. 난 어머니 곁에 다가가 앉았다. 우린 같은 방향을 바라보았다.

"……아가씨 성격은 워낙 유명하잖아요. 어머니. 상심 마세요. 제가 편이 되어 드릴게요."

"아서라. 편이 되고 말고가 뭐 있겠니. 가족끼리. 넌 네 할 일이나 잘해."

"얼굴도 목소리도 고우신데 연예인이나 가수를 할 생각은 없으셨어요?"

"입에 발린 말은 관둬라. 배우라는 게 그것밖에 못해서 어째?"

어머니가 비로소 눈가의 주름이 접히도록 미소 지었다. 원숙한 삶의 깊이를 고스란히 드러내는 눈매였다. 그는 빈 잔을 내게 건네고, 손에 낀 반지를 가다듬은 후 문가로 걸어갔다. 떠나시려는 것이었다. 당신이 멀어질 게 아쉬웠다.

"기사를 시켜 마중해 드릴게요."

난 어머니를 따라 나섰다. 당신이 어떤 자세로 걷는지, 얼마나 품위 있는 손짓으로 차 문을 여닫고 방향을 지시하는지 보고 싶었다.

"아니다. 근처 시장에 들를 일이 있어. 그이의 간식거리를 좀 구하려고. 나 혼자 가마."

명색이 재벌가 회장의 사모님이지만 백화점이 아닌 시장을 언급하는 어머니가 좋았다. 하지만 저렇게 고급스러운 옷을 챙겨 입고, 반지를 주렁주렁 낀 채 정말 시장에 가시려는 걸까. 소매치기의 표적이 되지는 않을까. 내게 정말 진실만을 말하신 걸까. 어머니가 홀로 떠나신다는 데에 묘한 불안감이 엄습했다. 이상한 기분이었다. 내가 이 집안의 족보에 오른 이상 당신과 멀어질 일도 없는데. 어머니는 이미 마음을 정한 듯 빠르게 준비를 마쳤다. 그러던 중 고개를 돌려 집 안에 달린 CCTV를 바라보았다. 어머니의 눈이 날카롭게 빛났다. 엄숙한 표정 뒤로 무언가를 골똘히 생각하시더니, 이렇게 물었다.

"행복한 거 맞니?"

나는 웃는 낯으로 굳었다. 당신은 하얀 거짓말을 하면서 나를 꿰뚫는다. 아무것도 숨길 수가 없다. 정작 난 당신의 마음은 전혀 모르는데. 무슨 뜻일까. 날 그토록 봐 주고 계셨나요? 하지만 제게도 들키고 싶지 않은 마음이 있답니다. 심장이 쿵쾅거렸다. 가까스로 어머니가 의심하시기 전 "아무렴요." 하고 대답했다. '아무렴요, 어머니. 제가 얼마나 행복한지 보여 드릴게요.' 내가 말하고 싶은 건 정확히 이 문장이었다. 하지만 대사를 절었다. 어머니의 지적이 맞았다. 배우였던 주제에 이런 연기가 서툴다니. 은퇴 후에 너무 쉰 탓이었다. 어머니는 구체적인 대답을 기대했던 건 아니었는지 휙 몸을 돌려 바깥으로 나갔다. 난 문간까지 따라나섰다. 당신이 차에 타는 뒷모습을 낱낱이 기억에 새긴 후 집으로 돌아왔다. 입술이 아팠다.

소파에 털썩 주저앉아 미뤘던 일정을 죄다 취소했다. 머리가 울렸다. 다른 스케줄을 소화할 수 없는 상태였다. 긴장한 탓에 어지럽고 속이 메슥거렸다. 얼얼한 두통이 찾아왔다. 이놈의 고통은 가시지도 않는다. 마치 상사병에 걸린 것만 같다. 천장에 달린 카메라와 눈이 마주쳤다. 어머니도 저걸 눈치채셨다. 징그러운 철중의 눈동자들이 관음하는 에덴을……. 난 무엇을 열망하는지 저 비정상적으로 확대된 눈동자들 앞에서는 고백할 수 없었다. 그러니 절 데려가세요, 어머니. 절 여기 남겨 두지 말고. 저만은 당신을 배신하지 않겠다고 맹세할게요, 어머님의 새아가를 데려가세요.

난 소파에 몸을 푹 파묻었다. 쉬고 싶었다. 한숨 자고 나면 속이 덜 어지럽겠지. 가물거리는 정신 속에서 어머니의 당부가 떠올랐다. 고용인들을 줄여야 한다. 사치하지 않도록 검소한 살림을 꾸리자. 어머님 마음에 들고 싶다. 집안 구석구석 번뜩이는 검은 렌즈들 대신에 말이다. 뱀의 목구멍으로 그것들을 전부 삼키는 상상을 한다. 뱀은 어머니의 얼굴이었다. 어머니, 이 저택에서 당신 외엔 전부 거짓이에요.

§

내가 처음 발견한 건 널 닮은 너의 그림자였다.

두 번째론 네 목덜미였다.

수련과 장미의 정원. 곳곳을 지키는 크고 작은 조각들. 시커먼 카메라들. 철중의 에덴에 버드나무 가지들이 길게 늘어져 불길한 그림자를 드리우면 네가 찾아온다. 넌 날 버리지 않았다. 난 환희에 찬다. 하지만 순수하게 기뻐할 순 없다. 내 마음을 그대로 고백한다면 넌 다시 날 떠날 거다. 그림자들이 살아 있는 뱀처럼 꿈틀댄다. 메두사의 머리카락 같다. 그것들과 눈이 마주치면 돌로 변할지도. 아직 한낮인데 눈이 침침했다. 눈부신 빛이 동공을 찔렀다. 눈을 찌푸렸다 다시 뜨자 구석에 당신이 있다. 영현. 넌 밀회 장소에서 날 기다렸다. 지상으로 올라온 영현. 난 그의 푸른 뱀을 노려보며 묻는다.

"사랑에 미치는 건 죄가 아니잖아. 만약 내가 널 부수었다가 다시 구한다면, 아니 네가 날 부쉈다가 다시 구해 준다면 우린 영원히 사랑할 수 있을 텐데."

영현은, 용의주도한 얼굴로 고개를 끄덕인다. 검은 바지에 한쪽 손을 찌르고, 날개뼈가 도드라지는 셔츠를 입고서. 경비나 보안 시스템에 걸리지도 않고 저택에 침투했다. 넌 이미 카메라의 사각지대를 파악했다. 그는 감독이고 전문가니까. 그가 말한다.

"우릴 연결하는 건 결혼이 아닌 죽음. 오직 죽음뿐이지."

영현은 〈사의 찬미〉 속 대사를 읊곤 만족스럽게 웃는다. 그리고 남편 대신 내 허리를 쓰다듬는다. 남편이 집을 비우면 네가 찾아온다. 난 여전히 네 손길을 기대한다. 때론 그 마음이 끔찍해 두 손을 잘라 버리고 싶을 때도 있었다. 하지만 넌 여전히 내 영혼의 깊은 곳을 차지한다. 갑자기 화가 치민다. 넌 나의 결혼을 내버려 두었으면서 이제 와 〈사의 찬미〉에 그런 대사를 적었다. 우린 죽음으로만 연결된다……. 결혼은 무엇도 구원해 주지 못한다……. 그건 절대로 영원이 아니다. 안다. 알고 있다. 그러니 넌 내가 주연을 맡아 그 대사들을 뱉길 바랐지. 네가 밉다. 정말로 미웠다.

난 영현의 등을 확 밀어 버리고 문을 콱 닫았다. 네가 날 다시 붙잡는다면 죽여 버릴 거야, 그렇게 말하자 문이 슬그머니 움직인다. 그 사이로 영현은 오직 하얗고 기다란 자신의 손가락을 뻗는다. 문을 여닫아 손가락이 문드러질 때까지 짓이기고 싶다는 생각에 휩싸인다. 그러나 영현은 아랑곳 않고 오직 검지손가락을 내 쪽으로 향한 채 침묵한다. 그는 내가 무엇을 원하는지 안다. 속마음을 고발하는 네 손가락에 결국 난 그 끝에 연거푸 키스하고 만다. 문밖에서 손만 뻗은 영현이 내 뺨을 쓰다듬는다. 손톱 사이에서 흙냄새가 풍긴다. 내가 가장 아름답다고 여겼던 너의 손가락. 난 영현의 검지를 입 속에 넣고 삼킨다. 날카로운 가시처럼 영현의 손톱이 목구멍을 긁었고 아릿한 독성이 느껴졌다. 영현은 모든 걸 기억한다. 자신이 날 배신한 일, 내가 끝까지 네게 애정을 바친 일, 너에게만은 내 밑바닥을 전부 고백했었다는 말까지. 이제 와 네가 속죄하려는 건 아닐 테지. 곧게 뻗은 손가락은 처연한 광기 그 자체다. 나와는 달리 현장 일을 하며 부르튼 마디들이 거슬린다. 이빨에 힘을 주면 네 손가락을 자를 수 있을지도. 그거라도 삼켜 내 속에 널 가둘까. 넌 단지 내 입천장을 어루만진다. 그 손길에 영원히 벗어날 수 없는 건 내 쪽임을 직감한다. 영현은 작품에 관해선 놀랍도록 집요했다. 뱀이 등장하는 장면을 위해 내게서 뱀 잡는 법을 직접 배울 정도였다. 너도 나처럼 징그러운 것들의 살갗을 벗기고 독을 뽑을 줄 안다는 게 좋았다. 작고 미끈거리는 혀를 손가락에 두르다 서로의 귓불을 핥던 시절은 분명 너도 나처럼 미쳤다는 대답이었다. 넌 내가 더욱 극적이길 바란다. 언젠가 이 체제를 전복하고 에덴에 너와 나만 남길 바란다. 뱀이 원한 건 이브뿐, 오직 이브뿐이었다. 네 요구 앞에서 나의 자아는 종말을 맞는다. 그때였다. 다시 흙냄새가 불고 내 눈앞엔 철중의 지하 창고가 있다. 난 그 내부의 조각들을 떠올렸다. 철중의 아내들이, 그에게 사랑받으려다 박제된 아내들이 아래에 즐비했다. 영현이 내 목덜미를 쓰다듬었다. 그리고 이렇게 비웃었다.

"못 본 새 많이 지루해졌네."

"……"

"네겐 아내보다 어머니보다 배우라는 역할이 어울려. 넌 아직도 자의식에 갇혀 있어. 역할을 입어. 오직 나의 주연으로만 살란 말이야."

넌 날 화나게 만든다. 네 말에 난 2층으로 올라가 앰플을 얼굴에 펴 발랐다. 분노를 가라앉히고 싶었다. 그건 감독으로서의 디렉팅일까. 그럴지도 모른다. 오기가 생겼다. 이건 배우의 감정을 최적으로 끌어올리기 위한 디렉팅이었다. 차가운 액체가 얼굴을 뒤덮자 차분해졌다. 침착하자. 영현은 항상 인물들을 끝까지 몰아가길 좋아했다. 자의식을 내려놓으란 말이지. 네가 원하는 건 그것이구나. 남편에겐 이 일을 절대로 알리지 않을 것이다. 나는 다시 아래로 내려갔다. 철중은 정원까지 카메라를 설치하진 못했다. 저 멀리 지하 창고로 가는 길목의 그늘 속 영현이 숨어 있다는 사실은 절대 모를 것이다. 영현은 흑백 영화의 한 장면처럼, 음성도 입혀지지 않은 무성 영화처럼 날 바라본다. 난 네 동작, 눈빛, 손짓을 통해 너의 뜻을 알아듣는다. 영현은 세계적인 감독이다. 그는 영화 속 요소뿐 아니라 배우를 다룰 줄 안다. 모든 극은 다른 욕망을 가진 두 사람이 충돌하며 일상을 파괴하는 일로부터 시작한다. 영현은 내가 아직도 극에 어울리는 서사를 가진 인물인지 알고 싶어 한다. 그걸 증명하는 건 외로운 일이다. 배우는 언제나 수많은 카메라 앞에 혼자 서야 하기 때문이다. 창백한 영현의 피부 위로 보랏빛 뱀이 떠올랐다. 그 너머로, 유실수를 다듬는 중인 정원사가 보였다. 나의 상대역이다. 그는 사다리를 타고 나무 위에 무언가를 매달려고 시도한다. 자세히 보니 소형 카메라였다. 철중의 지시를 받은 모양이었다. 그는 주인공에게 시련을 주는 조연이다. 영현이 그렇게 설정했다. 원하는 걸 들어주고 싶다. 영현이 캐스팅에 만족하도록 하고 싶다. 나의 맹세를 증명하고 싶다. 원하는 걸 얻으려 모든 걸 내던지는, 그로 인해 파괴되더라도 끝까지 욕망을 향해 나아가는 주인공이라는 걸 보여 주고 싶다. 영현이 그를 가리킨다. 난 모든 선택을 영현에게 바치기로 했다. 내가 하는 대사, 감정, 행위는 감독에게 책임이 있다. 난 그저 사실적으로 역할한다.

부엌엔 누군가 마시다 남긴 술병이 있었다. 이미 3분의 2 정도가 비워진 병이었다. 위스키인지 와인인지 라벨은 중요하지 않았다. 난 그걸 한 방울도 남기지 않고 들이켰다. 매캐한 알코올의 향이 온 몸에 퍼지도록 숨을 쉬었다. 알코올이 식도를 타고 넘자 전신에 열이 올랐다. 그대로 빈 술병을 들고 정원사에게로 향했다. 그는 카메라를 설치하는 데에 정신이 팔려 날 발견하지 못했다. 내가 사다리에 술병을 부딪히자, 그제서야 무심한 얼굴로 아래를 내려다보았다. 난 소매로 눈가를 마구 문질렀다. 오른쪽 새도가 번졌다. 적당히 음울하고 처연할 정도로만. 난 그를 올려다보며 최대한 입을 끌어당겨 웃었다. 그의 주머니에 여분의 카메라가 하나 보였다. 난 높은 목소리로 그에게 물었다.

"내가 불쌍해 보여?"

"……"

정원사는 눈살을 찌푸렸다. 섣불리 대답하려 들지 않았다. 대신 내게 물러서라 말하곤 사다리에서 내려왔다. 그는 철

중의 눈이다. 그걸 설치하는 사람이다. 어쩌면, 그도 남편처럼
날 염탐하는지도 모른다. 관음하고 도촬하는 범죄자들은 끼
리끼리 어울리니까. 하지만 만약 그 자신들이 카메라 바깥에
서 드라마 가운데로 끌려온다면 어떨까? 그가 무엇을 드러낼
지 궁금하다. 상대역과 형성된 관계는 서로에게 충동을 일으
킨다. 난 손톱을 깨물며 애처로운 미소를 유지했다. 불안증 환
자처럼 보였을 것이다. 어깨를 움찔거리다 울상을 짓다가, 다
시 입꼬리를 비죽이며 얼굴을 부산하게 움직이자 정원사는 고
심 끝에 천천히 고개를 저었다. 내가 원하는 답은 아니었다.

"그렇다면 다행이네."

난 눈을 내렸다. 정원사는 내가 본론을 꺼내길 기다리며
잠자코 있었다. 정원의 카메라는 총 두 대였다. 저택 내부의 기
종들만큼 자세하게 찍을 수는 없었다. 소리도 녹화되지 않겠
지. 난 그가 분수도 모르고 어린 여자들에게 사랑받길 바라는
단순한 남자이길 빌었다. 철중처럼. 그의 아버지처럼. 내 아버
지처럼. 철중에게 신뢰를 얻는 남자라면 크게 벗어나는 유형
은 아닐 것이다. 난 비틀거리며 그에게 몸을 밀착했다. 그가 피
하지 않았다. 좋은 신호였다. 난 그에게만 들릴 목소리로 속삭
였다.

"살려줘……."

내 목숨을 쥐고 흔들 수 있는, 구원자가 될 수 있는 거대
한 권력의 위치에 그를 초대한다. 영현은 내 연기가 녹슬길 바

214

라지 않는다. 영현에게 사랑받고 싶다. 그가 여전히 날 최고의
명배우로 생각하길 바란다. 오래전. 당신이 〈사의 찬미〉 초고
를 내게 보내었을 때, 단숨에 내가 그 원고를 읽어 내렸을 때.
이미 우린 세상에 둘도 없는 걸작을 만들 운명으로 얽혔으니
까. 난 남편과 이 남자의 당위를 동시에 죽이고 싶다. 영현이
원하는 건 배우들이 끝내 죽음을 찬미하는 경지까지 치닫는
것이다. 난 정원사가 도망치지 못하도록 옷깃을 부여잡은 후
물었다.

　"철중의 전 부인들은 어떻게 되었지."

　"돌아가셨죠. 전부 다."

　정원사는 코웃음을 쳤다. 난 술병을 꽉 쥐었다. 당장 그의
머리를 내리칠 수도 있었으나 그건 내가 원하는 결말이 아니
었다. 난 손을 뻗어 그의 뒷덜미를 쓰다듬었다. 지금부터는 심
금을 울리는 호소력이 필요했다. 메소드 연기, 역할에 몰입하
자. 자의식은 버리고 오직 역할과 물아일체가 되자. 난 내 손가
락을 그의 지저분한 머리카락 속에 얽었다.

　"자살이었어?"

　"……한 분은 강물에 뛰어들었고, 한 분은 약을 드셨죠."

　"시체는."

　"사장님이 발견하셨죠."

　"이 정원은 사람 하나 묻어도 모를 만큼 넓어."

　"세간에 알려져서 좋을 일들은 아니었으니 밝혀진 바는

없습니다. 사람들에겐 누구나 숨기고 싶은 비밀이 있는 법이죠."

"한 명은 배꼽 옆에 점이 있고, 한 명은 갈비뼈 근처에 흉이 있고, 마지막으론 목덜미에 쓸린 상처가 있었구나."

"마지막 분만 예외입니다. 목덜미에 상처가 있는 분은 사장님의 아내 중엔 없었죠. 목 매달아 죽지 않고서야 그런 상처가 생기긴 어렵지 않겠습니까?"

내가 남편 하나는 잘 선택한 모양이다. 상대역이 심심하면 그만큼 주역의 연기도 빛을 잃는 법이니까. 우리의 텐션은 만족스럽다. 난 술병으로 그의 아래부터 배꼽, 가슴을 지나 턱까지 죽 쓸어 올렸다. 그는 움직이지 않았다. 난 다시 질문했다.

"난 어때. 그의 마음에 드는 작품일까?"

"글쎄요. 반점 얘기는 종종 하시더군요."

난 카메라의 위치를 재확인했다. 지금쯤이면 진료가 끝났을까? 원장실 의자에 앉아 나를 찾을까? 이 장면을 관람할까? 내리쬐는 햇살도, 바람도, 꽤나 좋은 장면을 연출할 것이었다. 철중에게 전화가 온다면 받지 않겠다. 영화가 끝나기 전 휴대폰이 울리는 건 예의가 아니다. 철중은 좋은 관객일 것이다. 결혼 전부터도 열렬한 나의 팬이었으니. 난 정원사에게 침을 뱉었다.

"남편이 언제 날 죽이고 싶어질까?"

내 대표작은 B급 멜로였지만, 이제 난 그런 영화에 출연하지 않는다. 내가 선택하고 싶은 건 오직 영현의 작품이다. 이건 영현의 장르, 영현의 방식대로 흘러가는 스토리다. 정원사가 대답하기 전, 난 내가 침을 뱉은 자리를 입술로 다시 머금었다. 정원사는 거부하지 않았다. 반쯤 뜬 희멀건 한 눈으로 날 바라보다가 허리를 쥐기만 했다. 영현은 예술로 날 구하려 한다. 이건 그에 복속하는 장면이다.

허벅지로 그의 살을 스칠 때 남편보단 괜찮다는 생각이 들었다. 빈 병이 바닥에 굴러 떨어졌다. 유약한 의사의 육체보단 햇볕에 그을린 단단한 몸이 나았다. 난 먹이를 질식시키는 독사처럼 그에게 엉겨 들었다. 그가 신음하는 동안 외투 주머니에서 카메라를 빼돌렸다. 내 정신은 어느 때보다 맑았다. 영현이 쓴 대사 전부를 되새길 만큼. 영현 덕분이다. 나의 감독 덕분이었다. 이 정도면 영현에게 날 증명했을까? 뒤돌았을 때 영현은 이미 떠나고 없었다. 그는 언제나 흔적도, 기약도 없이 사라진다. 남겨진 나의 감정만이 폭주하는 침묵의 자리를 남기고. 휑한 빈 그늘에 갑자기 가슴 속이 텅 비었다.

머리가 아팠다. 깨질 듯한 두통에 가정부에게 두통약을 사 오라고 소리 질렀다. 약봉지 안엔 임신 테스트기 두 개가 덤으로 들어 있었다. 누가 이런 걸 시켰지? 아이를 낳겠다고 한 적은 없었는데.

§

철중이 집으로 돌아왔다. 그는 모든 영상을 보았다.

난 원하는 걸 이루었다.

장식장에 금이 가고 아끼던 향수병이 몇 개 깨졌다. 이 정도면 싸게 먹혔다. 철중은 나에게 유책 배우자라고 소리 질렀다. 그러나 내가 이혼할 테면 해 보라고 대들자 절대 날 놔주지 않겠다고 악을 썼다. 뒤에서 자꾸 무언가 와장창 깨지는 소리가 연이었다. 협탁 위에 올렸던 화병도 산산조각 났다. 페르시안 러그 위로 꽃병 속 물이 번졌다.

"꽃뱀 같은 년. 처음부터 그걸 노렸지? 웃기지 마. 세상이 끝날 때까지 네게 고통을 줄 테니. 널 놓아주지 않을 거야. 위자료 따윈 꿈도 꾸지 마. 앞으로 여긴 지옥이 될 거야."

당신이야말로 아내들의 보험금은 쏠쏠했어? 난 철중의 선고가 오히려 마음에 들었다. 철중에겐 에덴보다 지옥의 파수꾼이 어울리기 때문이다. 나도 마찬가지다. 순진한 천사보단 천벌을 받고 타락하는 쪽이 어울린다. 철중은 확실히 나의 아버지를 닮았다. 기억도 가물거리는 나의 아버지. 그는 술을 즐겼고 종종 집에 올 때 예쁜 머리띠와 핀을 사오셨다. 손님들이 오시면 내게 술잔을 들고 맞이하라 했고, 손님들이 귀엽다고 하면 자랑을 늘어놓았다. 주말에는 함께 산을 쏘다녔다. 또…… 생사탕을 지으려 사육하는 뱀 우리를 청소하는 걸 내 몫으로 두었다. 뱀의 아가리를 벌려 시험관에 대고 누르면 누런 독이 뚝뚝 떨어진다는 것과 손톱에 낀 흙에서는 어떤 냄새가 올라오는지를 아버지에게 배웠다. 뱀들이 벗은 허물은 나의 장난감이었다. 난 그것들을 뭉쳐 인형의 드레스를 꾸몄다. 그에겐 배울 점이 참 많았다. 아, 하지만 그는 내 어머니를 자주 때렸다. 그러고 보니 이런 점도 비슷하네. 그는 부리기 쉬운 여자는 예뻐했지만 그렇지 않은 여자는 증오했다. 철중이 행패를 부리는 방식은 내 아버지와 똑같다. 딸들은 아버지를 오마주한 배우자를 고른다더니. 창문이 흔들렸다. 쾅, 쾅쾅. 세상이 진동하는 소리가 비명 같다. 난 이 장면이 익숙했다. 참, 이 장면에서 빠진 사람이 있다.

어머니. 어머니는 날 미워했다. 왜였을까. 아버지가 날 더 사랑해서? 아버지가 그러길 종용해서? 아버지가 잘 대해 준 날은 반대로 어머니가 못살게 굴었다. 철중이 날뛸수록 유리창도 크게 울렸다. 정말 안팎으로 시끄럽네. 철중은 집안의 모든 남자 고용인들을 해고하기로 했다. 물론 그 정원사도 포함이었다. 실직뿐이었으면 다행이지. 그가 어디선가 시체로 발견되지 않길 빈다. 철중의 집안은 돈보다 목숨 값을 하찮게 여기니까. 철중은 사람들에게 해고를 통보한 후 내 머리채를 잡았다.

어머니에게 이 집을 보여 드리고 싶다. 아, 나의 시어머니 말이다. 그분 말씀대로 인력을 줄이는 데 성공했다. 이제 이 집은 여자들만 남는다. 헤프지 않게 경영할 테다. 이 정도면 아버지의 며느리가 아닌, 어머니의 며느리로 불릴 만할까? 당신도 모든 꼴을 감당하려 이 집안을 선택했나?

어머니가 보고 싶다.

철중이 골프채까지 휘둘러서 머리가 아팠다. 그는 정확히 얼굴은 제외하고 휘두른다. 두통이 심하다. 영현은 이 장면까지 계획했을까? 그는 자주 강렬함에 중독된다. 작품만 훌륭하다면 때로 배우의 고충을 넘긴다. 영현은 이미 결말까지 설계했겠지. 나는 부여받은 각본에 최선을 다해 연기할 수밖에 없다. 호흡을 맞추는 내가 숙련자이니 철중 같은 머저리도 훌륭한 방향으로 폭발해 준다. 난 지금쯤 영현이 〈사의 찬미〉를 배경 음악으로 삽입하리라 확신한다. 화면은 딥 포커스, 아니면 롱 쇼트. 클로즈 업은 사양이다.

"일어나."

철중이 어깨를 쥐고 흔드는 통에 비몽사몽 눈을 떴다. 흐린 시야 사이로 비치는 그의 늙은 얼굴은 정말로 내 아버지를 닮았다! 미간 사이에 주름을 가득 잡고 상대가 절 달래 주기 전까지 성질을 부리는 모습이 똑같다. 난 일부러 시간을 끌며 일어났다. 그는 씩씩대다가 날 침대로 끌고 가 눕혔다. 내 얼굴에 독사 앰플을 발랐다. 멍 든 피부 위에 모조리 그걸 문질렀다. 그러면서 미친 듯이 중얼거렸다.

"배신하지 마. 떠나지 마. 내가 당신의 사랑이 아니라고 하면 죽여 버리겠어."

난 대답하지 않았다. 대답할 가치도 없었다. 배신이란 건

애초에 신뢰가 있어야 가능한 것이다. 사랑이 있었어야 가능하다. 난 너의 무엇도 아냐. 오직 영현의 배우일 뿐.

쾅, 콰앙. 갑작스레 들린 굉음에 화들짝 놀라 몸을 떨었다. 소리가 들린 쪽을 바라보니 아직도 바람에 심하게 흔들리는 창문이 보였다. 그 너머는 어두웠다. 나무들은 음산한 소릴 내며 요동쳤다. 세찬 바람에 굴곡진 가지가 반복적으로 유리에 부딪히며 쿵 흔들릴 때마다 몸서리쳤다. 나는 철중의 옷을 틀어쥐었다. 바깥이 어두워지면 유리에는 나의 얼굴이 비쳤다. 핏기가 가셔 허연 얼굴이 떠올랐다. 석고상처럼 창백한 안색에 기시감이 찾아왔다. 언젠가 이 장면을 본 적 있다. 누구였지? ……누구의 얼굴이었지. 외풍이 너무 차갑다.

손이 심하게 저렸다. 증상은 가슴을 지나 다리까지 번졌다.

S#06
논다이어제틱 사운드 Nondiegetic Sound

세상의 것은 너에게 허무니

너 죽은 후는 모두 다 없도다

— 윤심덕, 〈사의 찬미〉에서

하나, 둘, 셋, 넷…… 끝도 없는 렌즈들을 센다. 카메라는 스무 대로 늘었다.

벨소리가 울린다. 나는 진절머리를 내며 휴대폰 액정을 본다. 철중은 정각마다 전화를 건다. 한 시간 단위로 스케줄이 비지 않도록 지시를 내린다. 내가 다른 데에 여지를 두지 않도록, 한눈을 팔 여력도 없게. 사소하고 성가신 습관까지도 모두 그가 관리한다. 이제 철중은 남편이라기보단 잔소리하는 노망난 남자다. 예술가의 마음에 어떤 자유가 도사리는지도 모르는 구식 남정네. 난 어떻게 하면 철중의 구속에서 벗어날지 궁리한다. 철중의 심리를 분석한다. 철중이 아내를 구속하려 드는 건, 결국 제 아버지에게 심적으로 얽혀 있기 때문이다. 자신의 콤플렉스에 고착되면 그걸 해소할 때까진 인생 내내 패턴을 반복한다. 철중이 집요하게 모든 걸 통제하려 들다 결국 부인들을 죽이게 된 데에는 분명 아버지로부터 오는 열등감 이 자리를 차지할 터다. 친아버지든, 양아버지든. 거대한 권력을 가진 아비와 힘겨루기를 하는 동안 어머니만 죽었다. 아직도 늙은 아버지 앞에서 떠는 철중은 평생 그를 넘을 수 없다. 그에게 인정받을 때에야 철중은 안전해지겠지만 아마 이번 생에선 불가능하다. 그의 아버지는 나르시시스트고 그의 기준에 부합하지 않는 아들은 평생 예외일 테니. 아니, 사실 그가 아버지라 부르는 회장은 친부가 아니다. 그의 어머니가 그걸 고하고 죽었다. 그러니까 철중은 가짜 아버지 덕분에 평생을 고통받는 셈이다. 동정심은 들지 않는다.

철중은 부모 대신 이 저택과 나에게, 아내들에게 통제감을 시험하니까. 그에겐 나의 껍질과 육체만이 현실이고 내 속에 도사린 내면 따위는 비현실이다.

스크린으로만 탐미하던 환상 속 대상, 멋대로 물성화해 욕보일 수 있던 나를 손아귀에 쥐었을 때 얼마나 희열을 느꼈을까. 열 살은 더 어려 경제적으로도, 사회적으로도 부족할 수밖에 없는 날 가진다는 건 그에게 전능감을 준다. 마치 아버지의 위치에 도달한 듯한 고양감을 말이다. 그러니 제대로 발기하지 못한 몸과 제멋대로 구는 아내는 얼마나 큰 좌절일까. 철중은 여자들을 시험했다. 금기를 지정하고 그걸 어기면 차례차례 살해했다. 제 명령을 어기면 벌받아 마땅한 여자라고 폄

하한다. 그렇게 빌미를 찾고 여자들을 죽여 어머니로부터 버려진 외상을 복구하려 든다. 실상 그는 타인들에게 심리적으로 종속되었다. 제 스스로는 아무것도 극복하지 못하는 셈이다.

우스운 건 세 명의 여자들 모두 그를 배신했고, 이제 나도 그러길 바란다는 점이다.

난 그의 네 번째 아내다. 가임기 여성이고, 그의 마지막 소원인 대를 이을 아이 낳기가 가능한 희망이다. 유일하게 그 이유 때문에 아직 그는 나를 **관리**한다는 명목으로 잡아 둔다. 아들이라도 낳는다면 이 집안에서 그의 위치가 역전될 테니까. 그는 여러 번 남편이 되는 동안에도 아버지 되기에는 실패했다. 그건 스스로의 괴팍한 성격과 생물학적 결함 때문임에도 아내들을 탓하며 성깔을 부렸다. 이상하게도, 철중은 내가 살아 있는 동물처럼 굴 땐 음경을 세우지 못했다. 딱 한 번, 내가 폭력에 지쳐 축 늘어져 있을 때 멋대로 날 다루다가 성공한 적 있다. 내 아래는 제대로 젖지도 못했지만 그는 삽입했다. 건조하고 무감한 침투였다.

즐비한 석고상. 시체 같은 흰 몸들. 철중의 심연에 왜 그런 창백한 것들이 즐비한지 안다. 그가 무엇에만 흥분하는지도. 욕망이 죄다 빠져나간 허물들에만 철중은 흥분한다. 극도로 안전하고, 자의로는 철중을 버리지 못하는 토르소들. 그걸 철중 자신만 모른다.

아침부터 다섯 번째 전화를 받았다. 심각한 철중의 병증을 어째야 할까.

여자들만 남은 저택에서 고민에 빠진다. 바깥에 나가려고 하면 가정부들이 앞을 막아선다. 철중의 지시대로 나의 외출을 방해한다. 난 코웃음을 쳤다. 여자들만 남기면 안전하다고 생각하는 걸까? 철중의 지시에 순종하는 그들이 아니꼽다. 철중은 날 소유하고 싶어 하지만 꾸준히 실패할 것이다. 나에 대해 진정으로 아는 게 하나도 없으면서 어떻게 날 가진단 말인가.

난 요리사에게 카프레제를 주문한다. 선반을 뒤져 와인 한 병을 꺼냈다. 그걸 옆구리에 끼우고 영현의 대본과 접시를 들었다. 코르크 마개를 딸 맥가이버 칼도 하나 챙겼다. 현관으로 나서자 하녀가 따라왔다.

"정원에 있을 거야. 감시는 필요 없어."

"사모님, 만약 사장님 말을 어기시면 사달이 날 거예요."

"알아. 잔소리 그만해. 어차피 그이는 내가 어디 있든 카메라로 보고 있잖아. 괜한 짓을 하면 알아서 연락이 올 테니 내버려 둬."

내가 정원 깊숙이 발을 옮기는 동안 하녀는 현관에 서서 날 지켜보았다. 다들 이 저택을 닮아 가는 모양이었다. 하지만 오늘은 이곳에서 일하는 고용인들을 정말로 곤란하게 할 생각은 없었다. 그저 대본을 읽으며 술과 간식을 먹고 싶었을 뿐이다. 그리고 영현을 만나고 싶었다. 그날, 정원사가 해고되는 계기가 생긴 날. 카메라와 함께 카드키도 농막에 숨겨 두었다. 난 비어 버린 농막으로 들어갔다. 안은 깨끗이 정리되어 있었다. 아직 후임자를 정하지 못한 탓이었다. '영훈'이라는 이름이 적힌 명찰만 덩그러니 바닥에 놓였다. 콧노래를 부르며 그걸 발로 찼다. 날아간 명찰은 작은 서랍에 부딪혔다. 난 그걸 사선으로 기울였다. 서랍장 아래 끼워 두었던 카드키를 꺼냈다. 정사 중일 때 이걸 훔치는 건 간단했다. 어차피 삽입으론 그다지 느끼지 않으니까. 후련한 마음으로 그걸 가지고 창고로 이동했다. 이제 문 여는 법쯤은 익숙했다. 정원엔 철중의 카메라가 적다.

느티나무 뒤에서 기다리던 사람이 보였다. 영현이었다.

영현과 술을 마실 거다. 칼이 품속에서 덜그럭거렸다. 그걸 영현에게 알리지 않은 채 만난다. 한때 내 곁에 없는 널 죽은 셈 친 적이 있다. 그러나 지금 넌 내 곁에 부활해 이토록 아름다운 눈동자로 날 응시한다. 하지만 네가 다시 날 배반하려는 날이 온다면…… 품속 칼을 쓸지도 모른다. 널 영원히 조각낼지도 모른다. 이 비극이 왜 시작되었더라? 기억나지 않는다. 망각된 근원을 곱씹으며 영현과 함께 지하 창고로 향했다. 적어도 난 내 욕망을 자각하고 있다. 그러니 철중보단 낫지 않을까?

안으로 들어가자 하얗게 빛나는 조각상들이 우릴 맞이했다. 이곳만은 유일하게 철중이 카메라를 설치하지 않았다. 누구에게도 들키기 싫은 경관이겠지. 덕분에 이곳은 영현과 나의 밀회 장소로 제격이었다. 우린 아래로 아래로 내려갔다. 희미한 조명 아래 서면 이곳은 리허설 전의 극장 같았다. 첫 번째 신이 끝났으니, 본격적으로 다음 극을 만들어 볼까. 모니터링을 위해 정원사로부터 훔친 카메라도 설치했다. 영현은 전문가니까, 내가 기계를 만지는 걸 도와주었다. 철중만 시선의 권한을 가지는 게 아니었다. 이걸 조작할 권리는 내게도 있다. 어둠 속에서 카메라를 만지는 건 쉽지 않았지만, 손바닥이 미끄러질 때마다 영현이 나의 손목을 쥐었다. 우린 함께 카메라를 설치하는 데 성공했다.

준비는 끝났다.

영현이 천천히 지문을 읽는다. 두 여자가 마주 본다. 구슬픈 노래가 흐르면 둘은 먹이를 감싸는 뱀처럼 서로를 안는다. 기다란 팔이 엉긴다. 눈빛, 여기서부턴 눈빛이 중요하다. 주인공은 상대방의 목을 쓰다듬으며 당신이 차갑다고 읊조린다. 진실을 알려 주려는 뱀의 눈. 그런 눈동자가 필요하다. 나는 영현을 바라본다. 등골이 오싹하다. 신경의 말미마다 영현의 흔적, 그가 내게 요구하는 감각이 솟구친다. 영현에게 다가간다. 영현은 나의 상대역이다. 영현은 차갑다. 나는 영현의 허리를 끌어안고 금단의 과실처럼 깨문다. 뱀이 물고 싶었던 건 이브. 그러나 이브가 아둔한 순진성에서 벗어나 뱀을 직시할 때 물고 싶었겠지. 얼마나 좋았으면 아담에게까지 선악과를 권했을까. 품속에서 칼날이 덜그럭거린다. 그게 당신의 쇄골과 부딪혔다. 아, 나는 우리가 예전으로 돌아간 것처럼 느낀다. 이 장면이 오래도록 끝나지 않기를. 영현의 허리를 들추고 배꼽과 갈비뼈에 입을 맞춘다. 그곳엔 점과 상처가 있다. 예전에 내가 냈던 생채기다. 그는 내 손길을 받아들인다. 영현의 살에 입술을 댄 채 대사를 외운다. 모든 구절은 이미 머릿속에 들어와 있다. 목소리를 내면 숨이 영현에게로 가 닿는다. 영현의 살을 손톱으로 살며시 긁는다. 몰입감은 깊어진다. 내가 영현의 아래로 손을 뻗는다. 영현은 내가 제모하길 원치 않았다. 있는 그대로 얽히고설킨 체모의 자연성을 사랑했다. 그날의 영현처럼 이젠 내가 이 여자를 만지길 원한다. 헤아릴 수 없이 많은 걸 숨겨 둔 내밀한 속살을 누르면 이제 우리 외엔 누구도 생각나지 않는다. 역할에 몰입한다. 어째서 영현이 조형하는 인물은 이토록 날 새롭게 태어나게 하는지. 영현의 솜씨는 놀랍다. 그 표정이 날카로울수록 온몸으로 그를 끌어안는다. 가슴이 시리다. 하지만 이건 연기니까, 거짓이니까 괜찮다. 예술적 허용 속에서 난 무엇이든 한다. 어떤 방식으로든 너를 사랑한다. 감정이 고조되어 몸을 가눌 수 없을 정도였다. 지극한 떨림이 찾아온다……. 그래, 영현만이 내게 절정을 선사했었다. 남자들은 줄 수 없던 극도의 환희, 극적인 죽음. 날 죽일 수 있는 유일한 사람이 영현이다. 난 오직 당신 앞에서만 몸부림치고, 희열하고, 기뻐한다. 죽음 같은 오르가즘 속에서 영생하는 너는 독의 향을 둘러도 아름답다. 내게 찬미할 만한 더 많은 죽음을 줘. 영현을 사랑한다. 이 몸을 기억한다. 그에게 얼마나 많은 곡선이 존재하는지, 춤을 추듯 움직이다 불협화음처럼 흔들리는 몸짓이 얼마나 사랑스러웠는지 기억한다. 우린 연인으로 다시 태어날 운명이다. 난 영현의 척추를 더듬고 가슴에 입을 맞춘다. 지옥 끝엔 당신이 있어 줘. 그렇다면 그곳까지 기어가겠다. 인식이 확장되고 깨어질 때의 처절한 고통 속에서도 당신만은 사랑의 결정으로 찬란하겠지. 얼마나 끔찍한 개념인가. 난 영현의 미학에 전율한다. 우리의 연기는 깊어진다. 황홀한 꿈처럼.

신인 연기자로서 내가 받은 첫 훈련은 강간당하는 여자 역할이었다. 레슨 선생은 날것의 감정을 연기하려면 이 연습을 해야 한다고 우겼다. 그는 연습실 가운데 나를 앉히고 다른 연기자들이 둘러싸도록 만들었다. 불을 끈 후 그들이 내게 달려들어 옷과 몸을 당기고 밀치도록 시켰다. 누군가가 내 머리채를 휘어잡아 땅에 머리를 부딪혔다. 암흑과 고통 가운데에서 내가 울부짖어야만 연습이 끝났다. 5분 남짓한 연습이 끝나고 불이 켜졌을 때, 선생님은 내게 감정 표현이 훌륭했다고 칭찬했다. 진실했다고, 정말 진짜 같았다고. 다른 연기자들 모두 그 교육 방식에 박수를 보냈다. 난 눈물이 번져 엉망인 얼굴로, 두피에 전해지는 지극한 통증과 고무줄이 늘어난 옷을 부여잡았다. 감사의 말을 전하고 물러나야 했다. 사람들은 그 수업을 들었다는 걸 자랑하며, 다른 후배들에게 추천했다. 이토록 추잡한 교육이 왕도인 양 떠받들어지는 시대가 있었다. 젊은 여자들의 정신에 외상을 집어넣을수록 예술이라고 우기는 시절이. 거짓으로 상상한 상처를 덧씌우던 나날이. 피해자들은 언제나 같은 얼굴로 울부짖지 않는다. 어느 날은 허물처럼 가만히 앉아 있고, 어느 날은 죽이고 싶은 남자 앞에서 웃을 수도 있다. 케이크와 와인을 삼키고 아무렇지 않게 새 구두를 신을 수도 있다.

영현은 달랐다. 영현이 예술을 가르치는 방식은 달랐다. 그는 단지 의자 하나를 꺼내 나와 마주 앉았다. 그는 특유의 차분한 얼굴로 내 안에서 올라오는 모든 걸 내놓으면 된다고 말했다. 자신 또한 모든 것이 되어 줄 테니, 내가 쏟는 수많은 것들은 다 **여자**라고 말했다. 타인으로부터 강요받을 필요 없었다. 다만 진심이어야 한다고 요청했다. 솔직하라고. 거짓으로 위장하는 데 익숙해지지 말고, 그런 것들이 있다는 감언이설에 속지 말고. 뱃속에서 올라오는 감정을 느끼고, 그로부터 시작해 역할로 나아가라고 말했다. 강간 연습 따위는 필요 없었다. 그런 식으로 작위적인 감정을 뽑는 일이 자랑일 필요도 없었다. 이 사회에서 어차피 모든 여자들에게는 자신만의 외상적 진실이 한두 개쯤 있기 마련이니까. 눈요깃거리 제물 같은 교육은 없었다. 난 영현의 앞에서 모든 가해자를 연습했다. 살인했고, 키스했고, 눕혔고, 때렸고, 소리 지르고, 날뛰었다.

그래도 괜찮았다. 그와 마주 본 초반엔 끝도 없이 분노가 터져 나왔다. 난 그를 협박하고, 눈을 부릅뜨고, 허공을 향해 고함을 지르고, 목을 조르는 시늉을 했다. 마지막은 독살이었다. 영현은 모든 걸 가만히 바라보았다. 그러자 내 속에서는 이내 가늘고 긴…… 흐느낌이 올라왔다. 그건 몸의 중심으로부터 어깨와 손끝으로 번지는 떨림이었다. 난 팔뚝을 부여잡았다. 떨림은 한참이나 멈추지 않았다. 온몸으로 살아 있음이 느껴졌다. 열 개의 손가락과 열 개의 발가락까지 삶으로 꿈틀거렸다. 나는 수천의 여자였다. 영현은 날 피하지 않았다. 그 앞에서 오래도록 사무치는 감정에 겨워 목 언저리의 푸른 반점을 쥐어뜯었다. 얼마나 자해했을까, 결국 마찰된 살갗에 피가 배자 영현이 수업을 종료했다. 그다음엔 오래 입을 맞춰 주었다. 그 입술의 감촉이 지금까지 날 구원했다.

영현의 키스가 그립다. 난 영현의 뺨을 더듬었다. 영현에게 입을 맞추고 싶었다. 지금 당장. 영현이 필요했다. 절박하게 혀를 섞고 당신이 지금 내 곁에 존재한다는 걸 느끼고 싶었다. 수많은 거짓을 뱉어야만 했던 내 입술로. 혀로. 철중이 빼앗으려는 모든 신체로. 난 영현을 입술로 애무하며 그 얼굴을 찾았다. 영현에게 아낌없이 고백하고 싶었다. 그럴수록 대사들은 열렬하고 짙어졌다. 허울로 점철된 역할을 맡기 전까지 난 배우로서 살아 있음을 느꼈는데. 현실보다도 장면 속에서 생생할 수 있었는데. 연기는 나의 천직이었는데. 거짓을 강요하던 세상이 싫었다. 입맞춤 없이는 몸을 주체할 수 없는 상태였다. 난 잃어버린 것들을 되찾으려는 마음으로 영현에게 키스하려 했다.

비릿한 흙냄새가 풍겼다. 그게 후각으로 침투한 동시에 날카로운 것이 바람에 스치는 소리, 쉿쉿대는 마찰 소리가 들렸다. 조용한 살인자의 냄새였다. 난 그걸 감각했다. 화들짝 놀라며 몸을 떼어내다가 그만 품속에서 칼이 뎅그렁 소리를 내며 떨어졌다. 영현이 그걸 발견했다. 난 새파랗게 질렸다.

영현은 그걸 주워 들었다. 그걸 잠시 내려다보다 나에게 다가왔다. 그는 가만히 침묵하다가, 목덜미에 뱀을 새기려는 것처럼 칼로 내 살갗을 문질렀다. 서늘한 칼날의 감촉이 경동맥 부근을 스쳤다. 영현이 싸늘하게 웃었다.

"……아버지께 가져다 드려."

〈사의 찬미〉는 아직 반절이나 더 남았다. 나는 오한으로 떨었다. 하지만 모든 막을 마칠 때까지 연습을 그만둘 수 없었다. 영원히, 영원히. 영현은 날 놓아주지 않을 것이다. 난 칼을 받아 들어 품에 넣었다. 철중 대신 영현의 이름을 부르며 다시 쾌감 속으로 잠겼다. 영현에게 순종할 것이다. 날 죽일 수 있는 것도 오직 영현뿐이니까. 이 순간 우리의 운명을 직감했다.

밤이 깊었다. 지상으로 올라가 철중을 맞이할 시간이었다. 영현은 다음 날도, 그다음 날도 찾아오리라 약속했다. 그걸 믿

고 집으로 돌아왔다. 철중의 렌즈가 가득한 집으로. 침실로
가 내내 시체처럼 누워 있었다. 머릿속으로 영현의 대본을 외
우면서. 그가 쓴 글씨는 전혀 알아보지 못했지만, 그가 하려던
말은 전부 알아들을 수 있었다.

퇴근한 철중이 나를 만지려고 했다. 하지만 내가 무심코
다시 영현의 이름을 흘리자, 분개하며 앰플을 바닥에 던져 깨
트렸다. 나보고 맞아도 싼 년이라고 불렀다. 앰플의 냄새는 비
렸다. 저런 화장품을 얼굴에 처바르는 여자들도 제정신은 아
닐 것이다.

§

다음 날, 손수 걸레를 들고 바닥을 닦았다. 전날 철중과 지
지고 볶은 흔적을 직접 처리했다. 무릎을 꿇고 한참 바닥을 훔
치니 손목이 뻐근했다. 같은 동작을 반복하면 머릿속이 차분
해진다. 난 머릿속을 조용히 만들 필요가 있었다. 방에서부터
시작하여 복도와 계단까지 걸레를 밀었다. 그 바람에 무릎이
까맣게 탔다. 가정부들이 달려와 날 만류했다. 그들의 도움을
거절했다. 오히려 기분은 상쾌했다. 집안 구석구석을 내 손으
로 감각할 수 있으니. 어머니가 생각났다. 그분께 이 모습을 보
여 드리고 싶었다. 인원을 감축했어요, 저 혼자서도 잘 살아남
을 수 있답니다. 당신을 따랐어요. 제가 어떠세요? 이렇게 말
하면 과연 어머니는 어떤 표정을 지으실까. 뭐 이런 년이 다 있

냐며 혀를 내두를까, 기특해하며 칭찬할까. 경멸할까. 바닥을
훔치는 손이 점점 빨라졌다. 보란 듯이, 카메라에 잘 찍히는 위
치일수록 광이 날 정도로 닦았다. 철중은 저 카메라에 자신만
은 촬영되지 않을 사람처럼 행동한다. 저기 무엇이 찍혀도 벌
받지 않았으니까. 가정 내의 일은 가정 내에서 해결해야 하니
까. 외도한 아내는 맞아도 싸므로. 아내는 남편의 소유물이므
로. 뭐, 그런 연유로 저 카메라가 담는 모든 일들은 오직 나에
게만 영향을 미친다. 목격자가 남는 장면과 아닌 장면이 있다.

"집안 망신은 다 시키네."

익숙한 목소리가 들렸다. 항상 퉁명스럽고 툭툭 내뱉는 말
투. 시누이였다. 고개를 들자 서너 명을 대동한 시누이가 서 있
었다. 그는 벨도 누르지 않고 현관으로 침입했다. 난 걸레질을
하는 손을 멈추지 않았다. 시누이 뒤에 서 있는 사람들은 아
는 얼굴이었다. 광고업계에서 이름난 프로젝트 팀이었지. 누가
허락도 없이 저들을 안으로 들였는지는 모르겠으나, 시누이가
이 집에서도 사장이라는 신분처럼 제멋대로 군 게 하루 이틀
은 아니었다. 난 담담하게 사람들을 바라보았다. 내가 청소를
그만두지 않고, 그들을 맞이하지도 않자 시누이는 혀를 찼다.

"여배우, 여배우 해 봤자 별것 없어. 봤죠? 천박하게 집안
에서 저게 무슨 꼬락서니람. 어휴, 격이 안 맞아. 격이. 그러니
내 입에서 뭐 좋은 소리 나오겠어? 일어나. 아무리 퇴물이라지
만 손님들 앞에서 못 배운 출신 티를 내야 해?"

"어쩐 일이세요? 연락도 없이 오시고."

"연락은 오빠한테 했지. 여기서 앰플 론칭 사업 건 관련해서 얘기한다는 말 못 들었어? 오찬 회의를 할 거야. 오빠도 이리로 온다고 했어."

……짜증이 치밀었다. 철중은 일언반구 없었다. 대신 어젯밤, 무슨 이야기를 했더라……. 그는 내 과거사를 캐물었다. 누굴 만났고, 누구와 연애했고, 누구와 섹스했는지까지. 난 죄다 거짓말로 대답했다. 그러다 영화 이야기로 넘어갔다. 난 다시 복귀하고 싶다고 했다. 그러지 않으면 미쳐 버릴 것 같다고 말했다. 그러자 철중은 허락할 수 없는 영화들이 너무 많다고 했다. 그게 무엇인지 묻자 철중은 긴 영화 목록을 읊었다. 그 사이에 영현의 영화가 있었다. 국제 영화제에서 상까지 받은 영화인데 철중은 불건전한 영화라고 불렀다. 이유를 묻자 영화 속 여자들이 너무나 드세고 폭력적이라 현실적이지 않다고 답했다. 그래서 난 실제 여자들이 얼마나 공격적인지 보여 주고자 폭발했다. 당신은 영현의 작품을 모른다고, 발톱의 때만큼도 예술을 모른다고 소리 질렀다. 그 후엔 뻔하지. 난 그를 미치게 만들고, 미친 그는 날 때린다.

"연기하지 않았으면, 거짓말하지 않으면 당신을 견딜 수 없어. 알아? 요즘도 내게 대본을 읽어 봐 달라는 연락이 와. 은퇴했어도 이전에 작업했던 감독들이 날 잊지 못한다고. 그중엔 나와의 하룻밤을 잊지 못하는 작자들도 있어. 무슨 소리인지 알지?"

아마 내가 이런 식으로 대들었기 때문에 그가 미쳐 버렸
겠지. 어쨌든, 철중은 이런 이야기 외에 사업 일정이라던가 업
무에 관해 말한 적은 없었다. 시누이가 굳이 다른 복도를 통
하지 않고 사람들을 이리 데려온 이유도 짐작이 갔다. 날 아는
사람들에게 이 초라한 모습을 보여 우위를 점하고 싶었겠지.
난 그들의 뜻대론 되지 않는다. 시누이를 향해 환히 웃었다.

"제가 지금 태교 중이라서요. 청소 정도의 소일거리는 직
접 하는 게 심신 안정에 좋대요. 운동도 된다니까요. 의사 선
생님이 추천한 방법이니 오해하지 마세요. 남편이 절 얼마나
끔찍하게 아끼는지 아시잖아요……. 바깥으론 한 발짝도 못
나가거든요. 그랬다간 큰일이라도 날 것처럼 어찌나 유난인
지…… 제가 스트레스 받을까 봐 일 얘기도 잘 안 해요. 그래
서 몰랐네요. 미리 알려 주셨으면 더 대접했을 텐데……."

"임신했다고? 네가?"

"네. 우리 아기 태명 지을 때 같이 고민 좀 해 주세요. 얼마
나 예쁠까……. 게으른 어머니가 되지 않도록 지금부터 습관
을 들여야죠. 가만히 있으면 좀이 쑤셔요."

시누이의 표정이 냉랭하게 변했다. 거짓말은 성공이었다.
세 번의 결혼에도 아이 한 명 낳지 못했던 철중의 과거사를 생
각하면 임신했다는 말은 그럴듯한 보호막이었다. 그렇다고 이
문제에 대해서 증거를 대라느니 진실을 밝히라느니 물을 수도

없겠지. '언제 섹스했어? 오빠가 무정자증인 줄로만 알았는데.'
같은 이야기를 사람들 앞에서 할 수는 없는 법이니까. 광고 회
사 직원들은 긴장을 풀며 내게 축하의 말을 건네기 시작했다.
난 단아하고 수줍은 새색시의 몸짓으로 축하를 받았다.

"이제 3주 정도 되었대요. 초기엔 유산도 많이 된다니까
아직은 조심해야죠. 아마…… 올해 태어나면 뱀띠 아이일 거
예요. 출산하면 꼭 소식을 전할게요. 다들 축하해 주셔서 감사
합니다."

그 후 가정부를 불러 손님들의 자리를 안내했다. 다른 이
들이 이동하는 동안, 시누이는 움직이지 않고 가만히 서 팔짱
을 끼곤 날 쳐다보았다. 난 걸레를 털고 일어섰다. 시누이를 똑
같이 쏘아보았다.

"할 말 더 있으세요?"

"생각보다 더 뻔뻔한 낯짝이네."

"이제 퇴물인데, 그렇게 연기력이 좋을 리가요. 아. 혹시 제
가 어머니 편만 들어 감정이 상하셨어요? 질투하지 마세요. 아
니면 오빠가 쪼르르 달려와 엄마한테 이르듯 다 일러바쳤나
요?"

"그 여자는 상관없어. 오빠도."

"어머님에게 매번 **그 여자**라고 칭하시는 건 예의에 어긋나
요. 저도 이 집에 새로 들어온 사람인데 연세도 있으신 분을
하대하는 건 도리가 아니잖아요. 아가씨가 이해하세요."

"주제넘은 소리 하지 마."

시누이는 본래 성격대로 욱하려다가 위층의 손님들을 떠올리곤 성질을 죽였다. 시누이는 철중과 한패거리일까. 어쩌면 그를 뒤에서 조종하는 배후일지도 모르고. 철중은 시누이와 시아버지가 연합하면 꼼짝하지 못했다. 이 집안은 수많은 삼각관계와 희생양을 만들어 내다가 분해된다. 지금도 자신이 제조하는 독사 앰플에 대한 권한을 시누이에게 휘둘리고 있었다. 시누이는 앰플을 자신의 독점 상품으로 만들기 위해 분위기를 맞추곤 있지만 과연 둘 사이가 언제까지 평화로울 수 있을까? 철중은 특효를 본 제조법을 공유하지 않으려 버틴다. 패키징 회의라는 건 시누이가 멋대로 밀어붙였을 거다. 철중은 병원 내에서 고가에 파는 방식이 아닌 대중적 유통에는 반대한다. 그 사업이 성공하면 득을 보는 건 시누이니까.

얼마 전 철중의 아버지 건강이 악화되었다. 난 그에게 시장 반찬을 먹이는 어머니를 떠올렸다. 어쨌든 집안에 유산 배분 문제가 전면으로 떠올랐다. 철중은 더더욱 대량 생산에 동의할 수 없다고 말을 돌렸다. 안 그래도 총애받는 자식은 시누이 쪽이다. 장손이라는 신분 하나밖에 내놓을 게 없는 철중이 앰플까지 빼앗겼다간 입지가 좁아진다. 유일한 돌파구는 나의 임신이었다. 시누이의 집안에는 여자아이들만 태어났다. 그렇게 시누이를 총애하면서도 정작 시아버지는 아들 손자를 바랐다. 그런데 아들놈이 변변치 못하니 자신이 새 여자를 들인 거다. 시어머니 말이다. 하지만 내가 아이를 뱄다면 얘기가 달라진다. 그때부터 몫이 줄어드는 건 시누이다. 아니나 다를까, 시누이는 빈정거렸다.

"정말 임신인지도 의심스러운데."

이건 그만큼 나의 출산 가능성 여부를 의식하고 있다는 뜻이지.

"두 분, 우애가 좋으신 줄 알았는데…… 못 들으셨어요? 하긴 남매가 너무 친해도 이상하죠."

"올케가 엄마 역할은 제대로 할 수 있으려나. 부모로부터 받아 본 적이 있어야지. 우리 집에 들어올 때도 걸신 들린 것처럼 죄다 얻으려 들었잖아. 측은해라. 도와줄 일 있으면 얼마든지 말해."

"제 롤모델이 아가씨라니깐요. 어린 나이에 어머니 없이 자라셨지만 훌륭히 딸을 키워 내셨잖아요. 존경스러워요. 남편에게 물어보니깐 육아의 8할은 외주를 주셨다면서요. 역시 비즈니스에선 자동화가 중요하죠. 업계에서 성공한 분다워요. 나중에 제게도 정보를 나누어 주세요. 모성이 부족하면 돈이라도 써야죠."

음. 철중의 전 부인들도 시누이와 남편에게 시달리다 죽음을 선택했을까? 이 집안엔 특수한 매뉴얼이 있는지도. 아내를 자살시키는 비법 같은 것 말이다. 시누이는 표독스럽게 날 비꼬았다. 나도 지지 않고 맞섰다. 내 빈정거림에 그의 표정이 일그러졌다. 우리의 대치 상태는 철중이 들어와서야 종료되었다. 철중은 나에게 방으로 들어가 있으라고 말했다. 난 순순히 그 말을 따랐다.

철중은 내게 지하 창고를 금지시켰다. 어쩌면 금기를 깨는 일이 살인의 신호였을지도 모른다. 그곳에 들어가지 않는다면 살려 주자, 들어간다면 죽이자 같은 부자들의 살인 게임. 일종의 푸른 수염 놀이. 남편의 말을 듣지 않다가 위기에 처하는 새 신부의 고전극 말이다. 하지만 철중이 미처 알지 못한 게 있다. 결국 여자가 푸른 수염을 죽이는 게 그 잔혹 동화의 결말이다.

전에 사 놓은 임신 테스트기가 보였다. 난 침실 화장실에서 그걸 사용한 후 한동안 뚜껑을 닫지 않고 놔두었다. 공기 중에 오래 테스트기를 놔두면 산화 현상으로 가끔 두 줄이 뜬다고 들었다. 그걸 선반에 올려 두고 이불 속에 몸을 파묻었다. 다음에 시누이가 따지고 들면 가짜 증거를 내밀어야지. 폭신한 이불을 목까지 끌어올렸다. 먼지 하나 없이 깨끗한 천장이 보였다. 오늘도 영현이 올까? 저 예상치 못한 불청객들이 언제까지 저택에 머무르는지 궁금했다. 회의는 생각보다 길었다. 두 시간이 넘도록 끝나지 않았다. 난 점심도 거른 채 누워 있었다. 지독하게 지루했다. 영현이 저 사람들에게 들키지 않아야 할 텐데. 그는 카메라도 피하는 용의주도함을 가졌으니, 몰래 날 찾아올지도 모른다. 하지만 위험 부담도 컸다. 지금 영현

의 존재를 들키면 모든 일이 허사로 돌아간다. 영현의 작품을
망칠 수는 없다. 그러니 저들이 집을 나갈 때까지 인내해야 한
다. 다만 회의가 너무 길어진다면…… 영현을 너무 오래 기다
리게 한다면…… 그는 날 보지 않고 돌아갈지도 모른다. 내 유
일한 사랑. 그를 만나지 못하는 하루는 무의미했다. 그를 보지
못한 채 지나가는 모든 시간이 슬펐다. 침대에 무력하게 누워
있는 동안 이 사실을 깨달았다. 내가 살아 있는 건 오직 영현
의 눈동자 앞에서만이었다. 그와 나 사이 생긴 공백은 더 많은
안타까움과 애절함, 살아 있는 육신으로서는 감당하기 힘든
너머의 감정들을 만든다. 그는 정말 훌륭한 창작자다. 인연이
라는 건 이토록 무겁다. 영현과의 관계에 존재하는 감정의 스
펙트럼은 누구도 모방할 수 없다. 홀로 갇힌 침실 속에서 끊임
없이 영현을 그린다. 끈질긴 생각들만이 영현을 붙들어 줄 것
처럼.

　이불 속에 숨어 휴대폰을 켰다. 숨겨둔 폴더를 열면 어플
하나가 나왔다. 그걸 클릭하자 화면 가득 까만 풍경이 펼쳐졌
다. 지하 창고와 연결된 카메라였다. 세상 좋아졌지. 시선의 권
한을 철중만 가지라는 법은 없었다. 기계를 설치하는 건 나도
할 수 있었다. 사물이 감지되면 센서가 작동하는 카메라였다.
지금은 아무것도 없었고, 흐릿하게 비치는 조각상들만 있었
다. 원혼 같은 몸통들이 둥둥 떠다니는 장면을 가만 응시했다.

　얼마나 지났을까……. 아직도 바깥에선 사람들의 소리가

들리지 않았다. 슬슬 졸음이 몰려오려던 참이었다. 갑자기 화면 구석에서 엷은 빛줄기가 새었다. 창고 문 쪽이었다. 누구지? 누군가 비밀 창고로 침입했다. 영현? 아니면 철중? 그림자가 움직이는 게 보였다. 정원사는 아닐 텐데. 그는 해고당한 지 꽤 되었다. 이 집에 들어올 방법은 없다. 난 정신을 차리고 화면을 확대했다. 창고로 들어온 인물은 큰 점퍼를 입고 있었다. 덩치가 있는 걸 보니 남자인가? 화질이 선명하지 않았다. 계단을 내려온 그는 주변을 두리번대더니 구석의 조각상 하나로 다가갔다. 그는 익숙한 목장갑을 끼고 있었다. 정원사가 자주 사용하던 것이었다. 정원사? 이 집에서 쫓겨난 그가 어떻게? 얼굴을 자세히 볼 순 없었지만 그가 조각상의 어딘가를 더듬는 건 똑똑히 보였다. 조명 아래로 움직이는 팔뚝이 보였다. 그가 조각상의 척추뼈 언저리를 건드렸다. 얼마 후, 다시 창고의 구석으로 걸었다. 그러다, 감쪽같이 사라졌다.

눈을 크게 떴다. 내 기억상 저곳은 막혀 있다. 그렇다면 저곳에 다른 비밀 공간이 있었단 말인가. 이중으로 숨겨진 공간이…… 조각상의 위치를 외웠다. 그곳에 스위치가 있고, 내가 보았던 방식으로 조작하면 문이 열린다. 심장이 빠르게 뛰었다. 얼마 후, 품에 무언가를 안은 사람이 다시 나왔다. 화장품 케이스였다. 아, 앰플이 저 안에 감춰져 있었구나. 화장품을 훔친 그는 빠른 걸음으로 나갔다. 난 얼른 녹화 추출 버튼을 눌렀다. 아까의 장면들이 3분짜리 영상들로 분할 저장 되었다.

난 그걸 반복해서 재생했다. 도둑이 조각상의 어느 부위를 어떻게 만지는지 외웠다.

철중은 이 장면을 모른다. 난 마른 웃음을 터트렸다. 도둑을 잡았다.

방을 나가기 전 도둑이 무심코 조명 아래를 스쳤다. 그때 정체를 파악했다. 지문을 남기지 않으려 낀 목장갑과 정원사의 점퍼는 그의 정체를 가릴 수 없었다. 그는 겉을 가린 옷 외에 숨길 수 없는 버릇 하나를 가지고 있었다. 절도질에 긴장했는지 그는 무의식적으로 손가락을 들어 가슴 언저리를 툭 건드렸다. 내가 잘 아는 버릇이었다. 이어 정원사의 정체도 깨달았다. 그들은 두려웠구나. 내가 자신을 꿰뚫을까 봐. 동류의 감각으로 자신을 알아볼까 봐. 갑자기 무한한 포용력이 내면에서 솟았다. 그런 거라면 얼마든지 이해해 줄 수 있다. 차라리 솔직하게 말했다면 좋았을걸. 그렇게 날뛰어 대니 뺨을 후려치고 싶은 생각뿐이었다. 하지만 난 사랑에는 관대하다. 그래서 이번에도 포용력을 발휘하기로 했다. 대신 목격한 장면을 어떻게 활용할까 고심하기 시작했다. 내게 이득이 되는 방향으로 이용해야 한다. 머리가 바삐 움직이며 생기가 돌았다.

그때였다. 갑자기 방문이 열렸다. 철중이 등장했다. 그는 내 상태를 확인하겠다며 침대 곁으로 왔다. 난 그를 돌아보지 않았다. 방금 얻은 정보를 정리하느라 머릿속이 바빴다. 그를 상대할 시간이 없었다. 난 자는 척을 하며 건너편 화장대 거울로 남편의 동태를 확인했다.

"속이 안 좋다고 들었는데."

그가 답지 않게 내 안부를 물었다. 임신이라는 거짓말을 전해 들었을까? 난 휴대폰을 끈 채 침묵으로 일관했다. 미동 없는 내게 철중이 다가왔다. 그가 내 곁으로 오더니 침대 맡에 걸터앉았다. 그러더니 툭 내뱉었다.

"당신도 다른 여자들과 똑같아. 믿고 싶지 않지만."

……난 대답하지 않았다. 대답할 가치도 없었다. 마음대로 생각하라지. 철중은 반응을 기다리듯 한참을 서 있었고, 난 고집스럽게 눈을 뜨지 않았다. 대신 속으로 반박했다. 너도 마찬가지야, 다른 남자들과 똑같이 별 볼 일 없는 주제에. 아래층에서 사람들이 철중을 불렀다. 그제서야 남편은 방을 나갔다. 슬며시 눈을 뜨자 선반 위에 올려 둔 임신 테스트기가 보였다. 조만간 저걸 활용하게 되리라.

영현. 영현이 아직 있을까. 난 몸을 일으켜 창가로 다가갔다. 갑자기 형용할 수 없는 감정들이 물밀듯이 밀려왔다. 그건 정말 순식간이었다. 유리 너머 영현이 있을지도 모르는데, 창문을 열 수 없었다. 어쩌면 영현은 기다림에 지쳐 떠났을지도 모른다. 그 자리를 보고 싶지 않아서일까? 눈앞 풍경이 마구잡이로 흔들렸다. 순간, 손발이 뒤틀리기 시작했다. 당황스러웠다. 증세는 불수의적이었다. 내 의도와는 전혀 상관없었다. 처음엔 발끝과 손목이 뒤틀리더니 목과 혓바닥까지 근육이 경직되었다. 안 돼……. 그들에게 들킬 순 없어. 하지만 이미 내 목구멍은 누군가가 조르는 듯 꽉 막혔다. 난 필사의 힘을 다해 비명을 내질렀다. 그 소리를 들은 가정부가 달려오는 동안 난 바닥에 쓰러져 뒹굴었다. 누군가가 구급차를 부르는 소리가 들렸다. 정신이 아득했다. 내 몸은 석고가 뒤덮인 것처럼 굳어 갔다. 알 수 없는 껍질이 영혼을 가두는 느낌. 눈꺼풀이 까뒤집히는 감각. 이게 뭐지? 독살이라도 당하는 것 같았다. 등골이 서늘했다. 이곳에서 죽어 나간 아내들이 떠올랐다. 어쩌면, 철중이나 시누이가 내게 어떤 수작을 부렸는지도 모른다.

얼마 후 사람들이 몰려왔다. 그런데 우왕좌왕하는 가정부를 철중이 제지했다. 날 차갑게 내려다보던 그가 말했다.

"흔한 증상이야. 내가 진찰할 테니 구급차는 취소시켜. 단순한 발작이야. 일시적인 스트레스 증상이지. 아내가 오랜 지병이 있었어. 가서 소금물과 거즈 정도 가져오면 돼. 직접 처치하지."

아…… 그 순간 범인은 남편이라는 걸 확신했다. 철중은 날 침대로 옮긴 후 소금물 묻힌 수건으로 몸 여기저기를 닦으며 팔다리를 주물렀다. 수건이 스친 피부가 따끔거렸다. 난 눈동자를 움직이는 일밖에 할 수 없었다. 철중은 놀란 얼굴의 가정부에게 어조 하나 바꾸지 않고 말했다.

"신경성이야. 요즘 예민할 일이 많다 보니 이런 것 같군. 어릴 때부터 종종 있던 일이었대. 오늘은 필히 안정을 취해야 하니, 아내가 절대로 바깥에 나가지 않도록 감시해."

내 목에선 컥컥대는 소리만 울렸다. 가정부는 안절부절못하다가 철중의 지시대로 물 한 잔만 떠 왔다. 철중은 그걸 반 컵 마시고 협탁 위에 내려놓았다. 그러곤 사람들을 방에서 내쫓았다. 난 홀로 남겨졌다. 기이한 각도로 팔다리를 꺾은 채.

'영현, 어디 있어. 날 구해 줘.'

그에게 내 목소리가 닿지 않는다.

어떤 여자들의 영상이 눈앞을 지나갔다. 꺼내 달라고, 탈출하고 싶다고 애원하는 여자들. 그들은 모두 박제된 밀랍 인형처럼 유리 안에 들어 있다. 그 너머로 여자들을 관찰했다. 그들은 곧 살을 찢고, 약을 삼키고, 강물에 뛰어들고, 밧줄을 천장에 매달았다. 나의 미래를 예고하는 듯. 그 환상이 강렬해질수록 손발이 식었다. 품속에 숨겼던 칼을 버렸던가? 그걸 찾고 싶은데 어디다 두었는지 생각나지 않았다. 철중은 움직이지 못하는 날 인형처럼 다루며 애무했다. 마지막으론 소리 내지 못하는 내 얼굴에 앰플을 펴 발랐다. 영현은 어디 있는지 모른다. 난 그를 부를 수 없다. 영현도 대답할 수 없었다. 용액이 발라진 피부가 끈적거렸다. 철중의 덫에 걸렸다. 그는 친모의 얼굴을 기억하지 못한다. 자살한 전 부인들처럼. 그는 부인들의 얼굴도 기억하지 못한다. 강박적으로 그들의 몸만 구현할 뿐. 그는 살아 있는 여자들의 욕망은 참지 못한다. 그걸 박제하는 일 외엔 할 줄 아는 게 없다.

'당신은 그래서 안 돼.'

내 목소리는 들리지 않는다. 증상은 새벽 2시가 되어서야 풀렸다. 철중은 시체를 탐하는 변태 성욕자처럼 주변을 지켰다. 그는 언젠가 날 다시 이렇게 만들 것이다. 그래서 혀가 가까스로 움직였을 때, 곧바로 이런 고백을 했다.

"아이를 임신했어."

철중의 표정이 어두워졌다. 충격과 불신이 뒤섞인 얼굴이었다. 그는 한참 침묵했다. 나는 제멋대로 널브러진 팔다리를 늘어뜨린 채 그의 대답을 기다렸다. 앰플의 향이 지독했다. 가짜 향 사이로 비릿한 독내가 풍겼다. 철중은 고개를 숙였다. 그 늘진 그의 얼굴은 심기를 파악하기 어려웠다. 그 채로 숨을 고르던 철중이 처음 던진 말은 이것이었다.

"누구 아이지?"

"궁금하면 직접 확인해 봐."

그의 얼굴에서 핏기가 가셨다. 광기로 번들거리는 철중의 눈이 보인다. 하지만 더는 날 때리지 못할 것이다. 난 선반에 임신 테스트기가 있다고 말했다. 그는 좀비처럼 걸어가 그걸 꺼냈다. 안에는 두 줄이 선명했다. 그의 손이 떨렸다. 날이 밝으면 병원으로 가 정밀 검사를 해야 한다고 말했다. 물론 유전자 검사도. 난 태연하게 그러라고 했다. 평온한 대답에 철중은 미적거렸다. 난 이제 푹 자고 싶다고 말했다. 철중은 따뜻한 물을 적신 수건을 가져왔다. 그걸 곁에 둔 그가 내 이마에 입을 맞쳤다. 난 손톱이 파고들 정도로 그 뒤 목을 쥐었다.

이 저택을 나갈 수만 있다면, 맨발이라도 어디든 도망칠 수만 있다면. 지긋지긋한 남편의 감시에서 멀어질 수만 있다면. 명연기가 필요했다. 인생의 기점을 바꿀 연기가.

§

병원 룩. 기자들이 있다면 타이틀에 이런 말을 썼을 것이다. 철중이 내게 지정한 옷은 샤넬이었다. 산부인과를 갈 뿐이지만 철중은 명품 옷을 입길 지시했다. 그게 남자의 명예를 올리는 양 생각했다. 글쎄, 내가 처녀일 땐 이런 옷을 입으면 사치한다고 비난했을 텐데. 사람들의 이중 잣대가 귀찮았다. 내가 자신의 부속품이라고 생각하니 어떻게 꾸미는지가 중요하겠지. 액세서리를 치장하듯, 아니면 도망치려는 내 마음을 간파하고 이런 옷을 입히면 어디서든 들키기 쉽다고 생각하는지 모른다. 샤넬 옷을 입으면 구출이 필요한 여자라고 여겨지지 않으니까. 난 고분고분하게 자주색 원피스를 입었다. 날 이렇게 다룰수록 내가 어떤 것들을 버리는지 그는 모른다. 하지만 지금은 그가 하자는 대로 따를 것이다. 난 조수석에 얌전히 앉아 병원으로 향했다. 도로 양옆을 유심히 보았다. 혹시나 중간에 차에서 뛰쳐나갈 수 있을지도 모르니까.

우리가 도착한 곳은 사설 병원이었다. 큰 건물 한 채를 전부 쓰는 병원이었다. 그는 날 앞장세웠다. 그가 내내 나의 뒤를 지켜 탈출로를 찾는 게 쉽지 않았다. 병원엔 남편과 또는 혼자 방문한 여자들로 가득했다. 부른 배를 쓰다듬으며 긴장되거나 평온한 모습으로 기다리는 그들이 아니꼬웠다. 당신들도 사실은 임신하고서야 이게 형벌임을 깨달았잖아. 매일을 가시지 않는 메스꺼움과 저린 다리, 보기 싫게 트는 살갗과 불어 버린 덩치로 보내야 한다는 걸…… 임신하고서야 알았겠지. 이건 축복이 아니라 천업이다. 왜 다들 똑같은 죄를 짊어지려 하는 걸까. 이미 돌이킬 수 없으니 행복한 척 가면을 쓰면서. 큼직한 머리가 아래를 찢을 때의 고통은 강간보다도 더하다. 그 후 아기는 여자의 생을 갈가리 조각낸다. 그런데도 이게 행복이라고? 그들은 나보다 더한 연기자였다.

난 모자와 마스크를 푹 눌러썼다. 내가 미옥이라는 걸 알리기 싫었다. 저 여자도 결국은 남들처럼 임신을 하고 모든 청춘과 기력을 빼앗긴 채 노예처럼 살겠지. 한물간 나이 든 여자의 이름대로 남들과 비슷한 숙명을 따르는군. 그런 비웃음을 당하기 싫었다.

이곳은 유명인들을 위한 VIP 진찰실이 따로 있었다. 난 조용히 여느 부인들처럼 위장하곤 자리에서 호명을 기다렸다. 진찰실로 이동해 검사를 받는 찰나가 철중의 시선에서 벗어날 기회였다. 접수대에서 내 이름이 불렸다. 난 그곳으로 다가가 필요한 정보들을 적었다. 그러면서 종이 모서리를 몰래 찢었다. 등으로 종이를 가리고 "도와주세요."라는 메모를 적었다.

그걸 소매 속에 숨겼다.

"3번 방으로 들어오세요."

간호사가 우릴 불렀다. 철중과 나는 함께 그 방으로 들어
갔다. 녹색 진찰복을 든 간호사가 나를 따로 불러내 탈의실로
안내했다. 난 남편에게 다녀오겠다는 인사를 하곤 간호사를
따라갔다. 손바닥엔 쪽지를 쥐고서. 간호사가 탈의실 커튼을
열었다. 그가 진찰복을 건넬 때 난 쪽지를 건넸다. 손바닥에 쥐
어진 작은 종이 쪼가리에 간호사는 의아한 얼굴을 했다. 그걸
내려다보더니 의무적인 목소리로만 말했다.

"갈아입고 나오시면 됩니다."

그가 이걸 단순한 쓰레기로 여기지 않아야 할 텐데. 난 간
절한 눈빛을 보냈다. 사무적인 말투의 간호사는 커튼을 닫았
다. 심장이 마구 뛰었다. 과연 내 상황이 전달될까? 한때 유명
한 배우였던 이가 보내는 SOS 신호를 알아들을까. 난 최대한
천천히 옷을 갈아입었다. 간호사가 쪽지를 읽을 시간을 주기
위해서. 1분 1초가 어떻게 지나는지 가늠도 되지 않았다. 속
옷을 벗고 얇은 진찰복을 걸쳤다. 일부러 몇 번이고 끈을 고쳐
맸다.

"검사실로 이동하실게요."

간호사가 바깥에서 말했다. 나는 초조한 마음으로 나갔
다. 그곳엔 약간 창백한 낯빛의 간호사가 서 있었다. 나의 구조
요청을 알아듣지 못한 걸까? 그는 의례적인 안내를 할 뿐이었

다. 좌절감이 몰려왔다. 남편은 아직 옆방에 있었다. 간호사는
우리가 복도를 건너 기계실 쪽으로 이동해야 한다고 말했다.
나는 고개를 끄덕였다. 우린 최대한 남편이 있는 방으로부터
멀어졌다. 그때였다. 간호사가 중간에 방향을 틀었다. 그러곤
나를 작은 창고로 안내했다. 내가 그를 따라 들어가자, 떨리는
손바닥으로 내 손목을 쥐었다. 다행이었다. 간호사는 신호를
알아차렸다. 그가 안절부절못하며 물었다.

"경찰에 신고할까요? 무슨 일이세요, 어떤 도움이 필요하
시죠?"

"안 돼요. 절 아시죠? 언론에 알려지는 건 곤란해요."

"그럼, 어떻게……"

"제가 이곳을 몰래 나가도록 도와주세요. 남편 몰래요."

동아줄 잡는 심정으로 간호사에게 애원했다. 간호사의 얼
굴이 난감함으로 물들었다. 보아하니 그는 아직 신참이었다.
이런 경험은 처음일 것이었다. 간호사가 쩔쩔매면서 말했다.

"그냥 경찰에 연락하는 게 낫지 않을까요? 다른 건 제 역
량 밖의 일이라……"

마른침이 넘어갔다. 이 순진하고 어린 간호사가 날 도울
수 있을까? 난 더욱 절실한 목소리로 말했다.

"이대로 집에 가면 전 살아남을 수 없을지도 몰라요."

"상황이 그렇게 심각한가요?"

간호사의 얼굴이 더욱 하얗게 질렸다. 괜히 겁을 줬나. 하

지만 상황의 절박함을 내세워야 뭐라도 도움받을 수 있었다. 그는 조력을 요청하는 여자를 내칠 성격은 아니었다. 하지만 긴장한 나머지 제대로 된 방책을 떠올리진 못했다. 간호사가 초조한 목소리로 대답했다.

"파트장님께 방법을 여쭤 볼게요. 기다려 주세요."

그냥 샛길로 통하는 문이라든가 검사하는 척하면서 휴게실 등으로 날 빼돌려 주면 될걸. 답답한 마음에 속이 터질 것 같았다. 하지만 일단 이 간호사를 믿는 수밖에 없었다. 중간에 내가 사라지면 삽시간에 소문이 퍼질 테고, 곤란한 의사와 간호사들이 소란을 일으키고, 철중이 날 쫓아올 테니까. 조용히, 그들에게 협조를 얻어 탈출해야 한다. 간호사는 날 창고에 둔 채 밖으로 나갔다. 난 손톱을 물어뜯기 시작했다. 이 병원의 구조가 어떻게 되었더라? 여차하면 화장실에 숨었다가 도망치는 게 낫지 않을까. 아니면 그냥 이대로 뛰쳐나갈까. 아니야, 그랬다가 잡히면? 가십지에 대서특필이나 되겠지. 꾀병이라도 부려 검사 기간을 연장할까. 그러다 보면 틈이 생길지도 모른다. 철중은 아직 3번 방에 있을까? 난 문틈으로 복도를 둘러보았다. 파트장에게 도움을 청하겠다는 간호사는 보이지 않았다. 그가 돌아오는 시간이 꽤 늦었다. 복도엔 가끔 몇 명의 간호사들이 오갈 뿐 특이한 점은 없었다. 이 이상 앉아서 간호사를 기다릴 수는 없었다. 난 슬쩍 창고를 빠져나왔다. 옷은 철중이 있는 방에 놔뒀지만 상관없었다. 허리를 두른 끈을 부여잡고 발걸음을 옮겼다. 종종 지나가는 사람들이 날 힐끔대는 게 느껴졌다. 통로를 일직선으로 따라가다 오른쪽으로 꺾으면 출구가 있었다. 난 걸음을 빨리했다. 대신 조용히, 발소리가 나지 않도록. 사람들의 시선도 무시하고 걸었다. 곧이어 유리문이 눈앞에 보였다. 저길 밀어 나가면 계단과 엘리베이터가 있다. 그걸 통해 1층으로 나가자. 아무 택시나 잡아탄 후 최대한 멀리 가 달라고 하면 된다. 휴대폰도 없었지만 지금은 이 방법이 최선이란 생각이 들었다. 더 늦으면 다시는 기회를 얻지 못할 것만 같았다. 손을 뻗어 문손잡이를 잡았다. 그걸 열어젖히려던 순간이었다.

영현과 눈이 마주쳤다.

영현?

당신이 어떻게 여기에. 드디어 날 구하러 왔나. 순간 꼼짝하지 못했다. 영현의 복장이…… 평소와 달랐다. 그는 흰 양복을 입고 있었다. 주변엔 순백의 천이 나부꼈고, 사람들이 박수를 치고 있었다. 영현은 부케를 들고 있었다. 그 속에 흰 장미가 햇살을 받아 반짝였다. 영현은 주머니에서 반지를 꺼냈다. 그리고 영현과 똑같이 흰 옷을 입은 어떤 여자에게…… 건네 주었다. 머릿속이 멍했다. 영현, 지금 뭘 하는 거야? 난 단한 번도 예복을 입은 영현의 모습을 상상한 적 없었다. 영현이그걸 금지했으니까. 주변이 암전된 것처럼 오직 영현과 여자의모습만이 보였다. 여자는 단발이 아니었다. 금발에 가까운 곱슬이었다. 그 사람 앞에서…… 영현은 내가 한 번도 보지 못한 표정으로 서 있었다. 아래에 한국계 여성 감독이 동성 연인과 혼인신고를 했다는 자막이 떠올랐다. 난 뒤를 돌았다.

내가 본 건 로비 중앙에 위치한 텔레비전 모니터였다. 그 게 문 유리에 비친 장면이었다.

아나운서가 해외상을 수상한 감독 영현이 영화 그룹을 만들어 활동하던 파트너와 식을 올렸다는 사실을 보도했다.

영현, 영현.

문득 내 옷을 내려다본다. 허리에 셔링이 잡힌 원피스. 누가 임산부에게 이런 옷을 입힌단 말이지. 아. 하지만 난 이 자주색 원피스가 무엇인지 깨달았다. 이걸 입은 이유는 사실 철중이 강요해서만은 아니었다. 난 그의 말대로 순종하는 꼭두각시가 아니다. 이 원피스를 선택했던 건 사실……

영현. 네가 이걸 아름답다고 말한 적 있었어. 내겐 자줏빛이 잘 어울린다면서. 그 진실이 생각났다.

넌 허여멀건한 웨딩드레스를 아름답다고 말하지 않았어.

내가 입어야 할 건 검정과 보라 사이의 진한 자주색이라고…… 이런 옷을 입은 난 치명적인 비늘을 두른 독사 같다고…… 네가 말했었다. 그 순간 무의식적으로 선택했던 수많은 의복은 사실 영현의 취향으로부터 비롯되었음을 깨달았다. 철중은 내 영혼에 티끌만큼도 영향을 미치지 못했지만, 영현은 달랐다. 내가 순종했던 건 오직 너였다. 이 구두도, 속옷도,

팔찌와 목걸이도, 드레스도…… 오직 너로부터 비롯되었다. 네가 날 매만지며 아름답다고 속삭였던 그날로부터 시작되었다. 내 욕망을 완성한 건 너였다. 남편이 아니라. 내가 탐닉하는 것들은 영현, 바로 네가 근원이었는데…… 눈앞이 아찔했다. 난 오직 영현에게 아름답기 위해서만 모든 걸 열망했었다.

배신자. 너만의 미학으로 완성되려 발악했던 나를 무참히 짓밟는 클라이맥스라니. 난 모니터를 노려보았다. 저건 거짓일지 모른다. 죄다 연출된 장면이다. 영현이 무얼 어여뻐하는지는 오직 나만이 안다. 그래야만 한다. 나만이 그를 이해하는데.

주례사가 진행되고 영현이 서약을 했다. 영현. 거짓말은 그만해. 넌 배우가 아니라 감독이잖아.

"클라이언트님, 어딜 가세요. 지금 당장 들어오셔야 해요."

아까 봤던 간호사가 날 뒤쫓아와 어깨를 붙잡았다. 난 얼굴을 일그러뜨렸다. 간호사는 겁먹은 표정이었다. 날 부축해 철중이 있는 방으로 돌아가려 했다. 난 절대로 그곳에 돌아가고 싶지 않았다.

그러자 증상이 재발했다. 수족의 말미가 급격히 식으며 돌처럼 굳었다. 자꾸 돌아가려는 손목을 다잡느라 안간힘을 썼다. 그 바람에 문을 밀고 도망치지 못했다. 여길 탈출해 영현에게 돌아갈 수만 있다면. 진실을 폭로하도록 다그칠 수만 있다면……. 욕망과는 반대로 자꾸 다리 힘이 풀렸다. 시야가 어두웠다. 갈 길을 완전히 상실했다. 난 미궁을 헤매는 조난자였다.

안 되는데. 지금만은 안 되는데…… 하늘이 원망스러웠다. 난 간호사에게 의지할 수밖에 없었다. 영현. 우린 얼마 전까지 예술에 대해 논하고, 최고의 작품을 만들 파트너로 서로를 부르고, 키스하고 사랑을 속삭였잖아. 나 외의 뮤즈는 없다고 했었잖아. 철중에게서 도망쳐도 내 자리는 없었다. 어떻게 살아도 죽음보다 더 큰 허무였다. 난 전의를 상실했다. 그사이 간호사가 등을 밀며 우물거렸다.

"병원장님이 남편분과 잘 아는 사이인데, 그럴 사람이 아니라고 하셔서요……. 클라이언트님이 여길 나가셔서 외도를 하려는 걸 수도 있다면서, 전적이 이미 많다고……. 제가 그걸 다 믿는 건 아니지만요, 지금은 좋은 타이밍이 아닌 것 같아요. 일단 들어가서 잘 얘기를 해 보세요."

……난 저항하지 못하고 검사실로 들어갔다. 직원들이 시키는 대로 진찰을 받았다. 사람들은 내 몸이 아기를 품는 그릇으로 얼마나 적합한지 조사했다. 내 몸은 다른 고통을 호소하는데, 의사와 간호사들은 전혀 눈치채지 못했다. 그들은 내 배에 시약을 바르고 피를 뽑고 기계를 가져다 댈 뿐이었다.

모든 과정이 끝났을 때 철중과 난 의사 앞에 나란히 앉아 그가 내릴 선고를 기다렸다. 난 의사가 내가 아기를 배기엔 부적합한 여자라는 걸 드러내 주길 바랐다. 차트를 받은 의사가 입을 열었다.

"임신 3주차입니다. 축하합니다. 요즘 몸이 좀 피로하거나 감정 기복이 있거나 속이 안 좋거나 그러셨죠? 지금부터는 엽산과 비타민을 잘 챙겨 드셔야 해요. 자세한 검사 결과는 몇 주 후 집으로 발송될 겁니다."

아……

불가능한 일이다.

태생부터 지옥과 어울리는 아이야. 정말 이곳이 네 집이라고 생각하니?

성모 마리아라도 된 기분이었다. 아이란 사랑 없는 관계 속에서도 들어설 수 있었나. 모든 출생의 기저에 깔린 뼈아픈 진실을 왜 잊고 있었을까. 난 철중을 바라보았다. 그리고 다시 시커먼 초음파 화면을 응시했다. 그 속에선 뱀 새끼처럼 보이는 작은 형태가 일렁였다. 오직 내가 삶의 반려로 소망한 사람은 단 한 명뿐이었는데. 생명은 왜 사랑도 아닌 거짓을 둥지로 선택하는가. 그래, 출생은 사랑 없이도 가능했다. 어머니들의 얼굴이 줄줄 떠올랐다. 나는 지극히 혼자였다. 흐느낌이 올라왔다. 철중은 그런 나를 외투로 감싸며 내가 너무나 감격한 모양이라고 말했다. 살아갈 의지가 사라졌다. 그저 빨리 이 세상을 벗어나고 싶은 마음뿐이었다. 뒤에선 간호사가 불안한 얼굴로 날 지켜보았다. 그러나 그는 날 구할 힘이 없었다. 엉망인 얼굴로 철중의 차에 다시 올라탔다. 철중은 창문을 열어 내게 찬바람을 쏘였다. 집으로 돌아가면 카메라의 개수를 늘리고, 태교를 위한 스케줄을 짜 주겠다고 말했다. 누구의 아이인지는 모르지만 쓸모는 있을 거라고 했다.

난 모든 걸 체념한 얼굴로 대답했다.

"당신 마음대로 해."

§

"정말 천국 같은 삶일 거야. 그 아기가 내 자식이 맞다면 말야."

철중이 속삭였다. 하지만 궁금했다. 이 아이가 그의 자식이 아니더라도 그는 아기를 제 자식으로 위장하지 않을까? 유산을 물려받을 좋은 방편이니. 둘째를 임신하는 건 죽어도 싫었다. 물론 첫째를 낳는 것도 반갑지 않았다. 그러나 철중은 낙태도 허용하지 않을 것이다. 설령 그 아이가 제 자식이 아니라 해도. 어느 쪽이든 나에겐 감옥 같은 삶이었다.

그는 나의 기상 시각부터 취침까지 모든 일과를 더 세밀하게 설계했다. 스피커에선 하루 종일 태교에 좋다는 클래식이 흘러나왔다. 임산부를 위한 요가를 마치면 촉각을 자극하는 공방 수업이 이어졌다. 뜨개질, 꽃꽂이, 재봉 같은 것들이었다. 손을 움직이면 태아의 뇌 기능 발달에 좋다나. 자극적인 음식도 금지였다. 몸을 청결히 씻는 시간도 지정되었고, 꼬박꼬박 육아와 관련된 공부를 해야 했다. 일과를 마칠 때마다 철중에게 보고가 들어갔다. 에덴은 철중의 아기를 위해 모든 게 갖추어진 요람이었다. 나를 위해선 아니었다. 하지만 이제 와서 무엇을 할 수 있을까. 배에는 생명이 들어 있다. 엄마가 된다면 나 자신으로서는 살 수 없다. 목에 돋은 푸른 반점은 자주 간지러웠다. 다른 게 태어나려는 듯. 호르몬이 변하면서 피부의 성질도 바뀌어 건조해지는 탓이었다. 난 반복해서 그 부근을 쓸었다. 반점 위가 희게 부르트며 갈라졌다. 파티, 술, 철중이 허락하지 않은 영화나 글을 보는 것도 금지되었다. 철중의 구속은 날이 갈수록 강해졌다.

어머니가 된다는 건 무엇일까. 푸른 반점이 욱신거린다. 나는 그 부근을 누르며 근본에서 올라오는 어떤 진실을 애써 참는다. 이건 나의 본능이 아니다. 하지만 알아서는 안 된다. 지금 그걸 기억해 내면 안 된다. 난 옆에 놔둔 대바늘을 부여잡고 털실을 당겼다. 바늘을 꿸 때마다 새끼 뱀처럼 털실들이 구불거린다. 날 떠나기로 결심한 영현의 모습이 아른거렸다. 화사한 드레스를 입고 다른 여자를 마주 보며 웃던 그 모습에…… 이가 갈렸다. 정신 차리자. 난 배신당한 여자의 본분을 다해야 한다. 사랑스럽고 귀여운 아기의 탯줄 같은 털실을 다 떠야 한다. 징그럽고 흉악한 뱀은 떠올리지 말자. 그건 날 갉아먹을 뿐이다. 이제 싫든 좋든 삶의 희망은 아기에게 달렸다. 하지만 그럴수록 자꾸 의식의 틈새로 비참한 기억들이 몰려왔다.

첫 번째로 떠오른 건 독이 둥둥 뜬 국그릇이었다.

침을 삼키면 반점 부근이 아팠다. 갑상선이 부은 걸까. 통증은 이 기억으로부터 비롯되었다. 오래전, 어머니는…… 내게 독이 든 국을 먹이려고 했다. 이 빠진 사기그릇 안에 덜 익은 뱀의 몸통 조각들과 누런 기름처럼 번들거리는 독이 떠다녔다.

어머니도 아이를 죽이고 싶어 했다.

내가 산증인이었다.

이제 나도 어머니가 되어야 한다. 어머니로부터 사형을 선고받은 날의 기억을 되짚었다. 그날 내가 어떻게 했더라?

다시 반점이 지끈거렸다. 그곳과 연결된 신경이 예민했다. 이젠 이빨까지 얼얼했다. 보랏빛에 가까운 푸른 반점……. 생각해 보니 이건 그날 생긴 흔적이었다.

어머니에게 순종했던 날. 그날의 상흔이었다. 아주 영광스러운 상처였지. 내게 사약을 내린 어머니를 따랐었다. 죽음 같은 어머니에게 찬미를 바쳤었다. 더 큰 사랑을 하는 이에게는 언제나 그 이상의 고통이 따른다. 그게 진실된 사랑의 증거였다. 신을 추종하는 사람들이 항상 더 많은 고난을 겪는 이유와 같다. 신은 언제나 가학적인 요구를 통해 숭배자들의 사랑을 영원불변의 것으로 다듬으니까.

지금 내 배 속에서 아기가 자란다.

발작이 시작된다. 손발의 말미에서 전해지는 신경통이 증상의 신호다. 내 몸은 평소엔 절대 향하지 않을 방향으로 굽어진다. 털실과 바늘을 전부 떨어트렸다. 정신이 아득하다. 그대로 기절했다.

꿈속에선 쉿쉿거리는 바람 소리와 쾅쾅대는 소음, 고함과 비명이 어우러진다. 유리 너머에서 나는 어머니의 얼굴을 발견한다. 그쪽으로 갈 수 없다. 나는 그쪽으로 갈 수 없다. 그 너머는 안 된다. 당신을 만나고 싶은데, 그저 사랑한다고 말하며 품에 안기고 싶은데. 갈 수 없다. 아버지의 눈 때문이다. 나는 어여쁜 연기가 필요하다. 그래야 당신을 살린다. 내가 어여쁠 때에만 당신이 돌아온다.

내 아이도 평생 연기자로 살게 될까.

§

"사모님, 정신 차리세요."

가정부의 목소리가 들렸다. 쓰러졌던 모양이다. 그새 누군가가 날 침대로 옮겼다. 눈을 끔벅이는 내 이마에 가정부가 수건을 올린다. 그 손길이 아늑하던 것도 잠시, 옆에 서 있던 철중을 발견한다. 나는 습관처럼 미소 짓는다. 철중이 혀를 찬다. 오른쪽에 낯선 사람 하나가 와 있다. 왕진 가방을 든 걸로 보아 출장 의사였다. 그가 내 곁으로 와 앉았다. 열을 재고 무언가를 계속 질문하더니 차트를 꺼내 필기했다. 내가 무엇을 회상했는지는 대답하지 않았다. 변두리의 답들만 듣던 그는 날카로운 시선으로 날 직시하다가 철중에게 설명했다.

"일종의 히스테리 증상입니다. 심인성 스트레스가 신체화된 거죠."

"자극은 최대한 줄였는데. 이 정도로 스트레스받을 만한 일이 뭐가 있어."

남자는 정신과 의사였다. 철중의 불만 가득한 질문에도 그는 꿋꿋하게 진단을 내렸다.

"부인은 워낙 예전부터도 기질적으로 감수성이 풍부하셨으니…… 스트레스 역치가 일반인들과는 다를 수도 있습니다. 오히려 자극을 억제하는 게 스트레스 요인이기도 해요. 적당한 카타르시스 체험은 필요합니다."

"그런 건 운동으로 충분히 풀어 주고 있는데. 얼마나 더 하란 말야? 정확한 해결책이 뭔가."

"임신을 하셨으니 호르몬 변화가 심해요. 약 처방도 어렵고…… 몸의 변화는 신경이나 심리적 상태에도 영향을 미칩니다. 심인성 증상은 주관적이라 딱 떨어지게 해답을 말할 수는 없지만, 우선 부인이 좋아하는 것들을 최대한 찾아 주시고 그걸로 신경에 쌓인 스트레스를 풀어 주세요."

철중은 의사의 대답이 탐탁지 않은지 계속 못마땅한 어투였다. 그가 서랍에서 직접 제작한 일과표를 가져왔다.

"봐. 이보다 더 완벽한 일정이 어디 있어."

그걸 받아 든 의사는 얼떨떨한 표정을 지었다. 제정신인 사람이라면 서른도 넘은 아내에게 학생처럼 일과표를 짜 주는 남편이 얼마나 이상한지 알 것이다. 그걸 모르는 건 오직 철중뿐이다. 의사는 무어라 반박하고 싶은 눈치였지만 말을 삼켰다. 철중은 협회에서 권위 있는 의사였다. 이 사람은 철중보다는 젊었으니 그의 후배 정도 되어 보였다. 의사는 할 말을 고르느라 뜸을 들이다가 나를 쳐다보았다.

"부인의 의견이 중요합니다. 여기에서 줄이거나 바꾸고 싶은 일정이 있나요? 아니면 새로운 취미 생활을 추가하셔도 좋습니다. 스트레스가 해소될 만한 걸로요."

'그냥 그 종이를 죄다 찢어 버려요.' 그렇게 대답하고 싶은 마음이 굴뚝같았다. 하지만 상황이 악화되겠지. 난 그저 한숨을 내쉬었다. 숨 막히도록 짜인 일정표를 보기만 해도 머리가 아팠다. 문득 한 가지 생각이 떠올랐다. 그러고 보니 이걸 안한 지 오래되었다. 난 의사에게 대답했다.

"영화를 보고 싶어요."

"하기 쉽고 좋은 취미네요."

"좋아하는 감독이 있어요. 그분 작품을 보면 기분이 좋아져요."

"그래요, 좋아해서 행복감을 느끼는 영화라면 무엇이든 좋습니다. 어떤 영화인가요?"

난 영현의 이름을 언급했다. 그의 손길과 시선이 담긴 영화를 보고 싶었다. 곁에서 영현을 느끼고 싶었다. 영화 속 주인공에 날 대입하고 싶었다. 그래야만 이 끔찍한 잉태를 버틴다. 의사가 대답했다.

"요즘 한창 유명한 감독이네요. 해외에서 작품상도 여럿

받았으니, 괜찮을 것 같습니다. 산모가 보면서 행복하면 아이도 혜택을 받으니까요."

의사가 내 의견을 지지하자 철중은 표정을 굳혔다. 그러더니 곧바로 반박했다.

"그 감독 영화는 위험하다고 했잖아. 잊었어?"

"당신 눈이 부족해서 그런 해석밖에 못 하는 거예요."

"가장한테 못 하는 소리가 없어."

"늙은이처럼 굴지 마요."

철중이 눈을 부라렸다. 나도 지지 않고 그를 노려보았다. 사이에 낀 의사만 좌불안석이었다. 그는 철중을 만류하려 했다. 하지만 철중은 의사에게 페이를 건네며 빠르게 돌려보냈다.

의사도 날 지지했다. 그가 보기에도 철중과 나보단 영현과 내가 더 잘 어울렸겠지. 하지만 철중이 어떻게 했겠는가?

그는 내게 영화를 준비해 주긴 했다. 영현의 영화만 빼고.

철중은 시청 가능한 영화 리스트를 작성해 가정부들에게 관리하도록 했다. 그 영화들은 영현의 작품과는 정반대였다. 철중은 자신도 의사이기 때문에 이런 문제를 다룰 수 있다고 자신했다. 100개의 리스트는 유치한 만화나 신파적인 작품이 대부분이었다.

나는 그 리스트를 찢어 버렸다. 조각들을 국 속에 넣고 끓여 마셨다. 영현을 못 보는 것도 짜증 나는데, 이딴 리스트는 더욱 지랄맞았다. 산부인과에서 봤던 결혼식 영상 이후 영현은 날 찾아오지 않았다. 내 임신 소식도 모를 테지. 영현은 언제나 그랬다. 정작 내가 당신을 절실히 필요로 할 때는 곁에 있어 주지 않는다. 매번 널 믿었던 내가 잘못일까? 네가 나의 우상이라 고난을 시험하는 걸까? 내가 사랑한 여자들은 언제나 날 떠난다.

서글픈 분노가 올라왔다. 감정을 삭여야 했다. 내 배 속엔 아이가 있으니까. 하지만 고통스러운 감정은 끊임없이 솟아났다. 태아가 자라는 속도보다도 더 빨랐다. 시야에 털실이 보였다. 아까까지 뜨개질을 하다가 놔둔 실이었다. 충동적으로 그걸 목에 둘렀다. 매듭을 지은 후 잡아당기자 숨이 막혔다. 전기 충격을 받는 듯한 통증이 엄습했다.

그때 한 여자의 얼굴이 떠올랐다.

누군지 알 수 없었다. 나의 어머니 같기도 영현 같기도 했다. 아니, 어쩌면 철중의 전 부인들이나 친모였을지도 모른다. 그 여자는 어두운 공간 속에 있었다. 천장에 기다란 무언가를 달았다. 뱀처럼 구불거리는 것들 속에 여자는 목을 넣었다. 순식간에 그 여자의 머리가 날아갔다. 얼굴 없는 몸만 어둠 속에 꼿꼿했다.

눈을 번쩍 떴다. 지하 창고. 갑자기 영현이 그곳에 숨었으리란 생각이 들었다. 남편에게도, 그 누구에게도 들키지 않을 공간에서 마지막 미련을 들고 왔으리라고. 사랑, 그까짓 지나간 감정 때문이 아니었다. 그 마음에 매달리면 결국 감정이 날 죽일 것이다. 그 따위 삿된 감정은…… 믿지 않는다. 하지만 아직 복수가 남았다. 영현에게. 남편에게. 진정한 내 인생의 극본을 완성하려면. 목에 걸렸던 털실을 끊었다. 이까짓 걸로는 날 죽일 수 없다. 앞으로 태어날 아이의 얼굴이 어른거렸다. 그 애는 여자아이일까? 웃으며 태어날까, 울면서 태어날까, 비명을 지르며 태어날까. 아기의 태명을 무엇으로 지을지 생각했다. 난 아기에게, 영현이란 이름을 붙이고 싶다.

……영현(英賢)이란 한자를 쓴다면 슬기롭고 뛰어난 아이일 테고, 영현(英顯)으로 쓰면 죽은 사람의 영혼을 높여 부르는 뜻이다. 靈(신령 영), 影(그림자 영), 그리고 懸(매달 현), 絃(줄현) 같은 글자를 붙이면 신의 그림자가 맺힌 줄이나 뱀, 또는 영혼을 목 매다는 줄처럼 보이리라. 아, 멋진 이름이다. 난 그만 그동안의 일을 다 잊고 웃었다.

내 부모는 유서를 쓰는 법 따위는 가르쳐 주지 않았다. 누가 법적으로 효력 있는 유서를 작성하는 법을 알려 주면 좋으련만. 이 저택의 곳곳엔 죄다 카메라가 설치되어 마음 놓고 죽을 수도 없었다. 제일 괜찮은 무덤은 저 지하 창고다. 에덴이라는 이 저택은 누군가가 죽더라도 그 죽음을 낱낱이 박제할 수 있었다. 수많은 관객에게 자랑하는 일도 가능하다.

하지만 지하 창고는 다르다. 철중은 그곳을 누구에게도 보이고 싶어 하지 않았다. 영현은 남이 숨기고 싶어 하는 것들을 귀신같이 잘 찾아내니. 나와 만날 장소로는 분명 그곳을 선택하리라.

몸이 곧바로 반응했다. 죽을 때 죽더라도 그곳에 무엇이 있는지 봐야겠다. 누군가의 함정일 수도 있다. 창고에 들어간 부인들은 다 죽었다니까. 뭐, 이제 와서 죽음이 두렵진 않았다. 영현의 배신보다 끔찍한 것은 없다. 난 전에 설치한 휴대폰 어플로 지하 창고를 다시 살폈다. 철중은 외출했고, 지금은 아무것도 비치지 않았다. 문은 잠겨 있었다.

좋아. 기회는 지금뿐이다. 나는 옷을 걸치고 바깥으로 나갔다. 물을 먹는 척하다 집 안을 돌보는 이들의 눈을 피해 뒷문으로 향했다. 지하 창고까지는 금방 도달했다. 정원사의 농막도 비어 있었다. 그의 흙 묻은 점퍼도 없었다. 난 지체하지 않고 창고 문을 열었다.

여전히 창백한 조각상들이 즐비했다.

전의 침입자가 껴안았던 조각 앞으로 갔다. 그 조각상은 유독 목 부근에 밧줄 자국 같은 쓸림이 있었다. 난 이전에 목격한 자세를 따라 했다. 조각을 마주 보고 끌어안은 후 등 부근을 더듬으니 유난히 맨들거리는 곳이 있었다. 그 부근을 엄지손가락으로 훑었다. 척추뼈를 따라가자 미세한 틈이 있었다. 음부까지 형상화된 조각이었다. 그곳에 손을 집어넣었다.

작은 스위치 하나가 만져졌다. 회심의 미소와 함께 그걸 눌렀다. 곧이어 레일 긁는 소리와 함께 벽으로 위장했던 문 하나가 스르륵 열렸다. 이곳이었구나. 철중이 숨겨 놓은 공간. 누구에게도 보여 주기 싫어 했던 비밀. 여길 들어가면 훨씬 끔찍한 무언가를 마주할지도 몰랐다. 손에 땀이 배었다. 각오는 했다. 저 맹숭맹숭한 저택에서 시체처럼 누워 지내는 것보단 이게 낫다. 난 안으로 침입했다.

축축하고 엷은 조명이 켜진 가운데에 수술대 의자가 있었다. 익숙한 의자였다. 피부과 병원에서 시술을 할 때 놓는 의자였다. 그곳엔 수술실을 그대로 가져다 놓은 것처럼 장비들이 갖춰져 있었다. 레이저와, 여드름을 빨아들이는 기계와, 긁어내는 도구까지. 다른 한쪽에는 날카로운 바늘과 잉크들이 있었다. 몇 번이고 다시 그린 도안들까지도. 난 그게 무엇인지 알아차렸다. 문신들이었다. 철중은 이곳에서 문신을 연습했다. 그리고……

벽면을 따라 수십 마리 뱀이 들어찬 우리가 있었다. 나는 그들에게 노려진 동물처럼 꼼짝하지 못했다. 검푸른 혀를 날름거리는 것들이 눈을 치켜뜨고 날 발견했다. 뱀들의 종류는 정말로 다양했다. 구하기 힘든 희귀종부터 강력한 독사까지. 좁고 어둡고 고요한 이 공간에 그들이 갇혀 있었다. 정원사가 이 뱀들을 돌봤겠지. 그를 해고한 후에는 철중이 직접 뱀을 다루었는지 여기저기에 그의 옷이 널려 있었다. 화장품 재고를 보관하는 캐비닛 안에 뱀독을 추출한 실험관들과 거즈, 흰색의 허물들, 그리고 그 스케치들이 가득 차 있었다. 죄다 부조

화스러운 기이하고 징그러운 공간이었다.

나는 찬찬히…… 유리 속 뱀들을 둘러보았다. 이곳은 실험실이었다. 현란한 검은 반점들, 세모난 머리, 강렬한 붉음과 주황색을 가진 생물들이 가득했다. 그들은 박제되지 않았다. 다만 독을 뽑히거나 실험에 사용되기 위하여 살아 있었다. 강한 맹독을 가진 개체들은 따로 보관되었다. 보다 적은 독을 가진 것들은 커다란 우리 속에 한꺼번에 담겨 있었다. 미끌거리고 창백한 몸통들이 엉키는 모습을 넋을 잃고 바라보았다. 흙냄새가 진동했다. 내가 이곳에서 맡았던 흙의 향은…… 뱀들이 풍기는 것이었다. 슛슛거리는 바람 같은 소음들도……. 정말로 오랜만에 만나는 뱀들이었다. 너희들은 왜 이곳까지 왔을까. 평생을 지하 창고에 갇혀 살아가려고? 이 뱀들은 자기들끼리 새끼를 배고, 알을 까고, 다시 새끼를 뱄다. 비린내가 흙냄새에 섞인다. 익숙한 냄새들이었다. 유리에 나의 지문이 묻었다. 이 감촉들이 익숙하다.

난 우리 속에 갇힌 것들을 싸늘한 시선으로 노려보았다.

"인생은 원래 그래."

내가 이렇게 읊조리자 뱀 몇 마리가 동조하듯 슛슛거렸다. 여긴 사생아들의 우리구나. 난 깨달았다. 철중의 진실은 생각보다 단순했다. 영현의 배신에 비하면 볼품없는 미장센이었다.

"아버지께 가져다 드려."

영현이 이렇게 말했었나? 아니, 대사를 틀렸다. 가끔은 말

실수가 본심을 대변하는 법이다. 남편에게 가져가, 이렇게 말했어야지. 영현은 거짓말이 서툴다. 그러니 배우로서의 재능이 없어 감독을 하는 거다. 네가 다른 여자에게 건넨 반지도 모조품이나 다름없다. 진심이 들어 있지 않으니까. 이곳에 철중이 가짜 아내들을 박제한 것처럼. 너는 가짜 반지를 거짓 연인에게 건넸다.

영현. 난 네가 남긴 메시지를, 행간에 숨겨 둔 진실을 언제라도 읽어 낼 거야. 내가 바로 너만의 뮤즈, 진정한 배우, 세상에 둘도 없는 걸작을 만들 파트너니까. 그래야만 한다. 난 결국 지하의 진실을, 틈새의 미학을 성취하고야 마는 예술가니까. 흙냄새 가득한 양손을 맞잡자 두 볼을 타고 눈물이 떨어졌다. 결혼이라는 진부한 형태에 구속되었던 사랑이 가엾었다. 난 그걸 해방하고 싶었다. 절대적인 사랑은 상실된 것들의 잔해 속에서 탄생한다.

그러니 영현은 최후의 동반자로 나를 선택할 수밖에 없다.

부서진 세상 속에서는 진정한 연인의 사랑만 오롯하다.

맹독을 품어도 스스로의 독 때문에 죽는 뱀은 없다.

'죽음을 위장하자. 〈사의 찬미〉의 주인공들처럼.'

소름 끼치도록 아름다운 목소리가 들렸다. 영현이었다. 수십 마리 뱀들이 영현 대신 목소리를 냈다. 손이 벌벌 떨렸다. 난 절정에 도달했다. 이제 마지막 신을 찍을 차례였다. 널 따를게. 저승길 동무가 필요하다면 함께할게. 에덴에 우리 둘이 남

자. 우리 둘만 영원히. 하루 종일 그것만 생각했다. 이 말이 그 때부터 내 삶의 지표가 되었다.

S#07
모티프 Motif

눈물로 된 이 세상

나 죽으면 그만일까

— 윤심덕, 〈사의 찬미〉에서

몸은 자의를 거부했다. 팔다리는 자주 저렸다. 돌 장갑을 낀 것처럼 차갑게 굳거나 마비되었다. 증상이 찾아올 때면 밀랍 인형처럼 꼼짝없이 누워 있어야 했다. 발작은 하루에 다섯 번쯤 찾아왔다.

"차라리 약을 줘."

"안 돼. 의지로 이겨 내."

내가 중얼거리면 철중은 단칼에 거절했다.

얼마나 의지가 단단한 사람이 되어야 할까? 날 서기 시작한 정신과 달리 몸은 매일 굳었다. 밥을 먹다가도, TV를 보다가도, 목욕이나 산책을 하다가도 몸이 마비되었다. 그런 통에 내 증상도 사람들에게 알려지기 시작했다. 간질 발작과도 다른, 일순간 기묘한 동작으로 굳어 쓰러지는 부잣집 사모님의 병증은 좋은 가십거리였다. 세간엔 내가 기형아를 낳을 거라는 말도 돌았다. 누군가는 밀랍 인형처럼 창백한 얼굴로 멈추는 나를 동정했다.

어느 날이었다. 철중이 심각한 얼굴로 돌아왔다.

"아버지가 위독하셔."

최근 그의 아버지는 지병으로 고생 중이었다. 덕분에 철중의 신경도 유난히 예민했다. 아직 아버지의 유언장은 공개되지 않았다. 그가 어떤 내용을 공증인에게 약속했는지 아는 사람은 없었다. 사람들은 분명 시누이가 더 많은 지분을 차지할거라 수군거렸다. 하지만 나의 임신 사실을 들먹이며 철중에게 적지 않은 지분이 올 거라 떠드는 이들도 있었다. 철중은 집에만 오면 안절부절못했다. 성가실 정도로 온 방을 돌아다녔다. 아직 유전자 검사 결과는 나오지 않았다. 난 그의 옆에서 태연하게 뜨개질만 했다. 그렇지 않다면 언제 발작을 할지 몰랐다. 속으론 철중을 경멸했다. 고작 아버지의 임종이 임박했다는 사실에 저렇게 동요하다니, 가소로웠다. 배는 확실하게 불러 갔다. 육안으로 형태를 확인하긴 어려웠지만 몸속에서 무언가가 자라는 느낌은 분명했다. 그때마다 난 철중이 보지 않는 곳에서 〈사의 찬미〉를 외웠다. 몸속 태아와는 별개로 내 영혼을 위한 희열이 필요했다. 대사를 읊으면 새로운 영혼이 되었다. 에덴에 갇힌 수동적인 존재가 아니라 무엇이든 될 수 있는 특별한 이로서의 고양감이 끓었다. 난 철중이 보지 못할 곳에 숨어 윤심덕의 연인이 그를 만지듯, 아니 영현이 나를 만지는 순간을 상상하며 수음했다. 〈사의 찬미〉를 외울 땐 마비 증세가 없었다. 시어머니는 혼인 신고에 박차를 가했다. 하지만 시아버지가 의식 불명에 빠지면서 결과도 불투명해졌다. 다들 각자의 몫을 취하려 신경을 곤두세우는 나날이 이어졌다.

"임신 축하해."

그리고 철중이 저녁 늦게까지 진료가 있던 날. 시누이가 예고도 없이 찾아왔다. 난 침대에 누워 뜨개질을 하는 중이었다. 시누이가 왔다는 소식에 아래층으로 내려가지도 않았다. 그러자 시누이는 직접 침실까지 올라와선 선물을 내밀었다. 아기 용품 세트였다. 전부 여자아이용 물건이었다.

"세상에 이만한 시누이도 없어. 그렇지?"

난 건강 핑계를 대곤 계속 누워 있었다. 시누이는 화장대 의자 하나를 빼어 제멋대로 앉았다. 난 딱히 그와 저번 같은 신경전을 하고 싶진 않았다. 그래서 시누이가 생색내며 지껄이는 걸 그대로 두었다. 그는 차를 한잔 달라고 말했다. 난 가정부를 불러 침실로 찻주전자를 시켰다. 시누이는 다리를 꼬곤 시답잖은 이야기들을 던졌다. 평소라면 하지 않을 시시콜콜한 얘기들이었다. 난 적당히 응수하면서도 시누이의 속셈을 가늠했다.

난 시누이의 비밀을 안다. 그걸 알아챘을까? 우린 서로의 속내를 탐색 중이었다. 시누이는 내 비밀을 캐려 들고, 나는 시누이의 비밀을 이용하려 한다. 얼마 후, 상대가 본색을 드러냈다. 그는 품속에서 자그마한 플라스틱 통을 꺼냈다. 라벨도 붙어 있지 않은 통이었다.

"이번에 회사에서 새로 개발한 시약이야. 스트레스를 감소시켜서 임산부 피부에도 좋아. 올케 요즘 많이 힘들다며? 한 번 먹어 봐."

"남편이 허락하지 않을 텐데요. 그이 허락 없이 뭘 먹거나 하면 불같이 화를 내거든요."

"이건 오빠도 성분 개발에 참여한 거야. 괜찮아. 오히려 전에 오빠가 나보고 너 좀 챙기라던걸."

시누이는 통의 뚜껑을 열곤 나의 의향도 묻지 않고 그걸 찻잔 속에 넣었다. 내 입가가 경련했다. 아직 1층에선 가정부들이 일하는 중이었다. 사람도 많은 곳에서 대담하게 이런 짓을 한다니. 건네받은 잔 속엔 물과 섞이지 못한 누런 액체가 둥둥 떠다녔다. 마치 앰플을 녹여 물에 푼 모양새였다. 아. 그 통 뚜껑 윗부분엔 꼬리를 물고 도는 뱀이 그려져 있었다. 악연의 순환이로구나. 역겨운 기분이 들었다. 독사 앰플도 떠올랐다. 시누이는 내가 그걸 들이켜길 바라며 날 빤히 쳐다보았다. 내게 해로운 걸 먹이려는 시도였다. 난 시누이의 의도를 확신한다. 시누이는 내가 아기를 낳길 바라지 않는다. 아들은 더더욱 바라지 않는다. 어쩌면 이건 낙태를 유도하는 약물인지도.

"마셔. 몸에 좋다니깐?"

시누이는 다시 한번 강조했다. 이런 식으로 시누이는 철중의 전 부인들을 압박하여 자살시켰을 것이다. 철중의 전 부인들을 제거한 공범들 중 시누이도 있다. 출산하지 못하도록, 아기를 낳지 못하도록 스트레스를 주고 입을 줄여 왔을 테지. 그렇다면 이번만은 시누이와 나의 뜻이 통한다. 시누이가 나의 우군이었다. 시누이는 먹이를 노리는 살모사처럼 뚫어져라 날쳐다보았다. 그래, 난 이 순간 시누이가 건넨 것이 독이라고 확신했다.

그래서 단숨에 잔을 들이켰다. 아직 다 식지 않은 뜨거운 물이 식도를 타고 넘어갔다. 시누이가 놀란 얼굴을 했다. 남은 한 방울까지 전부 삼키고 입가를 거칠게 닦았다. 과연 이건 내 안의 독을 능가할까?

"아이가 좋아하는 게 느껴지네요."

이렇게 대답하자 시누이의 안색이 변했다. 시누이는 눈에 띄게 서둘러 자리를 정리하더니 이만 가 보겠다고 말했다. 난 고개를 끄덕였다. 시누이는 방을 나가다 양심에 찔렸는지 내게 이런 말을 남겼다.

"몸조리 잘해."

"아무렴요." 나는 평온한 목소리로 응수했다. 독을 먹는 일 따위 어렵지 않았다. 그래, 당신이 먹인 독은 어떤 효과를 일으키는지 기다려 보자. 난 목덜미의 푸른 반점을 매만졌다. 여기에도 독의 잔재가 팔딱팔딱 뛴다. 또 하나의 심장처럼. 부디 시누이의 독이 나를, 내 아기를 먼 곳으로 보내 주길. 난 다시 베개를 베고 누웠다. 머리맡에 신생아용 모자를 뜨던 실타래가 남았다. 지난번 독사 앰플 판매 건으로 철중과 시누이는 크게 부딪혔다. 시누이는 철중의 앰플과 비슷한 성분을 함유한 화장품들을 자기네 공장에서 직접 양산하겠다 선언했다. 난 속으로 웃었다. 레시피의 출처가 어디인지 잘 알았다. 지금 그는 새어머니라는 여자의 개입에 대해서도 불만이 크니, 올케라도 죽이러 왔을 테지. 나는 눈을 감고 약효가 나타나길 기다렸다.

§

"미옥."

영현의 목소리가 들렸다. 깜박 잠이 들었던 나는 부스스 깨어났다. 몸은 멀쩡했다. 아쉬웠다. 독은 내 존재보다 무뎠다. 나의 과거와 일생보다 약했다. 대신 영현이 날 채우러 왔다. 영현, 위선의 세계에선 살고 싶지 않아. 네가 그토록 설파했던 결혼 제도의 참담함을 나는 몸소 증명했다. 이제 빌려 간 것들을 돌려받을 때가 왔다. 손발은 가뿐했다. 체온도 그대로였다. 시누이의 독이 통하지 않는다면 나는 별수 없이 아이를 낳아야 한다. 몸이 무거웠다. 영현의 아득한 목소리가 날 불렀다. 그가 있는 곳으로 가야 한다. 영현의 목덜미에 새겨졌던 뱀 표식이 어른거린다. 뱀들의 아우성이 들린다. 난 비틀거리며 정원으로 나갔다. 뙤약볕이 뜨거웠다. 금방이라도 지하의 것들이 비명을 지르며 튀어나올 것 같다. 임신한 후로는 몸에 열이 제멋대로 올랐다. 속도 울렁거렸다. 신체가 붓기 일쑤고 본래의 모습은 변해 갔다. 이전의 나는 없었다. 배 속 아이는 무언가를 먹어 치우는 중이다. 잉태 중인 아이가 내 속에 수많은 불순물을 남긴다. 이걸 제거하고 싶다. 탈피하고 싶다.

지하 창고의 그늘에 들어서자 숨이 놓였다. 서늘한 어둠 속으로 내려가면 영현이 가깝다. 그가 날 기다린다. 영현이 조언했다.

"우리에겐 본질을 사랑하는 능력이 있어. 말은 수단일 뿐. 뼛속까지 느껴지는 네 감각만이 진짜야. 우린 〈사의 찬미〉로 연결되어 있어. 상사뱀들처럼. 한 번도 헤어진 적 없지. 절대로."

난 영현에게 밀착했다. 영현은 내 척추뼈를 아래에서부터 하나씩 훑었다. 그럴수록 몸 깊은 곳에 새겨진 기억들이 깨어났다. 널 이해하는 건 오직 나뿐이다. 날 깨우는 유일한 사람도 오직 당신뿐. 국이 든 그릇을 내밀던 어머니의 모습이 떠올랐다. 그 눈동자……. 삶의 말미에서, 벼랑 끝에서 마지막 밧줄을 붙잡는 사람의 눈동자를…… 사랑했다. 손바닥에 맞닿던 따스한 국그릇의 감촉도 생생하다. 국물에는 샛노란 기름들이 떠 있었다. 익숙한 날것의 뱀고기들……. 그래, 덜 익은 고기들이 조각난 채 들어 있었지. 그토록 다정한 요리라

니……. 우린 생사탕집을 운영했다. 어머니도 나도 요리에는
능숙했다. 그러니 실수를 할 리 없었다. 뱀고기는 덜 익혀서는
안 된다. 그것도 독사를 잡아 끓인 국이라면. 난 건조한 얼굴
로 국을 한 번 보았다가 다시 어머니와 눈이 마주쳤다. 어머니
는 눈빛으로 애원했다.

'나랑 함께 가자.'

이 날것의 고백보다 첨예한 마음이 있을까?

……어머니. 고백하자면 나는 아버지의 딸이 아니었다. 내
심장에 뿌리내린 사랑의 근원이 누구인지 태어날 때부터 알
았다. 발설을 금지당했을 뿐이다. 오랜 시절부터 딸에게 자신
들의 욕망을 투사한 건 아버지였고 그 해석을 거부할 권리는
딸들에게 주어지지 않았다. 자신의 욕망과 언어에 비추어 딸
의 발달을 평가하는 체제 속에서 여성들은 끝없이 결핍되어야
했다. 그들은 아버지를 사랑하고 금지당하는 과정 속에서만
딸들의 심리적 발달이 이루어진다고 믿고 싶어 했으니까. 결핍
된 여자만이 그들의 소유였으니까. 여성의 분열은 그들에겐 축
복이었다. 난 마른 입술을 축인다. 독의 맛은 쓰디썼다.

난 그 이론의 반증이다. 난 아버지들의 투사를 아버지들
에게 돌려주길 거부했다.

사랑의 원천은 어머니였다. 어머니는 내게 독이 든 국그릇
을 준 적 있다. 그걸 진리가 담긴 과실주처럼 들이마셨다. 어머
니의 진심에 바친 나의 사랑이었다. 어머니는 내가 마지막 한

방울까지 핥는 걸 지켜보았다. 그걸 마신 후 일주일간 고열에 시달렸다. 목의 푸른 반점은 이때 생겼다. 밤새 앓는 동안 내내 어머니가 곁에 계셨던 게 좋았다. 어머니는 밥도 먹지 않고 뜨거운 내 얼굴을 물수건으로 연신 닦아 주었다. 난 두 번째 그릇이라도 마실 수 있다고 생각했다. 이날 당신의 차가운 손끝은 우리만 아는 소통이었다. 열로 어지러운 시야 속에서 당신과 처음 눈을 마주했다. 아버지가 금지하지 못한 시선을 교환했다. 화내지 않고, 두려움에 떨지 않고, 공포에 질리지 않은 당신의 눈을…… 난생처음 마주 보았다. 왜 그 눈동자를 진작에 사랑할 수 없었을까.

만약 내가 죽었다면 어머니도 뒤이어 독을 마실 예정이었겠지.

하지만 나는 일주일 후 살아났다.

그래서 어머니는 계획을 바꾸었다.

영현이 두 번째 척추뼈를 만진다. 딸이 어머니를 살렸다. 딸을 죽이려 했으나 딸이 살아난 덕분에 당신도 자살하지 않았다. 당신의 죽음은 내게 달렸다. 내가 처음으로 얻었던 권력이 좋았다. 영현의 가슴이 그립다. 서늘한 창고 안에 오래 있어서인지 몸이 차가웠다. 내가 당신의 육체를 탐할 땐 자꾸 시야가 흔들렸다. 당신의 얼굴이 흐리다. 영현은 나를 만지고, 그 손길은 뼈를 눌러 기억을 깨운다. 난 그저 영현의 몸을 물고 싶다. 당신은 말하지 않는다. 그저 몸짓으로 나를 깨울 뿐. 저

침묵하는 입술을 지극히 뜯고 싶다. 네 입술에서 독과 피가 흘렀으면 좋겠다. 그건 생존의 증거니까. 가빠지는 숨으로 영현에게 속삭인다. 떠나 버린 연인, 영원히 나를 옭아매는 연인, 겨울이면 비밀을 삭이고 여름이면 소음처럼 시달릴 연인, 죽어서도 잊지 못할 사람, 죽음 너머까지 함께 가고 싶은 사람. 거짓으로 올가미를 치고 끝없이 영혼에 머무를, 죽어도 찬미할 사람. 우리 사이엔 비틀린 이유들만 가득하다. 나는 어느새 허벅지를 문지르고 영현의 목덜미에 코를 갖다 댄다. 뱀이 도사린 영역까지만 입 맞출 수 있다. 난 고개를 숙였다. 영현의 얼굴을 볼 수 없다. 말초 신경이 따끔거린다. 영현, 당신을 따라 차라리 뱀으로 태어나고 싶어. 손발을 빼앗기면, 얼굴을 잃으면, 배로 기어 다니면 돼. 우리는 전생에서도 이 생에서도 지독하게 얽히리라. 영현은 어머니를 닮았다. 그래서 난 끝나지 않을 운명을 예감했다. 이루어질 수 없는 입맞춤일수록 끔찍하게 애달파, 영혼에 끝없는 외상을 남긴다. 내가 당신을 사랑하는 법은 그늘 속에 들어앉아 햇빛이 들이치는 바깥을 외면하곤 음영이 가장 짙은 부근을 한없이 한없이 매만지는 일이다. 당신을 만지면서도 당신을 모른다. 우리 사이엔 거대한 분석이 끼어들었다. 영원한 미지로 남을 연인아. 그래서 난 과육처럼 당신을 깨물고 싶다. 네 독이 잇새로 가득 느껴지도록. 뱀의 이를 드러냈다. 영현의 목덜미를 깊게 깨문다. 영현은 비명도 지르지 않는다. 난 빈 허공에 거듭 키스한다. 아무것도 삼키지 못하겠다.

사로잡힌 동물처럼 가둬진 어머니. 그를 바라보는 나. 이건 오래된 기억이었다. 나는 아버지의 무릎 위에 앉아 있다. 아버지는 어머니를 벌주었다. 상대가 자신의 해석을 따르지 않는다는 이유로. 그 해석을 벗어났다는 이유로. 그딴 이유만으로. 그래, 이 정도는 익숙한 일이었다. 그래서 지금까지도 나의 무의식은 같은 패턴을 반복한다. 어두운 지하 창고 안에서 어머니의 경험을 떠올린다. 우리 속에 갇힌 뱀들의 감각도. 어머니를 잡아넣던 아버지처럼 철중도 그랬다. 놀랍게도 우리의 영혼은 각인된 패턴을 깨부수려는 극적인 노력 없이는 언제나 같은 굴레를 반복한다. 자신의 꼬리를 무는 뱀처럼. 유일한 탈출 방법은 탈피하여 새로운 뱀으로 도망가는 일뿐이겠지. 베란다에 갇힌 어머니는 유리창을 두들겼다. 차가운 바닥에 맨발로 선 어머니가 소리를 지르면 이쪽에선 윙윙거리는 바람 소리처럼 들렸다. 쾅, 쾅쾅. 아버지는 그런 어머니를 내게 보여준다. 그는 여자가 갖춰야 할 덕목을 지키지 않으니 벌을 받게 된다고 말한다. 그에게 반항하면 우리 속 짐승이 된다.

난 당신이 두렵지 않았다. 협박이 사랑을 이길 수는 없으니까.

하지만 작고 어린 아이가 할 수 있는 선택이 무엇이었을까? 난 어머니를 구출하고 싶었다. 그래서 가능한 한 제일 예쁜 웃음으로 아버지의 기분을 풀었다. 애교를 부리고 아양을

떨면 아버지의 기분이 나아졌다. 그제서야 베란다의 자물쇠가
풀렸다.

어머니가 학대당하는데도 방긋 웃는 날 어머니가 얄미워
했던 건 괜찮았다. 그 때문에 벌받는 것도 좋았다. 난 그저 가
능한 모든 방법으로 어머니와 함께하길 원했다. 어머니가 날
밀어낼 때에도, 독이 든 그릇을 내밀었을 때에도, 동반 자살을
권했을 때에도 망설임 없이 응했다. 그게 나의 자부심이다. 아
버지는 우리의 숭고한 사랑을 질투했다. 그 때문에 모든 사랑
의 언어를 독점하려 했다. 하지만 그는 실패했다. 모든 어머니
들은 위대하다. 그들은 모든 아이들의 첫사랑이기 때문이다.
왜 아버지들은 이 단순한 진리를 숨기려 들까? 무엇이 두려워
서? 아기는 배 속에서부터 어머니의 심장 고동과 경험, 기억,
사랑, 영양과 슬픔, 기쁨을 모두 전수받는다. 갓 태어난 아기는
심지어 어머니와 자신을 구분하지 못한다. 생명에게 외부의 침
입자들은 불순물이다. 우린 바깥에서 침입하는 것들을 거부
하지 사랑하진 않는다. 그런데도 오만한 침입자인 아버지들은
자식들이 저를 태초부터 받아들이길 바란다. 순종하길 바란
다. 어머니가 아닌 자신에게 귀속되길 바라며 끝없이 여성들
을 질투한다.

우린 당신의 소유물이 아니다.

차디찬 과육 같은 영현을 깨물자 내가 사랑한 건 어머니
라는 진실이 명료했다.

영현의 몸을 만질수록 냉기가 풍긴다. 그건 내 손끝으로 전해져 심장까지 얼어붙도록 만든다. 지하 창고는 철중의 마지막 심연이다. 수십 마리의 뱀들과 창백한 석고상으로 가득한. 그곳에 나와 영현이 침투했다. 이곳은 우리의 밀회 장소다. 기억하는가? 우린 본래 틈새에서 태어난 존재들이다. 당신이 미처 알아차리지 못한, 분석하지 못한, 진단하지 못한 틈새에서 태어난 것들. 한번 근원을 일깨운 사람들은 다시는 과거로 돌아가지 못한다. 무지몽매한 시절로 돌아갈 순 없다. 그러니 통찰한 자들의 업보를 짊어져야겠지. 불멸하는 건 철중이 아닌 우리다.

난 영현에게 올라탄다. 나의 쾌락은 남성과 관계없다. 출산과도 관계없었다. 사람들은 나를 남성들의 환상에 편입시키려 했다. 이제 모든 걸 밝힌다. 사랑은 섹스와도, 임신과도 관계없다. 하지만 만약 내가 그 짓거리를 하지 않는다면 사람들은 이걸 사랑으로 읽지도 못한다. 사랑에 무지한 이들, 그들은 선악과를 더 많이 깨물어야 한다. 그들은 내가 남자들에게 어필되는 여성이라는 이유만으로 나의 욕망을 깡그리 지웠다. 내가 얼마나 지독하고 열렬하게 영현을 원하는지 모른다. 나의 열망을 해독하지 못한다. 남성의 시각으로 내 욕망을 금기의 영역으로 몰아넣곤 눈을 감는다. 죽음 같은 아름다움을 각오한 사람이 아니라면 이해할 수 없는 사랑 앞에 겸손하기라도 하면 좋으련만. 진실을 목도하고 눈멀 용기가 없다는 사실을 겸허히 받아들인다면 나왔을 텐데. 나는 영현의 몸을 만지며, 마치 남자처럼, 아니, 여자로서 여자의 몸을 느낀다. 영현의 목덜미, 쇄골, 가슴과 유두, 허리, 엉덩이와 골반, 모든 곡선에 자리한 미학을 사랑한다. 여성을 살덩이로만 읽는 이들은 알 수 없을 품위를 만끽한다. 세상에 직선으로 태어난 것들은 없다. 여자의 음부는 어떤 형태로든 우아하고 유려하다. 난 영현의 몸과 호흡한다. 내가 영현이고, 영현이 나다. 두 세계가 공명하는 과정 속에서 무아지경으로 열락에 잠긴다. 그는 차가워지고 나는 뜨겁다. 영현의 몸은 마르지 않았다. 옆구리엔 균형 있는 근육이 잡혔고, 허벅지는 부드러웠다. 내 목덜미는 붉고, 그는 파랗다. 격정적인 소리가 터져 나온다. 옷을 전부 벗어던졌다. 갓탈피한 허물처럼. 어둠 속에서도 맨살이 하얗게 빛났다. 영현의 앞에선 모든 걸 드러내고 싶다.

이왕 가면을 써야 한다면, 죽어서라도 영현의 배우가 되고 싶다.

뱀들이 울었다. 그것들도 우는 소리를 내는 게 가능하던가. 철중이 돌아올 시간이었다. 나는 천천히 몸을 일으켰다. 영현은 내게 자주 조언했다. 카메라가 꺼질 때까지, 무대에서 내려갈 때까지 몰입을 잊지 말라고. 무대 뒤에서도 연기는 유지해야 한다고. 긴장을 늦추지 말라고. 연기가 삶에, 삶이 연기에 구속된 것처럼 행동하라고. 최면에 빠지듯 역할의 마음을 놓지 말라고. 나는 옷을 추슬렀다. 그래, 이 지하 창고를 나가면 카메라들이 날 지켜본다. 정원부터 현관까지의 길에도 검은 렌즈들이 날 좇는다. 철중은 신처럼 이 낙원을 빠짐없이 감시한다. 하지만 신도 뱀이 이브에게 속삭이는 순간은 보지 못했지. 그늘 속에서 뱀은 신보다 전능한가? 우스운 생각이 들었다. 나는 아이처럼 킥킥 웃었다. 영현, 영현, 사랑해. 솔직하게 지껄였다. 이 불륜을 사랑한다. 영현이 만들어 준 최상의 아이러니이기에.

네가 날 사랑하게 된다면 그제서야 난 널 죽일 거야. 우리의 영원불멸을 위해.

영현이 잠들었다. 그를 두고 먼저 밖으로 나왔다. 나는 완전 범죄에 익숙해졌다.

영현, 이 마음이 날 죽여도 좋아. 어머니만큼 당신을 사랑해.

난 다음번 영현을 만날 때까지 칼날을 잘 벼려 둘 것을 다짐한다.

§

"당신이 무슨 짓을 했는지 말해 봐."

귀가하자마자 철중은 내게 종이 하나를 던졌다. 유전자 검사 결과였다. 종이에 적힌 수치는 명확한 사실을 말해 주었다. 아이는 철중의 친자가 아니었다. 한국에서 태아의 친자 확인 검사는 불법이었다. 철중은 우리의 생체 정보를 해외로까지 보내 이걸 밝혔다. 난 감탄했다. 세 번의 부인들에게서도 실패한 철중이 네 번째라고 다를 리 없었다. 철중은 항상 처음에는 목소리를 낮추고 감정을 누르며 이성적인 척을 하려고 한다. 그러다 한번 눈이 돌면 폭력적으로 변한다. 그는 나보다 이성적이지 못하다. 나는 그에게 맞고 일어난 뒤에도 끝까지 정신을 유지할 수 있었다. 이후에 닥칠 결과까지 준비했다.

정원사의 이름은 **영훈**이었다. 얼핏 흘려들으면 **영현**과도 비슷했다. 내가 종종 영현의 이름을 부르던 걸 철중이 전해 들었다. 철중은 내가 정원사와 외도했고 결국 아이까지 뱄다는 생각에 미쳐 버리려고 한다. 그는 나의 부도덕과 못난 점, 유책 배우자인 점을 지적했다. 하지만 이혼하자고는 하지 못한다. 유전자 검사 결과만 숨긴다면 철중은 아이를 당분간 자신의 핏줄로 속일 수 있으니까. 글쎄, 난 그게 싫었다. 그래서 일부러 그를 자꾸 도발했다.

"그 사람이 당신 전처들 몸에 대해서도 잘 알던데."

결국 우리의 싸움은 말을 넘어 몸싸움으로 번진다. 일방적으로 내가 맞는 일이 많다. 그래도 이번엔 나도 철중을 깨물고 팔을 휘둘렀다. 난 계속 철중을 자극한다. 당신의 비밀은 추잡해, 넌 날 소유할 자격이 없어, 날 박제한다 해도 당신의 것이 아니야, 절대 시체가 되지 않아, 늙고 못생긴 남자 주제에 분수를 모르다니, 당신을 선택한 건 비루한 생존 때문이었을 뿐 다른 선택지가 있어도 그랬을까? …… 생각해 봐. 당신은 전 부인들을 망칠 수 없었어. 오히려 반대야, 당신 말이 맞아. 그들이 당신을 떠났어. 당신을 버렸다고. 말을 뱉을수록 감정의 수위가 높아진다. 난 점점 생각할 수 있는 심한 말들을 모조리 쏘아붙였다. 가정부의 증언에 따르면, 새벽 내내 물건 깨지는 소리가 벼락 같아 도무지 안정을 취할 수 없었다고 했다. 모든 상호 작용은 강렬한 자극이었다. 난 차라리 이렇게 발산하는 게 좋았다.

철중은 내가 아기를 뱄다는 사실도 잊은 듯했다. 태내에서부터 충격을 받으면 어떤 아이가 태어날까? 잘하면 낙태할 수 있을지도. 난 다시 이렇게 빈정댔다. 봐, 역시 당신에게는 당신 자신뿐이야. 이기적인 건 너야. 아기를 위해 날 보호한다는 말은 다 거짓말이야. 아기에겐 오직 나뿐이야. 아기는 어머니의 난황을 받아먹고 생을 이어. 아버지가 아니라. 당신의 가치는 고작 그 정도지? 난 킬킬 웃음을 터트렸다. 어디, 나와 아이를 동시에 죽여 보든가. 이내 머리에 느껴지는 둔탁한 통증과 함께 기절했다.

다시 정신이 들었을 때, 내 곁엔 영현의 대본이 아니라 70페이지의 두툼하고 지리멸렬한 글이 있었다. 철중이 쓴 글이었다. 안을 들추자 나의 잘잘못과 아내로서 덕목을 지키지 않은 죄를 고발하는 문장들이 가득했다. 날 때려눕히곤 옆에 앉아 이런 글을 70페이지나 적었다니. 헛웃음이 났다. 철중은 이걸 남겨 두고 출근했다. 멀쩡하고 세련된 의사의 얼굴로. 아직 방 안에는 어제의 흔적이 남았다. 가정부를 부를 힘도 없었다. 난 서랍을 뒤져 남은 두통약을 꺼내 삼켰다.

다시 스스로 집안일을 시작했다. 강남에서 제일 큰 병원의 원장 사모님이, 그것도 왕년에 유명 배우였던 사람이 여기 갇혀 바닥을 직접 쓸고 닦는 걸 보면 사람들은 어떻게 생각할까? 확실한 건 지금 내 모습이 아주 순종적으로 보인다는 사실이다. 철중이 관리하는 비디오의 파일들을 유출할 수만 있다면. 거대한 저택의 몇십 평이나 되는 거실을 도우미 하나 없이 닦는 모습을 본다면. 임신한 아내에게 하루 종일 홀로 바닥을 닦도록 내버려 두는 남자를 세상은 어떻게 평가할까? 조금만 더 기다리면 영현이 찾아온다. 그때 영현의 의견도 물어봐야겠다.

나는 준비가 되었다. 최고의 연기자가 되기 위한 준비. 하루하루 나의 역할은 세밀하고 생생하다. 인물은 내 속에서 살아나 다른 영혼이 덧씌운 듯했다. 본래 연기란 거듭되는 훈련을 바탕으로 성립한다. 중간중간 몸에 맺힌 멍을 사진으로 찍어 두었다. 입술은 부르트고 건조해야 했다. 하지만 얼굴만은 처연하면서도 아름다워야 했다. 그래야 동정심을 유발하니까. 반투명한 화장을 조금 했다. 예전에는 매니저가 사진을 찍어 주었는데, 이젠 스스로 촬영을 했다. 타이머를 맞추고 몇 번씩 포즈를 고친 후에야 마음에 드는 사진을 얻었다. 이 정도면 사람들은 나를 연민하겠지. 그것들을 저장하고 갤러리를 닫으려는데, 인터넷 기사 알림이 떴다. 굵은 글씨체로 쓰인 제목 하나가 눈에 띄었다.

"이브 그룹 회장 사실혼 관계의 내연녀와 혼인 성사 불발, 재산 분할 청구 소송 예고."

……가슴이 덜컹 내려앉았다. 이건 시부모님들의 이야기였다.

즉 시아버지는 최종적으로 시어머니와 법적으로 부부가 되는 걸 거부했다. 시누이가 이간질을 했을까? 아니면? 기사를 자세히 읽었다. 시어머니는 시아버지에게 이별을 통보했다. 대신 사실혼 관계로 지내 왔던 시간이 있으므로 이를 근거로 재산 분할 청구 소송을 했다. 유산에 대한 몫은 얻지 못해도 지금 당장 결별한다면 어느 정도의 지분은 인정받을지 모른다. 어머니는 결혼에 매이기보다 이것이라도 가지길 바라신다.

당신은…… 이 가족을 버리기로 결정했다. 아버지 때문에.

갑자기 몸에 힘이 죽 풀렸다. 나는 제자리에 주저앉았다. 마음 한구석이 쌀쌀했다. 난 어쩐지 시어머니와 나를 이 집안에서 투쟁하는 동료처럼 여겼다. 아니 그보다 더한 애착을 느꼈다. 하지만, 어머니가 먼저, 이 집구석을 버리고 떠난다. 남이 되려 한다. 머리가 어질거렸다. 두통이 일 정도로 그분의 모습이 떠올랐다.

고고한 얼굴과 자세, 우아하고 절제된 손동작과 목소리까지…… 난 분명히 동요했다. 철중이 날 위협할 때보다도 더. 어머니가 이 집을 떠나면 더는 그분의 며느리로 남을 수 없다. 새 아가 같은 말도 들을 수 없다. 비록 허울뿐인 호칭이더라도 그 단어를 좋아했다. 그런데 왜…… 완고한 철중의 아버지가 저주스러웠다. 고집불통 늙은이 같으니라고. 지금은 병상에 누워서 오늘내일하는 주제에. 어머니의 소원을 들어주는 그깟 일이 뭐가 어렵다고. 아버지가 미웠다. 그가 어머니의 바람을 들어주지 않았기에 어머니는 집을 떠난다. 나 역시 여기 머무를 이유가 있나?

어머니의 번호로 통화를 시도했다. 그러나 아무도 받지 않았다. 그는 나조차도 자신의 바운더리에서 지우려는 모양이었다. 난 모든 전의를 상실했다. 내내 울고 싶었다. 누구의 눈도 닿지 않는 곳에서 오래도록 울고 싶었다. 세상에서 사라지고 싶었다. 그분 외에 모든 건 쓸모없었다.

정원은 나날이 잡초가 수북했다. 철중이 아직 새 정원사를 고용하지 않은 탓이었다. 난 그 사이를 마구 헤집으며 맨손으로 풀을 뽑았다. 영현, 영현. 지금 당신이 필요해. 그를 애타게 불렀다. 갑자기 몇 달째 생리하지 않는 몸이 낯설었다. 내몸을 돌던 피는 어디로 갔지? 지하 창고로 달려가 문을 열었다. 그런데 생각대로 카드키가 작동되지 않았다. 밤사이 철중이 바꾼 걸까? 지금 내겐 어둡고 축축한 굴이 필요했다. 난 마구 문을 두들겼다. 문은 꼼짝하지 않았다. 내게 지하를 허락하지 않았다. 난 문을 뜯고, 긁고, 발로 차고, 주저앉아 밀고, 문

틈을 파기 시작했다. 손이 먼지와 흙으로 더러워졌다. 엉망으로 손톱이 갈라졌다. 귀신 같은 몰골로 저 아래를 원했다. 저 곳이 필요했다. 영현이 기다리고 있을 지하실이. 비록 저게 철중이 파 놓은 덫일지라도 괜찮다. 머리카락이 흐트러지고 땀이 줄줄 흘렀다. 팔다리가 다시 굳었다. 이러면 안 되는데, 마비되면 안 돼. 아, 갑자기 내 몸이 안으로 훅 꺼졌다. 문은 이미 열려 있었다. 그래서 카드키가 작동하지 않았다. 그것도 확인하지 못할 정도로 정신이 없었다. 나는 계단 아래, 여자들의 몸이 있는 곳으로 내달렸다. 허연 여자들이 보였다. 그 사이 영현도 있었다. 내가 그를 부르며 목에 매달리자, 영현은 빈 얼굴로 나를 보았다. 네 얼굴이 텅 비어 있었다. 깊게 억압했던 다른 기억이 되살아났다.

아버지께 가져다 드려.

어머니가 따뜻한 국이 담긴 그릇을 내 손에 쥐여 주었다. 나는 이 안에 든 게 무엇인지 알았다. 이전에도, 지금도. 야채 건더기로 덮였지만 덜 익은 살점과 더 강한 독이 든 국물. 내가 마셨던 것보다 훨씬 독한 국이 그릇에 담겼다. 어머니는 날 독살하는 데 실패한 후 독의 용량을 높였다. 그리고 타깃을 아버지로 바꾸었다. 어머니는 요리를 건네며 이런 뜻을 전달했다. 함께 떠나지 못할 바엔 공범이 되자. 이게 우리의 운명이다. 나는 어머니를 절실하게 사랑했다. 그러니 핍박자인 아버지를 제거하는 건 멋진 방법이었다. 어머니는 아내로서 아버지를 바라보고, 아버지의 애인으로 행동하고, 여자로서 아버지와 사귀어야 했다. 그에게 반찬을 내고, 보필하고, 사랑한다 말해야 했다. 그건 너무 불공평했다. 우리 사이를 이간질했던 유일한 방해물은 아버지였다.

그래서 난 국을 손수 아버지에게 대접했다.

아버지는 그걸 마시곤 발작을 일으켰다. 사흘 후 그가 죽었다.

이날 처음으로 어머니가 나를 포옹했다. 엄청난 희열과 행복감을 느꼈다. 비로소 어머니의 사랑을 온전히 쟁취한 기분이었다. 목덜미의 푸른 반점 정도는 영광스러운 훈장이었다. 처음 나의 죽음으로 내 사랑을 증명했고, 다음으로 아버지의 목숨을 바쳐 더 큰 사랑을 얻었으니. 아, 나는 큰 기쁨으로 충만했다.

그런데 세상의 계율은 생각보다 견고했다. 특히 그것들이 오랫동안 사람들을 속여 왔다면 더욱 그랬다. 나의 어머니도 피해자였다. 뿌리 깊게 속아 온 이들 중 하나였다. 이해한다. 이해해야 한다. 어머니의 딸로서 그 어려움쯤은 헤아릴 수 있다. 진심이다. 개인이 세상을 이기는 건 쉽지 않으니까. 난 어머니를 정말로 깊이 이해한다……

눈앞의 영현이 급작스레 웃는다. 난 그의 얼굴을 볼 수 없었지만 분명히 알았다. 그는 아버지 숨통을 끊은 후의 어머니처럼 미소 짓는다. 나도 그를 따라 한다. 내가 웃으면 사람들은 어머니를 닮았다고 칭찬했다. 그래서 난 어머니와 내 미소가 좋았다. 그날 어머니와 나는 함께 부둥켜안고 울다가 종래엔 같이 웃었다. 작은 읍내의 파출소에선 사고사로 아버지를 처리했다. 그는 평소에도 다혈질이고 성격이 급한 걸로 소문이 났었다. 어머니에 대한 폭행은 증언해 줄 사람이 많았다. 인과응보였다. 결국 그는 술을 마시고 급히 해장국을 먹으려다가 독을 제대로 제거하지 않아 탈이 난 걸로 판명되었다. 난 엄마 곁에 서서 그날도 아버지가 거하게 취했고, 자신이 생사탕 전문가니 우리보곤 손끝도 대지 말라며 부엌으로 들어갔다고 증언했다. 우리 집엔 카메라가 없었다. 아버지의 혈중 농도에선 뱀술로 인한 알코올이 검출되었다. 문제 될것도 없었다. 이날이 내 연기 생활의 시작이었다. 어머니 덕분에 재능을 깨달았다.

영현처럼 어머니도 나의 재능을 일깨웠다. 난 영현을 끌어안으려 다가갔다. 그는 언제나 날 최고의 배우로 만들었다. 날 알아차린 건 그였다. 날 진짜로 만든 것도 영현이었다. 마른 웃음이 자꾸 샜다.

"영현. 돌아올 거지?"

내가 물었다.

영현은 대답하지 않았다.

"……대답해. 영현. 너만은 날 떠나지 않을 거지?"

영현은 여전히 침묵했다. 그저 잔잔한 미소만을 지을 뿐.

"돌아오겠다고 말해. 다른 사람에게 널 빌려준 적 없어. 그것들이 내게서 훔친 거지. 도난품은 돌려줘야지. 그게 상도덕이잖아."

영현은 응하지 않았다. 아, 그의 옷은 흰색이었다. 다른 여자와 결혼할 때 입은 바로 그 옷.

위선에 편입하려는 거야? 나처럼? 왜. 내가 아이를 배서 그래? 다른 남자의 아이를? 그래서 내가 미워? 지울게. 아이 따위 얼마든지 지울 수 있어. 죽일 수 있어. 나와 공범이 되기로 했잖아. 운명을 공유하고 함께하기로 했잖아. 끝까지. 어디까지든. 대답해. 왜 아무 말도 못 해. 왜. 왜. 왜. 왜. 왜. 왜. 왜. 왜. 왜. 왜. 왜. 나의 사랑을 얼마나 더 증명해야 해. 고달파. 널 가장 사랑하는 내가 여기 있어. 내 삶은 온통 너로 점철됐어. 침묵 따위로 날 배신하면 안 돼.

다른 진실 하나가 결국 고개를 쳐든다.

아버지의 죽음 이후 나의 것이 되리라 생각했던 어머니는 지속적으로 가출했다. 그는 매번 다른 남자를 만났고, 임신해서 돌아왔다. 어머니는 계속 남자들에게 배신당했다. 그런데도 자꾸만 자꾸만 집을 떠났다. 공범인 내가 여기 있는데. 매번 다른 이들의 아이를 배고, 출산하고, 버리고 떠났다. 어머니는 그들의 계율에 중독되었다. 그것에서 벗어나지 못했다. 어머니는 자주 종적을 감추었다. 어느 날이면 불현듯 돌아와 내게 국을 끓여 주며 웃었다. 하지만 그다음 날 쥐도 새도 모르게 사라졌다. 어머니가 떠난 빈자리를 허망하게 바라보던 새벽들이 기억난다. 어머니가 유일하게 집에 오래 붙어 있던 때는 내가 방송을 타기 시작했던 날이다. 한 부모 가정 지원을 위한 다큐멘터리를 찍는다고 했다. 그들은 내 순진한 눈망울이 사람들의 이목을 끌어 후원금을 모집하기에 적합하다고 판단했다. 아침에 일어나 홀로 먹을 식사를 차리고 등교하는 내 삶이 카메라에 담겼다. 촬영 셋째 날, 어머니가 돌아왔다. 어디서 소식을 들었는지 그는 내가 먹고 싶어 하던 과자를 사선 아무렇지 않게 문지방을 넘었다. 오랜만에 보는 어머니와 내가 눈시울을 붉히자 시청률이 올랐다. 난 어머니의 무릎을 베고 다정하게 누웠다. 그날이 어머니가 유일하게 자발적으로 돌아와 머문 날이었다. 아마 후원금을 가로채기 위해서. 하지만 어쨌든 카메라 앞에 있으면 어머니가 날 보러 돌아왔다. 내가 고등학생쯤 되었을 때, 후속 프로그램 제안이 들어왔다. 사람들의 후원을 받은 가난한 소녀가 어떻게 지내는지를 다시 방영하자고 했다. 생활고에도 불구하고 후원자들 덕에 성장하여 열심히 살아가는 예쁜 소녀의 이야기……. 훌륭한 외모 덕에 방송은 인기를 끌었다. 만약 내가 추한 여자였다면 사람들은 날 거들떠나 봤을까? 내 외모와 가난이 무슨 상관인지는 몰랐으나, 사람들은 날 더욱 연민했다. 예쁜 아이는 비참하면 안 된다, 아니 비참해도 가냘프고 보기 좋을 만큼만 서글퍼야 한다. 그 이상 시청자를 불편하게 하면 큰일이다. 어쨌든 어머니처럼 사람들도 내가 아름다울수록 날 보러 왔다. 이날도 마찬가지였다. 그게 어머니를 마지막으로 본 날이었다.

우린 따숩게 지은 밥공기 옆에 김이 모락모락 나는 국을 나란히 놓고 둘러앉았다. 그 국에서는 생사탕 냄새가 났지만, 이 시절 난 이미 배우의 자질을 완성했다. 우린 어려운 환경에서도 서로에게 의지하며 살아가는 모녀를 연기했다. 난 어머니를 닮았다. 어머니도 외모가 빼어난 편이었다. 그래서 미인인 그가 밤새 지친 내 이마를 쓰다듬는 장면은 정말 아름다웠다. 카메라 앞에서 난 어머니에게 커서 꼭 훌륭한 사람이 되겠다고 약속했다. 서정적인 엔딩 음악과 함께 우리의 극은 마무리되었다.

그게 당신과 나의 마지막 거짓이다.

방송 이후 회사에 캐스팅되어 배우 훈련을 시작했다. 카메라 앞에 다시 선다면 어머니가 날 찾아오리라 믿었다. 하지만 그 후로 어머니는 다시 돌아오지 않았다. 어디서 무엇을 하며, 죽었는지 살았는지조차 모른다. 어머니의 생사는 흐릿했다. 어머니는 신을 죽였지만 선악과를 깨물지는 못한 사람이었다. 나는 소망했다. 내 자신이 뱀이었다면 좋았을 텐데. 어린 나는 어머니에게 그 이상의 진실을 알자고 속삭일 수 없었다. 끝없는 자학의 길을 반복하는 모습을 무력하게 바라봤을 뿐이었다. 간신히 삿된 소망에만 의지하여 살아왔다. 내가 더 아름다운 가면을 개발한다면, 그래서 카메라 앞에 선다면 당신이 언젠가 진실을 깨달을까. 그렇게 착각했을 뿐이었다. 지상에서 들리는 바람 소리는 천둥처럼 컸다. 나는 귀를 막았다. 영현은 여전히 침묵했다. 그의 얼굴은 여전히 흐렸다.

영현을 이대로 놓아 줄 수 없었다. 그날, 어린 날 두고 남자들에게 가 버린 어머니처럼, 영현을 허무하게 빼앗길 수 없었다. 영현은 내 곁에 있어야 한다. 내 옆이 당신의 자리다. 당신을 위해서라면 나는 배 속의 아이조차 포기할 수 있다. 사랑 없이 잉태한 아기는 필요 없다. 내가 영원으로 만들고 싶은 건 나의 핏줄이 아니라 바로 너다.

"널 잃어버릴 수 없어. 더는."

난 악에 받쳐 외쳤다. 영현은 완전히 표정을 감추었다. 그가 무슨 마음으로, 어떤 얼굴로 날 버릴 준비를 하는지 알 수 없었다. 예전에도 몰랐다. 네가 날 떠날 준비를 한다는 건 눈곱만큼도 알지 못했다. 어떻게 그토록 태연하게 한 시절 사랑했던 사람을 단번에 버리나. 뒤돌아보지도 않고 가 버리나. 숨이 가빠졌다. 영현, 내 사랑을 시험하지 마. 얼마나 큰 증명이 필요해? 철중이 날 때릴 때의 고통은 아무것도 아니었다. 수많은 카메라 앞에서 내가 아닌 얼굴을 위장하고 거짓 행위들을 하는 고통도 영현의 침묵에 비하면 아무것도 아니었다. 난 영현과 다시 만나기 위해 그 모든 연기를 실행했다. 그래서 여기까지 버텼는데, 마지막 운명처럼 네가 날 찾아왔는데.

대답해. 가지 마. 돌아와. 사랑해, 사랑한다고.

난 영현의 목을 양손으로 졸랐다. 영현은 저항하지 않았다. 대신 바닥에 넘어졌다. 푸른 뱀이 튀어나왔다. 난 그가 내게서 도망치지 못하도록 강하게 눌렀다.

양 뺨이 눈물로 축축했다. 영현을 깔고 앉아 손에 쥔 보랏빛 뱀을 질식시켰다. 영현은 내 손길을 받아들였다. 조금도 저항하지 않았다. 자줏빛 혈흔들이 뱀의 무늬처럼 사방에 퍼졌다. 〈사의 찬미〉에 이런 장면이 있던가. 영현은 내게서 무슨 감정을 끌어올리고 싶은 걸까. 아아. 극 중 연인들은 사랑을 이루지 못할 바엔 동반 자살을 했었다. 영현, 당신은 그걸 원하나? 죽음으로 내게 너의 사랑을 말하려 하나? 영현은 계속 대답하지 않았다. 하지만 나는 알았다. 네 사랑을, 이해했다. 손을 풀지 않았다. 그의 몸이…… 한순간에 식었다. 우리 속 독사 같던 어머니, 당신을 놓지 말았어야 했는데. 야생의 뱀처럼 멀리 사라질 당신을 보내지 말았어야 했는데. 왜 우린 그래야만 했나. 영현의 숨이 넘어갔다. 그의 몸이 움직이지 않는다. 손바닥엔 싸늘한 잔여물만 남았다. 코피가 났다. 붉은 핏방울이 내 손등 위로 뚝뚝 떨어졌다. 영현은 사랑을 완성했다. 자신이 추구한 연출대로. 그의 엔딩을 받아들이며, 난 고개를 떨구었다.

우린, 죽은 것에게만 사랑을 고백할 수 있구나.

영현. 나 정말로 당신을 사랑했어.

내게 공범은 없었다. 죄는 스스로 감당해야 했다.

§

서늘한 시체의 감촉……. 핏물이 전부 빠져나간 시체는 이 제 하얗다. 당신들은 나의 고통을 전부 관음했으니, 이제 내 작품을 믿을까. 도둑맞은 나의 사랑과 삶. 그것들을 되찾으려 는 몸부림과 여정들, 총체적인 실패를 관람할 때 즐거웠는가? 누군가는 이 모든 이야기가 그저 지어낸 것이라고, 또는 이 정 도로 거칠게 쓸 필요는 없었다고 말하겠지. 얼마나 매끄러워 야 당신은 이 이야기를 허락할까. 이곳은 끝없는 감옥 같다. 철 중은 날 일부러 유인하여 창고에 가뒀다. 금지는 욕망을 부르 니까. 이곳을 금지한다면 아내들이 다들 창고를 원할 줄 알았 던 거다. 그러나 나의 창고엔 다른 것들이 있었지. 내 곁엔 허 연 조명을 받으며 누운 창백한 영현의 시체뿐이다. 영현이 금 지된 세상에서 내가 가장 열망한 것도 영현이었다. 하지만 이 젠 끝이야. 남편은 날 살인자로 신고할까? 감옥에 가둘까? 우 린 예전에도 서로를 몇 번씩 고발했지만 벌받은 사람은 없었 다. 아. 그래. 하지만 이번엔 70페이지나 되는 철중의 글이 있었 지. 오직 그의 주장만 가득한 글들. 판사들은 남자의 글을 더 좋아한다. 자신들이 이해할 수 있는 글이 남자의 글밖에 없으 니 여자의 글은 믿지 않는다. 거기에 이 시체…… 나는 남자들 에게 잡혀 남자들에게 처벌받을지도 모른다. 목덜미를 긁었다. 죽음은 영현의 얼굴을 질료로 빛났다. 어슴푸레하고 새하얗 게. 내 사랑은 서늘하고 끈덕지게 그림자 속을 꿈틀거린다. 거죽이 화려할수록 독도 짙다. 그러니 이제 더는 이 일을 설명할 필요 없다. 지금 내가 할 일은 단 하나뿐이다. 오직 극 중 배우로서의 삶을 마감하는 것.

사랑의 현장을 은폐하자. 남편에게 이걸 들키면 안 된다.

영현과의 밀회도, 철중보다 그를 더 사랑했다는 사실도.

가장 상실된 것만이 불후의 영원으로 남는다. 영현은 죽음보다도 거대한 실종으로 남았다. 파충류처럼 과거를 죽이고 진실로 탈피했다.

이 사실을 들키면 안 된다. 난 죽은 영현의 몸을 끌어안는다. 어떻게 처리할지 이미 알고 있었다. 아버지가 죽었을 때에도 이 방법을 썼다. 난 영현의 몸을 질질 끌었다. 독사들이 가득한 방으로 그를 데리고 간다. 우릴 기다리던 냉혈 동물들이 눈을 시퍼렇게 뜬다. 그들의 검은 혀는 시체를 원한다. 태곳적부터 오직 진실만을 속삭인 입으로 죽음을 맛보길 원한다…….

무엇도 남기지 말아라. 당신 외엔 무엇도 남지 말아라. 이젠 내가, 우리가 세상을 버릴 차례였다.

사랑했던 것, 죽어 버린 것, 영원할 것을 우리 안으로 넣는다. 뱀들이 득실거린다. 그들이 아가리를 열어 영현을 삼킨다. 송곳니가 번뜩인다. 갈기갈기 조각난 영현이 저것들의 허기를 채운다. 영현을 먹어 치운 뱀들은 웅크려 탈피의 시간을 기다린다. 난 우리 앞에 꿇어앉아 때를 기다렸다. 철중은 내가 어떤 증거를 인멸했는지 찾아낼 수 없다.

철중도 자신을 떠난 어머니에게 복수하기 위해 아내들을 들였다. 하지만 운명의 틈새에서 태어난 나는 철중의 통제를 빗겨 가리라. 철중이 어머니를 살해한 자의 운명을 반복한다면 나는 피해자가 아닌 어머니 같은 살인자가 되리라. 우린 빛과 그늘이기보다 그림자와 그림자다. 하릴없이 뱀들을 바라본다. 검은 혀가 번들거린다. 미친 여자로 불리는 건 두렵지 않다. 오직 영현이 날 버리는 것만 두려웠는데. 지금 그를 완벽히 되찾았다. 나는 승리했다. 뱀 같은 승리를 거두었다.

지상으로부터 희미한 빛이 샌다. 문이 열리는 소리가 들렸다. 철중이었다. 난 구석으로 숨는다. 발소리가 들렸다. 피 냄새가 난다. 내 얼굴이 피 범벅이다. 그가 이쪽으로 다가온다. 영현의 흔적은 사라졌다. 비밀 공간의 문이 열린다. 철중이 엉망인 우리들과 구석에 처박힌 나를 번갈아 바라본다. 그가 점점 내 앞으로 다가온다. 내 이름을 부르며 무릎을 굽힌다. 그는 날 죽이고 배 속에서 아이를 꺼내고 싶어 한다. 당신은 몇 명이나 살해했을까. 철중이 이곳에 카메라를 설치하지 않은 이유는 결말을 숨기기 위해서다. 그도 모든 걸 은폐하길 원한다. 나처럼. 그리하여 나는, 철중이 내 목에 손을 대었을 때 반사적으로 말했다.

"사랑해요."

철중이 손을 멈추었다.

§

당신을 사랑해서 그랬어요. 당신은 바깥일이 바빴잖아요. 마음이 변한 줄 알았어요. 예전만큼 날 사랑하지 않는 줄 알았어요. 외로웠어요, 쓸쓸했어요. 그래서 당신이 질투했으면 싶었어요. 못난 방법으로라도 관심을 돌릴 수 있다면…… 그래서 그랬던 거예요. 다른 남자에게 손댔던 건, 아기까지 가질 생각도 없었어요. 아니, 만약 당신이 원한다면 대신 임신하는 것쯤은 아무것도 아니었어요. 내 진심을 알아 줘요. 당신은 알아야 해요. 바깥에서 수많은 여자들을 보잖아요. 아름다운 조각으로 세공되려 깎고 또 깎이는 여자들…… 내 마음이 얼마나 찢어졌는지 상상이 가요? 당신에겐 나만이 보석이었으면 했는데. 당신 이전의 사람들은 다 거짓이에요. 당신만이 진짜예요. 그래서 당신이 나 때문에 화를 내고, 주먹을 휘두르고, 몇십 페이지나 되는 글을 쓴다는 게, 좋았어요. 그래서 이런 짓을 했어요. 지금도 당신은 나만 보잖아요. 내가 원하던 시선이에요. 난 저 조각상들도 싫어요. 전 부인들을 질투해요. 그만큼 당신을 사랑해요. 그러니 날 용서해요.

나의 변명에 철중은 침묵했다. 그러곤 낮은 목소리로 물었다.

"당신은 이미 신뢰를 잃었어. 내가 어떻게 당신을 다시 믿을 수 있지."

"당신이 아버지에게 인정받을 수 있도록 임신한 거예요.

오직 그 생각뿐이었어요. 제가 말했잖아요. 애꾸눈 정원사 따위 징그럽고 보기 싫다고. 하지만 눈먼 당신은 그가 어떤 사람인지 정말로 보지 못했죠. 내가 이런 방법까지 써야만 소원을 들어주었잖아요……."

철중이 망설이는 게 보였다. 나는 그의 아버지를 들먹이며 호소했다.

"내가 왜 그렇게 어머니 마음에 들고 싶었을까요? 아버님이 어머니를 사랑하시니까, 그러니 당신을 위해서, 당신이 더 훌륭하려면 내가 잘해야 한다고 생각했죠. 뱀술을 잊었어요? 상견례 때 내 선물 덕에 결혼할 수 있었잖아요. 야속한 사람. 결혼을 네 번이나 했어도 여전히 여자의 마음을 모르는군요. 하지만 믿어 줘요. 내가, 당신의 마지막 사랑이에요. 당신은 진짜 사랑을 이렇게 대접해서는 안 돼요."

"……"

"그 남자, 영훈 말이에요. 그가 당신이 사랑했던 여자들이 여기 있다고 했어요. 그래서 창고에 들어오고 싶었어요. 그 여자들을 없애고 싶었어요. 그런데 그가 열쇠를 가지고선 내놓지 않았어요. 내 몸과 교환해야만 이걸 주겠다며 협박하지 뭐예요. 그에게 속은 거예요. 정말 끔찍했어요. 하지만 당신에 대한 사랑이 이겼어요. 그 정도로 당신의 연인들을 질투했다니 추한가요? 하지만…… 언젠가 당신이 내 진심을 알 거라고 생각했어요. 사랑에 빠진 여자에겐 이런 방법밖에 없잖아요."

철중의 손이 느슨해졌다.

"바보 같은 여자로군."

"어떤 사랑은 눈을 멀게 해요. 이건 다 당신 탓이에요."

정말로 눈이 반쯤 흐렸다. 아직은 탈피할 때가 아니었다. 뱀들은 탈피 직전에 눈꺼풀이 탁해졌다가 다시 동공이 맑아진다. 하지만 아직 때가 아니었다. 철중은 멜로 영화의 주연이 되고 싶어 한다. 난 철중의 손을 끌어 나의 목덜미, 푸른 반점 위를 쓰다듬도록 했다. 그가 날 부수도록 만들어야 한다. 그렇다면 나는 영혼의 명분이 생긴다. 난 예전의, 〈상사뱀〉에 출연하던 시절의 눈으로 철중을 바라보았다.

"내가 당신의 화폭이 되어 줄게요. 예술은 불멸하니까요. 오늘 예술가로 데뷔해요. 나에게 사랑의 증명을 남겨요. 당신의 손으로 직접 새긴 낙인이 필요해요."

방 안에는 철중이 피부 시술을 실험한 흔적뿐 아니라 레이저와 문신 기계도 많았다. 그는 몇 번이나 이곳에서 상사뱀에 관한 환상을 풀었을 것이다. 숨겨진 방 안엔 욕망의 냄새가 진동한다. 난 나의 푸른 반점을, 어머니의 독으로 인해 생긴 부위를 그에게 가감 없이 내준다. 깔끔하게 관리된 눈부신 목덜미를.

결국 철중은 나에게 키스한다. 그가 날 끌고 시술대로 간다. 우린…… 신혼 시절처럼 격렬하게 서로를 애무한다. 얼마쯤 더 입을 맞추고, 영화처럼 몸을 움직인다. 그는 주인공이 된다. 난 그의 신비로운 상대역이 된다. 허벅지 아래로 손이 들어오면 최선을 다해 느끼는 히로인. 그가 듣기 좋을 소리를 낸다. 의식적으로 땀에 젖어 늘어지면 그는 나의 어깨춤을 내리고 바늘을 댄다. 그가 얇은 종이에 보라색 선으로 그려진 도안 하나를 가져왔다. 영화 속 디자인을 카피한 그림이었다. 자신의 꼬리를 문 보랏빛 뱀. 상사뱀이었다. 그 장면 속 나의 대사가 무엇이었더라. 〈사의 찬미〉와 다르게 대사는 까마득하게 잊었다. 뭐, 그래도 괜찮다. 중요한 대사도 아니었으니까. 스토리엔 전혀 지장이 없다. 철중에게 중요한 건 자신의 대사와 액션이지 내가 아니다. 철중이 내 살에 바늘을 갖다 댄다. 물감을 넣은 뾰족한 촉으로 피부를 긁으면 따끔거리는 통증이 밀려온다. 색을 주입하고, 천으로 닦고. 살을 누르고 문지르는 과정이 반복된다. 그러는 사이에 나의 피도 섞인다. 성가신 통증이었다. 미간이 절로 찌푸려졌다. 그래…… 어머니도 살면서 이런 심정이었을까. 철중은 스스로에게 도취된다.

영원한 부활, 영원한 굴레의 상징이 내게 새겨진다. 짜증스러운 아픔은 강도를 높인다. 뱀들이 허물을 벗는 소리가 들렸다. 새로운 살결 아래 영현의 뼈가 들어 있겠지. 아, 갑자기 손발이 다시 차가웠다. 정말로 역할에 몰입하는 연기자들은 감정을 따라 신체가 변화하기도 한다. 정신은 신체를 통제할 수 있다. 신체는 정신에 반응한다. 나는 철중의 작품이 된다. 감각은 마비된 지 오래였다. 이 시간을 버티기 위해선 신경을 차단하는 게 최선이다. 조명 때문에 열이 올랐다. 시야가 몽롱하다. 철중은 예술가가 되었는가? 나도 모르게 피식 웃음이 흘렀다. 철중은 내가 왜 웃는지 물었다.

당신이 좋아서, 당신의 작품이 황홀해서.

난 이렇게 대답했다. 히스테리는 아버지를 욕망하는 딸로부터 태어나지 않는다. 딸을 대상으로 바라보는 아버지의 시선을 거절하려는 몸부림으로 인해 발생한다. 몸을 거부하고 돌처럼 변해야 욕망을 빗겨 나갈 수 있으니까. 난 석고상의 기분을 느낀다. 몸뚱이의 감각은 하찮고, 덧없었다. 철중의 전 부인들을 떠올린다. 얼굴 없는 당신들아, 그대는 얼마나 아름다웠나.

§

아침이 밝았다.

무한의 원을 그리는 뱀 한 마리가 내게 새겨졌다. 난 바셀린으로 번들거리는 목덜미를 거울에 비춰 본다. 붉게 부어오른 표피가 보였다. 철중은 내 곁에서 숙면 중이었다. 일생의 소원을 이룬 그는 처음으로 내 앞에서 제대로 발기했다. 나는 샤워실로 가 온몸을 깨끗이 씻었다. 아니, 그 전에 지하 창고를 한번 더 다녀왔다. 그곳은 지난밤 나와 철중의 흔적으로 가득했다. 부스러기들을 발로 몇 번 찼다. 찌든 냄새들이 풍겼다. 우리에서 필요한 재료를 챙겨 부엌으로 왔다. 아침 목욕은 몸을 정갈히 하기 위한 의식이었다. 피딱지가 잔뜩 굳어 있었으니까. 철중은 어제 가정부들까지 전원 해고했다. 이제는 내가 안주인으로서 언제나 저택에서 철중을 기다리며 봉사할 테니 다른 눈들은 필요 없다는 이유였다. 나는 순종했다.

그리하여 오늘 부엌은 나만의 공간이었다. 난 흰 얼굴로 가져온 재료들을 도마에 넣고 다듬는다. 단칼에 머리와 몸통을 분리하고, 남은 찌꺼기는 종이에 쌌다. 그건 언젠가 철중이 내게 주었던 70페이지의 종이들이었다. 찌꺼기를 감싸는 데 효과적이었다. 난 능숙하게 재료들의 배를 가르고 껍질을 분리한다. 장어처럼 길고 무딘 살이 드러났다. 참기름과 간장을 넣은 물에 살점을 익히면 고소한 냄새가 났다. 누린내를 없앨 채소도 넣었다. 끓는 소리와 함께 부엌은 냄비에서 올라온 연기로 무덥다. 나는 손을 씻고, 껍질들을 거름망에 포장해서 버린다. 행주로 싱크대를 정리하자니 뒤에서 의자 끄는 소리가 났다. 뒤늦게 일어난 철중이 아직 피곤이 가시지 않은 모습으로 앉아 있다. 난 손의 물기를 앞치마에 닦으며 뒤돌았다. 가능한 어여쁜 미소를 지으면서. 철중이 내 목덜미를 바라보았다. 난 그 부근을 가리켰다.

"당신 작품, 마음에 들어요?"

"그래. 색이 잘 나왔군."

"우리 사랑의 증표가 생기니 안심이 돼요."

"이제 다른 사람들은 상관없어. 오직 당신과 나뿐이야."

"제가 진정으로 사랑할 사람이 누군지 알게 된 기분이에요. 당신에게 꼭 대접해 주고 싶은 요리가 생각났어요. 저번에 미리 장을 봐 놓길 잘했지. 어제 많이 신경 썼잖아요. 아내라면 남편의 식사를 챙겨야죠."

"요리도 하는 줄은 몰랐는데. 정말 먹어도 되나?"

의심 많은 철중. 난 일부러 문신을 그의 눈앞에 드러냈다. 그가 자신이 만든 뱀에게 홀리길 바라면서.

"절 온실 속 화초처럼만 보셨죠. 날 너무 아낀다니까."

내가 웃자 그도 따라 웃었다. 난 냄비 안을 확인하곤 국자로 몇 번 저었다. 철중이 생각보다 일찍 깬 바람에 이 안에 무언가를 풀 수는 없었다. 예를 들면 독 같은 것 말이다. 국자로 국물을 살짝 뜬 후 맛을 보았다. 약간의 비린 맛이 섞였지만 먹을 만했다. 아직 몸이 레시피를 기억한다는 게 신기했다. 이건 어머니로부터 받은 유일한 유산이었다. 나는 철중과 이 국을 나누어 먹을 것이다. 나에게도 대를 이을 유산이 있었다. 철중이 이 요리를 믿어 주길.

다시 바쁘게 도마 위에 흩어진 재료들을 치우고, 닦는 시늉을 한다. 철중의 앞에 수저를 반듯하게 놓는다. 냄비 불을 조절하러 가면서 신혼인 마냥 사랑스러운 눈길을 보낸다. 그에게 아양 섞인 목소리로 부탁했다.

"오랜만에 하니까 손이 많이 가네요. 거기 남은 찌꺼기를 모아 두었는데, 집어서 좀 버려 주겠어요?"

아직 냄비 불을 다 조절하지 못했다. 나는 가스레인지 앞에 섰다. 철중을 돌아보지 않았다. 철중이 나와의 관계를 회복하고 싶다면 부탁을 들어주겠지. 식탁 옆엔 철중의 글로 감싸둔 찌꺼기들이 있었다.

"물이 흐르지 않게 잘 감싸서 곧바로 쓰레기통에 넣으면 돼요."

철중은 음식물 쓰레기 하나 버려 본 적 없는 사람이었지만, 의자를 끄는 소리가 들렸다. 그럼 그렇지. 네 번째 결혼까지 실패한다면 그의 체면이 말이 아닐 것이다. 그는 다시 되찾은 어린 부인의 부탁을 들어주려 한다. 이때부터 나는 절대로 그를 돌아보지 않을 생각이었다. 부엌에는 총 세 대의 카메라가 달려 있다. 이곳에서 일어나는 모든 일은 저 렌즈들이 기록한다. 그들은 아침부터 지금까지의 모든 일을 지켜본다. 하나도 빠짐없이. 거짓 하나 없이. 그것들은 증인이자 관객이다. 이 이야기를 듣는 사람 모두 그 위치를 벗어나선 안 된다. 지금부터 일어나는 일들은 운명이고 우연이자 애드리브여야 한다. 신이 있다면 어디로든 나를 이끄실 테지. 그렇게 생각했을 즈음……

처절한 비명이 들렸다.

나는 국물을 한 술 떠 혓바닥으로 맛을 봤다. 혀가 델까 봐 조심스럽게 불어서 한 모금을 삼켰다. 독의 맛은 느껴지지 않았다. 그동안 육중한 무언가가 쿵 하고 떨어지는 소리가 들렸다. 지금부터 진짜 연기가 필요했다. 지금까진 리허설이나 다름없었다. 막이 오르는 건 이 순간부터다. 전율이 올라왔다. 드디어 본능을 되찾았다. 말했잖는가. 연기란 극이 끝날 때까지 긴장을 풀지 않아야 한다고. 쉬익 하고 바람 새는 소리가 들렸다. 갑자기 철중이 날 밀치더니 수도꼭지를 틀었다. 그가 허겁지겁 흐르는 물에 손을 담갔다. 손에서 피가 뚝뚝 흘렀다. 하지만 그가 고용인들을 모두 해고했기 때문에 달려올 사람은 없었다. 철중이 구급차를 부르라고 소리쳤다. 나는 국자를 떨어뜨렸다. 철중의 손마디에서는 혈액 응고의 조짐인 퍼런 멍울이 나타났다.

옆을 돌아보자 바닥에 널브러진 종이들 사이…… 꿈틀대는 독사의 머리가 보였다. 그건 몸통과 분리된 채 입을 쩍쩍 벌렸다. 반으로 쪼개진 단면이 보였다. 세로로 갈라진 노란 동공이 좌우를 미친 듯 둘러보았다. 광기로 번들거리는 눈알과 날카로운 송곳니 사이 멀쩡한 독 분비선이 보였다. 내가 남겨 둔 것이었다. 그래, 체온이 낮은 독사들은 머리가 잘려도 한 시간이나 움직인다. 물론 전부 다 확률의 문제다. 그대로 죽는 뱀들도 많으니, 이건 어디까지나 우연이었다. 독사의 머리가 살아 있던 것도, 철중이 물린 것도 전부. 모두가 멋진 즉흥극의 목격자다. 독사의 이에선 노란 맹독이 뚝뚝 떨어졌다. 이 끔찍한 광경을 보고 내가 혼절할 것도 우연이었다.

그리운 기억이 주마등처럼 스쳤다. 어린 날, 죽어 가는 뱀을 한참이나 지켜보던 장면. 생명이란 어찌나 가냘픈지, 어찌나 짧은 한순간에 스러지던지. 하지만 숨이 끊기기 직전 딱 한 번 강렬하게 꿈틀거린다. 그 후엔 흙처럼 고요해진다. 이 모순적인 순간을 지나 생명은 비로소 겸손해진다. 아버지의 몸도 그랬다. 그는 마지막 순간에 딱 한 번, 뱀처럼 경련한 후 늘어졌다. 다시는 엄마를, 나를, 가두거나 때리지 못했다. 지배자의 시선으로 보지 못했다. 침묵하는 그의 몸은 참으로 겸허했다.

아, 지금부턴 이 광경을 난생처음 본 사람처럼 행동해야 한다. 모든 감독들이 바라는 처녀처럼, 신인의 초심으로…….

혼신의 힘을 다해 연기를 실천했다. 난 비명을 지르며 그 자리에서 기절했다.

눈이 감기는 순간, 여즉 부릅뜬 뱀의 눈동자와 마주쳤다. 그건 눈꺼풀을 깜박이지도 않았다.

오랜 시간 기절했다. **실수**로 골든타임을 놓치도록. 내가 깨어난 건 구급 대원들이 문을 두들겼을 때였다. 철중이 어떻게든 불렀는지 사람들이 와 있었다. 하지만 철중은 이미 온몸이 퍼레진 채였다. 꼭 거죽이 벗겨진 뱀의 시체 같았고, 예민한 배우의 감수성엔 어울리지 않는 장면이었다. 그래서 내 손발은 적시에 마비되었다. 신체화, 히스테리. 그것들이 나를 도와 전신을 뒤틀었다. 난 굳은 몸으로 철중의 곁에 쓰러져 있었다. 구급 대원들이 창을 깨고 집으로 들어왔다. 그들이 혼절한 나와 철중을 들것에 실었다. 우릴 마지막까지 지켜본 건 CCTV에

서 나오는 빨간 불빛이었다. 도마 위에서 칼날만 섬뜩하게 빛
났다. 단칼에 독사의 머리를 손질할 만큼 잘 드는 칼이었다.

난 생사탕 집 딸이다.

뱀을 다듬는 일쯤은 식은 죽 먹기였다.

S#08

시퀀스 Sequence

행복 찾는 인생들아

너 찾는 것 허무

— 윤심덕, 〈사의 찬미〉에서

"선배님, CCTV 자료 추출했습니다. 그런데……"

강남 경찰서 수사관 김 씨는 후배가 내민 자료를 받아들었다. 평소 애매하게 말하는 건 그의 성향이 아니었다. 그런데 후배가 평소답지 않게 말꼬리를 흐렸다.

"아무래도 이상한 점이……"

시간도 없으니 확실하게 말하라고 면박을 줄까 싶었지만, 최근 논란이 된 병원장 사망 사건과 관련된 자료임을 깨닫곤 입을 다물었다. 대신 퉁명스럽게 되물었다.

"뭔데 그래?"

워낙에 기이한 사건들을 맡아 못 볼 꼴은 자주 보는 직종이라지만 이번 일은 어딘지 구린 맛이 짙었다. 선망의 대상이자 수십 억대의 재산을 소유한 재벌들의 이면을 들추는 사건이기도

했고, 그 중심에 한때 영화계를 풍미했던 배우 미옥이 있단 사실도 마음에 걸렸다. 김 씨는 한때 그의 팬이었다. 지금은 일이 바빠 영화 따위 즐길 여력이 없었지만, 부인과 결혼 전에 데이트를 하면 종종 영화관에 들렀다. 그때 미옥의 영화를 자주 보았다. 미옥은 가볍고 섹시한 멜로물을 많이 찍었다. 그 영화들은 김 씨에게 약간의 판타지를 자극했고, 영화가 끝난 후에 애인과 구구절절 특별한 감상을 나눌 필요도 없어 편했다. 적당히 눈요기를 하다 보면 끝나는 영화들이었다. 특정한 신들은 따로 잘려 유튜브에 자주 올라왔다. 섬네일에 박힌 미옥의 흰 목덜미를 보면 김 씨는 저도 모르게 재생 버튼을 눌렀다. 그랬던 미옥이 나이 많은 일반인과 결혼하여 은퇴를 선언했을 땐 내심 아쉬웠다. 그래도 곧 김 씨는 다른 눈요깃거리를 찾았다. 세상에는 젊고 예쁜 배우들이 속속 등장했으니까.

그런 미옥이 몇 년 만에 사건의 주인공이 되어 돌아왔다.

처음엔 단순한 남편의 사고였다. 그러나 얼마 안 있어 시아버지 김 회장의 죽음이 겹쳤다. 김 회장은 지병으로 예전부터 VIP 병동에서 특별 치료를 받았다. 그런데 사고로 인해 아들이 먼저 사망하는 건 누구도 예상하지 못했다. 철중은 아버지와 같은 병원으로 이송되었지만 한 달을 넘기지 못하고 죽었다. 사건은 시작부터 조짐이 좋지 않았다. 특이하게도 철중의 집에는 흔한 고용인 하나 없었다. 전날 철중이 인력을 죄다 해고하여 아무도 출근하지 않았다고 한다. 오직 그와 부인 미옥만 저택에 있었다. 전

가정부들의 증언에 따르면 의처증과 강박증이 심했던 철중이 주기적으로 아내를 폭행하고 직원들을 해고하는 일은 빈번했다. 심지어 사모님인 미옥이 직접 걸레를 들고 바닥을 닦아야 할 정도였다. 그걸로 저항하려는 부인에게 모욕을 주었다고 했다. 그런 이유로 고용인들을 부당 해고 한 다음 변을 당했으니 업보였다. 하지만 아직 방심할 순 없었다. 미옥은 남자관계가 복잡했고, 그 때문에 철중이 의심할 만도 했으니까. 저택엔 수많은 CCTV가 있었다. 가정집이라고 보기 의심스러울 정도였다. 철중의 예민한 성정이 엿보였다. 그곳엔 철중의 사고 당시뿐 아니라 그 전에 있던 일들까지 전부 기록되어 있었다. 내용은 증언대로였다. 철중은 아내를 폭행했고, 고용인들을 윽박질러 쫓아냈다. 그 후 아내와 단둘이 아침을 먹으려다 변을 당했다. 후배가 파일을 내밀었다.

"선배가 직접 보세요. 제가 설명하긴 말주변이 부족해서……"

"알았어. 기자들한테 뿌릴 자료나 정리해 둬. 보험사 쪽에도 전달할 자료가 필요해. 이번에 사건 취재하려 안달 난 PD들도 있다던데 아직은 보류하고."

후배가 인사하곤 물러갔다. 김 씨는 파일을 컴퓨터에 연결했다. 이번 사건의 진상을 파악할 단서인 녹화 장면을 복사한 것이었다. 너무나 명백한 장면만이 담겨 있어 오히려 수상했다. 한 가지 예외는 지하 창고에서 발견된 소형 카메라였다. 어쩌면 여기

다른 진실이 들어 있을지 몰랐다. 이번 사건의 전말을 밝혀 줄 핵심 말이다.

김 씨는 첫 목격자이자 용의자인 미옥을 면담했던 기억을 떠올렸다. 이땐 아직 철중이 살아 있었다. 미옥이 혼수상태인 그를 곁에서 간호했다. 미옥은 눈가에 주름이 깊었지만 여전히 아름다웠다. 그는 병동 내에서 남편을 지극 정성으로 돌봐 유명했다. 평범한 사람들도 그렇게 하기 힘든데 미옥은 연예인에 돈 많은 집 사모님이면서도 남편에게 잘한다는 평가가 돌았다. 직접 미옥을 대면하던 날 김 씨는 퍽이나 떨렸다. 보험사의 의뢰로 사건 경위를 수사하는 것이지만, 가까이에서 연예인을 만날 기회였다. 첫 면담은 철중의 병실과 멀지 않은 장소에서 이루어졌다. 해쓱한 인상의 미옥이 김 씨를 맞이했다. 피부는 백옥 같았다. 마른 몸에서 처연미가 풍겼다.

"사건 발생 당일 무슨 일이 있었는지 설명해 주시죠."

"아침에 일어나서 남편의 보양식을 만들려고 했어요. 전날, 유독 부부 관계가 좋았거든요, 아시죠, 저흰 아직 신혼이라⋯⋯ 그때까지만 해도 참 행복했는데. 간만에 하는 요리라 시간이 걸렸지만 남편을 먹일 생각을 하니 뿌듯했어요. 그 바람에 다듬은 재료를 식탁에 올리곤 버리는 걸 깜박했죠. 남편이 그걸 맨손으로 집다가 그만⋯⋯"

"사모님의 집에선 수입이 금지된 뱀이 쉰여섯 마리나 발견되었습니다."

"그건 정말…… 드릴 말씀이 없네요. 사실 뱀들이 지하 창고에 있다는 건 저도 최근에야 알았거든요. 전에는 남편이 근처에도 못 가게 해서…… 창고 근처에 얼씬거리기라도 한 날은 어찌나 두들겨 맞았는지. 남편은 유독 지하 창고에 민감했어요. 아내도 못 보는 장소라니. 뱀이 있단 걸 안 후에야 이해가 되었죠. 밀수입한 뱀 얘기를 아내가 섣불리 어디 흘리기라도 할까 봐 걱정한 모양이에요. 그는 장인 정신이라 할 만큼 앰플에 애착이 컸거든요. 자신의 작품처럼 여겼죠. 영훈이라는 정원사가 한 명 있었는데, 오직 그 사람만 관리하러 들어갈 수 있었어요. 그분은 남편이 독립하기 전부터도 가문의 정원을 돌봤대요. 남편 말이라면 어찌나 껌뻑 죽는지. 제가 창고 근처를 기웃거리면 죄다 남편에게 일러바치더라고요. 다만, 언제부턴가 남편의 의처증이 심했거든요. 집안의 남자 고용인들을 죄다 해고하더니…… 나중엔 그 사람까지도 의심하면서 쫓아냈어요. 하늘이 앙심을 품은 걸까요? 어쨌든 남편의 증세도 일반적이진 않았지만, 절 너무 사랑해서 그런가 보다 했지요."

미옥의 진술은 일관성이 있었다. 금지된 창고나 철중의 의처증 얘기도 동일했다. 다른 고용인들도 철중이 아내를 때린 일과 창고 출입을 금한 것, 직원들을 차례차례 해고한 일에 대해 같은 증언을 했다. 물론 그중엔 미옥의 바람기를 언급한 사람도 있었지만, 그마저도 이렇게 미옥을 두둔했다.

"그 어린 부인을 들여서는 나중엔 쥐 잡듯이 패고, 무릎을 꿇려선 걸레질을 시키지 뭐예요. 사모님도 한 성격 하는 분이긴 했지만. 아무리 그래도 딸뻘인 여자잖아요. 무슨 힘이 있었겠어요. 아내를 단속한답시고 하는 일이지만 사장님이 심했어요."

경찰 기록을 조회하니 철중과 미옥 부부는 각각 서로를 가정 폭력으로 신고한 전적이 있었다. 미옥이 다섯 번, 철중이 세 번이었다. 관할 부서에서 이 부부는 진상 민원인으로 유명했다. 미옥은 신고했다가 철회하기를 반복했다. 철중은 70페이지에 달하는 호소문을 담당자도 아닌 사람의 메일로 계속 투고했다. 그곳엔 제 잘못은 한 줄도 없이 오직 아내의 잘못만 가득했다. 참다못한 직원이 자꾸 이러시면 기자들에게 제보하겠다고 엄포를 놓은 후에야 철중의 투고는 주춤했다. 그러다 돈 봉투로 대체되었다. 글이 인쇄된 종이는 철중이 사고를 당한 부엌 주변에서도 발견되었다. 어쨌든 집안싸움으로 경찰을 오라 가라 하는 성가신 상류층이었다. 어디까지나 자신들의 파워 게임을 위한 쇼였다. 이번 사고가 아니었더라도 언젠가는 부부 간의 문제가 터졌을 것이다.

수십 억대의 보험금이 걸렸으니 신중한 수사가 필요했다. 김 씨는 조사서를 뒤적였다.

"당일 있던 일들을 더 자세히 얘기해 보시죠. 남편이 금지했던 창고엔 언제 어떻게 들어갔고, 뱀은 어떻게 꺼냈습니까? 영훈이란 자가 몰래 침입한 흔적은 없었나요?"

"음…… 언론에는 걸러서 제보해 주세요. 있는 그대로 다 말씀드릴게요. 저도 여자라, 낱낱이 가십으로 소비되면 고통스럽거든요. 하지만 형사님께는 솔직할게요. 혹시 제 영화 〈상사뱀〉을 아시나요?"

"……네. 본 적 있습니다."

꽤 재밌게 보았었지, 정사 장면에 등장한 미옥은 매혹적인 팜 파탈이었다. 육감적인 몸매를 드러내며 황홀한 표정을 짓던 그는 모든 남자들이 침대 위에서 선망하는 상대였다. 결혼은 몰라도 원 나이트는 해 보고 싶은 부류였다. 김 씨는 해당 영화의 하이라이트 장면을 무심코 떠올리곤 마른침을 삼켰다. 미옥이 입을 열었다.

"거기에 유명한 신이 있어요. 뱀 문신을 새기는 장면이었는데. 사실 그이가 가장 좋아하는 장면이에요. 그것 때문에 저희 부부의 연이 시작되었다고 해도 과언이 아니죠. 철중은 제 팬이었고, 저는 피부 발진 때문에 실제로는 문신을 새길 수 없단 걸 상담하기 시작했어요. 제 남편이 유명한 피부과 원장이었으니까요. 그리고 부끄럽지만 신혼 때는 다들 사랑이 불타는 나머지 서운함도 크고 부딪히기도 하잖아요? 물론 저흰 나이 차도, 성격 차도 커서 유독 경찰분들을 귀찮게 만들었죠. 그 점은 반성하고 있답니다."

"괜찮습니다. 계속 설명하시죠."

"제 남편은 첫 번째 결혼이 아니었지만, 저는 초혼이었으니까 불협화음도 있었죠. 하지만 가슴에 손을 얹고 말씀드리는데 최근은 우리 부부의 금실이 가장 좋은 때였어요. 철중이 고용인들을 다 해고하겠다고 하면 저도 동의했을 만큼요. 그가 우리 사랑을 더 의심하지 않길 바랐고, 저택이 우리만의 보금자리이길 바랐어요. 사랑의 증명으로 철중이 그날 제 목에 문신을 새기기도 했고요."

"그것도 불법 행위죠."

"형사님, 철중은 의료인이잖아요. 피부과에서는 가끔 탈모를 가리는 두피 문신 의뢰도 와요. 눈썹 문신은 빈번하고요. 의료인이 새기는 문신은 합법이죠. 물론 그걸 떠나 개인 공간에 시술대를 마련한 건 법적으로 어떤지 모르겠지만…… 저는 일개 배우라 법에 대해선 무지해요. 예술인들 중에도 워낙 괴짜가 많으니, 집에 수술대를 가졌다는 것쯤은 직업상 그럴 수 있다 싶었죠."

"알겠습니다. 그래서 그날 창고로 내려갔나요?"

"네. 철중은 전 부인들에게도 창고를 보여 주지 않았대요. 그런데 저에게만은 이 공간을 보여 주겠다지 뭐예요. 전 굉장히 기뻤답니다. 부인으로서 인정받은 셈이잖아요. 이런 특권을 거부할 여자가 어디 있어요? 게다가 뱀쯤은 어린 시절 산골에서 자랐기 때문에 익숙했어요. 그다지 징그럽지도 무섭지도 않았죠. 남편은 내 반응을 반겼어요. 독사 앰플로 떼돈을 버는데 제가 불만일 이유가 뭐겠어요. 그러니 철중도 부인 될 자격을 알아본 거죠. 보통 여자라면 놀라서 기겁하고 도망쳤을 텐데."

"어쨌든 남편분이 아내분을 아주 사랑하셨다는 건 틀림없군요."

"그래요. 의사인 남편이 직접 문신을 시술하면 부작용도 없으니, 믿을 만했죠. 로맨틱한 밤이었어요. 그래서 저도 보답하고 싶었어요. 예전에 부모님께 생사탕 만드는 법을 배운 적 있었거든요……어린 시절 출연한 다큐멘터리를 보시면 아실 거예요. 아버지가 땅꾼이셨어요. 어머니는 음식점을 운영하셨고요. 제게도 그 기억이 남아 있죠. 뱀을 잡아 부엌으로 옮기는 것쯤은 쉬워요. 요리하는 건 제 사랑의 표현 방식이고요. 하지만, 떼어낸 머리를 그렇게 남겨 둔 건 제 부주의예요. 정말, 정말 바보 같은 여자라 욕을 먹어도 싸요."

미옥은 갑자기 소매로 눈물을 훔쳤다. 김 씨는 측은한 마음이 들었다. 듣다 보니 예상외의 사생활이 있는 부부였지만, 예술가적인 기질들이 그렇듯 벌어질 법한 일의 범위 안에 있었다. 사랑이나 감정에 취해 과한 일들을 벌이다 변을 당하는 건 흔했다. 김 씨는 자신의 가정을 떠올렸다. 언제부턴가 자신들은 섹스리스였다. 포옹도 밀어도 옛일이었다. 로맨틱한 감정에 휩싸여 정열을 느낀 게 언제 적이었는지. 생활의 팍팍함과 고됨에 찌들어 부부 사이에는 전우애에 불과한 감정밖에 남지 않았다. 김 씨는 미옥의 아름다운 콧날을 바라보며 철중을 내심 부러워했다.

"하지만 남편분이 사고를 당했을 때부터 신고가 들어오기까지 공백이 있었습니다. 왜 바로 구급차를 부르지 않았죠?"

미옥이 괴로운 표정을 지었다. 김 씨는 조금 마음이 아팠다.

직업상 물을 수밖에 없는 질문이었지만 미옥에게 혐의는 적었다. 미옥은 정말로 자신의 **실수**를 **자책**하는 얼굴이었다.

"아무리 뱀을 잡을 줄 안다지만, 세상에, 잘린 뱀 머리에 남편의 손이 물릴 줄은 누가 상상했겠어요? 그런 끔찍한 모습은 처음 보았어요. 이 날만큼 배우의 유약한 신경이 저주스러운 적은 없었어요. 갑자기 눈앞이 캄캄해지더니…… 몸을 움직일 수조차 없었죠. 손발이 딱딱했고. 예전에도 마비 증상을 종종 겪었거든요. 의사 선생님 말로는 무슨 히스테리성 장애라던데…… 어쨌든 눈을 떴을 땐 저도 들것에 실려 있었어요. 구급 대원이 문을 두드리던 소리만 기억나요."

김 씨는 미옥의 설명에 동의했다. 하지만 그게 이 사고의 불미스러운 점을 다 설명하는 건 아니었다. 혹여 누군가 순진한 아내를 꼬드겨 남편에게 해가 되는 짓을 하라고 시켰을 가능성도 있었다. 혹은 철중이 죽으면 이득을 보는 사람이 비밀 트릭을 써 범행을 일으켰을 가능성도 있었다. 김 씨는 영훈을 의심했다. 철중이 가장 신뢰하던 수족을 한순간에 해고한 데에는 이유가 있을 터였다. 평생의 직장을 잃어버린 원한이 있을 수도 있다. 어쨌든 미옥의 증언은 저택 내 CCTV에 찍힌 상황과 동일했다. 철중은 스스로 뱀의 머리를 집었고, 미옥은 곧바로 기절했으며, 혼자 집 안을 배회하던 철중도 별안간 심장을 부여잡으며 쓰러졌다. 그 후 뒤늦게 도착한 구급 대원에게 발견되기까지 거짓은 없었다. 더욱이 이 영상들은 철중 스스로가 증거로 남긴 것이 아닌가.

철중은 자발적으로 일어나 뱀을 건드렸고, 미옥은 뒤돌아선 채 냄비를 보았다. 여기에 영훈이 개입될 여지가 있을까? 예컨대 사모님과 부적절한 관계였다든가. 철중의 의심은 합당했는지도 모른다. 사실 〈상사뱀〉을 찍은 미옥은 정숙한 여인으로 보이진 않으니까. 김 씨는 미옥을 담당했던 정신과 의사의 기록도 검토했다. 미옥이 말한 내용과 정확히 같은 진단명이 적혀 있었다. **히스테리성 신체화 장애**. 겉으로 호사스럽고 번드르르한 연예인들의 삶엔 사실 큰 그늘이 드리우는 법이었다.

"혹시 남편분에게 원한을 가질 만한 사람은 없었습니까?"

"지금 타살을 의심하시는 건가요? 전 보험 수령 확인차 나오신 줄 알았는데."

"가능한 정황을 전부 살피려는 것뿐이니 기분 나쁘게 생각지는 마십시오."

"……알겠습니다. 하지만 그럴 가능성을 생각만 해도 두렵네요. 괜한 사람에게 불똥이 튈까 두렵기도 하고요. 철중은 바깥에선 이름을 날릴 만큼 유명한 실력자였지만 성격은 소심하기 그지없었어요. 교우 관계도 넓지 않았고, 언젠가 파티를 열었을 땐 제 손님만 가득했죠. 그가 좋아한 건 오직 영화와 조각상 수집 정도였어요. 여느 의사들이 그렇듯 매일 치료만 하다 보니 이렇다 할 만한 친분도, 원한도 쌓을 시간이 없었달까요."

"김 회장이 위독하다고 들었는데. 유산과 관련한 분쟁은 없었습니까?"

"그야⋯⋯ 아버님의 여자관계가 복잡하기도 했고, 최근까지 계셨던 새어머니와는 혼인 신고도 거부하신 바람에 결별한 걸로 알아요. 솔직히 재산을 노리고 접근했다면 그리 깔끔하게 물러서진 않았을 거예요. 시누이와 남편이 그분을 반기지 않았어요. 그러니 정나미가 떨어졌겠죠. 여튼 못 뵌 지도 오래라 이번 사건과는 상관없어요. 아, 사이가 좋지 않은 걸로 치면 시누이도 혐의를 벗진 못하죠. 철중이 독점하던 앰플을 시누이가 가로채고 싶어 했거든요. 하지만 그렇다고 하나밖에 없는 오빠를 죽일까요?"

"그 외에 생각나는 건 없습니까?"

"⋯⋯당시 부엌에 있던 건 저와 철중뿐이었는데, 의심받을 래도 제가 먼저 받아야죠. 아, 잠깐만요. 생각나는 게 하나 있어요. 그런데⋯⋯ 고민되네요. 이걸 말해도 될지. 남편이 딱 하나 최근 스트레스받은 일이 있긴 했어요."

"그게 무엇이었죠? 사업과 관련된 일입니까? 아니면 영훈이란 남자와 관계있습니까?"

"아뇨. 그런 건 아니고⋯⋯"

미옥은 유달리 뜸을 들였다. 김 씨는 베테랑다운 자제심으로 기다렸다. 지금 재촉해 봤자 이 여인에게서 정보를 뽑아내는 데에는 도움이 되지 않는다. 말하기 곤란한 내용인 듯 미옥은 몇 번이나 입술만 달싹이며 망설였다. 그러다 결심한 듯 입을 열었다.

"……저를 스토킹하는 여자가 있어요. 자신의 영화에 나와 달라면서. 초대받지 않은 파티에 오거나 불법 침입을 했죠. 몇 번이나 거절해도 끝없이 찾아왔어요. 사람들에게 수소문하니 청첩장에 적혀 있던 주소를 봤을 거라더군요. 철중은 제 인간관계에 민감했어요. 훨씬 어리고, 수십만 팬을 가졌던 배우에게 스캔들 하나 없진 않았으니까요. 본래도 의심과 걱정이 많았는데, 그 여자의 존재를 안 후엔 가끔 격분했어요."

"여자 말입니까? 남편분이 그 여자를 질투했다고요?"

김 씨는 믿기지 않는 얼굴로 반문했다. 미옥은 고개를 끄덕였다.

"네. 물론 남편의 마음을 단정 지을 수는 없어요. 하지만 그 여자가 방문할 때마다 제 심기도 불편했고, 그게 무의식중에 작용했을지도요. 그때부터 철중이 변한 것 같아요. 아주 오래전에 그 여자와 아는 사이였거든요. 어디까지 말씀드려야 하나. 오해하진 마세요. 전 지금 결혼까지 한 유부녀니까. 하지만 어린 시절엔 여자들 간에 한 번쯤 불장난을 하기도 해요. 학교에서 그게 유행이던 때도 있었죠. 그 시절에 만나던 사람이었어요."

"좀 더 설명해 주시죠. 그 여자가 그래서 남편분께 무슨 짓을 했습니까?"

"직접적인 짓은 아무것도요. 다만…… 그가 방문하기 시작한 때부터 철중의 의처증이 심해졌어요. 저 CCTV들도 그날부터 달기 시작한 거예요. 그래도 영현은, 아, 이름을 말해 버렸네. 어차피 형사님께는 다 알려야 했겠죠? 영현은 카메라를 다루는 사람이라 그것들을 감쪽같이 피했죠. 원격 조종 장치라도 있는지…… 제가 집에서까지 계속 스토킹을 당했으니 철중은 더 미치고 펄쩍 뛰었을 거예요. 가장 안전해야 할 가정에서 불미스러운 일이 일어나니까요. 남편이 하루 종일 집에 있어 줄 순 없잖아요."

"영현이라면 들어 본 적 있는 이름이군요."

"최근 뉴스에서 해외상을 수상한 감독으로 알려졌죠. 여하튼 중요한 건…… 영현이 제게 자꾸만 신작 대본을 강요하면서 찾아왔고, 저는 거절했지만 시도 때도 없이 연락이 왔어요. 그걸 안 남편이 스트레스에 시달렸을 게 분명해요. 그는 제가 복귀하길 바라지 않았거든요. 그러다, 그만 엉뚱한 데에서 부주의하고 만 거죠. 단지 추측이지만, 이것 외에는 생각나는 게 없네요."

영훈과 영현. 두 사람 사이엔 접점이 있나? 머리를 아무리 굴려도 떠오르지 않았다. 정원사와 감독은 공통점이 전혀 없었다. 김 씨는 유심히 고민했다. 별다른 유사성이 떠오르진 않았지만 추가 조사는 해야겠다고 마음먹었다. 어느새 시간이 늦은 오후로 접어들었다. 김 씨는 조사를 끝낼 채비를 했다.

"그렇군요. 부인. 힘든 얘기였을 텐데 전부 들려주셔서 감사합니다."

"한동안 기자들이 시끄럽겠죠. 부디 비밀을 지켜 주세요. 배우였던 시절에야 가십도 인기의 증거지만, 지금은…… 너무 피곤하네요. 벌써 집 앞에 카메라들이 빼곡해요. 단란한 가정 속에서 조용히 살고 싶었을 뿐인데 운명은 왜 이리도 가혹할까요?"

김 씨는 미옥의 안전을 보장하리라 약속한 후 미옥과의 면담 장소를 벗어났다. 속으로는 지금의 정보들 중 일부는 바깥에 새어나갈 수밖에 없다고 생각했다. 대중들의 관심을 돌릴 이슈가 필요할 때도 있으니까. 이건 그런 용도에 딱 적합한 사건이었다. 다만 여느 치정 드라마의 줄거리 같은 미옥의 이야기에는 미심쩍은 부분이 있었다. 특히 영현에 대한 증언이 신경 쓰였다. 그들은 대체 무슨 관계일까? 영현의 모습은 카메라에 없었다. 오직 모호한 심증만 있었다. 게다가 김 씨가 방을 떠나기 전, 미옥은 중얼거렸다.

"영현도…… 어쩌면 이미 세상에 없는지도 몰라요. 이번 일이 세간에 알려지면 죽어 버리겠다고 협박했거든요."

조사서를 정리하면서 김 씨는 내내 꺼림칙한 기분에 휩싸였다. 그러다 지하 창고에서 딱 한 대 남은 작은 카메라가 발견됐다. 그건 저택 내부를 찍던 카메라들과는 별도의 기종이었다. 바깥 정원에 설치된 모델 중 하나였다. 모양새는 엉성했지만 녹화 파일은 남아 있었다. 네트워크를 추적하자, 이미 초기화된 관리자 서버를 발견했다. 가까스로 보안 기술자의 도움을 받아 최근 녹화 영상들을 추출했다. 그건 철중이 사고를 당한 즈음의 기록이었다.

김 씨는 파일을 실행했다. 온통 컴컴한 배경에 희미한 불 하나만 정중앙에 켜진 공간이 나타났다. 연극 무대의 스포트라이트 같았다. 양옆으로 즐비한 허연 석고상들은 괴기스러웠다. 얼굴도 팔다리도 없는 여체들만 무대 장치처럼 희끄무레하게 빛나며 기이한 분위기를 자아냈다. 화면을 넘기자 구석에서 꿈틀대는 무언가가 보였다. 김 씨는 눈을 크게 떴다. 첫 신을 여는 주인공처럼 그것이 광원 아래로 들어왔다. 그 정체를 알아본 김 씨는 턱을 벌렸다.

미옥이었다.

흐릿한 윤곽만으로도 그가 꽤 불안정한 상태임을 알 수 있었다. 미옥은 주변을 쉴 새 없이 둘러보고, 수족을 가만두지 못했다. 갑자기 손목을 뒤틀다 고개를 흔들기도 했다. 귀신에 빙의된 사람처럼 섬뜩했다. 혹시 뱀들을 가져오기 직전인가? 저 여자가 왜 저러지? 김 씨는 미옥이 하는 일을 정확히 보려 화면을 확대했다. 미옥은 석고상 사이를 돌아다니며 허공을 향해 소리치거나 무언가를 읽었다. 그 손에 해진 종이 뭉치가 보였다. 철중이 미옥과 경찰들에게 보냈다던 70장의 고발장이 떠올랐다. 그걸 읽는 중인가? 지금 뭘 하는 거지? 미옥이 하는 행위들은 일종의 연극 리허설 같았다.

은퇴한 배우가 하는 행태치고도 수상했다. 굳이 저 장소에서 저러는 이유가 뭘까. 어디 사이비 종교의 의식에라도 빠진 건 아닐까. 미옥은 연예계에 복귀할 생각은 없다고 말했다. 그런데 지금 이 장면은 모노드라마 속 마임 같았다. 영현으로부터 캐스팅 제의를 받았다던 미옥의 말이 떠올랐다. 정말로 연기 연습이라도 하는 걸까? 미옥의 행동은 점점 격렬해졌다. 김 씨는 영상을 자세히 보려고 애썼다. 이 영상 속에서 미옥 외에 다른 사람의 흔적은 없었다.

그때였다. 갑자기 미옥이 조각상 하나를 끌어안았다. 얼굴 없는 조각상의 목 부근을 양 팔로 감싸더니 입을 가까이 대어 무언가를 속삭였다. 그 후엔 마구 흐느꼈다. 그의 감정선을 종잡을 수 없었다. 다만 미옥의 자세에선 뒤태만으로도 비애감이 전해졌다. 그러나 김 씨로선 그가 왜 저기서 이런 표현을 하는지 도통 알 길이 없었다. 미옥은 점점 몸을 심하게 떨었다. 그러더니 갑자기 조각상 몸 여기저기에 키스를 하기 시작했다. 손이 조각상 몸통을 오르내리며 허리와 가슴, 등, 배꼽, 쇄골을 정신없이 스쳤다. 연인의 몸을 애무하는 것처럼. 묘했다. 미옥의 행동 강도는 심해지더니 조각상에 몸을 부비면서 헐떡이기까지 했다. 김 씨는 어금니를 깨물었다. 수음하는 듯한 장면은 야하지도 색정적이지도 흥분되지도 않았다. 오히려 아주 소름 끼쳤다.

미옥의 옷 한쪽이 끌려지며 어깨가 드러났다. 문신은 없었다. 미옥은 조각상을 쓰러트려 올라탔다. 기승위를 하는 자세로 얼굴도 없는 것의 목을 졸랐다. 눈은 허공에 붙박였다. 그에게서 뿜어지는 폭력적인 아우라에 김 씨의 머리카락이 쭈뼛 섰다.

마지막으로 미옥은 조각상들을 바닥에 내려쳐 산산조각 냈다. 무언가 흐르는 코를 훔치며 부스러기들 위에서 좌우로 손을 내저었다. 석고 가루들이 흩날렸다.

그때마다 조명에 비친 파편 일부가 번뜩였다.

영상 속 미옥은 제정신이 아니었다. 미옥의 광란은 지하 창고의 모든 조각상들로 번졌다. 부서지고 깨지는 시끄러운 소리들이 모니터 너머로 침투했다. 카메라에 소리까진 담기지 않는데도. 김 씨의 몸에 오한이 들었다. 한참이나 방 안의 모든 걸 부순 미옥은 숨을 골랐다. 그러더니 바닥의 파편들을 품에 쓸어 담았다. 그 후 어딘가로 사라졌다. 김 씨는 신음을 뱉었다. 아마 독사 우리들이 있던 방일 거다. 뱀들의 우리 속에서 이상한 부스러기들이 발견되었다. 뱀들의 먹이도 아닌, 인위적인 석회 가루가 가득했다. 비로소 의문이 풀렸다. 무슨 연유에선지 미옥은 그 찌꺼기들을 우리에 집어넣었다. 단순한 화풀이였을까? 그걸로 치부하기엔 너무나 섬뜩한 광경이었다.

이후는 다 아는 내용과 일치했다. 퇴근한 철중이 아내를 찾으러 들어갈 때까지 미옥은 방에서 나오지 않았다. 철중은 미옥과 자정 넘어서까지 그 방에 있었다. 새벽 2시가 되어서야 둘은 서로에게 기대어 밖으로 나왔다. 저택에 들어간 시간은 2시 30분이었다. 그때 미옥의 목엔 거즈가 대어 있었다. 남은 기록엔 언제 조각상을 부수었냐는 듯 다정하고 애틋한 부부의 모습만 있었다.

광증. 오직 이 말로만 목격한 장면을 설명할 수 있었다. 김 씨는 철중과 미옥의 내면에 도사린 뒤틀린 면면이 불편했다.

이 일을 하다 보면 인간이란 존재의 알고 싶지 않은 면들을 목도한다. 그러다 보면 정말 인간이 만물의 영장은 맞을까 의심하기도 한다. 만약 김 씨가 형사가 아니었다면, 그들과 조금도 얽히고 싶지 않았을 것이다. 그러나 김 씨는 조사를 해야 했고, 화면을 봐야 했다. 감추어진 비밀을 파헤쳐 진실을 꿰맞추는 게 직업이었으니. 다만 별개로 **자신과 다른** 낯선 인간의 내면을 들여다보는 건 언제나 불쾌한 일이었다.

철중은 자살도 타살도 아닐지 모른다. 김 씨가 오늘 목격한 미옥의 이면처럼…… 실체에 접근한 사람조차 의식이 분열될 것 같은 병증들이 충돌한 거다. 미옥과 철중, 둘 사이의 정신적 결함이 영향을 끼쳤다. 그게 사고사로 이어졌다. 다년간의 감으로 김 씨는 사건을 정리했다. 미옥의 잔상이 아른거렸다. 사람의 정신은 그 정도까지 무너질 수 있구나. 겉보기엔 그토록 세련되고 멀쩡했는데. 역시 사람은 드러난 부분만 봐서는 안 된다. 무엇이 붕괴되는지는 어여쁜 얼굴로만 알 수 없다. 김 씨는 조현병이나 망상 장애로 이상한 행동을 하다가 신고된 이들을 떠올렸다. 미옥도 비슷한 부류였다. 지리멸렬한 논리와 말이 되지 않는 망상으로 가득한 철중의 글도 떠올렸다. 그것도 강박증의 증상이었다. 김 씨는 정신과 의사에게 자문을 구해야겠다고 생각했다. 동시에 저와 마주했던 미옥을 떠올렸다. 태연하고 차분하게 면담에 응하던 모습과 영상 속 얼굴은 일치하지 않았다. 그 격차가 오싹했다. 사람은 수없이 뒤틀릴 수 있다. 뇌를 가진 인간인 한, 정신의 파괴는 언제든 일어난다. 김 씨는 얼른 수사를 종결하고 싶었다. 그래야 저 병리적인 것들로부터 멀어져 자신이 오염되지 않을 것만 같았다.

감독 영현의 입국 기록을 조사한 후엔 더욱 꺼림칙했다.

영현은 최근 10년 내에 한 번도 귀국한 적이 없다.

입국 사실이 없는 사람을 참고인으로 불러다 조사할 수는 없는 노릇이었다. 김 씨는 어렵게 영현과 국제 통화를 연결했다. 그곳에서 미옥의 증언에 대해 설명하며 영현의 입장을 물었다. 그러자 수화기 너머에서 깊은 한숨 소리가 들려왔다.

— 그 여자, 기억나요. 어떻게 지내나 했더니…… 말도 안되는 일이 벌어졌군요. 영화보다 더하달까. 그 여잔 아직도 그런 식으로 살고 있군요.

— 친분 관계가 있던 사실은 맞습니까?

— 있기는 있었죠. 정확히 말하면 12년 전에요. 그 사람이 스물셋이었고 저는 스물여섯이었죠. 1년 정도 만나다 헤어졌어요. 그 후엔 제가 외국으로 떠나는 바람에 연락조차 하지 않았죠.

— 〈사의 찬미〉라는 극 출연을 제안했다고 들었는데, 사실입니까?

— 그 여자가 그런 얘기까지 했어요?

다시 한번 침묵이 감돌았다. 혀를 차는 소리와 연신 한숨

을 내쉬는 소리까지도. 딸깍 하는 소리가 들리는 걸로 보아 상
대는 라이터를 켜 담뱃불을 붙이는 모양이었다. 영현이 다시
한번 길게 숨을 내뱉었다.

— 제 데뷔작 시나리오 후보 중 하나였지요. 물론, 영화로
만들지는 않았어요. 당시의 아이디어가 후속작들에 영향을
주긴 했지만…… 그 대본은 폐기했거든요. 마음에 들지 않아
서. 10년도 넘은 글이었으니까요. 다른 작품들의 오마주를 덕
지덕지 붙인 내용에 불과했어요. 부끄러워서 완전히 지워 버
렸죠. 나조차도 원본이 없는데, 누군가에게 보냈다는 건 말도
안 돼요. 〈사의 찬미〉를 다시 작업할 계획조차 없어요. 전 지
금 한창 다른 일들로 바쁩니다.

— 시나리오나 대본을 전달한 바도 없다고요? 당신이 차
기작을 낸다고 강력하게 주장하던데요.

— 내 참. 형사님이라면 신인 시절 썼던 글을 지금 와서 꺼
내고 싶겠어요? 보나 마나 유치하고 미숙할 텐데. 제 차기작은
〈생의 예찬〉이에요. 제목만 들어도 그 작품과는 정반대지요.
인터뷰를 찾아보시면 이 작품에 대해 언급한 자료도 있어요.
최근 한국 언론하고도 얘기한 적 있었으니까…… 아. 어쩌면
미옥이 그걸 봤나 싶은데요. 어쨌든 어감은 비슷하군요. 예전
에 봤던 대본이라고 착각했을 수도 있죠. 여하튼 막바지 편집
작업 중이라 미옥을 만날 시간 따윈 없었어요. 연락처를 알아
볼 생각도 한 적 없고요. 캐스팅은 오래전에 확정했습니다.

영현이 속한 영화사의 사단과 스태프들을 조사한바, 영현은 정말로 한국 근처에 얼씬한 적도 없었다. 더욱이 지금은 촬영과 편집 스케줄이 꽉 잡혀 국내를 오고 말고 할 상황도 아니었다. 영현의 알리바이는 분명했다. 김 씨는 영현이 죽은 양 비탄하며 말하던 미옥의 모습을 떠올렸다. 심증이 한 방향으로 좁혀지는 중이었다. 그래도 마지막까지 꼼꼼한 확인을 위해 김 씨는 재차 물었다.

— 그럼 미옥에게 접근하거나, 그 남편을 찾아갔거나, 출연 제의를 한 적도 없단 말씀이시죠?

— 그렇다니까요. 하…… 이런 얘기까지는 안 드리려고 했는데. 그 여자는 예전부터도 이상했어요. 제가 외국행을 단번에 결심한 계기가 되기도 했죠.

— 그건 무슨 이야기입니까?

— 뭐랄까, 그 여자는 겉으론 안 그래 보여도 속은 굉장히 집요하고 끈질겼어요. 끔찍할 정도로. 스토커 성향이 강했달까……. 이제 와서 말씀드리는데, 미옥과 저는 정말로 연인 관계였지만 고작 1년 만에 헤어졌어요. 그 여자는 좀 불안정했어요. 우린 건강한 관계는 아니었죠. 그래서 제가 먼저 이별을 고했어요. 새파랗게 어린 날 잠시 사귀었던 거니 그리 깊은 관계도 아니었어요. 하지만 미옥은 이상할 정도로 제게 집착했어요. 모든 걸 통제하고, 헤어졌는데도 집 앞을 찾아오거나 선물을 놓고 갔어요. 절 보면 어머니가 생각난다는 말도 했죠. 조

금이라도 자신과 떨어지는 걸 1분도 참지 못했어요. 너무 지쳐서 어떻게든 구실을 만들어 이별을 고했지만, 이후는 더 엉망진창이었죠.

— 더 자세히 얘기해 주시겠습니까?

— 뒷담화하는 것 같아 개운치는 않은데, 그래도 일단 형사님이시니 최대한 알고 계세요. 제가 미옥과 헤어진 후부터…… 미옥은 제 일거수일투족을 좇으며 괴롭혔어요. 개인 SNS 계정과 메일을 추적해서 끊임없이 메시지를 보내는 건 예사였죠. 새 계정을 만들어도 어떻게 알고 찾아오는지. 아. 최근에도 그가 SNS 메시지를 하나 보냈던 것 같아요. 워낙 쌓인 알람이 많아서 공개 계정으로 오는 연락은 읽지 않지만. 미옥이 맞나 한번 봐야겠네요. 낯익은 아이디가 있었던 것 같아요.

— 최근까지도 그가 당신에게 연락했다고요.

— 네, 아마도. 일방적으로요. 그 주기가 올 때도 됐어요. 지독했죠. 저는 연락을 받아 준 적이 한 번도 없는데도……. 외국으로 떠난 후에 미옥을 잊었거든요. 미옥이 결혼했다는 사실도 몰랐어요. 이제 막 신혼인 참이라 제 살림을 꾸리기에도 바쁘고요. 미옥은 배우라 그런지 한번 망상이 치솟으면 도무지 멈출 줄을 모르는 여자예요. 어쩌면 아직 그 버릇을 못 고쳤는지도 모르겠네요. 영화 속 주인공처럼 모든 세상을 해석하는 짓이요. 하지만 우리가 사는 삶은 작품과는 다르잖아

요? 어디서 뭘 보고 제가 자신을 위한 작품을 썼다고 믿는지
알 수 없지만…… 전 결백합니다. 이미 차기작 촬영은 다 끝냈
어요. 거기에 미옥의 자리는 없고, 주연과 조연도 전부 존재하
죠. 전 이번 일과는 전혀 상관없습니다. 미옥의 남편이 누군지
도 몰라요.

　　— ……그렇군요. 바쁘신 중에 시간 내 주셔서 감사합니다.
나중에 진술서나 증인 영상 심문을 요청드릴 수 있겠지만, 다
른 자료들이 충분하면 연락이 가지 않을 수도 있습니다.

　　— 네. 부디 사건이 잘 해결되길 바랍니다. 이왕이면 제가
얽히지 않는 쪽으로요. 그 여자도 정말 끈질기네요. 끝난 지
10년도 넘은 관계를 들먹이다니…….

　　전화를 끊고도 김 씨는 한동안 혀를 찼다. 재벌가나 연예
계의 뒤 사건들이야 워낙 더러운 치정 싸움도 많고 별난 사건
들도 많다지만. 한때 시대를 풍미했던 배우의 이면을 들춘 기
분이라 탐탁지 않았다. 얼마 후면 보도 자료용 정보를 달라고
기자들이 들끓을 텐데. 이건 이슈 몰이용으로 사용하기에도
찝찝했다. 비로소 후배가 한 말이 이해되었다. 조사서를 작성
하는 동안 김 씨의 담배가 늘었다.

　　그 후 철중이 죽었다. 재산 분할과 관련하여 시누이가 미
옥에게 살인 의혹을 제시하며 소송을 걸었다. 미옥이 충격으
로 쓰러져 정신 병동에 입원했다는 소식이 들렸다. 미옥의 집

에선 극본처럼 엮은 종이들이 여러 장 발견되었다. 하나는 철중의 고발장이었고 하나는 독일어로 적힌 가이드북 초본이었다. 시일이 오래 지난 걸로 보아 누군가가 이면지로나 썼던 종이였다. 김 씨는 이곳에 미옥이 말했던 단어들이 있는지 찾아보았다. 미옥은 영현이 대본을 통해 자신과 만날 때의 날씨나 약속 장소, 중요한 소품 등을 암시했다고 믿었다. 하지만 그건 단지 독일의 작은 마을들과 관광지를 소개한 자료였다. 미옥이 "석고상 또는 돌(Steinerne)"을 암시했다고 믿은 문장은 독일에서 가장 오래된 돌다리가 있는 슈타이네르너브뤼케(Steinerne Brücke)라는 마을을 소개한 페이지였고, 비 오는 날씨를 예견했다 주장한 것은 비(Regens)가 아니라 레겐스부르크(Regensburg)라는 지명이었다. 미옥은 작품 중에 뱀(Schlange)에 관한 이야기가 나온다고 확신했다. 그래서 제목도 중의적으로 죽을 사(死)와 뱀 사(巳)를 활용한 〈사의 찬미〉라고 했다. 그러나 그 글자는 단순히 출판사의 이름이었다. 나머지 단어도 모두 여행지를 묘사한 문장들일 뿐, 영화와는 전혀 상관없었다. 단 하나, 겉에 곱게 장식된 표지만 새것이었다. 그건 필시 미옥이 따로 만들어 붙인 표지였다. 그 위에 송곳으로 긁어 만든 글자가 있었다. 사의 찬미.

기구한 운명을 생각할 겨를도 없이, 유산 분배 문제가 수면으로 떠올랐다.

병동에 있는 미옥과 시누이가 단독 면담을 했다. 그 후 갑자기 시누이는 소송을 철회했다. 김 회장의 유산 분할은 빠르게 진행되었다. 미옥은 소량의 재산을 분배받았다. 그럼에도 강남의 큰 저택 두어 채와 김 회장 소유의 영화관 지분을 받았으니 결코 적은 액수는 아니었다. 물론 시누이가 철중에게 돌아갈 몫의 회사 경영권까지 죄다 얻은 것에 비하면 보잘것없었다. 다만 미옥은 항소하지 않았고, 유산 분배는 종료되었다. 세간에는 시누이가 철중의 죽음을 사주한 게 아니냐는 말도 떠돌았다. 미옥으로부턴 어떤 입장문도 나오지 않았다. 소문은 이내 잠잠해졌다. 그저 세 아내가 죽어 나간 자리에 철중도 따라갔으니 집안에 마가 꼈나 보다 할 뿐이었다. 이제 철중의 죽음과 관련한 사건을 마무리 짓는 일만 남았다. 김 씨는 병원에 연락하여 미옥을 다시 한번 만나기로 했다.

몇 달 전과 달리 미옥은 눈에 띄게 수척했다. 얼굴색은 어두웠고, 피골이 상접하여 안쓰러울 지경이었다. 허공을 바라보는 눈동자가 매섭게 치켜떠져 알 수 없는 분노로 가득했다. 얼마 전과는 판이한 인상이었다. 굳게 다물린 입은 무엇도 쉽게 뱉지 않으리라는 인상을 주었다. 김 씨는 예전에 스크랩해 두었던 미옥의 영화 포스터를 가지고 갔다. 먼저 사인을 해 달라며 그걸 내밀자 미옥의 얼굴이 부드럽게 풀렸다. 흰 책상을 사이에 두고 의사를 대동한 미옥은 김 씨의 방문에 화색을 띠우며 서명을 마쳤다.

"건강은 좀 어떠십니까."

"나쁘지 않아요. 가끔 머리가 깨질 듯이 아프고, 손발이 굳는 것만 빼면요. 참, 저번에 **유산**으로 많이 힘들었는데…… 음. 그러니까 재산을 분배할 때 쓰는 **유산**이 아니고요. 배 속 아기가 죽었다는 뜻의 **유산** 말이에요. 하지만 지금은 다 나았어요. 밥도 잘 먹고, 기분도 괜찮답니다."

전혀 괜찮아 보이지 않는데, 김 씨는 뒷목을 긁적였다. 배 속에 아이가 있던 채로 영상 속에서 그토록 제정신이 아니었다니. 이런 상대에게 심문을 해야 되다니 고역이었다. 태아에게도 이런 환경은 좋지 않았을 것이다. 그래도 곁가지들에 휘둘릴 초보자는 아니었던 김 씨는 준비한 항목들을 순서대로 짚었다.

"영현 감독에 대해서 알아보았는데요. 그 사람은 살아 있는 데다가 한국에는 돌아온 적이 없더군요."

"……입국 기록을 속였을 거예요. 영현은 카메라도 감쪽같이 속이는 인물이니까, 그 정도는 쉽겠죠."

"……여전히 그가 남편을 음해했다고 생각하십니까?"

"그게 아니라면 달리 누가 있을까요."

"사고 이전에 남편분의 여동생을 만나셨죠. 그때 무슨 말을 들었다거나 사주받은 적은 없습니까? 영훈이라는 정원사는요? 최근도 시누이에게 소송을 걸었다가 철회했잖아요. 다시 고소할 생각은 없으십니까?"

"아가씨요? 그야 새 비타민이 나왔니 어쨌니 해서 저에게 선물해 주러 오셨죠. 혹시 사고에 아가씨도 책임이 있다고 말씀하시고 싶은 건가요? 그럴 리는 없어요. 어쨌든 당일에 함께 있었던 건 저와 철중뿐인걸요. 고소라니, 당치도 않아요. 아가씨가 제게 소송을 걸었던 것도…… 친오빠를 잃었으니 얼마나 상심이 컸겠어요. 탓할 대상이 필요했겠죠. 이젠 다 이해해요. 영훈. 그 정원사를 제가 미워하긴 했지만, 남편이 의처증을 보이기 전엔 성실한 일꾼이었어요. 나이도 있으신데 밥줄이 끊겼을 테니 안쓰럽더라고요. 그래서 시누이의 집에 일자리를 알선했어요. 저도 아버지 없이 자라 나이 든 가장들에겐 연민을 느끼는 편이죠. 은혜를 입은 집안에 해코지를 한다면 너무 뻔하지 않을까요? 그렇게 머리 나쁜 분은 아니었어요."

"……시누이가 김 회장의 유산 지분을 대다수 물려받았던데요."

"아가씨에게 그만한 능력이 있으니까요. 저야 철중의 아내였으니 당연히 지분을 주장할 권리가 있지만, 기업 경영에 대해 아는 게 있어야 말이죠. 머리나 아프지. 그래서 제가 먼저 아가씨에게 양보하겠다고 했어요. 전 가끔 주식 일부에서 나오는 배당금 정도면 돼요. 그래도 평생 먹고살 수 있는걸요. 철중 명의였던 집도 남았고, 영화관 정도는 저도 예술계에서 일한 사람이니 관심이 있어요. 그래서 그걸 받기로 했어요. 그뿐이에요."

이야기를 들을수록 미옥은 세상 물정 모르는 순진한 여배우, 세상 풍파와 고된 운명에 상처 입고 지쳐 파괴된 사람으로만 보였다. 김 씨는 객관성을 비집고 들어오려는 동정심과 꺼림칙함을 누르며 질문을 이어 갔다.

"그럼 이 사건은 오직 당신과 남편분만 있을 때 발생했고. 전후 사건에 관여된 사람은 누구도 없단 말이군요. 정말로 누구에게 사주받거나 수상한 사람이 약 또는 뱀과 관련된 무언가를 건넨 적은 없습니까? 또는 누군가가 당신을 조종했을 가능성은요? 이대로 사건을 종결 지어도 되겠습니까?"

"모든 걸 말씀드렸잖아요. 여기까지 와서 절 괴롭히시려는 건가요? 정말 지긋지긋해. 우리 부부에게 해를 끼치려던 유일한 사람이 있다면 영현이에요. 분명 제 가정생활을 질투했을 거예요. 그 밖에 의심 가는 사람은 없어요. 그러니 그렇게 끈질기게 쫓아다니며 스트레스를 준 거라고요. 아악!"

갑자기 미옥이 벌떡 일어나며 소리 지르는 바람에 김 씨는 의자에서 펄쩍 뛰었다. 미옥은 순식간에 새하얘진 얼굴로 문가를 바라보며 떨었다. 그가 손가락으로 한 방향을 가리켰다. 김 씨도 온몸에 소름이 돋았다. 하지만 돌아본 자리엔 행정을 담당하는 간호사 외에 아무도 없었다. 미옥은 머리를 쥐어뜯으며 길길이 뛰었다.

"봐요. 지금 저곳에도 있잖아요. 날 찾아왔잖아요! 날 유혹할 거예요. 자신과 함께 떠나자고. 작품을 만들자고. 공범이 되자고. 그러다 절 버리겠죠. 언제나처럼! 한때 그 사람을 사랑했다는 사실이 괴로워요. 과거를 죽이고 싶어요. 죄송해요. 그러니 저렇게 날 쫓아다니며 복수하는 거예요. 잊을 수 없도록, 벗어날 수 없도록…… 그러니 범인은 영현이에요. 내가 두려워하는 사람은 그뿐이에요, 형사님!"

미옥의 손발이 바깥으로 뒤틀리기 시작했다. 그의 눈이 하얗게 뒤집히더니 입에 거품을 물며 쓰러졌다. 김 씨는 황급히 일어나 미옥을 부축했다. 의사들이 달려와 미옥의 팔다리를 주무르며 안정제를 가져오라 소리쳤다. 미옥의 몸은 그야말로 공포 영화에나 나올 것처럼 기괴하게 뒤틀렸다. 김 씨는 정신 병원에 입원할 만큼의 증상을 맨눈으로 본 건 처음이었다. 인간의 몸에 다른 무언가가, 뱀 귀신 같은 게 들어온 것만 같았다. 의사가 김 씨 쪽으로 차트를 휘두르며 더는 환자를 자극하지 말라고 외쳤다. 순간 자신이 가해자가 된 기분에 김 씨는 주춤대며 물러섰다. 의사는 면담 시간이 끝났다고 말했다. 간호사 여럿이 달려들어 발작하는 미옥을 입원실로 데려갔다. 덩그러니 남겨진 김 씨는 허망히 그 모습을 바라보았다. 의사 하나가 다가와서 한숨을 쉬며 설명했다.

"이 환자분은 스트레스가 과중되면 위험해요. 히스테리성 발작이 통제 영역을 벗어나서…… 본인이 괜찮다고 해 오늘의 면담을 허락했지만 의사로서 이 이상 진행시킬 수는 없겠습니다. 필요한 조사는 서면을 통해서 해 주십시오."

"……저런 증상이 왜 나타나는 겁니까?"

"글쎄요, 남편의 죽음과 유산이라는 충격도 겹쳤으니 미칠 만도 하지요. 감정이 존재를 압도할 정도로 밀려오면 신경이 눌리고 몸이 감당하지 못합니다."

"이전에도 저만큼 심했습니까? 자신이 멀쩡히 살아 있는 영현을 죽였다고 주장하더군요."

"과거 기록은 모르겠지만, 아마 연예인이라는 신분 때문에 따로 왕진 가능한 의사를 불러 진료받은 게 전부인 모양이에요. 기록을 요청하면 보내 줄지도 모릅니다. 제 소견으로는, 때로 타인에게 바라는 접촉이나 소망을 강렬한 형태로 투사하여 자신의 것이라 죄책감을 갖거나 환상에 휩싸이는 사람들이 있습니다. 이분도 그런 케이스가 아닐까 싶어요. 자기 소망을 타인의 의도로 착각하는 거죠. 분노나 애정을 스스로 감당하기 힘드니 타인에게 전가하는 겁니다. 여튼 자료 제공에는 환자의 동의가 필요하니 그 정도는 저희가 설득하겠습니다."

"알겠습니다. 협조에 진심으로 감사드립니다."

병원 문이 닫혔다. 김 씨의 귓가엔 아직 미옥의 비명이 맴돌았다.

김 씨가 사건을 마무리 지은 건, 그로부터 몇 주 후 국과수에서 전달된 분석 결과 덕분이었다. 그건 철중이 비밀리에 판매하던 VIP용 독사 앰플에 대한 자료였다. 철중은 그것들을 고위직 손님들에게만 높은 값을 받고 소량으로 팔았을 뿐 아니라, 아내에게 가장 먼저 시험했다. 매일 밤 철중이 지정한 스케줄에 맞춰 미옥이 피부 관리를 받았다는 가정부들의 증언이 있었다.

— 정제되지 않은 신경 독성분이 검출되었습니다. 뱀독의 성분 중 일부를 이용하여 세포를 재생시키는 원리였을 텐데, 소량

이지만 인체에 해로울 수 있는 양이 들어갔더군요.

— 피부로도 영향을 미쳐 정신 착란 같은 걸 일으킬 수 있습니까?

— 흔한 확률은 아니지만, 예를 들어 이 성분을 얼굴에 펴 바른다면 그중에는 눈, 귀, 코의 점막이나 입을 통해 들어가는 양도 있겠죠. 사용자가 아토피나 민감 반응이 있는 피부라면 영향받을 수 있습니다. 얼굴과 뇌는 가까우니까요. 신경 독은 세포나 말초 또는 중추 신경계를 훼손하기 때문에, 지속적으로 복용했다면 정신 착란이 발생할 수도 있습니다. 이런 걸 허가도 없이 유통하다니……

이로써 모든 증거가 정리되었다. 김 씨는 감사 인사와 함께 통화를 종료했다. 조사서를 쓰려 켜 놓은 화면 속 커서가 깜박였다. 기구한 운명의 한 여성이 남편을 잃기까지의 과정을 적어 내려갔다. 과실 치사도 아니었다. 혼란한 미옥의 증언이 수사에 차질을 주긴 했지만 감안할 범주였다. 어쨌든 철중은 스스로 뱀의 머리를 만졌다. 많고 많은 요리 중에 징그러운 뱀탕을 선택했고, 죽었는지 제대로 확인도 안 한 머리를 식탁에 놓은 건 미옥의 부주의였지만 철중이 자발적으로 그걸 집은 한 타살은 아니었다. 사고사라는 게 명백했다. 김 씨는 유산되었다는 미옥의 아기와 해쓱한 미옥의 얼굴을 떠올렸다. 많은 연예인들의 팔자가 박복하다던데. 미옥이 열 살도 더 먹은 남자와의 결혼을 발표했을 때가 생각났다. 그 소식을 접하고 내심 나 같은 나이도 아직 젊은 세

대들에게 매력이 있나 생각했다. 그러나 결국 미옥이 맞은 몰락을 지켜보자 한 인간으로서 안타깝고 쓸쓸한 마음이 들었다. 인생은 역시 과유불급이로군. 김 씨는 가난한 집에서 부모 없이 자라 철중의 재산과 학벌, 집안을 열망했던 미옥을 생각했다. 끊임없이 망상에 불려 나온 감독 영현도. 미옥이 상상한 영현의 말은 전부 미옥 자신이 원한 본심들이었다. 그 의식 틈새엔 아주 낯선 것들이 도사렸으나 수사와 관계는 없었다. 김 씨는 "수사 종결 보고"라는 글자를 타이핑했다. 한 배우와 그 남편의 결말에 약간의 애도를 보내며.

S#09

미장센 Mise en scene

너 찾는 것 설움

— 윤심덕, 〈사의 찬미〉에서

철중의 죽음이 사고사로 판명난 후, 순식간에 내 증상은 완쾌되었다. 사건 결과를 통보받은 일주일 만이었다. 또렷한 정신과 몸이 돌아왔다. 내 몸은 역시 나의 소유였다. 누구보다 주인의 말을 잘 들었다. 내가 통제하고 조종할 수 있는 지극히 사랑스러운 신체에 고마운 마음이 든다. 난 쾌속으로 퇴원 절차를 밟았다. 의사들은 더 큰 트라우마가 기존의 외상과 충돌하여 역으로 빠른 회복을 일으킨 것이라 추측했다. 남편의 상실과 유산의 충격, 소송의 결말 등이 부딪히며 외상이 상쇄되었다는 논리였다. 그들은 자신들이 오진했을 가능성은 염두에 두지 않았다. 본래 엘리트들이란 그렇다. 스스로를 과신한 바람에 눈앞의 오류를 인정하지 못한다. 그게 날 보호했다. 그들이 세밀하게 쾌유의 논리를 짜 준 덕분에 즐거운 마음으로 저택에 돌아왔다. 그동안 연기 스펙트럼의 새 장을 열었다. 일부 증상은 진짜였다. 저택에서 겪었던 일들 중 어떤 것들은 정말로 몸에 영향을 미쳤다. 하지만 그것들이 나를 전부 압도하진 못했다. 철중이 만든 건 내 인생을 송두리째 빼앗지 못했다. 증상의 권한은 내게 있었다.

때로 여자들은 최고로 수동적인 저항을 활용해 자신을 보호한다. 우린 그런 생존법을 터득했다. 근원에 도사린 딸들의 욕망은 이렇게 작동한다. 나는 죽은 과거들을 흔쾌히 보내주기로 한다. 소멸할수록 아름다운 것들이 있으니. 나의 깊이 있는 연기를 그들에게 바친다.

저택은 먼지만 늘었을 뿐, 내가 떠나올 당시 모습 그대로였다. 오직 무성한 정원만 지저분했다. 정원사는 새로 고용하기로 했다. 팔뚝이 건강한 여자 정원사를 뽑아야지. 형사에게 고한 대로 영훈이란 정원사는 시누이의 집으로 이직했다. 그의 얼굴은 잘 기억나지 않는다. 그리 중요한 존재는 아니었으니까. 아, 하지만 정체는 기억난다. 그는 예술품을 바깥으로 빼돌리는 도굴꾼이었다. 언제부터? 아주 오래전부터. 아마 김 회장의 집에서 근무하던 시절부터 그는 낮에는 과묵한 정원사로, 밤에는 브로커로 활동했다. 하지만 그가 손댄 건 작품들만이 아니었다. 난 그가 어떻게 애꾸눈이 되었는지 들었다. 김 회장의 집에서 일하던 시절 그에게는 양쪽 눈이 다 있었다. 하지만 그 집에서 쫓겨나며 한쪽 눈을 빼앗겼다. 그건 김 회장의 보복이었다. 그는 김 회장이 소유물이라 생각한 여자도 훔쳤기 때문이다. 철중은 유전적으로는 김 회장의 친자식이 아니었다. 대가 끊기지 않아야 한다는 이유로 족보에 올라 있을 뿐. 내가 유산시킨 아이처럼 철중도 사생아였다. 그가 굳이 김 회장이 해고한 사람을 다시 제 집으로 들여와 몰래 일하게 한 데에는 이유가 있다. 철중이 오직 그만을 신뢰하려 했던 일도 이해가 간다. 그 또한 나처럼 흙냄새 풍기는 핏줄의 소유자였다. 어쨌든 정원사이자 철중의 아버지, 영훈은 도둑질을 하던 습성을 버리지 못했다. 철중이 주는 월급만으로는 만족하지 못하여 다시 물건들을 빼돌리기 시작했다. 뭐, 노인들도 일자리는 필요하니까 이해한다. 그걸 노리고 시누이가 접선했다. 처음 시누이의 의도는 철중의 앰플이 있는 위치를 알아내고, 상품과 기법을 빼돌리려는 것이었다. 하지만……

돈 많은 족속들은 어딘가 돌아 있는 법이다. 성벽을 포함하여. 그들에겐 물질만으론 채워질 수 없는 정신적 결핍이 있다. 매끄럽고 부유하게 보이는 데에 돈을 퍼부으면서도 무엇이 진정한 애정인지는 모른다. 그러니 또다시 공허를 채울 수만 가지 기벽에 중독되고 중독된다.

애꾸눈에 늙고 냄새나는 남자의 어디가 매력적이었는지는 모르겠지만. 항상 저 잘난 맛으로만 살던 시누이는 그늘 속에서 추잡한 취향을 키웠던 모양이다. 저택에서 회의가 있던 날, 정원사의 점퍼와 카드키를 가지고 창고에 침입한 사람은 시누이였다. 정원사는 내게서 빼앗은 두 개의 카드키를 가지고 있었다. 그중 하나가 시누이 손에 넘어갔다. 욕심이 나면 브로치의 끝을 건드리던 그 버릇을 기억하는가? 정원사의 점퍼를 입고 정체를 꾸몄으면서도 시누이는 자신의 신체를 속이지 못했다. 앰플을 훔쳐 조명 사이로 달아날 때 시누이의 손가락이 꿈틀거렸다. 난 정원사가 왜 그 브로치를 가지고 있었는지, 날 창고에 들어가지 못하게 막던 중 순순히 명령을 따라 시누이를 배웅했는지 알아차렸다. 그들도 에덴에서 밀회 중이었다.

철중이 죽자 시누이가 찾아와 날뛰었다. 뭘 어떻게 했길래 오빠가 인사불성이냐며, 남편 관리를 그렇게밖에 못했냐며 퍼부었다. 저도 날 죽이려 했던 주제에 죄를 내게만 뒤집어씌울 심산이었다. 그는 네가 아니라 오빠가 죽을 줄은 몰랐다고도 내뱉었다. 난 굳이 반문하지 않았다. 대신 전에 편집해 둔 영상을 보여 주었다. 시누이가 조각상을 쓰다듬는 영상 말이다.

그걸 본 시누이는 누그러졌다. 집안이 어디 고전 통속 소설에나 나올 법한 가십거리가 되는 건 원치 않았겠지. 난 브로치의 향방에 대해서도 알려 주었다.

"아가씨가 남편과 친남매가 아니라 참 다행이에요. 오이디푸스나 엘렉트라적 교훈이 이 시대에 필요하진 않으니까요."

이제 시누이는 창백했으며, 내게 감히 도덕성을 물을 수 없었다. 기회는 이때였다. 난 다정하게 시누이의 손을 잡았다.

"사랑은, 가끔 사람의 눈을 멀게 하죠. 미친 짓을 하도록 만들기도 하고. 이해해요. 아가씨. 저만은 당신을 이해해요. 이 일은 눈감아 드릴게요. 서방님께도 말하지 않고요. 원하신다면 이미 남편이 정원사를 해고했으니, 그를 데려가셔도 좋아요. 증거는 영원히 은폐하세요. 전 기업가들이 돈 놀음 하는 판에는 관심 없어요. 그저 소박하게 머물 집 한 채와 은퇴 후에도 먹고살 수입원 정도면 충분해요. 그 이상의 욕심은 없답니다. 상속세를 감당할 자신도 없어요. 남편도 죽은 마당에 유류분의 유산을 얻는다고 뭐가 좋겠어요. 보험금으로도 만족해요. 그러니 잘 생각하세요. 절 더 귀찮게 만들지 않는다면, 저도 입 다물게요. 누굴 공범으로 삼을지 잘 판단하세요."

시누이는 내가 정말로 기업 지분에 욕심이 없는지 재차 따져 물었다. 난 정말이라고, 원한다면 녹음이라도 해 줄 수 있다고 했다. 그러자 시누이는 선심 쓰듯 김 회장의 영화관과 부동산 몇 채를 제안했다. 그 영화관 근처엔 영현이 추천했던 뱀 그림 작가의 특별전이 열렸던 미술관도 있었다. 난 흔쾌히 승낙했다.

나머지는 일사천리로 해결되었다. 공증인이 동행한 가운데 상속 지분에 대한 논의가 마무리되었다. 오빠의 죽음에 펄펄 뛰던 시누이는 매우 평온했다. 이게 바로 이 세계의 장례였다. 그들도 번듯한 삼류 배우였다. 시누이는 내가 자신의 재산을 빼앗을 적이라고 생각했을 땐 감옥에 처넣으려 안달이었지만 이젠 비밀을, 사랑을, 이 집안의 역사를, 감추어진 치부를 공유하는 우군이라고 여긴다. 난 시누이에게 앞으로 잘 부탁한다고 말했다.

§

다시 저택으로 돌아오자마자 사람들을 불러 내부를 깨끗이 치우도록 시켰다. 이제 나, 미옥은 에덴의 주인이고 신이다. 중년 여성들로 이루어진 도우미들을 불렀다. 이제 그들은 나만을 위해 머물고, 나를 위해 일하고, 나만을 돌보고, 나를 아끼고 사랑하며 살 것이다.

거실을 취향대로 꾸렸다. 자코메티와 크기가 뒤죽박죽이던 조각들은 처분했다. 대신 흙냄새 풍기는 식물들을 장식했다. 벽과 천장에 자주색 꽃이 달린 덩굴들을 늘어뜨렸다. 시시한 속세의 모습엔 아랑곳 않고 제멋대로 뻗는 줄기 사이 뱀을 몇 마리 풀 예정이다. 난 가정부들에게 잎이 아무리 무성하더라도 절대 손질하지 말라고 당부했다. 줄기와 꽃, 잎사귀들이 사랑하는 연인들처럼 얽혀 독사를 숨긴다면 아름답겠지. 그 속에서 어떤 열매가 열릴지 모를 일이다. 그것들이 날 물어 에덴을 무덤으로 삼아도 좋으리라. 어쩌면 이 장소에서 새로운 미장센을 가진 장편 영화가 탄생할지 모른다. 난 철중의 카메라들을 제거하지 않았다. 오히려 커다란 조명과 촬영 장비들을 구비했다. 아리 카메라도 거실 중앙에 놓았다. 내가 감독이자 배우로 참여한 영화가 개봉할 날을 꿈꾼다. 그때엔 영화관

시트를 보랏빛으로 장식하고 관객들에겐 독을 탄 음료수를 대접해야지. 에덴에 입성하기 전 필모그래피들은 지우기로 마음먹었다. 오늘이 나의 첫 데뷔일이다. 이 매혹적인 세트장은 누구도 함부로 침입할 수 없고, 나갈 수도 없다.

나는 철중의 걸음을 과장되게 따라 해 본다. 목소리를 낮추고 어깨를 넓힌 후 바깥으로 제스처를 하면 제법 남자처럼 보였다. 난 내가 그들이 가진 걸 이미 다 할 수 있다는 사실이 우스웠다. 여자는 남자도 여자도 될 수 있다. 남자들은 아니다. 그래서 남성들은 여성들을 질투한다. 거추장스러운 것들을 여성에게 강요하면서, 그걸로 목줄을 죄고 꼼짝 못하게 만들어 통제하고 싶어 한다. 그 오만하고 무지한 틀 때문에 우린 불행했다. 하지만 난 지금 행복하다. 내게 덧씌워진 욕망들을 벗어낸다. 철중을 따라 하길 그만둔다. 그건 별로 아름답지도 않았다. 에로스는 한 톨도 느껴지지 않았다. 나의 범주는…… 오롯이 여성을 기준으로 읽어야 한다. 아마 이 서사를 남성들의 플롯에 빗대어 독해한다면 당신은 실패할 것이다. 여성은 언제나 남성들보다 광범위했다. 아둔한 렌즈로는 오독만 남는다. 그럼 어떻게 하느냐고? 글쎄, 뱀과 능동적으로 소통하여 자주적인 결정을 한 최초의 인류는 이브다. 아담은 에덴에서 가장 수동적이고 복종하는 존재였고. 그는 야훼에게도 의문한 적 없었다. 이브의 권유를 무지성적으로 따른 후 심지어 제 행동의 결과를 상대 탓으로 돌렸다. 우린 이 은유에 대한 관점을 전환하는 일부터 시작해야 한다. 뱀은 언제 선악과를 먹었을까? 이미 신이 에덴의 피조물들을 시험하리란 걸 알던 존재처럼. 신의 눈도 피하여 여자보다 남자보다 더 일찍 금지된 과실을 삼켜본, 운명의 바깥으로 탈출했던 주도적인 존재. 오히려 거짓말 속에서 태어난 건 신이었다. 뱀만이 유일하게 그 진실을 꿰뚫어보았다. 결국 신보다 능숙하게 거짓을 말할 줄 안다면, 그걸로 나의 신화를 쓴다면. 결국 에덴의 신은 나다. 배로 기어 다니는 신, 능동적으로 꿈틀대는 신이 되어야지. 난 철중처럼 걸어 다니지 않을 테다. 거실 한가운데에 누워 오랜만에 영현의 영화를 틀었다.

영현은…… 내가 뱀을 다룰 줄 안다는 이야기는 경찰에게 하지 않았다. 영현은 내 비밀을 안다. 생사탕집을 운영하던 어머니와 내가 아버지를 죽였다는 걸 영현에게만은 고백했다. 만약 영현이 그걸 경찰에게 언질이라도 주었다면. 용의자는 다시 내가 되었을 거다. 하지만 영현은 중요한 비밀을 지켰다. 내가 그 얘기를 털어놓았을 때 영현은 슬픈 눈으로 날 담담하게 바라보았다. 그건 꼭 어머니의 눈동자 같았다. 내가 사랑하길 바라 마지않던 어머니의 눈동자. 어머니 뱀의 눈동자. 스크린 속에서 움직이는 여자들을 보며, 저게 영현의 시선일지 상상했다. 자줏빛 바탕이 화면에 가득 찬다. 영현의 눈엔 나도 그렇게 비쳤을까. 부디 그랬길 바란다. 어쩌면…… 영현은 아직 나와 공범이 되길 바라는지도 모른다. 그의 영화를 계속 탐한다.

어딘가에 그가 기호와 상징, 암호를 숨겼을지도 모른다. 오직 그와 나만 알아볼 수 있는 신호를. 미처 말하지 못한 진심들을 조각내 숨긴 약속을. 내게, 내게 전하려고. 영현은 날 사랑한다. 정말, 사랑스러운 공범자다. 나는 평생 당신의 죄악과 얽히 겠다.

편집하려면 여러 방향의 숏이 있는 편이 좋다. 검고 둥근 렌즈들이 나를 향한다. 수백 개의 눈동자 같은 렌즈가 지켜보는 앞에서 머리를 빗고, 몸을 치장하고, 우아한 미소를 짓는다. 지하에서 뱀을 주워다가 거실에 푼다. 그건 벽을 타고 곳곳을 누빈다. 소파와 바닥, 천장, 거울과 카메라들의 틈새를 파고든다. 누군가가 나에 대한 다큐멘터리를 찍고 싶어 하지 않을까? 이만한 작품이 어디 있을까. 어서 눈 밝은 감독들이 러브콜을 보내길. 내 삶은 기록될 가치가 있다. 출연 제안이 온다면 어떤 것부터 이야기할까. 부모님의 관계와 가정사? 영현과의 만남과 이별? 뱀 문신의 유래? 아, 난 정말로 하고 싶은 이야기가 많다.

화장대 위에 다 버리지 않은 앰플이 남아 있다. 난 그걸 찍어 얼굴에 펴 발랐다. 은은하고 익숙한 향기가 났다. 유통 기한이 지났는지 퀴퀴한 흙냄새도 같이 풍겼다. 영현이 날 소재로 영화를 촬영하면, 그 작품이 내 영화관들에 걸린다면, 어머니도 날 보러 올까?

영현…… 그 작품의 이름은 〈상사뱀〉이어야 한다.

나의 첫 번째 상사뱀을 지울 수 있도록.

이런 나를 보고 어떤 사람들은 미친년이라 부를지도 모른다. 하지만 진짜 제정신이 아닌 쪽은 세상이 주입한 거짓을 맹목적으로, 의심 한번 없이, 금지된 과일을 물지 않는 게 본능이라 착각하며 살아가는 이들의 아둔함이다. 그 뿌리 깊고 지겨운 무지보다 더 끔찍한 정신병이 어디 있는가? 웃음이 터졌다. 하긴 이 세상엔 제정신인 사람이 드물지. 어차피 인간 세상은 대부분이 연출되었다. 그러니 난 지금부터 스스로가 주연인 작품을 만들기로 했다. 가장 아름다운 미장센 속에서 내가 모두를 사랑하고, 모두가 나를 사랑하는…….

갑자기 바깥에서 바람이 쾅 하고 불었다. 나는 소스라쳤다. 창문을 바라보자 어머니의 눈을 꼭 닮은 내가 비쳤다. 그 눈동자엔 뱀의 비늘이 수십 개씩 꿈틀거렸다. 어머니……

이제 당신이 그립지 않다.

영현의 영화 속에선 여자들이 붉은 빛깔의 조명을 쐬며 포옹한다. 그중 한 여자가 다른 여자의 목덜미에 키스를 했다. 난 그 인물과 혼연일체가 된다. 열렬히 당신의 극이 되고 싶다. 난 기어다니던 뱀을 잡아 입을 맞춘다.

사람들은 해피엔딩을 좋아한다. 그 마음들이 나를 죽인다.

그러므로 나는 이 이야기의 끝을 해피엔딩으로 정한다.

프로이트는 말했다. 실언은 본심을 대변한다고. 이 작품은 거대한 거짓말이다.

지하에서 뱀이 우는 소리가 들린다.

그들은 과거의 허물을 찢으며, 자신의 사인(死因)을 찬양한다.

당신이 죽은 자리, 내 욕망이 태어난 자리에서.

작가의 말

저는 스릴러를 싫어합니다.(수많은 피해자와 가해자의 목소리를 듣는 일을 병행하는 통에 피로감이 커, 굳이 매체 속 범죄물을 찾아보지 않는 편입니다. 그러나 아뿔싸, 데뷔작이 로맨스릴러인 바람에 절 스릴러 작가로 착각하는 분들이 많습니다. 하지만 제 첫 소설은 로맨틱한 관계에서도 안전 이별등의 스릴을 감내하는 여성들에게 굳이 로맨스릴러라는 장르가 필요한가 하는 물음에서 시작되었습니다. 이 자리를 빌려 출판 관계자분들께 알립니다. 저는 특정 장르의 문법과 틀을 지향하기보다 인물의 심리와 목소리, 환상에 집중하는 범경계적 작가이며 솔직히 순애 소설을 더 쓰고 싶습니다. 자신이 어떤 배우인지 스스로 말할 기회가 없었던 미옥처럼, 제 작가 정체성도 그런 과정을 거쳤군요.)

하지만 세상엔 스릴러로서만 드러낼 수 있는 것들이 있습니다.

미옥은 자신의 병증으로 주변인의 의도를 제대로 보지 못합니다. 환시, 환향, 환각은 세상을 왜곡합니다. 그러나 주변인들도 미옥을 제대로 보지 못하는 건 마찬가지입니다.

작가인 저에게도, 소설 속 세상에서도 미옥은 명백한 **여성 빌런**입니다. 미쳐 버린 여성 악당이고, 자신의 파트너들에게 끔찍하게 군 존재이기도 합니다. 동시에 혼수상태 속에서 유일하게 빛난 한 가지 진실을 지키고자 모든 거짓말을 바친 사람이기도 합니다.

1년 이상의 트리트먼트 개발 과정을 거쳤으나, 미옥의 목소리는 번번이 구조에 사로잡히길 거부했습니다. 매번 탈피하는 것처럼 목소리를 바꾸며 혼란을 주더니, 최종적으로 제목을 수정하고 열 번째 퇴고를 하고서야 자신이 누구인지 드러냈어요. 미옥은 제게도 좋은 이야기란 언제나 구조와 체제에 종속되지만은 않음을 가르쳐 주었습니다. 구조란 상업적 소통에는 용이하지만 이런 목소리와 콘텐츠를 담기엔 적절하지 않습니다. 매번 미옥은 자신을 파편화하지 말라는 고집을 부리고 끝없이 거짓말을 해 댔으니까요.

어떤 사람에겐 미옥의 목소리가 **불편**일까요.

그러나 어떤 불편은 독해자의 취약성에 기인합니다. 때론 자신에게 불쾌하다고 해 존재를 부정할 수만은 없는 것들이 있습니다. 어떤 불쾌는 반대로 당신의 그림자가 자극당했다는 증거입니다.

당신의 의식 속에도 미옥이 도사릴지 몰라요.

여자의 마음엔 사랑과 살해 충동이 모두 들었으니, 이제 사지가 파훼된 시체로만 여자가 등장하는 스릴러는 우리에겐 필요하지 않습니다. 비극을 쓸 때마다 인물들이 처한 환경이 달랐다면 그들의 사랑도, 목소리도 달랐을까 하는 상상을 합니다.

마지막으로 지난한 과정을 인내심 있게 지켜봐 주신 안전가옥 PD님들께 감사의 마음 전합니다.

《상사뱀 메소드》는 한때 국민 배우로 이름을 날렸던 여자가 상류층 남자를 만나 결혼 생활을 하며 과거에 사랑했던 이에 대한 기억과 현재의 삶 사이를 오가며 벌어지는 이야기를 다룬 로맨틱 스릴러입니다. 주인공의 과거 연인에 대한 묘사들은 회상보다는 오히려 이 여인의 뒤틀린 **현재의 내면**이라고 생각해야 더 정확할 듯합니다.

이야기는 미옥과 철중의 결혼과 함께 미옥이 철중의 대저택에 입성하는 것으로 시작해, 미옥의 과거 연인 영현과의 이야기와 철중의 가족을 둘러싼 가정사가 허물을 벗듯이 조금씩 드러나는 방식으로 진행됩니다.

주요한 모티프는 뱀입니다. 서로 엉켜 빠져나갈 수 없을 것처럼 보이다가도 틈새 속으로 순식간에 사라져 버리는 뱀의 특성은 캐릭터와 구성, 장면의 묘사 등 많은 면에서 중심에 자리 잡고 있습니다. 이야기 속에 등장하는 인물들은 엉킨 뱀처럼 저마다 조금씩 뒤틀려 있습니다. 만인에게 추앙받다시피 했지만 자신을 끊임없이 성적 대상화 하는 현실에 질려 버린 미옥은 끊임없이 자신의 과거 연인이던 영화감독 영현에 대해 집착에 가까운 욕망을 보입니다. 미옥의 남편인 철중은 아버지에게 인정받지 못하고 친모에 관한 충격적인 기억으로 회복할 수 없는 상처를 지닌 채 살아가는 인물로서 아름다움에 편집증적으로 집착합니다.

미옥은 영현에 대한 과거 기억 속 영현과 현재 자신의 눈앞에 나타났다 사라지기를 반복하는 영현 사이를 오가며 망상을 키워 갑니다. 철중은 아름다운 작품들을 지하 창고에 수집하며 동시에 미옥에 대한 집착을 키워 갑니다. 관리인 한 사람 이외에 누구에게도 공개하지 않는 철중의 지하 창고는 미옥의 호기심을 키우고, 결국 미옥은 지하 창고에 들어가 철중의 비밀을 마주합니다. 미옥은 자신의 계획을 하나씩 실행해 가며 철중과의 관계는 파국으로 치달아 가고, 이야기는 미옥에 대한 반전으로 마무리됩니다.

꽤나 까다롭고 어려운 장르이지만 저는 스릴러를 좋아합니다. 스릴러야말로 인간을 특별하게 다루는 장르라고 생각합니다. 조금 과장해 쓰자면, 스릴러는 인간의 몰랐던 내면을 발견하는, 오히려 인간으로서 모르고 싶었던 내면에 대해 매우 솔직해질 기회를 주는 장르가 아닐까요? 저는 정이담 작가님의《상사뱀 메소드》를 통해 조금 더 솔직해질 수 있었습니다.

《상사뱀 메소드》는 문장 하나하나를 지날 때마다 몸이 무거워지는 것만 같습니다. 그건 심도 깊고 농도 짙은 심리 묘사를 해 주신 정이담 작가님의 글이기 때문입니다. 밝고 경쾌한 이야기를 완성하기도 어려운 일인데, 이토록 어두운 내면을 들여다보며 긴 이야기를 완성하신 작가님께 박수를 드립니다.

프로듀싱 과정 동안 쉽지 않았던 고비마다 도움주시고 함께 고민해 주신 윤성훈 프로듀서님 고생하셨습니다. 어둡고 뒤틀린 인물들의 자취를 좇으며 이 이야기를 끝까지 읽어 주신 독자분들께 감사드립니다.

안전가옥 스토리PD

이은진 드림

상사뱀
메소드

1판 1쇄 발행 2023년 1월 18일

지은이 정이담

기획 안전가옥
콘텐츠 총괄 이지향
프로듀서 이은진, 윤성훈
          고혜원, 김보희, 신지민, 이수인
          임미나, 조우리, 황찬주
퍼블리싱 박혜신, 임수빈
편집 김미래(쪽프레스)
디자인 이경민
일러스트 불키드
서비스 디자인 김보영
비즈니스 이기훈
경영지원 홍연화

펴낸이 김홍익
펴낸곳 안전가옥
출판등록 제2018-000005호
주소 04779 서울특별시 성동구 뚝섬로1나길 5,
      헤이그라운드 성수 시작점 201호
대표전화 (02) 461- 0601
전자우편 marketing@safehouse.kr
홈페이지 safehouse.kr

ISBN 979-11-91193-79-4 (03810)
값 16,000원